ro
ro
ro

Den Helden der Serie, Apotheker und Hobby-Detektiv C. J. van Ledden Hulsebosch, hat es wirklich gegeben. Als «Sherlock Holmes von Amsterdam» wurde er zwischen den Weltkriegen regelmäßig von der Polizei zur Mithilfe bei Ermittlungen hinzugezogen. Seine Stärke waren Spurensuche und Beweisführung, er entwickelte ein Verfahren zum Abnehmen von Fingerabdrücken und legte eine erste Verbrecherkartei an. Seine Lebenserinnerungen dienten den Autoren als Inspirationsquelle.

Dick van den Heuvel, geboren 1956, studierte an der niederländischen Akademie für Film und Fernsehen. Er arbeitet als Dramatiker fürs Fernsehen, für Theater- und Musicalproduktionen.

Simon de Waal, geboren 1961, ist Kommissar bei der Kriminalpolizei in Amsterdam. 1991 wurde er bei der Produktion eines Spielfilms als Experte konsultiert. Seither arbeitete er an diversen Krimiserien im niederländischen Fernsehen mit. Dabei lernte er auch Dick van den Heuvel kennen.

«Mord im Revue-Palast» ist ihr erster Roman. Weitere mit Van Ledden Hulsebosch in der Hauptrolle werden folgen.

Heuvel & De Waal

Mord im Revue-Palast

Ein Amsterdam-Krimi

Deutsch von
Monika Götze

Rowohlt
Taschenbuch Verlag

Die Originalausgabe erschien 2002
unter dem Titel «Moord in Tuschinski»
bei Uitgeverij De Fontein, Amsterdam

Redaktion Ilja Braun

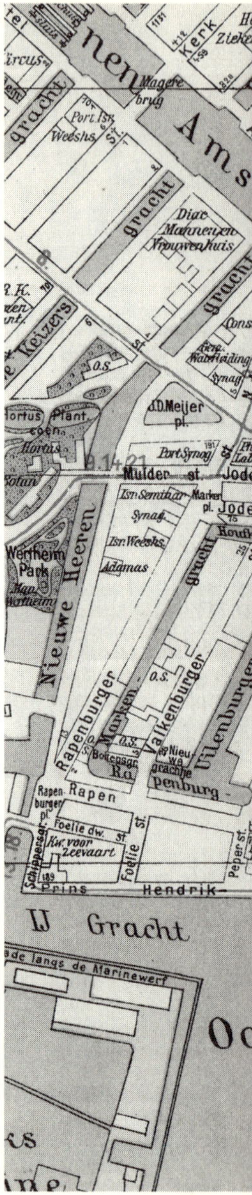

2. Auflage Oktober 2004

Deutsche Erstausgabe
Veröffentlicht im Rowohlt Taschenbuch Verlag,
Reinbek bei Hamburg, September 2004

Umschlaggestaltung any.way,
Cathrin Günther (Foto: zefa)
Satz Plantin PostScript bei
Pinkuin Satz und Datentechnik, Berlin
Druck und Bindung Clausen & Bosse, Leck
Printed in Germany
ISBN 3 499 23697 4

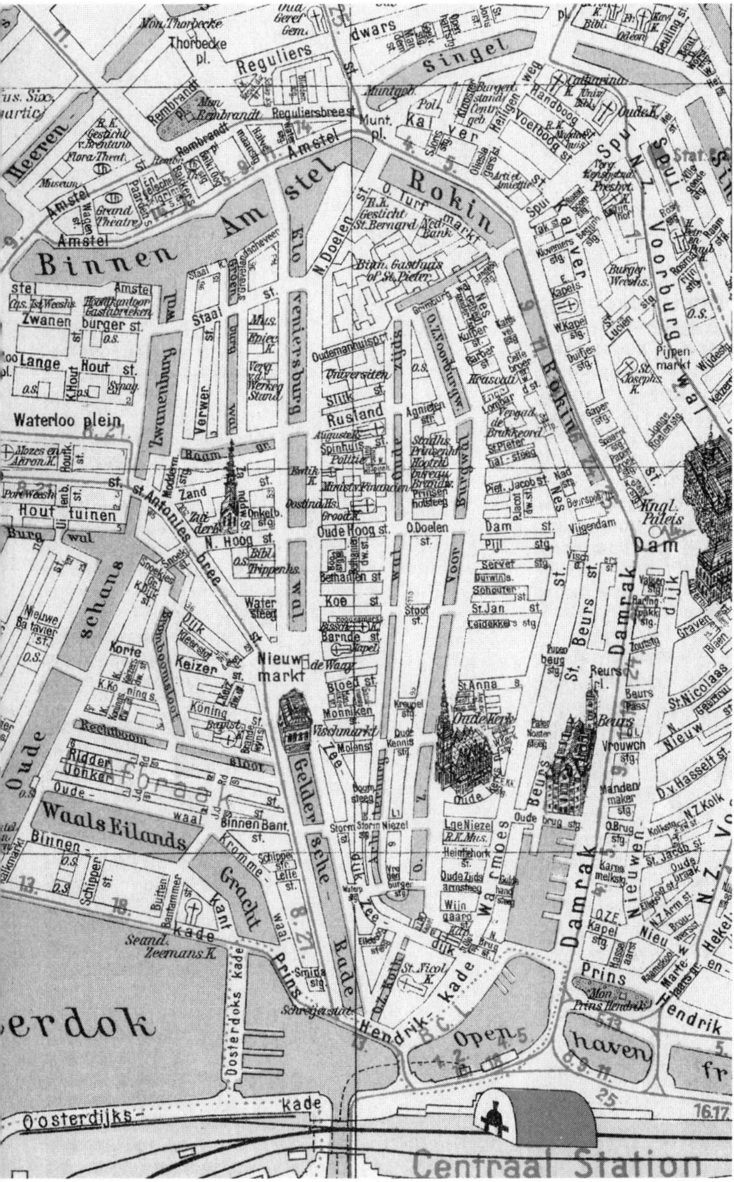

Thorbecke pl.
Mon. Thorbecke
Reguliers
dwars
Singel
Rembrandt pl.
Mon. Rembrandt
Reguliersbreest
Munt pl.
Muntgeb.
Kalver
Heiligen weg
Handboog
Voerboog st.
Spui
Heeren
Amstel
Grand Theatre
Museum
Binnen Amstel
Amstel
Rokin
N. Doelen st.
O. Turf markt
Ned. Bank
Bijz. Gasthuis of St. Pieter
Kloveniers burgwal
Zwanenburger st.
Lange Hout st.
Staal st.
Groen burgwal
Oudemanhuispoort
Universiteit
Rusland
Agnieten str.
Spinhuis
Waterloo plein
Zwanenburg wal
Verwer st.
Zand st.
St. Antonies bree
Hout tuinen
Burg wal
Oude Hoog st.
O. Doelen st.
N. Hoog st.
Trippenhs.
Dam st.
Vijgendam
Dam
Kngl. Paleis
Pijl stg.
Servet
Beurs st.
Damrak
Koe st.
Stoof st.
St. Jan
Nieuw markt
de Waag
Korte Keizer st.
schans
Nieuwe Batavier st.
Koning s.
Bloed st.
Monniken st.
Vischmarkt
St. Anna
Oude Kerk
Beurs pl.
Beurs
St. Nicolaas
Nieuw
Vrouwch stg.
D. v. Hasselt st.
Recht boom
Ridder
Jonker
Oude waal
Afbraak
Waals Eilands
Binnen Bant. st.
Kromme waal
Gelder sche kade
Zee dijk
Warmoes
Oude brug stg.
Lge Niezel
Binnen
Schipper st.
Gracht
Kant
kade
Prins Hendrik kade
Seemd. Zeemans K.
Oosterdoks kade
Oosterdijks kade
erdok
St. Nicol. K.
Open haven
Prins Hendrik
Mon. Prins Hendrik
Nieuwen dijk
N. Z. Voorburgwal
Centraal Station

— 1 —

Der kleine Mann mit Schnurrbart und Frack hatte es eilig, sehr eilig. Die Pferdekarren auf dem Damrak, die stattlichen Spaziergänger auf dem Dam und die Kohlenkähne auf dem Rokin würdigte er keines Blickes. Van Ledden Hulsebosch, normalerweise die Pünktlichkeit in Person, war spät dran und ärgerte sich darüber.

Außerdem konnte er Theater nicht leiden. Genauso wenig wie den ganzen Firlefanz, mit dem die Reguliersbreestraat geschmückt war. Das war doch wirklich eine Schande, wie die schöne elektrische Straßenbahn der Linie 9 mit Girlanden und Lampions verunstaltet worden war!

Aber es war zwecklos. Seine Haushälterin, Fräulein van Henegouwen, hatte darauf bestanden, dass er sie ins neue Tuschinski-Theater begleitete, wo heute Abend ihre Nichte im berühmten Ballett der Schakels-Revue auftreten würde. Sie hatte Ansje versprochen, zur Premiere zu kommen. Und eine Dame ging nun mal nicht allein aus. Jeder andere Hausherr hätte sich standhaft geweigert und wäre zu Hause geblieben, aber Fräulein van Henegouwen war nicht irgendeine Haushälterin. Dann und wann benahm sie sich wie eine Zimmerwirtin und scheute sich nicht, ihm die Leviten zu lesen: zum Beispiel, wenn er zum Abendessen zu spät nach Hause kam oder seine Socken nicht in den dafür bestimmten Korb legte. Widerworte schätzte sie nicht; dann fuchtelte sie ihm mit einem Finger direkt vor der Nase herum und drohte, hier und jetzt fristlos zu kündigen, sollte er auch nur noch einen Ton verlauten lassen. Schon zigmal hatte er darauf eingehen wollen, aber tatsächlich getan hatte er es nie. Er hielt sich zurück, denn er hatte eine Höllenangst davor, dass sie eines Tages wirklich gehen könnte. Aber zugegeben hätte er das nie.

Also hatte er die Einladung zur Premiere angenommen, zumal jeglicher Widerstand sowieso zwecklos gewesen wäre. Er ahnte nur zu gut, was ihm an diesem Abend bevorstand: Er würde in der siebenten Reihe – Ansje hatte natürlich gute Plätze reservieren lassen – zur Schau gestellt werden und müsste wohlwollend den Schabernack eines eingebildeten Kauzes über sich ergehen lassen. Ein Mann, über den man lachen MUSSTE, denn wenn das Publikum nicht lachte, würde der Mann auf der Bühne böse werden, und das wollte man nun auch wieder nicht. Der Saal würde gefüllt sein mit Menschen, die sich gerne selbst quälten, obwohl der weibliche Teil des Publikums den Bühnenstar tatsächlich zu mögen schien. Jedenfalls war er davon überzeugt, dass die Männer im Publikum das gleiche Schicksal wie er demütig würden ertragen müssen.

Er hatte sich sogar noch bemüht, pünktlich zu sein. Am liebsten hätte er natürlich die Verabredung vergessen, aber das konnte er Fräulein van Henegouwen nicht antun. Sie stand bereits an der Ecke Muntplein und Reguliersbreestraat und wartete.

«Sehen Sie doch nur, was hier los ist!», begrüßte ihn seine Haushälterin mit vor Aufregung geröteten Wangen.

«Unnötiges Remmidemmi», murmelte der Apotheker.

«Mir scheint, halb Amsterdam hat sich auf die Beine gemacht, um das mitzuerleben!»

«Und die andere Hälfte sitzt gemütlich zu Hause», sagte Van Ledden Hulsebosch und stellte fest, dass er im Moment genau zur falschen Hälfte gehörte. Seine Haushälterin hörte ihn nicht, sie war schon voll und ganz im Glanz des Theaters aufgegangen. Van Ledden Hulsebosch dagegen hörte nichts als Geschnatter und Gekicher und sah eine Menge toter Tiere auf den Schultern aufgetakelter Damen liegen.

«Darf ich mich unterhaken?», fragte seine Gesellschaftsdame.

«Selbstverständlich», entgegnete er und schlug den Weg zum Theater ein.

Er tippte kurz an den Rand seiner Melone, als sie in der Reguliersbreestraat an Polizeipräsident Marcusse vorbeigingen, der höflich, aber reserviert zurücknickte.

«Kennen Sie den Herrn?», fragte Fräulein van Henegouwen, als sie die Stufen des festlich erleuchteten Theaters hinaufgingen.

«Sehr gut sogar», sagte Van Ledden Hulsebosch. «Er ist Polizeipräsident, zieht es seinerseits aber vor, mich nicht zu kennen. Eine verpasste Chance, wenn Sie mich fragen.»

Van Ledden Hulsebosch war Apotheker und hatte eine große, gut ausgerüstete Apotheke am Nieuwendijk in Amsterdam, aber das war noch nicht alles. Er selbst nannte sich lieber Kriminalist. Abend für Abend verbrachte er zusammen mit seinem Assistenten Vreugdenhil im Laboratorium hinter der Apotheke und arbeitete an Erfindungen, die die Kriminologie weiterbringen sollten. Er sammelte Bücher aus der ganzen Welt über Kriminalfälle und war ständig auf der Suche nach wissenschaftlichen Methoden, um Verbrechen aufzuspüren und zu bekämpfen.

Van Ledden Hulsebosch war fest entschlossen, eines Tages so weit zu sein, seine Apotheke für immer schließen zu können und als Kriminalist zu arbeiten, um sich ausschließlich der wissenschaftlichen Beweisführung widmen zu können.

Um dieses Ziel zu erreichen, war er allerdings von der Mitarbeit von Polizeipräsident Marcusse abhängig, der bis jetzt wenig Interesse an seinen Erfindungen gezeigt hatte, die er ihm in einigen Briefen vorgestellt hatte. Außer einer formalen Empfangsbestätigung hatte er nie irgendeine Reaktion erhalten. Sollte Marcusse doch bleiben, wo der Pfeffer wächst! Anscheinend war die undankbare Welt noch nicht reif für seine Erneuerungen.

Der kahle Apotheker Van Ledden Hulsebosch, der nur im Haus seine Melone absetzte und immer einen dreiteiligen schwarzen Anzug mit einer dunkelroten Weste trug, worin sich die Taschenuhr seines Vaters befand, fühlte sich verkannt. Amsterdam wurde eine kriminelle Stadt. Und die Polizei? Die tat nichts, vor allem weil sie viele Verbrechen erst gar nicht als solche erkannte. So waren eine Reihe Fälle von der Fahndung als tragische Unfälle abgetan worden, bei denen er davon überzeugt war, dass es sich um Straftaten handelte. Aber man hatte ihm nicht die Chance gegeben, es zu beweisen.

«Natürlich kenne ich ihn», sagte er nochmals zu seiner Haushälterin, die vom gesellschaftlichen Umgang ihres Arbeitgebers tief beeindruckt war. Am Eingang des Tuschinski-Theaters – wo an diesem Abend nicht nur die neue Revue des großen Showkünstlers Frederik Schakels in Premiere gehen sollte, sondern anschließend auch ein neuer Film – stand der Besitzer und Großaktionär des Etablissements, Abraham Tuschinski. Dem aus Deutschland stammenden Kino-Unternehmer, der mit Lichtspielhäusern in Rotterdam ein Vermögen gemacht hatte, lag sein Publikum sehr am Herzen. Alles andere kam für ihn an zweiter Stelle. Künstler durften sich nicht aufspielen, Angestellte mussten sich verbeugen wie Klappmesser. Die Zuschauer hatten ein Recht auf jegliche Rücksichtnahme, schon allein wegen des oft sauer verdienten Geldes, das sie für die Eintrittskarten ausgaben. Bei jeder Premiere stand Tuschinski am Eingang seines Theaters, neben dem Personal, um seine Gäste höchstpersönlich willkommen zu heißen.

Van Ledden Hulsebosch betrachtete den Mann und lächelte wohlwollend. Ein Mann nach seinem Geschmack, ein Unternehmer mit Leidenschaft. Tuschinski ließ mit sichtlichem Genuss den Zuschauerstrom an sich vorbeiziehen, der gekommen war, um die neue Revue von Schakels, *Lass das Licht erstrahlen!*, zu sehen. Der Apotheker erkannte im Publikum sogar den Amsterdamer Bürgermeister Willem de Vlugt, der Seite an Seite mit Polizeipräsident Marcusse die Treppe hinaufstieg.

In der prächtigen Eingangshalle standen Bedienstete, die dem Publikum Kaffee einschenkten, ganz umsonst. Wer in sein Theater kam, das war Abraham Tuschinskis Grundsatz, war sein persönlicher Gast. Und seine eigenen Gäste bat man nun mal nicht, für ihren Kaffee zu bezahlen. Eine ausgezeichnete Reklamestrategie, denn viele Leute betraten dieses Theater nur, «weil der Kaffee nix kostet und sogar trinkbar ist!».

Das Publikum strömte in den Art-déco-Saal. Hübsche Mädchen wiesen die Plätze an. Auf den Polsterstühlen – das musste selbst der Apotheker zugeben – saß man bequem und hatte Platz. Der Saal war äußerst komfortabel, wenn er sich so umsah – ein angenehmer Begleitumstand angesichts der kommenden Stunden, in denen er mit Theaterstümpereien gemartert werden würde.

Fräulein van Henegouwen bot ihm ein Pfefferminzbonbon an. «Aber Sie dürfen nicht schmatzen, das stört die Künstler», mahnte sie und hielt ihm die geöffnete Tüte hin. «Und Sie müssen still sitzen.»

Van Ledden Hulsebosch hatte kaum sein Pfefferminzbonbon im Mund, als auch schon das Licht ausging. «Die Revue heißt doch *Lass das Licht erstrahlen!*», konnte er sich nicht verkneifen zu bemerken, was ihm von hinten, vorne und der Seite ein einhelliges «Pst!» eintrug. Man musste nicht nur still sitzen, man durfte noch nicht mal etwas sagen. Die Folter wurde immer unerträglicher. Er rutschte in seinem Sessel ein Stück nach unten. Von der dunklen Bühne kündigte eine laute, bombastische Stimme, begleitet von ohrenbetäubendem Trommelwirbel, das Spektakel an.

«Meine Damen und Herren! Willkommen im Revue-Palast Tuschinski! Willkommen bei der Premiere der brandneuen Revue *Lass das Licht erstrahlen!*. Hier ist Ihr Gastgeber und Conférencier. Hier ist kein Geringerer als … Frederik … Schakels!!!»

Van Ledden Hulsebosch hatte jetzt schon genug. So viel Trara für einen Mann, der ihm den ganzen Abend vermiesen würde. Er sackte in sich zusammen und schaute zu Fräulein van Henegouwen hinüber, die aussah, als hätte sie Fieber, so apfelrot glühten ihre Wangen.

Schakels trat auf die Bühne, und das allein reichte aus, um einen tosenden Beifall auszulösen, der minutenlang anhielt. Van Ledden Hulsebosch wunderte sich über so viel Beifall für so wenig Leistung und überlegte, ob er fortan solchen Applaus auch von seinen Kunden fordern sollte, wenn sie ihm ein Rezept vorlegten.

«Ich heiße Sie alle willkommen», sagte Frederik Schakels mit lauter Stimme. «Ich habe für Sie eine Revue zusammengestellt, wie sie die Welt noch nicht gesehen hat. Sie sind heute Abend hierher gekommen, um Gold und Glamour zu sehen: Es möge auf Sie herniederregnen, wie es brave Mädchen bei Frau Holle erwarten dürfen. Und für die Männer haben wir auch noch etwas anderes in petto!»

Er zwinkerte dabei mit einem Auge, und Van Ledden Hulsebosch ahnte, dass er Ansje mit weniger Kleidern als je zuvor sehen würde. Der männliche Teil des Publikums lachte und klatschte ausgiebig. Damit verlor Van Ledden Hulsebosch seine letzten Mitstreiter.

«Aber nun zuerst ein Lied», kündigte Frederik Schakels an.

«Das hatte ich schon befürchtet», murrte Van Ledden Hulsebosch etwas zu laut und fragte sich, wie viel seichten Schmu ein Mensch wohl vertragen konnte, bevor er durchdrehte.

«Pst!», erklang es verärgert um ihn herum.

Der Showkünstler setzte an und besang die Schönheit der neuen Zeit mit all ihren modernen Erfindungen. Er rief die Zuschauer auf, ihre Augen offen zu halten für all das Schöne, was die Zukunft bringen werde, und Van Ledden Hulsebosch konnte es nicht lassen, dem Polizeipräsidenten einen verstohlenen Blick zuzuwerfen. Ob er wohl die Aussage des Liedes verstehen und sich endlich besinnen würde? Am nächsten Tag den Telefonhörer in die Hand nehmen und ihm endlich sagen würde: «Wir brauchen Sie! Gestern habe ich das Licht gesehen! Sie sind unsere Rettung! Kommen Sie schnell! Und bringen Sie all Ihre Erfindungen mit!» Van Ledden Hulsebosch stieß einen tiefen Seufzer aus.

Es war ein schönes Lied, musste der Apotheker zugeben, das viel Wahrheit enthielt, und sogar er konnte einen Applaus dafür aufbringen, weil er sich in seiner Ansicht bestärkt fühlte, dass es für diese Welt noch vieles zu entdecken gab und ganz bestimmt für eine so unwissende Seele wie die von Marcusse.

Das Ballett trat auf und tanzte *Ein Tanz zum Licht!*, nach einer Choreographie von Jackie Dubois, wie Van Ledden Hulsebosch dem Programmheft entnehmen konnte, für das er am Eingang auch noch 15 Cent bezahlt hatte – als ob ihn der ganze Blödsinn hier nicht ohnehin schon viel zu viel Zeit, Energie und auch Geld gekostet hatte. Er fuhr mit seinem Finger an all den Auftritten entlang, die er an diesem Abend noch zu verkraften haben würde. Es waren noch viele, viel zu viele, aber anscheinend kümmerte das hier niemanden.

Ansje stand in den hinteren Reihen des Balletts und machte ab und an einen Trippelschritt nach vorn, in der Hand einen Ball, der mit fluoreszierendem Gas gefüllt war, wie Van Ledden Hulsebosch sofort erkannte. Das war nicht ganz ungefährlich, was die Bühnenhelfer Ansje zweifellos nicht mitgeteilt hatten. Aber wenn sie nicht zu dicht an die Lampen kam, konnte nichts passieren. Jedes Mal, wenn Ansje in die Nähe des Orchestergrabens kam, konnte sich Fräulein van Henegouwen einen kleinen Aufschrei nicht verkneifen.

«Das ist ihre Nichte», erklärte der Apotheker vernehmlich allen, die es nicht hören wollten.

«Pst!», zischten die Zuschauer um ihn herum. Gut, dann erkläre ich eben nichts mehr, dachte er daraufhin eingeschnappt.

Es folgten witzig gemeinte Sketche, über die herzhaft gelacht wurde, woraufhin der Apotheker sich fragte, ob denn wirklich niemand in diesem Saal etwas Besseres zu tun hatte. Außerdem saß man auf den Polstern inzwischen auch nicht mehr so gut wie zu Anfang! Er versuchte noch etwas tiefer zu rutschen, als das Ballett ein Lied über Getreidegarben im Frühling anstimmte, aus dem er schließen konnte, dass der Dichter noch nie in seinem Leben auf dem Land gewesen war. Unversehens fiel er in Schlaf und wachte erst wieder auf, als der Conférencier von der Bühne aus das Wort an ihn richtete.

«Sie da, mein Herr. Sagen Sie doch mal etwas dazu», sprach Schakels ihn an, und alle lachten.

Van Ledden Hulsebosch sah sich um und merkte, dass etwas von ihm erwartet wurde. «Sie sind alles andere als eine Leuchte, mein Herr!», rief Van Ledden Hulsebosch und erntete dafür tatsächlich herzhaftes Gelächter.

Schakels zuckte kaum merkbar zusammen und sagte schnell: «Das führt uns zu unserer letzten Nummer. Ich präsentiere Ihnen: *Den Sonnenkönig*!»

Eine prächtige Szene, die, was natürlich niemand im Publikum wusste, erst am Nachmittag entworfen worden war. Sie hatte viele Höhepunkte, und sogar der Apotheker schaute fasziniert zu.

Funkelndes Scheinwerferlicht war auf Schakels gerichtet, der das beherrschende Zentrum der Show darstellte und in einem dröhnenden Finale über die Bühne paradierte.

Das Ende der Revue nahte, und alle wichen zur Seite, um dem Sonnenkönig der niederländischen Revue alle Ehre zukommen zu lassen. Er streckte beide Arme gen Himmel, als wolle er schon jetzt den Ruhm des anschwellenden Applauses entgegennehmen, als plötzlich, mit donnernder Gewalt, die komplette Lichtinstallation herunterfiel und die Herrlichkeit in Person, den großen Star, unter sich begrub.

Der Rest des Ensembles stand stocksteif daneben, und viele schlugen vor Entsetzen die Hand vor den Mund. Die tödliche Stille im Saal währte nur kurz. Das darauf folgende Geschrei der Zuschauer war ohrenbetäubend, und die Bühnenarbeiter waren zu überrascht, als dass sie daran gedacht hätten, den Vorhang fallen zu lassen, sodass das Publikum zu allem Überfluss auch noch minutenlang mit dem schockierenden Szenario konfrontiert blieb, bevor es endlich den Blicken entzogen wurde.

In dem entstandenen Tumult wurden die Zuschauer von der lauten Stimme, die zu Anfang verkündet hatte, dass es ein festlicher Abend würde, gebeten, das Theater so ruhig wie möglich zu verlassen. Polizeipräsident Marcusse dagegen ging zum Telefon, um Polizeimannschaften dazu zu verdonnern, ins Theater zu kommen, während die Ballett-Tänzerinnen in die Umkleideräume dirigiert wurden.

Ein einziger Mann in Reihe sieben blieb in aller Ruhe sitzen. Er überblickte gelassen die Lage und hätte sich am liebsten eine Pfeife gestopft oder eine gute Zigarre angezündet, um dies alles gründlich auf sich wirken zu lassen. Fräulein van Henegouwen war sofort aufgesprungen, hatte so geschrien, wie sie es auch tat, wenn eine Maus durch die Apotheke trippelte, und wollte sofort mit der Menge mitlaufen. Sie hatte ihre Sachen zusammengerafft, wobei ihre Pfefferminztüte mit der offenen Seite nach unten auf dem Boden gelandet war.

Van Ledden Hulsebosch half ihr, die Süßigkeiten aufzusammeln.

«Gehen Sie ruhig schon», sagte er und nickte ihr freundlich zu, wobei er mit den Augen zwinkerte.

«Bleiben Sie denn noch hier?», fragte sie erstaunt.

Er nickte und schaute zur Bühne. «Ich habe noch zu tun. Kommen Sie allein zurecht?»

Sie nickte etwas verwirrt, woraufhin Van Ledden Hulsebosch ihr galant aus der Sitzreihe half. Sie mischte sich unter die Menge, die den Saal verließ, und der Apotheker setzte sich wieder ruhig hin.

Er hatte es immer als eine Art Instinkt beschrieben: den merkwürdigen Umstand, dass Feuerwehrmänner zum Ort eines Brandes hinlaufen anstatt weg davon und Polizisten die Gefahr suchen, anstatt sich in Sicherheit zu bringen. Es war sein Instinkt, beinah seine zweite Natur, was ihn jetzt hier hielt. Einem derart faszinierenden Tod war er nie so nah gewesen.

Er stand auf und ging nach vorn. Ohne dass jemand ihn beachtete, kletterte er auf die Bühne und verschwand hinter dem Vorhang. Dass ausgerechnet er nun hier stand – es war ein Wunder. Mit höchster Aufmerksamkeit nahm er alles um sich herum auf: das Holz, das unter seinen Füßen knarrte, den Geruch von Schweiß und Schminke, die Blicke der wenigen Leute, die noch auf der Bühne herumliefen. Hier, von dieser Stelle aus gesehen, war der Zauber der Bühnenwelt dahin, denn man blickte auf die Rückseite des Dekors, von dem einige Teile nachlässig mit ein paar Latten zusammengeschustert waren. Was vom Saal aus betrachtet glitzerte und glänzte, war von hier aus als billiger Betrug zu erkennen.

Sein Blick fiel auf die Leiche von Frederik Schakels. Eigenartig verformt durch das enorme Gewicht, das ihn erschlagen hatte, schien Schakels ihn anzustarren.

So stand Van Ledden Hulsebosch in aller Ruhe einige Zeit Auge in Auge mit dem Tod und versuchte sich währenddessen alle Details vom Ort des Unheils zu merken. Er ließ seinen Blick über die Bühne schweifen: ein paar Bühnenarbeiter, die panisch herumrannten, die Blicke einiger Mädchen, die noch nicht weggeschickt worden waren, das kleine Blutrinnsal, das unter Schakels' Körper heraus über den Holzboden der Bühne lief.

Er fühlte ein Pfefferminzbonbon in seiner Hosentasche und steckte es gedankenverloren in den Mund. Andächtig biss er es kaputt, ohne seinen Blick von Schakels abzuwenden.

Niemand achtete auf ihn, bis die Polizei kam.

— 2 —

Polizeipräsident Marcusse hatte keinen Moment gezögert. Er hatte ein Telefon gefunden und sofort Kontakt mit der Wache am Rembrandtsplein aufgenommen, einige hundert Meter vom Tuschinski entfernt.

«Wer hat Dienst?», hatte er in den Hörer geschrien.

Der wachhabende Polizist hatte aus den Augenwinkeln den jungen Polizeiinspektor Jonathan Saltet beobachtet, der bei den Archivkästen stand. «Ich schicke ein paar Männer los», war seine prompte Antwort gewesen, woraufhin er den Hörer aufknallte und «Saltet!» schrie. Normalerweise gab es am Samstagabend nur kleine Vergehen, musste man Trunkenbolde auf dem Rembrandtsplein einsammeln, um das Stadtbild so adrett wie möglich zu halten. Dies hier war ein anderes Kaliber.

«Frederik Schakels liegt unter seinem Licht», sagte der Wachhabende.

«Tot?»

«Soweit Marcusse das beurteilen konnte, schon.»

«Ist Marcusse dort?», fragte Saltet respektvoll.

«Alle hohen Tiere sitzen da im Saal. Sollte mich nicht wundern, wenn De Vlugt auch da wäre.»

«Der Bürgermeister?»

«Ja, der. Beeil dich, Mann! Was trödelst du noch? Ich ruf in der Zwischenzeit die Feuerwehr, die sollen ein paar Sanitäter kommen lassen. Jetzt steh nicht wie angewurzelt herum!»

Das ließ sich Saltet kein zweites Mal sagen. Er trommelte ein paar Männer zusammen und rannte zum Theater.

Ein Toter! Eine große Sache also. Und Marcusse war dabei und De Vlugt ... und wer weiß, wer sonst noch alles. Bei dem Gedanken wurde ihm ganz anders; sein erster wichtiger Fall und gleich mehrere hohe Tiere unter den Zeugen!

Als er beim Theater ankam, verließen die ersten Besucher bereits das Gebäude. Mit den drei Mann, die er mitgenommen hatte, war es unmöglich, die Menschenmenge aufzuhalten.

«Pickt ein paar Besucher heraus und nehmt ihre Aussagen auf», instruierte er seine Leute. Er selbst ging hinein. Im Foyer herrschte Panik. Die Besucher versuchten, bei der Garderobe an ihre Mäntel zu kommen und so schnell wie möglich das Theater zu verlassen. Im Saal musste der tote Schakels liegen, erschlagen von seinem eigenen Licht, was immer das heißen mochte.

Plötzlich wurde er vom Besitzer des Theaters, Abraham Tuschinski, angehalten, der bisher vollkommen verstört wie ein kopfloses Huhn quer durch den runden Publikumsgang gelaufen war, der das Theater umschloss. Er konnte einfach nicht fassen, dass sein brandneues Theater derartig verheerende Mängel aufweisen sollte.

«Ich kann das nicht begreifen. Da habe ich alles persönlich kontrolliert, viele hundert Mal!», rief er in einem Niederländisch, das mit vielen deutschen Wörtern gespickt war, wofür er berüchtigt war. «Holt mir die Baubetriebe, die Handwerker ... ich werde der Sache auf den Grund gehen. Was wird man nur von mir denken?», sagte er verzweifelt.

Saltet zog sein Notizbuch heraus. «Können Sie mir erzählen, was genau passiert ist?», fragte er.

«Der Himmel ist heruntergefallen! Ein Unglück!»

«Der Himmel?»

Polizeipräsident Marcusse gesellte sich zu ihnen. «Ich habe gesehen, wie es passiert ist. Die Zeugenbefragung kann also warten. Sieh mal lieber auf der Bühne, was du tun kannst. Hast du ein paar Leute hier?»

«Drei. Sie nehmen Zeugenaussagen auf.»

«Das erscheint mir ziemlich überflüssig. Die Zuschauer sagen doch alle dasselbe.»

«Ich werde einen Leichenbeschauer kommen lassen. Feuerwehr und der Krankenwagen sind schon unterwegs.»

«Sehr schön», brummte Marcusse, und dieses Kompliment tat Saltet sichtlich gut.

«Mit Ihrer Erlaubnis würde ich gerne die Situation im Saal unter Augenschein nehmen.» Saltet versuchte, so selbstbewusst wie möglich zu klingen.

«Ausgezeichnet, Junge!»

Vom hinteren Ende des Saals hatte er einen guten Blick auf die Bühne. Dort lag eine Stahlkonstruktion, die – so wurde er später von einem Bühnenarbeiter aufgeklärt – Gitterboden genannt wurde. Das Metall war durch den heftigen Schlag, mit dem das Gerüst aufgeschlagen war, verbogen. Darunter musste sich Schakels' Leichnam befinden. Langsam ging er über den Mittelgang zur Bühne. In ihm machte sich eine gespannte Erregung breit. Hier kam alles zusammen: sein erster großer Fall, ein Toter und als Schauplatz ein renommiertes Theater.

Er kletterte auf die Bühne und sah unter den Stahlstreben den Leichnam liegen. Es war ein grauenhafter Anblick: Frederik Schakels' Augen waren weit aufgerissen. Saltet wusste, dass er sich jetzt nichts entgehen lassen durfte, und versuchte, nervös und mit zitternden Fingern, das Wenige, was er sah, zu notieren.

Die ersten Feuerwehrmänner stürmten in den Saal. «Haben Sie hier die Einsatzleitung?», fragte der Zugführer, während seine Männer Zugvorrichtungen und Eisensägen herbeischafften.

«Jawohl», antwortete Saltet so selbstverständlich wie möglich.

«Müssen erst noch Fotos gemacht werden, oder sollen wir gleich versuchen, den Leichnam freizubekommen?»

Saltet biss sich auf die Lippe. Er hatte vergessen, einen Fotografen zu bestellen. Sicherlich würde es eine Stunde dauern, bevor der Kerl hier wäre.

«Einen Moment, bitte», sagte er schnell und rannte ins Foyer. Den noch immer lamentierenden Abraham Tuschinski hatte er schnell gefunden. Er fragte ihn, ob vielleicht ein Fotograf anwesend sei, der am Abend Fotos von der festlichen Premiere hätte machen sollen. Den gab es in der Tat, und Saltet hatte ihn schnell beim Wickel, um einige Aufnahmen vom Unglücksort machen zu lassen.

«Darf ich die Fotos auch an die Zeitung geben?», fragte der Fotograf.

«Nein», sagte Saltet sehr entschieden und forderte sogleich die Filmrolle aus der Kamera ein, die ihm der Fotograf schließlich murrend gab. Danach konnten die Feuerwehrleute beginnen. Sie sägten und bearbeiteten mit ihren Werkzeugen die Metallverstrebungen, sodass der Körper freikam und ein Arzt seine Arbeit tun konnte. Der fühlte an der Halsschlagader und sagte in ruhigem Ton, er könne lediglich den Tod feststellen. Er füllte die Papiere aus und reichte sie Saltet.

«Er war auf der Stelle tot.»

«Zum Glück.»

«Hat er den Applaus gar nicht mehr hören können», erwiderte der Arzt zynisch. Saltet konnte nicht darüber lachen.

Im Saal kehrte langsam wieder Ruhe ein. Saltet hatte mit ein paar Augenzeugen gesprochen, mit einigen Tänzerinnen und Tänzern, und langsam konnte er sich ein Bild davon machen, was hier vorgefallen war.

Marcusse trat zu Saltet und fragte ihn, ob er alles unter Kontrolle habe.

«Ich schreibe heute Nacht noch einen Bericht», antwortete er.

«Wie war dein Name noch gleich?»

«Saltet. Jonathan Saltet.»

«Hm», brummte Marcusse.

Ein Lob war scheinbar nicht drin. Insgeheim hatte Saltet auf ein anerkennendes Schulterklopfen gehofft, aber dafür war Marcusse auch nicht der richtige Mann.

Auf der Bühne waren Pfleger des Krankenhauses damit beschäftigt, die Leiche auf einer Tragbahre festzuschnallen, um sie ins Leichenhaus transportieren zu können.

«Und, Saltet?», fragte Polizeipräsident Marcusse, der daneben stand und zusah.

«Ich denke, wir können hier aufräumen lassen. Ein tragischer Unfall», stellte Saltet fest.

«Wenn es ein Unfall war …», hörten die beiden plötzlich aus den Kulissen, «was ich stark bezweifle!»

Saltet spähte in die Dunkelheit seitlich der Bühne.

Ein kleiner, gedrungener Mann mit einer Melone inspizierte die Seile und das Zugwerk der Bühne.

«Wer sind denn Sie? Und was tun Sie hier? Hat man Ihnen nicht gesagt, dass Sie das Theater zu verlassen haben?»

Saltet ging auf den Mann zu, dicht gefolgt vom Polizeipräsidenten.

«Mein Name ist C. J. van Ledden Hulsebosch. Ich bin Apotheker und arbeite nebenbei als Kriminalist. Angenehm.»

Den Ton, den der kleine Mann anschlug, fand der Polizeipräsident alarmierend. Musste er ihn etwa kennen?

«Van Ledden wie?», fragte er langsam, während er darüber nachdachte, ob er den Namen schon mal gehört oder gelesen hatte.

«Hulsebosch. Van Ledden Hulsebosch, Herr Marcusse. Ich hatte Ihnen vor einiger Zeit schon einmal meine Dienste angeboten.»

Hier war Vorsicht geboten, fand Marcusse. Vielleicht war er einer der vielen Verrückten, die diese Stadt bevölkerten, man konnte nie wissen. Auf der anderen Seite durfte man nicht die Falschen vor den Kopf stoßen, das hatte er wahrlich gelernt.

«Das war mir eben entfallen, entschuldigen Sie bitte. Na ja, ist ja auch nicht verwunderlich. Man macht schließlich nicht jeden Tag solch ein … Glanzstück hätte ich beinah gesagt … mit.» Er wies mit einer weit ausholenden Armbewegung auf das Chaos auf der Bühne.

Van Ledden Hulsebosch lächelte und wusste nun sicher, dass Marcusse sich nicht mehr an den Briefwechsel erinnerte. Na ja, Briefwechsel war wohl auch etwas übertrieben – viel war da nicht ausgewechselt worden, aber er wollte seine Melone fressen, wenn sich daran jetzt nichts ändern würde.

«Und als was hatten Sie Ihre Dienste angeboten?», fragte Marcusse eher aus Höflichkeit als aus Interesse.

«Als Kriminalist.» Van Ledden Hulsebosch machte dabei eine kleine Verbeugung, als ob er dem Wort dadurch besonderes Gewicht verleihen wollte.

«Ach so.» Marcusse ließ seinen Blick uninteressiert schweifen. «Richtig, ja. Kriminalist. So, so. Jajaja.»

«In der Tat.» Van Ledden Hulsebosch konnte ein kleines Lächeln nicht unterdrücken.

Marcusse beugte sich zu dem kleinen Mann hinunter. «Eine der wichtigsten Anforderungen, um im Dienste der Polizei tätig zu sein, ist der Wille, sich der zuständigen Autorität unterzuordnen. Genau so, wie es sich in gewissem Maße auch für einen Bürger geziemt. Sie sind gebeten worden, dieses Gebäude zu verlassen. Das haben Sie nicht getan. Schlimmer noch, Sie laufen in Ecken herum, in denen Sie sowieso nichts zu suchen haben! Nennen Sie mir *einen* guten Grund, warum ich erwägen sollte, Ihre Dienste in Anspruch zu nehmen.»

«Wenn Sie mir fünf Sekunden Ihrer Zeit opfern würden und bereit wären, mit mir ein Stück hinaufzuklettern, dann würde ich Ihnen genug Grund geben», sagte Van Ledden Hulsebosch ruhig und fing an, auf der eisernen Leiter in den Dachfirst des Theaters zu steigen.

«He, so einfach geht das nicht!», rief Marcusse.

«Ich hol ihn da runter», sagte Saltet beschwichtigend und kletterte dem Apotheker hinterher. Für sein Alter und seine Statur war Van Ledden Hulsebosch noch ziemlich gelenkig. In kürzester Zeit standen beide Männer oben.

«Das hier ist der Schnürboden», sagte Van Ledden Hulsebosch. «Zumindest hat das der Bühnenarbeiter von vorhin gesagt. Eine Stahlkonstruktion, die die gesamte Bühne überspannt. Die losen Stahlbalken, die an Seilen hängen, heißen Zugstangen. Hieran kann man alles befestigen, was auf der Bühne zu sehen oder nicht zu sehen sein soll. Sehen Sie? Hier: Lampen, Vorhänge, sogar Kulissenteile. Über die Seile wird dann alles herauf- und heruntergezogen.»

«Sie müssen jetzt wirklich mitkommen. Wir haben Instruktionen, jeden, der hier nichts zu suchen hat, aus diesem Gebäude zu entfernen», ließ sich Saltet nicht beirren.

Er sah für einen Moment nach unten. Sie befanden sich zirka 15 Meter über der Bühne. Unter ihnen liefen noch immer eine Reihe von Beamten herum. Das war hoch – Saltet hatte schon immer unter Höhenangst gelitten. Die Konstruktion machte zwar einen soliden Eindruck, aber vor einer knappen Stunde war schließlich auch etwas hinuntergefallen.

Van Ledden Hulsebosch sah Saltets verstohlenen Blick. «Ja, ja, wir gehen gleich. Ich bin sofort weg. Aber erst müssen Sie sich noch kurz dies hier ansehen. Hier hat die Zugstange mit dem Schnürboden gehangen, der das hochhalten sollte, was während des furchtbaren Schlussliedes so tragisch hinuntergefallen ist. Wenn das ein Unfall war, verfügt die Vorsehung über ein großartiges Gefühl für den richtigen Zeitpunkt.»

«Sie waren während des Unglücks im Saal?»

«Reihe 7, eine prächtige Sicht. Und genau in dem Moment, als es passierte, dachte ich: Kann der Himmel nicht etwas herunterschicken, was diesen Lärm beendet. Mein Wunsch wurde mehr oder weniger sofort erhört. Übrigens: Ich bin unschuldig, nur um der Deutlichkeit willen.»

«Es handelt sich hier höchstwahrscheinlich um einen Unfall», behauptete Saltet weiterhin. Er sah, dass der Polizeipräsident unten ungeduldig wurde. «Sie müssen nun wirklich mitkommen, sonst haben wir ein Problem.»

Van Ledden Hulsebosch wusste es zu schätzen, dass der Inspektor von «wir» sprach. Er konnte Marcusse sowieso nicht leiden und wollte ihm erst recht keinen Anlass geben, diesen Mann mit Höhenangst abzumahnen.

Saltet klammerte sich noch immer ängstlich fest.

«Wahrscheinlichkeit gilt der Wissenschaft als Laster, Herr …?»

«Saltet.»

«Herr Saltet. Dass etwas möglicherweise wahr ist, aber möglicherweise auch unwahr, ist eine derartig große Unsicherheit, dass die Wissenschaft damit nichts zu tun haben möchte. Als Kriminalist möchte ich mich zu den Wissenschaftlern zählen und hätte deswegen gern Beweise für die Wahrheit bzw. die Unwahrheit.»

«Das Ding war viel zu schwer behangen», behauptete Saltet. «Wir haben eine Aussage der Techniker, die sich darüber heute Nachmittag bereits beschwert haben. Aber Herr Schakels wollte nicht auf sie hören. Es sollte eine Sensation werden.»

«Und eine Sensation ist es in der Tat geworden, Herr Saltet. So etwas macht man in seinem Leben nur einmal mit. Sogar Herr Schakels ist zu einer Wiederholung nicht mehr imstande. Was meine Haushälterin sehr bedauern wird.»

Saltet warf Van Ledden Hulsebosch einen kurzen

Blick zu. Er wusste den unterkühlten Humor des kleinen Mannes vor sich auf dem Gerüst durchaus zu schätzen.

«Sie mochte Schakels' Possen sehr, und sogar seine Lieder hörte sie gern. Ich befürchte jedoch, dass sein Tod in der Hinsicht nicht so tragisch wird. Schon morgen wird hier ein anderer stehen und sein Herz ausschütten, das nehme ich jedenfalls an. Des einen Tod ist des anderen Brot, das gilt sicher in der Künstlerwelt.»

«Sie müssen jetzt wirklich gehen. Kommen Sie!»

Unten ging der Polizeipräsident inzwischen nervös auf und ab und warf hin und wieder einen düsteren Blick nach oben.

«Eine Eigenschaft von Seil ist in der Tat, dass es das Gewicht, das an ihm hängt, nicht immer tragen kann. Seil ist geflochtenes Hanf, wie Sie sicher wissen. Wie erkläre ich Ihnen das am besten? Die Einzelfäden sind alle miteinander verflochten. Bei einer Überbelastung kann es passieren, dass die Fäden einer nach dem anderen reißen. Das geschieht meistens an der schwächsten Stelle, also da, wo das Seil schon besonders verschlissen ist. Aber sehen Sie mal ...»

Van Ledden Hulsebosch zog die Taue, die dort hingen, heran. Sie waren in einwandfreiem Zustand. Es gab zwar leichte Reibungsstellen dort, wo das Seil über die Rollen gelaufen war, aber sie waren nicht der Rede wert. Schließlich hatte das Tuschinski-Theater gerade erst seine Pforten für das Publikum geöffnet. Das im Stadttheater manchmal etwas nach unten donnerte, war verständlich, aber doch nicht im nagelneuen großen Saal des Tuschinski!

«Und selbst, wenn dieses Seil überbeansprucht war –

Sie sehen, Herr Saltet, dass es gar nicht an der Stelle gerissen ist, wo man es erwarten würde. Die Frage ist also berechtigt, wo also sonst.»

«Er kommt jetzt sofort nach unten, oder ich komme ihn persönlich holen!», schrie Marcusse mit rot angelaufenem Kopf.

«Sie hören es», sagte Saltet nun doch nervös.

Der Apotheker nickte, ließ sich aber nicht stören, sondern lief ungerührt weiter und zog das Seil, an dem das eiserne Gestänge gehangen hatte, in die Höhe.

«Sehen Sie, das sieht verheißungsvoll aus», sagte Van Ledden Hulsebosch mit stolzem Unterton. Er hielt ein loses Ende in den Händen. «Sie können mir alles Mögliche weismachen – man hat mich sowieso bereits den ganzen Abend mit irgendwelchen Betrügereien, die zur Zeit wohl Revue genannt werden, zu unterhalten versucht – aber das hier ist eindeutig keine Verschleißerscheinung.» Er hielt Saltet das Ende des Seils unter die Nase. «Ein Seil reißt doch nicht derart sauber? Das muss doch selbst ein Polizist zugeben, nicht wahr?»

Saltet betrachtete das Tau. Es sah noch neu und gut aus, und es war eindeutig an einer Stelle durchgeschnitten worden.

«Und es ist auch noch mit der nötigen Sorgfalt getan worden», fügte Van Ledden Hulsebosch hinzu. «Das Ganze hing an vier Seilen. Die anderen drei sind ebenfalls durchtrennt worden, zunächst wohl nur angesägt, sodass der Mörder dann im entscheidenden Moment mit vier schnellen Schnitten die ganze Geschichte hinunterknallen lassen konnte.»

Mit wachsendem Erstaunen sah Saltet nach unten, zu den anderen Zugseilen. Der Mann hatte Recht! Jetzt sah er es auch. Die Seile waren sorgfältig zerschnitten worden. Aus der Schnittfläche ragten noch einzelne, etwas längere Fäden, die ebenfalls glatt durchtrennt worden waren, als ob dies später passiert sei.

«Und jetzt reicht's!», schrie Marcusse und kam das Gerüst herauf. «Ich habe genug von dir und deinen Diensten! Du kommst jetzt herunter, ob du willst oder nicht. Und wenn ich dich eigenhändig herunterschleifen muss!»

«Herr van Ledden Hulsebosch hat mir gerade etwas gezeigt ...», versuchte Saltet noch einzuwerfen, aber Marcusse kannte kein Pardon.

Er war im Lauf der Jahre vom Lehrjungen bis in seine leitende Position aufgestiegen und wusste noch genau, wie man jemanden anpacken musste, um ihn von einem Ort zu entfernen, an dem man ihn nicht haben wollte. Innerhalb von wenigen Sekunden hatte er den Apotheker zur Leiter geschleppt. «Raus! Deine Dienste sind abgelehnt!»

«Aber es geht hier um Mord!», rief Van Ledden Hulsebosch.

«Wenn du nicht sofort die Leiter hinunterkletterst, dann handelt es sich hier gleich tatsächlich um Mord!», erwiderte Marcusse.

In null Komma nichts stand der Amateurermittler unten und wurde vom Polizeipräsidenten höchstpersönlich aus dem Gebäude befördert. Das wäre also erledigt!

«Den Bericht will ich noch heute Nacht!», brüllte Marcusse Saltet an und verließ das Theater. Der Wein war alle, die gute Stimmung verflogen, und selbst der Bürgermeister war weg. Für Marcusse war der Tag gelaufen.

Saltet dagegen hatte nur noch die verräterischen Seile im Kopf. Er rief nach einem der Assistenten und beauftragte ihn, die durchtrennten Seile von den Rollen zu holen. Saltet wickelte sie sorgfältig auf und nahm sie mit.

Als er mit den vier dicken Seilen in der kleinen Polizeiwache am Rembrandtsplein ankam, fing der gutmütige Dienst habende Wachtmeister zu lachen an.

«Neue Laufbahn eingeschlagen? Als Schleppesel?»

«Sehr witzig! Sie sollten zum Theater gehen, Herr Kollege. Es ist gerade eine Stelle frei geworden, habe ich gehört. Die von Schakels.»

«Nein, vielen Dank, ein platter Künstler. Im wörtlichen und im übertragenen Sinne.» Der Wachtmeister grinste breit, aber Saltet reagierte nicht.

«Wo kann ich das Zeug hier lagern?» Saltet stand ein wenig hilflos mit den Seilen in den Händen da.

«Sehen Sie sich ruhig um ...» Der Polizist machte mit der Hand eine weiträumige Geste und sah Saltet dabei bedeutungsvoll an.

Dies war zweifellos die kleinste Wache der Stadt, vielleicht sogar des ganzen Landes. Eine kleine Eingangshalle mit einem Schalter, hinter dem der Dienst habende Beamte saß. Rechts dahinter ein Wartezimmer von kaum vier Quadratmetern, eine Toilette und eine einzige Zelle.

«Dann geh ich wohl doch besser in die Warmoesstraat.» Saltet warf sich die Seile über die Schulter und verließ die Wache.

In der Rechercheabteilung der Wache in der Warmoesstraat stieß er zunächst auf Unverständnis, aber als er erklärt hatte, worum es ging, nahm ihn ein älterer, erfahrener Rechercheur mit in den «Tresor»: ein Raum, in dem beschlagnahmte Gegenstände aufbewahrt wurden. Saltet wickelte die Seile in braunes Packpapier, versiegelte das Ganze mit Lack und trug alles unter der Nummer 185/23 im «Buch für beschlagnahmte Gegenstände» ein.

Van Ledden Hulsebosch hatte sich in aller Ruhe von Polizeipräsident Marcusse aus dem Tuschinski werfen lassen. Draußen hatte er lediglich bemerkt, dass er diese Behandlung unter aller Würde fand und sich gut vorstellen könne, warum die Amsterdamer Polizei, mit jemandem wie dem Polizeipräsidenten an der Spitze, einen so schlechten Ruf genieße. Daraufhin wäre Marcusse beinah explodiert, aber Van Ledden Hulsebosch hatte höflich grüßend seine Melone angehoben und war nach Hause gegangen.

Der Rest des Abends stand vollkommen im Zeichen von Fräulein van Henegouwen, die ununterbrochen im Zimmer auf und ab ging und dabei in einem fort «O Gott, o Gott, o Gott» seufzte. Sie wurde nicht müde, ihn zu fragen, ob sie ihm etwas holen oder zubereiten solle, sodass er schließlich aufstand und früher als sonst verkündete, zu Bett gehen zu wollen.

«Geht es Ihnen auch wirklich gut?», fragte sie besorgt und schaute dabei so traurig, dass er es nicht übers Herz brachte, sie nach Hause zu schicken.

Also durfte sie noch eine Anismilch für ihn machen, die sie zusammen tranken. Danach müsse sie wirklich gehen, sagte Van Ledden Hulsebosch, denn es sei schon sehr spät. Und was sollten denn die Leute denken, wenn eine Haushälterin noch zu so später Stunde im Haus ihres Arbeitgebers verkehre?

«Aber dies ist eine besondere Ausnahme. Ich bin derart erschrocken!», hielt sie dagegen.

«Es ist wirklich besser, wenn Sie jetzt nach Hause gehen und sich schlafen legen. Ich komme schon zurecht. Ich fühle mich ausgezeichnet.»

«Haben Sie sich denn nicht erschrocken?»

«Nein, ein Mord erschreckt mich nicht sonderlich.»

«Mord?»

«Mord, Fräulein van Henegouwen! Hier haben wir es mit einem brutalen Mord zu tun. Und ich könnte Ihnen bis ins kleinste Detail alles darüber erzählen. Aber ein anderes Mal, denn jetzt gehen Sie schön nach Hause.»

Sie ließ sich widerwillig aus der Tür schieben und versprach, am nächsten Morgen früh zu kommen, um ihm das Frühstück zuzubereiten.

«Mord ... wie weit ist's nur mit uns gekommen, frage ich Sie!»

In dieser Nacht träumte Van Ledden Hulsebosch von Polizeipräsident Marcusse, der schnaubend und wild um sich schlagend an einem Seil aus dem Giebel des Tuschinski nach unten fiel, sodass der Apotheker doch noch gut gelaunt erwachte.

— 3 —

Am nächsten Tag wollte Marcusse immer noch nichts von einem Mordfall hören. Im ach so turbulenten Künstlerleben spielten Gefühle zwar stets eine Rolle, aber in seinen Augen war keins so stark, dass man deswegen einen Menschen erschlagen würde. Mit wie viel Nachdruck Saltet auch auf eine Untersuchung drängte, der Polizeipräsident blieb bei seinem Standpunkt. Er las den Bericht, den Saltet noch in derselben Nacht verfasst hatte, und strich mit Rotstift alle Andeutungen, die darauf anspielten, dass es sich möglicherweise nicht um einen Unfall, sondern um Mord handelte.

«Der Bürgermeister höchstpersönlich hat mich darauf hingewiesen, dass es für Amsterdam ein großes Vorrecht ist, ein Theater wie das Tuschinski zu besitzen. Und deswegen werden wir es nicht in ein schlechtes Licht stellen, denn das täte dem begeisterten Zustrom des Amsterdamer Publikums Unrecht», sagte er, und es klang, als hätte das Stadtoberhaupt selbst diese Ansprache formuliert.

«Aber der Herr van Ledden Hulsebosch hat doch …»

Der Polizeipräsident zog eine Augenbraue hoch und sah Saltet an, wobei er den Kopf schief legte.

Da verstand Saltet ein weiteres Mal, dass er noch viel zu lernen hatte. «Dann war es wohl doch ein tragischer Unfall, Herr Polizeipräsident», gab er missmutig und gegen seinen Willen nach.

Marcusse nickte. «In der Tat, Inspektor Saltet. Ein

besonders tragischer Unfall.» Er schnalzte mit der Zunge und sah Saltet wohlwollend an. «Dein Vater ist eine ausgezeichnete Führungspersönlichkeit gewesen, Junge. Nimm dir ein Beispiel an ihm.»

«Ja, Herr Polizeipräsident.»

Als Saltet die Hauptwache verließ und nach links in den Oudezijds Achterburgwal einbog, fluchte er mürrisch vor sich hin. Er wusste, dass Van Ledden Hulsebosch mit seinen Beurteilungen der Seile richtig lag. Jemand hatte sie mit Absicht durchgeschnitten und dafür gesorgt, dass Schakels auf diese furchtbare Weise ums Leben gekommen war. Ohne Zweifel Mord. Und der Polizeipräsident, der höchste Vorgesetzte der Amsterdamer Polizei, wollte nichts davon wissen. Nur eine Minute, eine einzige Minute müsste er zuhören und sich die Seilenden ansehen, dann musste es doch auch ihm einleuchten! Aber er weigerte sich schlichtweg, und das nur, weil er den eigensinnigen Apotheker nicht leiden konnte.

Diese Gedanken nagten an Saltet, während er seinen Weg am Rembrandtsplein entlang fortsetzte, wie schon so oft, wenn er sich über die Bequemlichkeit, die vor allem die älteren Kollegen an den Tag legten, aufgeregt hatte. Das Amsterdamer Polizeikorps, fand Saltet, bestand zum größten Teil aus Männern, die ihre Arbeit wie altmodische Feldwebel verrichteten. Dies war dem jungen Inspektor ein Dorn im Auge. Er spürte, wie sich die Welt um ihn herum veränderte. Die Welt hatte ihre Hauptstadt gefunden, und Heerscharen wurden von den Verlockungen Amsterdams angezogen wie Motten vom Licht.

In den alten Bezirken westlich des Hauptbahnhofs hielt sich immer mehr Gesindel auf, wogegen kaum etwas unternommen wurde. Vermutlich war die Polizei schon jetzt zu spät dran und hatte ihre Autorität in diesen Stadtteilen bereits verspielt. Auch wenn Amsterdam früher einmal in den Augen Europas ein braves Provinzstädtchen gewesen war, hatte die Jahrhundertwende doch viele Veränderungen mit sich gebracht. In den Straßen um den Oudezijds Voorburgwal hielten sich immer mehr Prostituierte auf, und die zogen nun einmal das Gesindel an, das die Innenstadt unsicher machte, vor allem nachts. Auch der Diamantenhandel hatte viele Glückssucher angezogen, es gab Betrügereien mit Wertpapieren und Anteilen. Die Polizei unternahm so gut wie nichts dagegen, vor allem weil sie so gut wie gar nicht auf die Anforderungen der neuen Zeit vorbereitet war. Überall fuhren schon Autos herum, aber erst unlängst hatte das Polizeikorps sein erstes Automobil angeschafft: einen Lastkraftwagen, der dazu diente, Güter zu transportieren und in besonderen Ausnahmefällen auch Polizei-Mannschaften. Aber immerhin wurde derzeit eine Bestellung weiterer Fahrzeuge in Betracht gezogen. Vermutlich nur, damit Marcusse dann einen eigenen Dienstwagen bekam, dachte Saltet.

Ach, demnächst wäre es sowieso vorbei mit der scheinbar selbstverständlichen Autorität der Pfaffen, Ärzte, Lehrer und Polizisten. Die alten Werte und Normen mochten in den Dörfern vielleicht noch gelten; hier in der Stadt war das schon lange nicht mehr so. Saltet wusste, dass er ein Kind der neuen Zeit war, und am liebsten hätte er inmitten all der Verdorbenheit, die das neue Jahrhundert mit sich brachte, als Polizist seine Flügel ausgebreitet. Mit geröteten Wangen las er über die neuen Methoden, mit denen die Korps in Paris,

London und New York längst arbeiteten, die aber in Amsterdam immer noch Zukunftsmusik waren.

Er selbst hatte umfangreiche Berichte über die Fotografie als Hilfsmittel bei polizeilichen Ermittlungen geschrieben, aber er war damit gegen Mauern angelaufen. In einem englischen Fachblatt hatte er gelesen, dass Londoner Polizisten inzwischen ein kleines Buch mit Fotos von gesuchten Verbrechern bei sich trugen. Dem Artikel zufolge war diese Vorgehensweise sehr erfolgreich, und die Kollegen hatten so manchen Schurken aufgrund der Ähnlichkeit mit den Porträts fassen können.

Keiner seiner Kollegen hatte den Artikel gelesen. Kein Wunder, wer konnte denn schon Englisch? So gut wie niemand. Viele seiner Kollegen beherrschten kaum ihre Muttersprache! Wahrscheinlich musste man demnächst mindestens drei oder vier Sprachen beherrschen, wenn man in einer großen Stadt Dienst tun wollte. Es kamen so viele Ausländer nach Amsterdam, die kein Niederländisch sprachen. Dann war man im wahrsten Sinne des Wortes sprachlos, wenn jemand aus Deutschland oder Frankreich eine Anzeige aufgeben wollte. Oder, noch schlimmer, wenn man einen Verdächtigen verhören musste. Viele seiner älteren Kollegen ließen solche Verdächtige einfach wieder laufen, weil man für einen Übersetzer erst einen schriftlichen Antrag stellen musste, der auf dem Dienstweg tagelang unterwegs war, und all die Zeit hatte man einen Verbrecher in der Zelle sitzen, den man nicht verstehen konnte.

Für Saltet war es auch nicht gerade leicht, aber mit einem Wörterbuch kam man schon recht weit. Abends verbrachte er viele Stunden damit, allerlei Fachblätter zu studieren. Gut, in den Niederlanden gab es das *Algemeen Politieblad*, aber die wirklich neuen Sachen fand man doch in England oder noch weiter weg, in Amerika, wo man sich zurzeit dem *organized crime*, wie es dort genannt wurde, stellte. Amerika … Irgendwann würde er dorthin fahren. Mit der *Holland-Amerika-Schiffslinie*, und bei der Ankunft die Freiheitsstatue im frühen Morgenlicht glänzen sehen. Vielleicht musste er Marcusse bitten, ihn dort ein Praktikum absolvieren zu lassen. Missmutig verwarf Saltet den Gedanken. Marcusse wollte ja noch nicht einmal einen Mord sehen, wenn der mit Sicherheit begangen worden war.

Seine Kollegen kümmerte es oft kein bisschen, wenn er wieder einmal begeistert aus einem ausländischen Fachblatt vorlas. Sie schienen lediglich zu denken: Saltet mal wieder, mit seinen Zukunftsspinnereien.

In den Stunden, in denen nichts los war, spielten seine Kollegen meistens Karten oder waren mit irgendetwas beschäftigt, wobei sie ihn nicht gebrauchen konnten.

Deswegen war Saltets Interesse für den merkwürdigen Mann mit Melone, der im Tuschinski-Theater standhaft behauptet hatte, diese erdrückende Geschichte sei kein Unfall, sondern Mord, in keiner Weise verwunderlich. Und weil man Saltet, den Quälgeist, der immerzu Fragen stellte und jeder Sache bis auf den Grund nachgehen wollte, auf der Wache sowieso lieber von hinten als von vorn sah, gönnte sich der junge Inspektor einen Spaziergang zur Apotheke am Nieuwendijk Nummer 17.

Eine unaufdringliche Klingel ertönte, als Saltet eintrat. Wie oft war er nicht schon im Nieuwendijk gewesen, dies war das erste Mal, dass ihm die Apotheke wirklich auffiel. Er tat in dem angenehmen Laden mit hoher Decke und Eichenholzmobiliar ein paar Schritte. An den Wänden standen große Schränke, in denen sich unzählige Tiegel aus Glas und Porzellan befanden, mit lateinischen Namen auf den Etiketten. Die Theke, hinter der die Medizin hergestellt wurde, lag hinter einem Spalier aus gedrechselten Holzstäben, lediglich in der Mitte war ein kleiner Schalter mit Glasfenstern.

Bei einer auffälligen Vitrine in der Mitte des Ladens blieb er stehen. Darin war ein faszinierender Vogel ausgestellt. Das reglose Tier sah wie ein Wächter aus, der jeden Moment eingreifen könnte, sollten sich in der Apotheke Unregelmäßigkeiten ereignen. Das Tier schien alles andere als tot zu sein, es wirkte eher so, als würde es still halten, der Zeit beraubt.

«Ein *Adebar*», erklang die Stimme Van Ledden Hulseboschs, der hinter dem Spalier stand und Saltets Anwesenheit bereits bemerkt hatte. «Als ob er die Jahrhunderte für uns überlebt hätte, so tot er auch ist, finden Sie nicht auch?»

«Worauf wartet er?», fragte Saltet.

Van Ledden Hulsebosch zuckte mit den Schultern. Es war gleichwohl die richtige Frage zum richtigen Zeitpunkt und die richtige Assoziation im Zusammenhang mit dem seltsamen Wesen.

«Auf Anerkennung, denke ich. Auf den Tag, an dem man merken wird, dass ich Recht habe … Ich fürchte, dass er dann erneut die Schwingen ausbreiten und sich hoch über die Stadt erheben wird, um allen die gute Nachricht zu verkünden. Na ja, Anerkennung … mir kommt es eher wie eine schwere Geburt vor. Der *Adebar* hat in dieser Hinsicht eine Tradition hochzuhalten.»

Der Apotheker öffnete das Spalier und trat in den Laden. «Inspektor Saltet. Es ist mir ein Vergnügen.»

«Es tut mir wirklich Leid, dass Sie gestern so grob behandelt wurden», sagte Saltet aufrichtig. «Aber gegen Marcusse kann sich niemand durchsetzen. Auch ich nicht. Sie finden das vielleicht feige, aber binnen kürzester Zeit ist man wieder einfacher Polizist ... Damit wäre auch niemandem gedient.»

«Marcusse ist ein dummer, eingebildeter Schnösel, der eigentlich in einen Sarkophag eingemauert werden müsste. Vielleicht aber auch nicht; vermutlich würde er das noch als Ehre ansehen. Da schreibe ich ihm einen Brief mit fachmännischen Ratschlägen, und er liest ihn noch nicht einmal.»

Saltet grinste. «Das mit dem Brief ärgert Sie sehr, nicht wahr?»

«Ach was. Es ist nur ab und zu schön, ein bisschen zu meckern. Darf ich Ihnen etwas anbieten?»

«Kaffee, gerne.»

«Kommen Sie bitte mit ins Labor.» Van Ledden Hulsebosch ging ihm ins Heiligste aller Heiligtümer im hinteren Teil der Apotheke voraus.

Saltet traten die Augen aus dem Kopf. Ein riesiger Raum voller Apparate, Spannungsmesser, Drähte ... und inmitten all dieser Dinge stand ein eigenartiger Mann und schmirgelte.

«Das ist mein Assistent Vreugdenhil!»

Der Mann unterbrach seine Arbeit und begrüßte den Besucher mit einem kurzen Nicken.

Saltet kam so gut wie nichts von dem, was er sah, bekannt vor. Hier und da erkannte er ein Einzelteil, aber der Endzweck der meisten Apparate entging ihm vollkommen.

«Zurzeit beschäftigen wir uns mit dem Bau eines Bluttropfenkartographen. Meine eigene Erfindung», fügte der Apotheker stolz hinzu. «Nach Blut wird meiner Meinung nach noch immer viel zu wenig geforscht.»

«Aber wie kommen Sie denn darauf?», fragte Saltet, der regelmäßig mit kleinen Blutproben ins städtische Krankenhaus ging, um Spuren vergleichen zu lassen.

«Nun, mit der Substanz selbst wird vielleicht noch gearbeitet, aber auch anhand der Form eines gefundenen Blutstropfens kann man Rückschlüsse ziehen. Kommen Sie mal mit.» Er zeigte Saltet eine Art Landkarte, die an der Wand des ausgesprochen hellen und großen Raumes hing. Auf der Karte waren allerlei verschiedene Formen von Blutstropfen zu sehen.

«Ich unterscheide zwischen einer Stichwunde, einer Schnittwunde, einer feinen Einstichwunde und einer Schürfwunde. Alle vier hinterlassen unterschiedliche Spuren. Bei einer Stichwunde spritzt das Blut im wahrsten Sinne des Wortes in alle Richtungen. Ein Stich setzt demnach viel Kraft frei, und ich versuche die Beziehung zwischen dem Format beziehungsweise der Form des Blutstropfens und der Kraft des Stichs zu untersuchen. Der Unterschied zu einer Schnittwunde ist deutlich, denn der Blutstropfen ist runder, weil das Blut mit weniger Wucht aus der Wunde ausgetreten ist. Kleine, längliche Tropfen sind die Folge einer feinen Einstichwunde.»

Saltet nickte. Mit wachsender Verwunderung betrachtete er die Arbeit an der Wand. «Wie um Himmels willen haben Sie das herausgefunden?»

«Ach, hören Sie mir bloß auf. Es müsste erlaubt werden, mit echtem Material zu experimentieren, aber dann machen einem alle möglichen Instanzen das Leben schwer. Zurzeit mache ich mir mein eigenes Fleisch.»

«Pardon?» Saltet dachte, nicht richtig verstanden zu haben.

«Vollkommen vegetarisch, keine Angst! Obwohl, ich benutze zusammengepressten Naturschwamm als Muskelfaserersatz. Es hat auffallend viel Ähnlichkeit mit der echten Substanz, gerade bei Stich- und Schnittwundenuntersuchungen. Kommen Sie, ich zeige es Ihnen.»

Saltet drang jetzt noch tiefer in das geheimnisvolle, geradezu geisterhafte Laboratorium vor. Es war größer, als er zunächst gedacht hatte. Der gute Mann musste einen enormen Anbau in den Hinterhöfen des Nieuwendijk haben.

Schließlich gelangten sie zu einer Zinkwanne, in der eine Art Wurst lag, die mit viel Phantasie wie ein menschlicher Arm aussah.

«Die Haut habe ich aus Schweinsblase gemacht. Metzger Reinhardt im Lijnbaansteeg liefert sie mir freundlicherweise. Ich gerbe sie selbst, sodass sie eine Weile hält. Zuerst schiebe ich einen Knochen – auch vom Metzger – hinein, dann stopfe ich so viel wie möglich Naturschwamm dazu, und schließlich fülle ich das Ganze mit Schweineblut.»

Eigentlich sei der Arm alles andere als vegetarisch, fand Saltet. Van Ledden Hulsebosch winkte ab. «Ich wollte es so gut wie möglich hinkriegen. Ich hab es mit roter Tinte versucht, aber die ist viel zu dünn. Beim kleinsten Einstich spritzt sie nach allen Seiten. Und man bekommt sie sehr schlecht aus der Kleidung. Blut ist viel einfacher auszuwaschen. Das hier ist am besten, wie echt. Versuchen Sie mal!»

Van Ledden Hulsebosch drückte dem überraschten Saltet ein Messer in die Hand und machte eine einladende Geste in Richtung des formlosen Arms, die so viel bedeuten sollte wie: Ob der junge Inspektor vielleicht so freundlich sein wolle zuzustechen?

Vreugdenhil war aus seiner Ecke gekommen und sah neugierig zu. Saltet war ein friedliebender Mensch, zudem noch sehr gläubig, und konnte sich nur mit Mühe überwinden, ein Messer in etwas zu stechen, das – wenn auch nur entfernt, aber immerhin – menschlich aussah. Van Ledden Hulsebosch nickte ihm indes ermutigend zu, und schließlich erhob er, der Forschung zuliebe, doch den Arm und rammte das Messer in das formlose Etwas. Das Blut spritzte in alle Richtungen.

Vreugdenhil stand bereits mit einem kleinen Apparat aus Holz, Metall und Stoff bereit und stellte ihn sofort auf einige der Tropfen. Van Ledden Hulsebosch studierte das Ergebnis und verglich es mit der Karte, auf der er alle unterschiedlichen Kategorien aufgelistet hatte.

«Nach diesen Ergebnissen sind Sie ein Mann zwischen 25 und 35 Jahren, Linkshänder und als zustechender Mörder unerfahren.»

Saltet nickte. «Das stimmt, aber so schwierig war das nicht. Sie wissen, wer ich bin, und dass ich kein erfahrener Mörder bin, ist auch nicht schwer zu erraten.»

Van Ledden Hulsebosch zeigte auf eine bestimmte Tropfenform auf der Karte und hielt das Löschpapier, das Vreugdenhil benutzt hatte, daneben. Die Übereinstimmung war deutlich. Auf der Karte stand in zierlichen kleinen Buchstaben die Typisierung, die Van Ledden Hulsebosch gerade von sich gegeben hatte.

Saltet nickte bewundernd. «Ich bin beeindruckt»,

sagte er. «Aber das hilft uns auch nicht weiter in der Beweisführung, dass Frederik Schakels ermordet wurde.»

Vreugdenhil drückte ihm ein warmes, feuchtes Tuch in die Hand, um die schlimmsten Blutspritzer abzuwischen.

«Schade, es ist ein interessanter Fall. Eindeutig Mord», sagte Van Ledden Hulsebosch.

«Ich würde der Sache gern auf den Grund gehen», fuhr Saltet unbeirrt fort, «wenn Sie bereit wären, mit mir zusammenzuarbeiten.»

Der Apotheker sah den Polizisten fragend an. «Und wie wollen Sie das anpacken, wenn Sie keine Zustimmung von Ihrem Vorgesetzten haben?»

«Ich beschäftige mich höchstens mal mit gestohlenen Fahrrädern oder kleinen Einbrüchen. Auf der Wache findet man mich eigensinnig und lästig, und ehrlich gesagt glaube ich, dass es keinen interessiert, was ich tue. Hauptsache, ich bin nicht im Weg. Wenn ich mich also nebenbei mit einem Fall beschäftige, über den niemand genau Bescheid weiß … na ja.»

«Und wie wollen Sie den Fall dann nennen?»

«Der Fall des ermordeten Sonnenkönigs schien mir ein angebrachter Titel. Obwohl ermordet, dann muss ich es wieder verantworten.»

«Aber Sie können doch behaupten, der Sonnenkönig sei ein Wellensittich», schlug Van Ledden Hulsebosch vor. «Und wenn dann noch Nachfragen kommen, sagen Sie einfach, eine junge Frau hätte deswegen Anzeige erstattet.»

Saltet musste über den eigenartigen Apotheker in seiner roten Weste lachen. Dann runzelte er die Stirn. «Sie nennen sich ‹Kriminalist›. Was bedeutet das genau?»

Van Ledden Hulsebosch deutete mit einer weit ausholenden Geste auf sein Laboratorium. «Die Kriminalistik ist ein außer Kontrolle geratenes Hobby von mir. Die Polizei stellt zwar Nachforschungen an, geht dabei aber immer nur vom gesprochenen Wort aus. Eine Zeugenaussage, ein Geständnis, eine Unschuldserklärung. Das Zeitalter der Körperstrafe liegt erst seit kurzem hinter uns. Aber sehen Sie nur, was in der Welt passiert! Es wird eine Entdeckung nach der anderen gemacht. Fotografie, Elektrizität, Bakteriologie, Telefon!»

Aufgeregt tippte er mit dem Finger auf die Karte mit den Blutstropfen. «Das hier sind Beweise, mein bester Saltet, auch wenn man mir zurzeit noch keinen Glauben schenkt! Aufgrund dieser Erkenntnisse werden in Kürze Menschen verurteilt werden.»

Er blieb vor Saltet stehen. «Deswegen bin ich Kriminalist. Ich kann technische Beweise liefern, mit deren Hilfe man Mordfälle lösen kann. Wenn die Polizei mich engagieren will, sage ich nicht nein.»

Saltet sah betrübt drein. «Ich kann Sie nicht engagieren. Vom Gehalt eines normalen Polizisten bleibt am Ende des Monats nichts übrig. Außerdem ist dies keine offizielle Ermittlung in einem Mordfall.»

«Nein, höchstens nach einem ermordeten Sittich. Damit kann man sich als Kriminalist nicht gerade ehrenvolle Sporen verdienen.»

Saltet musste grinsen.

Van Ledden Hulsebosch hingegen blickte ernst. «Also gut, ich werde diesen Mord aufklären. Vielleicht begreift dieser Marcusse dann, wie wertvoll ich für sein Korps sein kann.»

Saltet konnte seine Freude nicht verhehlen. «Ich bin mir sicher, dass wir diesen Fall zu einem guten Ende führen werden!»

«Nein, junger Mann», sagt Van Ledden Hulsebosch entschieden, «ein gutes Ende kann es in einem Fall von Mord und Totschlag nicht geben. Einen guten Anfang übrigens auch nicht.»

Saltet kehrte auf die Wache zurück und machte dort vage Andeutungen über eine langwierige Ermittlung, in die er einbezogen worden war. Wie er bereits vermutet hatte, interessierte das niemanden wirklich. Das verschaffte ihm den nötigen Freiraum. Er murmelte so etwas wie: «Daran muss ich noch weiterarbeiten», und holte sich die Mappe mit der Aufschrift «Tuschinski» bei der Verwaltung.

Auf dem grauen Umschlag stand in ordentlichen Buchstaben geschrieben: «An Verwaltung übergeben» und «Keine Straftat ersichtlich» und darunter das Kürzel des Chefs der Kriminalpolizei. Das ging aber schnell, dachte Saltet. Er las alle Erklärungen durch, und sie kamen erwartungsgemäß zu einem, wie es hieß, «einstimmigen Urteil». Alle im Saal befindlichen Zeugen hatten gesehen, wie die Lampen heruntergestürzt waren, und hatten einen Schlag gehört. Es gab einige Zeugen, die erklärten, es habe zu viel Gewicht an den Seilen gehangen, aber dem standen andere Aussagen gegenüber, nach denen sie das Doppelte hätten halten können. Saltet versuchte, die wichtigsten Tatsachen aus den Aussagen herauszufiltern.

An diesem Abend ging er erneut bei Van Ledden Hulsebosch zu Besuch. Er hatte zuerst noch überlegt, für seine Frau eine Ausrede für den Besuch außerhalb der Dienstzeit zu erfinden, aber seine liebe Lize konnte er einfach nicht anlügen. Deswegen hatte er sie ins

Vertrauen genommen und ihr von dem merkwürdigen Rechercheur erzählt, dessen riesigem Laboratorium und seinem Vorsatz, den Fall gemeinsam mit ihm zu lösen. Der Enthusiasmus in seinen Augen – genau derselbe, mit dem er ihr einst erzählt hatte, dass es sein größter Traum sei, zur Polizei zu gehen und wirkliche Verbrecher zu fangen, Kriminelle, die die Welt für sie und ihre Kinder unsicher machten – hatte bewirkt, dass sie zustimmend genickt hatte. Sie freute sich für ihn, dass er sich endlich wieder für seine Arbeit begeistern konnte.

Fräulein van Henegouwen, die von all den Ereignissen noch immer mitgenommen war, öffnete die Tür. «Sie sind von der Polizei, nicht wahr? Mein Gott, wie das ganze Zeug auf ihn niederstürzte! Und er hatte vorher noch so schön davon gesungen, dass er das Licht scheinen lässt, weil er der Sonnenkönig ist.» Sie redete in einem fort, während sie ihm ins Wohnzimmer voranging. «Er hatte noch nicht einmal zu Ende gesungen, als sein eigenes Licht erlosch. In der Zeitung stand, dass es ein Unfall war, aber Herr van Ledden Hulsebosch sagt, es war Mord. Mord! Wie schrecklich! Aber ich darf nicht darüber sprechen, nicht wahr?», sagte sie und warf Van Ledden Hulsebosch einen bedeutungsvollen Blick zu.

«Genauso ist es, Fräulein van Henegouwen», pflichtete er ihr bei, und Saltet nickte ihr freundlich zu.

«Womit würden Sie anfangen?», fragte Van Ledden Hulsebosch, als sie allein waren.

«Wir haben nicht viele Spuren», sagte Saltet.

Der Apotheker sah ihn lange an. Dann seufzte er und zog ein grünes Schreibheft, wie es Kinder in der Schule bekommen, mit einem kleinen Etikett aus einem Schrank. Er schlug es auf und schrieb auf die erste Seite in Schönschrift: «Der Fall des ermordeten Revuestars».

«Darf ich die Hoffnung aussprechen, Saltet, dass dies nicht unsere letzte Zusammenarbeit sein wird und dass wir jeden weiteren Fall mit einem leeren Heft beginnen, in das wir alle Angaben notieren, die zu dem Fall gehören?»

«Das ist eine gute Idee. Bis jetzt haben wir allerdings wenig zu notieren, außer vier durchgeschnittenen Seilen. Ich habe alle Berichte noch einmal gelesen, niemand hat etwas gesehen.»

«Die Leute wissen nur nicht, was sie alles gesehen haben, weil nicht danach gefragt wurde. Und wir haben inzwischen viel mehr Anhaltspunkte, als wir denken.»

«Ach ja?»

«Natürlich. Wir wissen, dass der Mörder zum Zeitpunkt der Tat im Theater gewesen sein muss. Und nicht nur das, er muss sich im Dachstuhl des Theaters befunden haben, denn es hätte nicht gereicht, die Seile bloß vorher anzuschneiden. Schakels ist den ganzen Abend kreuz und quer über die Bühne gelaufen, wie ein kleines Kind. Wenn die Lichtinstallation eher gefallen wäre, hätte sie ihn garantiert nicht getroffen.»

«Der Mörder hat also so lange gewartet, bis Schakels genau in der Mitte darunter stand?»

«Mehr noch: bis er dort ganz allein stand. Sonst hätte es weit mehr Opfer gegeben. Anscheinend war das nicht beabsichtigt.»

«Das bedeutet …»

«Das bedeutet, dass der Mord im Voraus geplant war und dass Frederik Schakels kein zufälliges Opfer ist. So etwas bedarf einiger Vorbereitungen. Die Frage lautet:

Kann jedermann einfach so in diesem Theater ein und aus gehen?»

«Ja. Nicht immer, aber an dem fraglichen Nachmittag schon. Es fanden gerade keine Filmvorstellungen statt, weil Schakels an diesem Nachmittag Generalprobe hatte. Trotzdem ist es merkwürdig.»

«Was ist merkwürdig?»

«Die Künstler, die ich gesprochen habe, sagten, dass es die Nummer des Sonnenkönigs nachmittags noch gar nicht gab. Schakels war plötzlich mit dem Ende nicht mehr zufrieden und hat seinen Textschreiber Henk Vogels, auch Henvo genannt, weggeschickt, um speziell für die Premiere eine Schlussnummer zu schreiben. Die scheint dann in aller Eile zusammengeschustert worden zu sein.»

«So was geht doch gar nicht!»

«Offenbar doch. Am Nachmittag stand das Ende noch nicht fest. Es gab eine Art Frühlingslied, aber das gefiel Schakels nicht. Und deswegen musste der Textschreiber nochmal an den Schreibtisch.»

«Hast du diesen … Henvo … schon gesprochen?» Zwischen den beiden war eine entspannte Atmosphäre entstanden, und Saltet war nicht entgangen, dass der Apotheker ihn geduzt hatte.

«Ist er verdächtig?»

«Vorläufig setze ich ihn sogar ganz oben auf die Liste. Er hat sich die Nummer ausgedacht, und ausgerechnet bei diesem Stück kommt das Gerüst nach unten. Schlimmer noch, er könnte das gesamte Stück drum herum geschrieben haben. Außerdem kann ein Texter überall herumlaufen. Niemand würde das verdächtig finden, niemand würde auf ihn achten. Gibt es noch andere Verdächtige?»

Saltet schüttelte den Kopf.

Van Ledden Hulsebosch dachte nach. Eigentlich bekamen sie eine ganz besondere Chance: in aller Ruhe an einem echten Mordfall zu arbeiten. In aller Ruhe, weil niemand wusste, womit sie sich gerade beschäftigten. Die ultimative Gelegenheit zu demonstrieren, wie eine kriminalistische Untersuchung eigentlich ablaufen musste. Er ging alles der Reihe nach durch. Täter. Opfer. Zeugen. Technische Beweise. Wer war der Täter? Keine Ahnung. Dann eben andersherum. Wer war das Opfer? Kannte man das Opfer, dann kam man von selbst auf den Täter, fand Van Ledden Hulsebosch.

«Was für ein Mensch war Frederik Schakels, abgesehen davon, dass er ein schlechter Künstler war?», fragte Van Ledden Hulsebosch. «War er beliebt? Gab es eine eifersüchtige Geliebte? Einen Konkurrenten? Einen beleidigten Mitarbeiter?»

Saltet wusste es nicht. Bei einem tragischen Unfall beschäftigte man sich so gut wie gar nicht mit dem Opfer.

Van Ledden Hulsebosch schaute in das Heft. Auf der ersten Seite stand ein einziger Name unter der Überschrift «Verdächtige: Henk Vogels». Auf Seite zwei schrieb er «Frederik Schakels», und dahinter setzte er zwei Fragezeichen.

— 4 —

Bereits am nächsten Tag suchten Saltet und Van Ledden Hulsebosch den Textschreiber Henvo auf. Saltet hatte auf der Wache angegeben, er sei mit einem komplizierten Einbruch beschäftigt und es könne sein, dass er den ganzen Nachmittag damit zu tun habe. Van Ledden Hulsebosch hatte die Apotheke Vreugdenhil überlassen, der mindestens genauso begeistert vom Pillendrehen war wie der Apotheker selbst.

«Beliebt, das war Frederik Schakels durchaus», erzählte Henvo, der nicht allzu betroffen vom Tod seines Auftraggebers zu sein schien. Er saß in seiner kleinen Wohnung in der Kleine Bickersstraat in einem Sessel am Fenster, von wo aus er einen schönen Blick auf das lebhafte Amsterdamer Straßenleben hatte.

«Auch bei Ihnen?», fragte Saltet ziemlich beherzt.

«Beim Publikum. Das Publikum liebte Frederik Schakels, und er liebte das Publikum. Es war wie eine Ehe, bei der keine anderen Partner zugelassen werden. Sonst war niemand von Interesse für ihn. Mit anderen Worten … er ist kein Freund von mir gewesen.» Henk Vogels schwieg eine Weile und stand schließlich auf, um das Fenster etwas weiter zu schließen. «Und Ihre nächste Frage lautet vermutlich, wie ich mich nach seinem Tod fühle. Vorgestern, auf dem Nachhauseweg, wurde mir bewusst, dass dieser Tod das Beste ist, was mir je passieren konnte.»

Van Ledden Hulsebosch und sein junger Kompagnon sahen sich verstohlen an, aber Henvo hatte es bemerkt.

«Die Zeitungen sagen, es war ein Unfall. Muss ich aus Ihrem Besuch schließen, dass Sie auch eine andere Möglichkeit in Betracht ziehen?»

«Mord», bestätigte Van Ledden Hulsebosch und drehte an den Spitzen seines Schnurrbarts, die er am Morgen sorgfältig mit Seife hochgezwirbelt hatte, sodass sie schön standen.

«Mord. Soso.» Henvo ging im Zimmer auf und ab. «Dann bin ich bestimmt einer Ihrer Verdächtigen. Ich habe von seinem Tod viele Vorteile. Darum geht es doch sicher? Ich werde Ihnen sagen, wieso: Alle Texte, die ich für ihn geschrieben habe, sind nach seinem Tod wieder mein Eigentum geworden. Jeder aus dem Showbusiness weiß, dass der feste Texter der Schakels-Revue jetzt wieder tun und lassen kann, was er will. Der Zigarrenhändler hat den ganzen Vormittag keine Zeit für Pfeifentabak und Zigarettenpackungen gehabt … Ich habe nämlich selbst kein Telefon, sondern darf seine Nummer mitbenutzen. Das Telefon klingelt bei ihm jetzt ununterbrochen. Vor allem das Stück des Sonnenkönigs will jetzt jeder haben.»

«In der Tat ein phantastisches Motiv», stimmte Van Ledden Hulsebosch zu.

«Sie sagten: ‹Er ist kein Freund von mir gewesen›», wiederholte Saltet.

«Und ich sagte: Er war mit seinem Publikum verheiratet. Er wollte immer nur das Beste vom Besten, koste es, was es wolle. Die Nummer vom Sonnenkönig habe ich vorgestern Nachmittag noch geschrieben. Er hatte mein ursprüngliches Finale im letzten Moment rausgeworfen. Ich sei ein Stümper, sagte er. So einen wie mich könne er an jeder Ecke kriegen. Er scheuchte dauernd alle im Theater herum und führte sich auf wie ein allmächtiger Herrgott. Keiner konnte ihn leiden; es war unmöglich, mit ihm zusammenzuarbeiten. Aber man liebte ihn auch, weil er erfolgreich war und viel Geld brachte. Liebe im Theater ist immer Heuchelei.» Henvo seufzte. «Ich habe ihn aber nicht ermordet!»

In Van Ledden Hulseboschs Vorstellung formte sich langsam ein klares Bild. Ein einflussreicher Showkünstler, der tun und lassen konnte, was er wollte. Jemand, der mutterseelenallein an der Spitze stand und auf alle anderen herabsah. Wenn die Beine zu schwach waren, um den Ruhm zu tragen, wurde so jemand eingebildet und hochnäsig. Marcusse zum Beispiel, dachte der Apotheker, und bekam sofort einen bitteren Geschmack im Mund. Er fischte ein Pfefferminzbonbon aus der Westentasche, um wenigstens diesen Geschmack loszuwerden.

«Hatte Frederik Schakels eigentlich Familie? Wir haben gestern niemanden ermitteln können», fragte Van Ledden Hulsebosch.

«Er ist verheiratet gewesen. Mit Mathilde Seriese, einer Schauspielerin. Sie steht gerade im *Unverheirateten Bräutigam* von August Deventer im Stadttheater auf der Bühne. Aber ich glaube nicht, dass sie sich sonderlich geliebt haben.»

«Und sie sind trotzdem verheiratet gewesen?»

«Ach, dafür werden sie sicher ihre Gründe gehabt haben.»

«Welche zum Beispiel?»

«Das sollten Sie Mathilde Seriese selbst fragen, das weiß ich alles nicht genau. Ich kann Ihnen viel über Schakels erzählen, aber nicht, wer er wirklich war. Es gibt genug Gerüchte, aber auf welche man etwas geben kann und auf welche nicht – keine Ahnung! Ich werde sie auf jeden Fall nicht weiter verbreiten.»

Saltet sah den Texter an und versuchte, an seinen Augen irgendetwas abzulesen, aber er entdeckte lediglich eine Art Gelassenheit. «Können Sie sich vorstellen, dass jemand auf die Idee gekommen sein könnte, ihn zu ermorden?»

«Ich kenne eine Menge Leute, mit denen er es sich irgendwie verscherzt hat, aber … Dann müsste jemand die Seile durchgeschnitten haben, nehme ich an? Von der technischen Seite des Theaters weiß ich nicht viel … ich schreibe nur. Aber die Seile sind dick und kräftig, damit wäre man eine Weile beschäftigt, scheint mir.» Er schwieg.

Saltet wartete ab. Vogels sah plötzlich traurig aus. Dann fuhr er fort.

«Aber er war auch so verdammt gutherzig, dass man ihm alles verzieh.» Nachdenklich sah Henvo aus dem Fenster zum Zigarrenhändler, der wirklich in einem fort Telefonanrufe entgegennahm. «Die Geier kreisen über meinem Haus. Sie wollen ein Körnchen von dem Leichenmahl abbekommen. Ich habe Frederik Schakels aus tiefstem Herzen gehasst, und besonders vorgestern, als ich nach Hause hetzen musste, um mir schnell noch eine prächtige Schlussnummer aus den Fingern zu saugen. Ja, wir hatten allesamt die Nase voll von dem Tyrannen. Aber als er gestern Abend auf der Bühne stand …»

Henk Vogels schien Schakels in Gedanken wieder vor sich zu sehen. Van Ledden Hulsebosch fand die Popularität des Künstlers noch immer unbegreiflich, bemerkte aber, wie gerührt Vogels plötzlich war.

«Ohne Ihre Texte wäre er nichts gewesen», sagte er wohlwollend.

«Ja, schon, aber dessen war er sich auch bewusst. Gestern Abend war so ein nervtötender Nörgler im Saal, der Schakels unbedingt widersprechen musste, um die Lacher auf seine Seite zu bekommen. In solchen Momenten musste Schakels improvisieren, und dann war er immer aufgeschmissen.»

Van Ledden Hulsebosch spitzte kurz die Lippen.

«Und deswegen hielt er mich in Ehren. Er bezahlte mich gut und mehr noch: Er erweckte, was ich schrieb, zum Leben. Sie können sich gar nicht vorstellen, was für eine Dankbarkeit ein Texter Schauspielern gegenüber empfindet. Er sagte immer, dass ich der Erzeuger einer Nummer sei, er aber sei der Vater. Und damit hatte er Recht.» Henvo holte tief Luft und zog seine Hosenträger etwas strammer. «Und jetzt? Jetzt muss ich für talentlose, mittelmäßige Schlappschwänze schreiben, die nicht wissen, wie man einen Witz platziert, und kein Gefühl rüberbringen können. Ich bin plötzlich eine Waise geworden», sagte Henvo, der sich, nach Van Leddden Hulseboschs Geschmack, nun doch etwas zu sehr im Melodramatischen verrannt hatte.

«Erst liefern Sie uns ein Motiv, und zwei Sätze später machen Sie es wieder zunichte. Was sollen wir davon halten?»

Verstört sah Henvo ihn an. «Glauben Sie etwa, ich spiele das?»

«Ich glaube gar nichts», sagte Van Ledden Hulsebosch und zog unschuldig die Augenbrauen hoch. «Was ist eigentlich Schakels' größtes Talent gewesen?»

«Timing. Zweifellos Timing. Danach konnte man die Uhr stellen. Seine Texte liefen immer exakt im vorgesehenen Maß. Ich konnte die Pausen, die er brauchte, mitzählen. Ich wusste genau, wann was kam. Ein absoluter Profi.»

Van Ledden Hulsebosch grinste. «Und genau dieses Zeitgefühl wurde ihm letztendlich zum Verhängnis. Ich war gestern bei der Vorstellung dabei, und meiner Meinung nach stand Schakels nur einen einzigen Moment allein auf der Bühne. Und genau in dem Moment kam das Ding runter.»

«Ich weiß nicht, was daran so komisch sein soll», zischte Henvo den schmunzelnden Apotheker an. «Er ist tot! Und was das Timing betrifft, war niemand so gut wie er!»

«Da bin ich nicht Ihrer Meinung. Der unbekannte Mörder versteht sich ebenfalls darauf.» Der Kriminalist machte eine Pause. «Wenn Sie das so hören, an wen würden Sie denken?»

Henvo schüttelte matt den Kopf.

«Könnte ein Techniker oder ein Bühnenarbeiter infrage kommen?»

Henvo dachte nach. «Auf jeden Fall jemand aus dem Theater. Ein Bühnenarbeiter, ja … das wäre möglich. Sehr gut sogar: Frederik Schakels drillte seine Leute pausenlos darauf. Ein Bühnenbild musste genau im richtigen Moment aufgefahren werden. Aber dennoch … niemand konnte wissen, dass Schakels genau in diesem Augenblick dort allein im Rampenlicht stehen würde.»

«Außer Ihnen!», konterte Saltet.

Henvo warf ihm einen verzweifelten Blick zu. «Aber ich habe mir das erst nachmittags ausgedacht. Ich bin nach Hause gerannt, um die Nummer zu schreiben, und dann gleich wieder zurück. Ich habe wohl noch kurz mit dem Requisitenmeister telefoniert, ich war sogar zu spät im Theater ... zehn Minuten, aber trotzdem. Gut, vielleicht hätte ich es tun können, aber wann denn? Ich hatte schlichtweg nicht die Zeit dazu!»

«Es sind nur Routinefragen», beruhigte Saltet, der merkte, dass der Textdichter fast durchdrehte. «Ich habe die Vorstellung nicht gesehen, aber gab es wirklich keinen anderen Moment, in dem der Anschlag hätte stattfinden können? Es gab doch noch mehr Monologe?»

«Bei denen stand er immer am Klavier. Das fand er eine geeignete Stelle, um seine Texte unauffällig abzulegen. Wenn es Mord war – ich sage: wenn –, dann war das Lied des Sonnenkönigs tatsächlich der einzig geeignete Moment in der Vorstellung. Auch die Lieder singt er nah am Klavier ... Und so einen Schnürboden kann man nicht darüber hängen, das muss wegen all der Lichter in der Mitte sein.»

Van Ledden Hulsebosch fing langsam an, den Mann zu bewundern. Er konnte gut analysieren, denn zu diesem Schluss war er selbst auch gekommen, als er gestern Nacht nicht hatte einschlafen können und die gesamte Vorstellung in Gedanken noch einmal durchgegangen war.

«Und dort hätte er beim ursprünglichen Finale, das zunächst geplant war, nicht gestanden. Kurz und gut, der Mord muss also zwischen dem Abliefern Ihrer Idee ... das war gegen fünf, wie Sie sagten ... und der Vorstellung geplant worden sein. Wie spät wird das Theater eigentlich geschlossen?», fragte Van Ledden Hulsebosch.

«Wie meinen Sie das?»

«Tagsüber waren Proben. Ich weiß, dass man problemlos ins Theater hinein- und wieder herauskommt. Bühnenbildner, Zimmerleute … und so weiter. Wie spät wurden die Türen geschlossen?»

«Das muss nach sechs gewesen sein, denn ich bin noch ganz normal durch den Vordereingang gekommen. Aber die Kartenabreißer hatten schon ihre Dienstkleidung an.»

Henvo sah die beiden an. «Glauben Sie wirklich, dass ich den Mord begangen habe?» Es klang eher traurig als verzweifelt.

Saltet wollte etwas Nettes sagen, aber Van Ledden Hulsebosch kam ihm zuvor. «Gefühle sagen mir nichts, Herr Vogels. Sie können wunderschön von Ihrem Fach erzählen, aber ich weiß nicht viel über Künstler, außer, dass alles an ihnen unecht ist. Ich arbeite mit Tatsachen, Logik und technischen Beweisen. Und die sprechen vorerst nicht für Sie.»

«Ich habe es nicht getan.»

«Wenn das die Wahrheit ist, dann werden die Tatsachen es schließlich auch bestätigen. Wir müssen jetzt gehen.»

«Musste das wirklich sein?», wollte Saltet wissen.

«Was?», fragte Van Ledden Hulsebosch.

«Er war es nicht. Er hat während der Vorstellung im Saal gesessen. Er hat ein Alibi.»

«Weil er eine Karte hatte? Weil seine Frau sagt, dass sie neben ihm gesessen hat? Das kann alles gelogen sein.»

«Es sind Aussagen!»

«Hör zu, mein Bester. Wenn wir vernünftig zusammenarbeiten wollen, dann wünsche und hoffe ich … nein, mehr noch: Ich fordere, dass du deine Gefühle und dein Mitleid aus dieser Untersuchung heraushältst. Es zeugt von unglaublicher Naivität, dass du dich auf so unzuverlässige Argumente einlässt, unmessbare Dinge wie Gefühle. Wenn ich eines Tages eine Messskala für Wut erfunden habe, werde ich sie als wissenschaftliches Argument in meiner persönlichen Beweisführung akzeptieren. Bis dahin möchte ich nur über Tatsachen sprechen. Tatsache ist: Dieser Mann hat ein Motiv für den Mord, die Gelegenheit dazu und mehr noch: Er war in der Lage, Ort und Zeit zu bestimmen. Für mich zählt er weiter zu den Verdächtigen.»

«Aber ich kann ihn nicht verhaften», merkte Saltet ein wenig mutlos an.

«Das ist auch typisch für die junge Generation. Ein einziges Verhör, und der Fall muss gelöst sein. Ungeduld und voreilige Schlussfolgerungen. Ich fürchte, wir wären alle noch Neandertaler, wenn die Wissenschaft ebenfalls so schnelle Schlussfolgerungen gezogen hätte.»

Mit großen Schritten ging er vor Saltet her.

«Aber das meine ich doch gar nicht!», rief Saltet.

«Hör mal zu, Junge. Ich möchte mit dir zusammenarbeiten, weil ich in dir die Zukunft der modernen Polizeiarbeit sehe. Technisch und taktisch. Ohne all den Feldwebel-Unsinn, der bei der Führungsspitze herrscht, die meine Experimente ins Reich der Fabeln verweist.»

Er nahm Saltets Hand und drehte die Handfläche nach oben. «In England nimmt man zurzeit von allen Straftätern die Abdrücke der Fingerspitzen auf. Sieh mal all die Linien hier. Einfach Tinte darauf schmieren und aufs Papier drücken. Und jeder Mensch, Saltet, jeder einzelne Mensch hat einen individuellen Abdruck.

Und jeder hinterlässt diese Abdrücke überall. Also auch Kriminelle am Tatort. Das sind Beweise, Fakten.»

«Bis jetzt haben wir nur vier durchgeschnittene Seile», brummte Saltet.

«Suchet, und ihr werdet finden!», zitierte Van Ledden Hulsebosch und ging Richtung Stadttheater. Saltet folgte ihm treu. Auf der Wache würden sie ihn doch nicht vermissen.

Mathilde Seriese hatte die Angewohnheit, sich schon frühmorgens in ihre Garderobe zu begeben, früher als die anderen Schauspieler. Sie suchte den von der Arbeit isolierten Raum des Theaters auf, um sich auf die Abendvorstellung zu konzentrieren. Einige Kollegen ließen sich tagsüber den Wind der Wirklichkeit um die Nase wehen und kamen eine Stunde vor ihrem Auftritt ins Stadttheater gehetzt.

«Auf diese Weise kann man keine andere Realität kreieren», erklärte sie Van Ledden Hulsebosch, der seine Melone auf den Schoß gelegt hatte.

Sie flößte einem Respekt ein, auch wenn das nur durch ihre Art zu sprechen kam und durch das liebliche, aber äußerst resolute Lächeln, das ihren Mund umspielte. Sie sah aus, als hätte sie das mittlere Alter bereits überschritten, dabei war sie in Wirklichkeit gerade knapp über vierzig. Es gab etwas an ihrer Erscheinung, das sie älter wirken ließ; Van Ledden Hulsebosch war das sofort aufgefallen.

Weil Mathilde Seriese gar nicht erst den Anschein aufkommen lassen wollte, dass das Ableben ihres Exmannes für sie nicht schmerzlich sei, hatte sie die beiden Herren in ihrer Garderobe empfangen. «Denn das ist es sehr wohl. Auch wenn es zwischen uns keine Liebe gab, fühlten wir uns einander verbunden», sagte sie und stellte dabei die kleinen Tiegel und Cremes auf dem Tischchen vor sich in eine Reihe, als seien es Schachfiguren auf einem Spielbrett. «Ich habe ihn immer gemocht, auch wenn echte Liebe nicht das war, was uns verband. Ich glaube, dass ich ihn vor allem wegen seines unglaublichen Talents geheiratet habe. Leider verschwendete er es an etwas, was ich nicht Theater nennen kann: die französische Revue.»

Van Ledden Hulsebosch nickte, auch wenn er fand, dass Schakels in keinster Weise Talent besaß. Höchstens das Talent zu langweilen.

«Wir fragen uns zur Zeit, wer einen Grund gehabt hätte, ihn zu ermorden», sagte Saltet vorsichtig.

«Ich dachte, dass die Polizei Mord ausschließt. Zumindest stand das in der Zeitung. Sie aber meinen, dass es kein tragischer Unfall war?»

Saltet schüttelte den Kopf.

«Ich nehme an, Sie wissen, dass inzwischen so ziemlich jeder in seinem Fach ihn hasste. Er behandelte seine Mitarbeiter schlecht, er bezahlte einem Teil seines Personals so wenig, dass es davon kaum leben konnte. Ich vermute, dass Sie, wenn Sie gut suchen würden, eine Menge Leute finden würden, die, gelinde gesagt, nichts dagegen haben, dass er nicht mehr lebt.»

«Und Sie?», wagte Van Ledden Hulsebosch zu fragen. «Haben Sie etwas dagegen?»

«Für mich ist er schon lange tot», sagte sie matt.

Ihr Ton überraschte Van Ledden Hulsebosch. Hieran schien nichts gespielt zu sein.

Sie senkte den Blick. «Er nannte das Theater unecht. ‹Ich muss hier Leichen spielen›, schrie er zum Schluss. ‹Die Dichter haben noch nicht einmal den Mut gehabt weiterzuleben, sodass ich sie für ihre Schundtexte zur

Verantwortung ziehen könnte!› Schließlich weigerte er sich, tote Dichter zu rezitieren, aber leider ist unser Repertoire voll von alten Werken.»

«Nach der Ehe mit Ihnen hat Frederik Schakels nicht wieder geheiratet. Gab es zu diesem Zeitpunkt eine andere Frau in seinem Leben?», probierte es Saltet.

Sie runzelte die Stirn. «Sind Sie sicher, dass Sie von der Polizei sind?», fragte sie. Sie betrachtete ihn aus zusammengekniffenen Augen.

Saltet griff in seine Innentasche und zog seine Marke hervor. Sie warf einen achtlosen Blick darauf und wandte dann den Kopf ab. Van Ledden Hulsebosch meinte gesehen zu haben, dass sie lächelte, und fragte sich, was sie mit ihrer Frage gemeint haben könnte. Ganz die professionelle Schauspielerin, schlug sie jetzt einen anderen Ton an und wiederholte, was Henvo bereits erklärt hatte: In Frederik Schakels' Leben habe es nur eine Geliebte gegeben, und das sei sein Publikum gewesen.

«Haben Sie ihn ab und zu noch getroffen?», fragte Van Ledden Hulsebosch und behielt sie dabei genau im Auge.

«Ab und zu», antwortete sie. «Aber meistens waren es kurze, zufällige Begegnungen. Hier auf dem Platz. Dann sahen wir einander im Vorbeigehen und sagten, wir müssen mal wieder eine Tasse Tee zusammen trinken gehen. Einmal hat er mich gefragt, ob ich bei seiner Revuegesellschaft mitmachen wollte, aber ich habe ihm deutlich gemacht, dass er mich das nie wieder zu fragen brauchte … Ich empfand es als eine Beleidigung.» Sie lächelte zuckersüß. «Und jetzt müssen Sie mich entschuldigen, ich möchte noch etwas allein sein.»

Doch Van Ledden Hulsebosch machte keine Anstalten aufzustehen. In aller Ruhe sah er sich in der Garderobe um. «Sie haben ein Zimmer ohne Fenster. Sind alle Garderoben so?», fragte er freundlich.

Sie musterte ihn und runzelte erneut die Stirn. «Wenn ich mich färbe – so nenne ich das Auftragen der Schminke, das mache ich immer selbst –, möchte ich nicht vom Tageslicht behindert werden. Auf der Bühne herrscht Kunstlicht, und danach richtet sich der Teint.»

«Es gibt also auch Garderoben, die durchaus Fenster haben», ließ sich Van Ledden Hulsebosch nicht beirren.

«Sie sind wie der Theaterdirektor. Der quatscht mir auch immer die Ohren voll, es gäbe bessere Räume auf diesem Gang. Ich brauche keine bessere Garderobe … Ich will diese!» Zum ersten Mal während dieses Gesprächs wurde sie ein bisschen böse. «Und würden Sie jetzt bitte gehen? Ich verstehe wirklich nicht, was das alles soll. Fenster!»

Saltet tippte Van Ledden Hulsebosch auf die Schulter. Es war besser zu gehen.

«Es tut mir Leid, wenn wir Sie aufgehalten haben. Darf ich Ihnen zum Abschied einen Handkuss geben?», fragte Van Ledden Hulsebosch. Saltet wurde ungeduldig, aber der Apotheker ließ sich von nichts und niemandem zurückhalten und nahm ihre Hand oder, besser gesagt, die Fingerspitzen, um sie an seinen Mund zu führen. «Der beste Handkuss, *Mylady*, ist der, bei dem der Mund die Hand nicht berührt, sondern einen Millimeter darüber schwebt», erklärte Van Ledden Hulsebosch und verharrte mit dem Gesicht einen Moment lang dicht über ihrer Hand.

Sie akzeptierte den höflichen Abschied des kleinen Mannes graziös.

«Sie nimmt Opiate, *drugs*, wie sie in Amerika sagen», stellte Van Ledden Hulsebosch fest, als Saltet und er das Theater verließen.

«Wie kommen Sie darauf?», fragte Saltet überrascht.

«Eine Garderobe ohne Fenster, weil das Tageslicht bei der Maske stört? Was für ein unsinniges Argument. Was spricht gegen Vorhänge?»

«Künstler sind eigenartige Menschen. Sie haben Gewohnheiten, die anderen merkwürdig vorkommen, aber das liegt daran, dass sie Künstler sind.»

«Geht das schon wieder los!», rief Van Ledden Hulsebosch. «Nennst du das etwa eine Tatsache?»

«Es ist eine Erfahrung. Ich arbeite auf dem Rembrandtsplein, und aus den Theatern und Theatercafés kommen die komischsten Typen. Sie kleiden sich in Lumpen, setzen idiotische Hüte auf, haben einen komischen Gang und machen verrückte Geräusche. Künstler sind so.»

Van Ledden Hulsebosch ging nicht darauf ein. «Außerdem sind ihre Fingernägel brüchig. Wahrscheinlich nimmt sie Morphium. Vielleicht nicht in großen Dosen, aber doch so viel, dass es ihren Kalkhaushalt angreift.»

Saltet sah ihn an. Deswegen wollte Van Ledden Hulsebosch ihr also unbedingt einen Handkuss geben. Der Apotheker überraschte ihn immer wieder.

«Was glaubst du?», fuhr Van Ledden Hulsebosch fort. «Könnten wir uns Zugang zu den Polizeiarchiven verschaffen?»

«Warum denn das?»

«Wegen ihrer Bemerkung: ‹Sind Sie sicher, dass Sie von der Polizei sind?› Damit kann sie meines Erachtens nur meinen, dass wir wichtige Informationen nicht beachten oder vielleicht noch gar nicht kennen.»

«Vielleicht fand Sie mich schlichtweg zu jung für einen Kriminalpolizisten.»

«Du musst noch viel lernen, mein lieber Saltet. Was hat es für einen Sinn, jemanden zu vernehmen, wenn man den Antworten nicht zuhört? Eigentlich müssten von allen Verhören in einer Mordsache Aufnahmen auf Schallplatte gemacht werden, damit man die Aussagen immer wieder anhören kann. Oft wird zwischen den Zeilen etwas gesagt, was einem erst beim wiederholten Abhören auffällt. In Amerika ...»

«Amerika, Amerika, Amerika ... Wir sind hier in den Niederlanden! Und wir haben keine Aufnahmegeräte. Wir haben bloß uns selbst», sagte Saltet mehr als gereizt. Amerika war ein Traum, an den Van Ledden Hulsebosch jetzt nicht rühren durfte. Jetzt war es helllichter Tag und nicht der Moment, sich in Gedanken auf wilde Verfolgungsjagden in einem Ford zu begeben.

«Es ist eine Schande», fuhr Van Ledden Hulsebosch fort. «Ich habe für Marcusse einen Bericht geschrieben, in dem ich ihm vorschlage, eine Schiffsladung Aufnahmegeräte aus Amerika kommen zu lassen. Meinetwegen auch veraltete Wachsrollendreher, die dürften spottbillig zu kriegen sein. Auf das menschliche Gedächtnis kann man sich so gut wie gar nicht verlassen. Du hast dich nach einer neuen Liebe in Schakels' Leben erkundigt, und sie hat gefragt, ob du tatsächlich von der Polizei bist. Scheinbar steht Liebe in Zusammenhang mit Polizei.»

«Pardon?»

«Frage: neue Liebe. Antwort: Polizei.»

«Ob er eine Geliebte im Polizeikorps hat? In letzter Zeit gibt es mehr und mehr weibliche Mitarbeiter. Im Bürodienst stehen sie in nichts nach ...»

«Nein.»

«Und warum nicht?»

«Weil Künstler vielleicht merkwürdige Leute sind, aber sie sind sicher nicht verrückt! Schakels, der eine Affäre mit einer Polizeibeamtin anfängt? In welchem Jahrhundert leben wir denn! Nein, das ist ausgeschlossen!»

Saltet lächelte und blieb stehen.

Van Ledden Hulsebosch merkte, dass er ihm nicht mehr folgte, und sah sich um. «Was ist denn?»

«Sie können mir eine Menge erzählen, aber ich glaube kaum, dass das wissenschaftlich belegt ist.»

Van Ledden Hulsebosch sah ihn kurz an, ohne eine Miene zu verziehen, drehte sich dann um und ging weiter, innerlich aber musste er lächeln.

Es kostete Saltet einige Mühe, den Polizeiarchivar von der Notwendigkeit zu überzeugen, zusammen mit dem Apotheker C. J. van Ledden Hulsebosch in aller Freiheit die benötigten Dossiers durchzusehen. Dies alles, so hatte er behauptet, stünde in Zusammenhang mit der immer noch nicht abgeschlossenen Einbruchsache, bei der sich eine wichtige neue Veränderung ergeben habe. In einem der Häuser, in das eingebrochen worden sei, seien nicht nur Wertsachen entwendet worden, sondern auch ein Hund. Fluffie – so hieß das allerliebste Tierchen – befinde sich seither nicht mehr an seinem üblichen Wohn- und Aufenthaltsort, nämlich im Körbchen in einem der prächtigen Häuser in der Vondelstraat.

Das war natürlich von vorne bis hinten gelogen, und Saltet vermutete, die Lügen würden früher oder später, wohl eher früher, auffliegen. Zweifellos stünde ihm dann eine Abmahnung oder noch Schlimmeres bevor. Was Lize dazu sagen würde, war noch die Frage. Der Archivar fragte glücklicherweise nicht nach dem Zusammenhang zwischen Einbrüchen, Apotheker, Fluffie und dem, was er in seinem Archiv stehen und liegen hatte. Der gute Mann hatte eben aus dem Grund im Archiv zu arbeiten angefangen, weil er selten einen Zusammenhang zwischen verschiedenen Dingen sah. Dieser Mann hier mochte Staub, am liebsten in dicken Schichten und gerne auch auf seiner Laufbahn, bis hin zur Pensionierung. Hier konnte er in aller Ruhe die Zeit absitzen, denn er riss sich ungern ein Bein aus.

Es kostete kaum Mühe, den Ordner mit Frederik Schakels' Strafregister zu finden. Er war nur ein einziges Mal verurteilt worden, und anscheinend war es ihm gelungen, diese Tatsache der Presse zu verheimlichen. Es war eine Angelegenheit, über die die Zeitungen sowieso nie schrieben, da es sich um Männersünden in Hinterzimmern handelte. Man hatte Schakels mit einer minderjährigen Person desselben Geschlechts in einem Hotelzimmer angetroffen. Die sexuelle Tat war noch nicht vollzogen worden, aber die Absicht offenkundig gewesen, und Schakels hatte beim Verhör zugegeben, dem jungen Mann einen Geldbetrag dafür gezahlt zu haben. Deswegen hatte er ein halbes Jahr im Gefängnis in Vught verbringen müssen, glücklicherweise in den Sommermonaten, zu einer Zeit also, in der es sowieso kaum Arbeit gab, da die Theater geschlossen blieben. Deshalb hatte niemand je etwas von der Sache mitbekommen.

«Und wohin führt uns das?», fragte Saltet, in dessen Weltbild diese Geschichte nicht richtig hineinpasste.

«Zu all dem Leid, das auf der Bühne des Stadttheaters gespielt und auf dem Rembrandtsplein in echt zu sehen ist», seufzte Van Ledden Hulsebosch, der mehr von der Welt wusste, als ihm lieb war.

An diesem Nachmittag tranken die beiden Kaffee im *Schiller*, zwischen flanierenden Revuemädchen, Möchtegerntextern und -komponisten, Künstlern, deren Ego nur noch von der Größe ihrer enormen Hüte übertroffen wurde, Musikern und all den anderen, die ihre Dienste anboten und Arbeit suchten.

«Oh, Herr van Ledden Hulsebosch», hörten sie plötzlich.

Der Apotheker erkannte die jugendliche Frauenstimme und drehte sich um. Es war Ansje, die jetzt auch arbeitslos geworden war und nun nach etwas Neuem suchte.

«Wollen Sie jetzt etwa auch zum Theater?», fragte sie.

«Keine Sorge!» Er tippte an seine Melone, stand auf und bot ihr einen Sitzplatz an. Nachdem er Saltet und Ansje einander vorgestellt hatte, wollte er sie trösten und sagte, es müsse ja schrecklich gewesen sein, bei einer Revue mitzumachen, bei der der Star von einer wackeligen Konstruktion erschlagen wird.

«Ich hatte mich so darauf gefreut», sagte Ansje mit professionellen Tränen in den Augenwinkeln. «Ich weiß schon, es war keine besondere Rolle … Man ist eigentlich nur Dekoration. Aber man gehört dazu! Übrigens, wie fanden Sie denn die Vorstellung?»

Van Ledden Hulsebosch murmelte etwas über prächtige Farben, schillernde Kostüme, ein phantastisches Ballett, brachte es aber nicht übers Herz, auch den Star selbst derart in den Himmel zu loben – ein Ort, an dem Schakels sich angesichts seines Charakters und Lebenswandels wohl sowieso nicht lange halten würde.

«Wir hatten so hart dafür gearbeitet. Alles musste perfekt sein. Am Vorabend der Premiere hatte der Choreograph noch gesagt, dass die gesamte Schlussszene über den Haufen geworfen würde. Kurz vor der Vorstellung haben wir noch eine ganze Nummer einstudiert.»

Der Apotheker sah das Mädchen aufmerksam an. Am Abend vorher? «Frederik Schakels hatte doch erst am Tag der Premiere selbst etwas an der Schlussnummer auszusetzen? Nachmittags?»

«Ach, das weiß ich auch alles nicht so genau. Ich wohne hier in einer Pension mit sechs anderen Mädchen. Und Herr Dubois, das ist der Choreograph, ist extra vorbeigekommen, um uns Bescheid zu sagen, wir sollten etwas zu essen mitnehmen, weil wir zwischendurch nicht wegkönnten. Ich weiß noch, dass Suze gefragt hat, ob er schon etwas über die neue Nummer wüsste, aber darüber konnte er nichts sagen.»

Der Kriminalist stand auf, ebenso wie sein Mitstreiter. Das waren erstaunliche Informationen.

«Müssen Sie jetzt schon gehen? Es wird doch gerade erst nett», sagte Ansje bedauernd, denn insgeheim hatte sie gehofft, die Herren würden ihr einen Kaffee spendieren und vielleicht sogar ein belegtes Brötchen.

«Weißt du zufällig, wo dieser Dubois wohnt?», fragte Van Ledden Hulsebosch.

Ansje schaute ein wenig miesepetrig vor sich hin. «Ich habe ein bisschen Hunger, da kann ich immer so schlecht nachdenken», sagte sie mit wohldosiertem Leiden in der Stimme.

Van Ledden Hulsebosch zückte das Portemonnaie

und zog einen Zweieinhalbguldenschein heraus, genug für zwei Kaffee und zwei Brötchen.

Ansje blühte regelrecht auf. «Er wohnt im Stadtviertel Pijp. In der Quellijnstraat. Hausnummer 34. Ist nicht zu verfehlen.»

Draußen wurde es bereits dunkel, und die Lichter des Rembrandtsplein tauchten die Umgebung in eine Atmosphäre, die in keiner Weise zu einem brutalen Mord passte. Van Ledden Hulsebosch setzte seine Melone auf und zog den Mantel zurecht. «Interessant», fand er. «Oder etwa nicht?»

«Sicherlich.»

Saltet stand neben dem kleinen Apotheker. Sie gaben ein schönes Paar ab, wie sie da zusammen auf der Treppe des *Schiller* standen. Van Ledden Hulsebosch starrte ins Leere.

«Ich habe über etwas nachgedacht, Saltet. Ich finde, du solltest mich duzen.»

Saltet war freudig überrascht. «Gern.»

«Nenn mich ruhig C. J.»

«Jonathan.»

Der Apotheker streckte die Hand aus, und Saltet drückte sie herzlich.

«Ich bin froh, dich getroffen zu haben, Jonathan.»

«Ich auch, C. J.»

Van Ledden Hulsebosch nickte zufrieden und mischte sich in das belebte Abendgetümmel.

Saltet sah ihm vergnügt nach und ging dann gut gelaunt zu Lize zurück.

— 5 —

Es war zu der Zeit, als die Stadt ihre Sünden noch nicht mit dem Mantel der Barmherzigkeit bedeckte, sondern sie schlichtweg verschwieg oder wegschaute. Noch immer wollte Amsterdam wie ein Dorf an einem Fluss erscheinen, wo sich alles um Familie und Kirche drehte, Ruhe und Ordnung herrschten. Manchmal, wenn die allererste Frühjahrssonne strahlte, schienen einen die Grachten in frühere Zeiten mitzunehmen, als ehrbare Kaufleute noch ihren Handel in den östlichen und später sogar in den westlichen Kolonien betrieben. Aber nun durchdrang langsam das Verderben die friedliche Landschaft wie Schlangenbrut, tödlich und unsichtbar. Amsterdam war eine Stadt geworden, in der Unzucht herrschte, in der Opium geschnupft und Morphium gespritzt wurde und nach langer und sorgfältiger Planung Morde begangen wurden.

Inzwischen hatten Nachforschungen ergeben, dass der Junge, mit dem Frederik Schakels damals Unzucht hatte begehen wollen, auf grausame Weise ums Leben gekommen war. Vor einem Jahr hatte man ihn, zusammen mit einer Menge Schlamm und alten Fahrrädern, aus der Amstel gefischt. Die Autopsie war eindeutig gewesen und hatte nichts Besonderes ergeben. Der Körper wies zahlreiche Messerstiche auf, war auffallend mager, und im Blut wurde reichlich Alkohol nachgewiesen.

Man hatte schon früher Stricher in der Amstel gefunden. Die Jungen verdienten lediglich einen Hungerlohn und mussten zudem mit einem frühen Tod rechnen. Nur ab und zu wurde ein Täter gefasst, der dachte, er könne sein unsittliches Verhalten vertuschen, indem er den Jungen einfach verschwinden ließ. Oft waren es brave Familienväter, die Angst vor den Folgen hatten, sollte ihr Treiben ans Licht kommen. Diese Angst war oft so groß, dass sie lieber einen Mord begingen, als ihre Homosexualität einzugestehen.

Saltet bedauerte, dass ihnen der Junge nichts mehr über Schakels erzählen konnte, aber wenn der Kontakt tatsächlich einmalig gewesen war, wäre seine Aussage vermutlich sowieso nicht sehr hilfreich gewesen.

Die Polizei fischte wie so oft im Trüben – eine logische Folge ihres reaktiven Verhaltens. Sie kam immer erst dann, wenn etwas passiert war, und hinkte deswegen im wahrsten Sinnes des Wortes den Tatsachen immer hinterher. Zum Glück wollte Van Ledden Hulsebosch der Zukunft, koste es, was es wolle, voraus sein, und Saltet war froh, in ihm einen Mitstreiter gefunden zu haben.

In dieser Nacht hatte Saltet lange wach gelegen, nachdem er Lize ausführlich von seinen Erlebnissen berichtet hatte. Er hatte mit ihr über seine Kollegen gesprochen, darüber, wie sie reagieren würden, wenn sie dahinter kämen, was er zurzeit eigentlich trieb. Und vor allem, wenn sie wüssten, mit wem. Vielleicht würden sie mit den Schultern zucken, doch Saltet befürchtete eher, dass sie Van Ledden Hulsebosch für verrückt erklären würden. Was konnte man von einem kleinen Apotheker am Nieuwendijk schon für spektakuläre Erkenntnisse erwarten?

Trotzdem war Saltet glücklich.

«Verstehst du? Zum ersten Mal bin ich jemandem begegnet, der mich nicht für einen Rotzbengel hält, der noch lernen muss, nicht immer alles gleich zu überstürzen. C. J. ist ein Mann der Zukunft.»

«Du darfst ihn also bereits C. J. nennen!», hatte Lize lachend gesagt.

«Er hat es mir selbst angeboten. Es geht nicht nur um diesen Mord, es geht um viel mehr. Die Amsterdamer Polizei muss endlich lernen, dass wir nicht mehr im 19. Jahrhundert leben, sondern jetzt!»

«Ich finde es schön, dass deine Augen leuchten.»

«Vom elektrischen Licht leuchten sie. Nicht mehr von Karbidlampen oder Kerzenschein. Die neue Zeit!»

Lize stand vollkommen hinter ihm, wie immer. Sie hatte ihn gefragt, ob Van Ledden Hulsebosch tatsächlich ein eigenbrötlerischer Idiot war, wie Marcusse behauptete, und er hatte lächelnd an den kleinen Mann denken müssen. Eigenbrötlerisch war er vielleicht, aber bestimmt kein Idiot.

Er sah sie kurz an, wie sie jetzt neben ihm lag und schlief. Mit so einer Frau konnte er sich glücklich schätzen. Behutsam hauchte er einen Kuss auf ihr Haar. Sie lächelte im Schlaf und drehte sich um. Saltet schmiegte sich an sie und schlief ebenfalls ein.

Van Ledden Hulsebosch hatte, wie jede Nacht, bewegungslos auf dem Rücken gelegen. Sein Schnurrbart hatte sich dabei im Rhythmus seiner Atmung auf und ab bewegt. Er hatte kein zweites Mal von Marcusse geträumt. Es war auch wirklich ein bisschen blöd gewesen, von dem Mann zu träumen, hatte er sich selbst ermahnt. Marcusse war es nicht wert, sich derart über ihn aufzuregen. Mit diesem Gedanken war er eingeschlafen, und als er aufgewacht war, war er voller Tatendrang. Er hatte einen kompletten Plan im Kopf, wie sie diesen Tag sinnvoll nutzen konnten.

Am Morgen hatte Fräulein van Henegouwen Eier mit Speck für ihn gebraten. Sie wusste, dass er morgens nicht in Plauderstimmung war, und strafte ihn deswegen mit absoluter Stille. Sie stellte die Eier schweigend vor ihn hin und verschwand auf Zehenspitzen. Dann kam sie zurück und schenkte, ach so vorsichtig, Tee ein.

«Guten Morgen, Fräulein van Henegouwen», sagte der Apotheker bereits leicht gereizt.

«Lassen Sie sich von mir nicht beim Nachdenken stören», sagte sie.

«Sie stören nicht», entgegnete Van Ledden Hulsebosch in einem Ton, der verriet, dass er jeden Moment explodieren konnte.

«Werden Sie heute Abend früh zu Hause sein? Ich frage bloß wegen der Kartoffeln. Sie zerkochen so schnell, wenn man sie zu lange auf dem Herd stehen lässt. Dann kann ich sie natürlich immer noch in Scheiben schneiden und braten. Aber dann habe ich wieder ein Problem mit dem Fleisch. In dem Fall könnte ich besser Schmorfleisch machen. Das kann ich so lange auf den Petroleumkocher stellen, wie ich will. Bleibt nur noch das Gemüse. Ich hatte an grüne Bohnen gedacht, aber die werden so weich, wenn man sie …»

«Fräulein van Henegouwen, machen Sie heute Abend einfach Suppe», fiel ihr Van Ledden Hulsebosch barsch ins Wort. «Mit Brot. Und wenn ich nicht nach Hause kommen sollte, essen wir die Suppe eben morgen.»

«Suppe … ja, Suppe. Aber nur Suppe …»

«Fräulein van Henegouwen!»

«Nun ja, dann eben Suppe …»

Der Choreograph der Schakels-Revue, Jackie Dubois, bewohnte ein Vorderzimmer in einem Haus an der Quellijnstraat, nicht weit entfernt von dem Ort, wo vor noch nicht gar so langer Zeit Eduard Jacobs seine erste rebellische Kabarettvorstellung gegeben hatte – hinter dem Klavier stehend, mit Spottgedichten über Huren und Schmarotzer.

«Sie kennen Eduard Jacobs nicht?», fragte Dubois seine Besucher. «Schämen Sie sich. Das ist der einzige Grund, warum ich hier wohnen wollte. Hier nebenan ist die Geburtsstätte der wahren Kunst.» Dubois war ein alter Mann mit tiefen Falten im Gesicht. Sein Körper machte allerdings manchmal Bewegungen, die außerordentlich gelenkig wirkten. Er war Balletttänzer gewesen, «in Paris, Brüssel und Berlin … in Städten, in denen das Kabarett noch als Kunstform angesehen wird!», und hatte sich danach noch lange als Ballettlehrer über Wasser halten können. Zurzeit war er ein viel gefragter Choreograph, «weil ich wie kein anderer in der Lage bin, auch die letzte Flasche noch zum Tanzen zu bringen».

Dubois kam Saltet frustriert vor, ein verkanntes Genie und auch auf anderen Gebieten des Lebens wie Geld und Liebe nicht besonders glücklich. «Früher», so leitete er seine Sätze oft ein, «früher konnten Ballerinas noch tanzen. Heutzutage holen sie sie hinter den Nähmaschinen aus dem Jordaan-Viertel hervor. Es reicht, wenn die Mädchen imstande sind, einen Fuß vor den anderen zu setzen – dann dürfen sie auf die Bühne. Es sind ungelenkige Monster, aber mir gelingt es jedes Mal aufs Neue, aus ihnen so etwas wie Tanz herauszuquetschen.»

Dubois hatte Saltet und Van Ledden Hulsebosch

nur widerwillig hereingebeten. Er hatte nicht vor, Fragen zu beantworten, das wurde ziemlich schnell deutlich. Er hatte die Besucher in der Absicht hereingelassen, ihnen gehörig die Meinung zu sagen, über «den Verfall der darstellenden Künste». Die Ermittler mussten es wohl oder übel über sich ergehen lassen.

«Früher», sagte er erneut, «früher wurde das Geld noch an der richtigen Stelle ausgegeben. Früher hatte man eine Bühnendekoration, heutzutage ist alles Pappmaché. Früher trug man noch Kleider, heute schustern Näherinnen ein bisschen Tüll zusammen, und das muss dann als Kostüm durchgehen. Es ist nicht mehr, was es war!»

Van Ledden Hulsebosch nickte und wartete seine Chance ab, aber der Quasselkopf machte keine Pause und beschwerte sich über Produzenten, die das Geld in die eigene Tasche steckten, über Künstler, die das Fach nicht ernst nahmen, über Mädchen, die über die Bühne eierten, über falsch spielende Orchester und falsch singende Schauspieler. Auch das Publikum bekam sein Fett ab, denn es zeige keinen Respekt vor den Künsten von einst, sondern schlucke alles, was man ihm vorsetze. Es war eine lange Litanei über Unannehmlichkeiten und Unzulänglichkeiten, und zum Schluss ging es bei Van Ledden Hulsebosch zum einen Ohr hinein und zum anderen wieder hinaus.

Und plötzlich, einfach so, schwieg Dubois. Scheinbar hatte er gesagt, was er sagen wollte.

Van Ledden Hulsebosch wurde mehr oder weniger aus dem Schlaf gerissen und war sich nicht sicher, ob Dubois seinen letzten Satz zu Ende gesprochen oder mittendrin abgebrochen hatte.

Zufrieden sah Dubois die zwei an, davon überzeugt,

dass sie ihm voll und ganz Recht geben würden. Leider wurde er enttäuscht.

«Wir haben ein paar Fragen zum Tod von Frederik Schakels, wenn Sie gestatten», sagte der Apotheker.

«Auch schon tot», seufzte Dubois. «Aber wenigstens ist er auf der Bühne gestorben, wie es sich für einen Showkünstler gehört!»

Saltet fürchtete, er würde ein weiteres Kapitel abhandeln wollen, und sagte schnell: «Wir glauben, dass der Tod von Herrn Schakels kein Unfall gewesen ist, sondern Mord … mit Vorsatz.»

Dubois erschrak: «Mord? Wie kommen Sie auf Mord?» Er dachte nach. «Jemand hätte also die Lichtinstallation absichtlich herabstürzen lassen?», fragte er.

Van Ledden Hulsebosch nickte.

Dubois ging im Zimmer auf und ab und schien die Sache durchzugehen, als ob er selbst zum Polizeikorps gehörte. «Das erscheint mir fast unmöglich», sagte er schließlich. «Wir haben diese Nummer erst nachmittags einstudiert. Und ohne die Nummer des Sonnenkönigs wäre der Mord unmöglich gewesen … zumindest, wenn es so zugegangen ist, wie Sie behaupten.»

«Sie haben aber am Abend zuvor bereits angedeutet, dass Sie einen derartigen Auftritt beabsichtigen», sagte Saltet.

«Ich? Nein, nicht ich.»

Van Ledden Hulsebosch sah den Choreographen streng an. «Wir haben einen Zeugen. Sie haben am Abend vor der fatalen Aufführung bereits angedeutet, dass Sie Änderungen vornehmen wollten.»

«Das stimmt», sagte Dubois. «Aber ich wusste nicht, was für eine Nummer es werden würde. Das bekamen wir erst mittags zu hören. Da musste ich die ganze

Choreographie erst noch machen. Und ohne diese Choreographie …»

«Aber dass sich etwas ändern würde, wussten Sie schon früher?»

«Am Abend vor der Premiere kam Frederik Schakels zu mir. Meiner Meinung nach war er nicht mehr ganz nüchtern, aber er wollte mich unbedingt sprechen. Er sei alles noch einmal durchgegangen, sagte er, und er finde, dass das Ende anders sein müsse.»

«War das normal, bei einem Mann wie Schakels, dass er im allerletzten Moment noch alles Mögliche ändern wollte?»

«Beim Theater passieren die merkwürdigsten Dinge. Bis zur Premiere kann man ändern, was man will. Manchmal sind die besten Nummern einer Show erst kurz vor der Vorstellung aufgenommen worden. Schakels war bis zum Schluss unzufrieden, immer. Nein, für mich war das nichts Außergewöhnliches, obwohl …»

«Obwohl was?»

«Nun, jeder, der Frederik Schakels gut kannte, wird einräumen, dass er sehr spontan war. Er sah sich eine Nummer an und sagte dann sofort, ob sie gut war oder nicht. Und wenn sie nicht gut war, musste man wieder von vorne anfangen. Und nochmal und nochmal und nochmal. Diesmal hatte er scheinbar länger darüber nachdenken müssen … unter Einfluss von Alkohol.»

«War er betrunken?»

«Nein, betrunken würde ich das nicht nennen. Angetrunken, ja, aber auch hitzig, fanatisch. Er hatte sich vermutlich den ganzen Abend damit beschäftigt.»

«Und hat er Ihnen auch Instruktionen für die Änderungen am Ende gegeben?», fragte Van Ledden Hulsebosch.

Saltet hörte gespannt zu.

«Es sollte ein glanzvolles Finale werden! Er wollte den Auftakt für den Film geben, der dann gezeigt werden sollte. Er wollte einen großen Auftritt mit Ballett und allem Drum und Dran. Sodass die Leute sich nach dem Film nur noch an diese eine Nummer erinnern würden. Sodass sie sich später auf der Straße drüber unterhalten würden.»

«Das hat er Ihnen gesagt?»

«Er hatte sogar alles ziemlich genau im Kopf. Er wollte nicht beim Klavier stehen, das fand er zu langweilig. Er sagte: ‹Jack, ich stehe schon den ganzen Abend beim Piano. Bei der Nummer will ich im Mittelpunkt stehen, im Rampenlicht … Ich will strahlen!› Also blieb mir nichts anderes übrig, als ihn in die Choreographie einzubeziehen. Frederik Schakels ist … war kein großer Tänzer. Also habe ich ihn eher über die Bühne schreiten lassen.»

«Das war also Ihre Idee?»

«Wie? Ja doch, schon.»

«Aber …?»

«Kein Aber, es war meine Idee.»

«Sie haben gezögert.»

Dubois schüttelte verneinend den Kopf.

Van Ledden Hulsebosch sah den Choreographen noch einen Moment lang aufmerksam an und entschied dann, dass nichts mehr aus ihm herauszuholen war. Der Mann fing doch nur wieder an zu klagen, über die schlechten Zeiten, in denen sie lebten, und pries die Vergangenheit in den Himmel, als sei es die beste Zeit auf Erden gewesen. Mitten in einem langen Satz von Dubois setzte er seine Melone auf und nickte Saltet zu. «Wir gehen.»

Abrupt hielt Dubois inne. Er drehte sich um, sah die ausgestreckte Hand und das freundliche Lächeln von Van Ledden Hulsebosch.

«Sie haben uns sehr geholfen.»

Dubois schüttelte seine Hand. «Ja. Vielen Dank. Gern geschehen.»

Es war bereits Nachmittag, als Van Ledden Hulsebosch und Saltet das Haus an der Quellijnstraat verließen. Der Apotheker schien in Gedanken versunken zu sein und war äußerst schweigsam. Saltet fand, er müsse auf die Wache zurückgehen. «Da muss ich mir dann wieder etwas über meinen Einbruch und die Suche nach Fluffie ausdenken, aber was soll's.»

«Fluffie. Ja, ja. Natürlich», wiederholte Van Ledden Hulsebosch geistesabwesend.

«Alles in Ordnung?

«Ja, natürlich.»

«Sie gehen gerade sicher das …»

«DU, mein lieber Jonathan, du», unterbrach ihn Van Ledden Hulsebosch.

«Du gehst bestimmt gerade die Vernehmung durch.»

«Ja, so ungefähr …»

Saltet holte tief Luft. «Wir müssen Beweise finden, C. J., ich kann diese Ausrede nicht endlos lange aufrechterhalten. Wenn wir keinen Beweis für deine Mordtheorie finden, müssen wir die Sache irgendwann abblasen … Und jetzt gehe ich mal auf die Wache zurück, mit einem besonders beschäftigten Gesicht als Ablenkungsmanöver.»

«Du machst dir Sorgen», sagte der Apotheker.

«Ein bisschen», sagte der Inspektor. «Ich fände es bedauerlich, wenn wir nicht weiterkämen.»

«Bedauerlich?»

«Nein, das ist zu schwach ausgedrückt. Es wäre eine sehr große Enttäuschung für mich.»

«Warum?»

«Weil dann die Staubfänger bei der Polizei mit ihrem ewigen ‹Immer schön langsam› Recht bekämen.»

«Und Marcusse!»

«Genau!»

Der Apotheker nickte und gab Saltet einen ermutigenden Klaps auf den Rücken. Er murmelte so etwas wie: «Wird schon werden», und ging in Gedanken versunken zurück zum Nieuwendijk, gefolgt von den Blicken seines jungen Freundes Saltet, der ihm kopfschüttelnd nachsah.

An diesem Abend führte Van Ledden Hulsebosch ein paar Telefonate, darunter ein langes mit seinem Neffen Jacobus Spekman, der als Bauunternehmer mit dem Bau von Häusern in Amsterdam-Oost beschäftigt war. Er brauchte ein paar Dinge von seinem Neffen, und zwar am liebsten so schnell wie möglich. Er diktierte ihm eine ganze Liste und sagte schließlich, dass er außerdem zirka acht Mann aus seiner Truppe benötigte.

Spekman fluchte. «Sonst noch was? Soll ich etwa den ganzen Bau einen Tag lang stilllegen? Da solltest du mal meine Auftraggeber hören!»

«Es ist für einen guten Zweck.»

«Einen guten Zweck? Da scheiß ich drauf, Onkel! Ist dir klar, dass mich das Kopf und Kragen kosten kann?»

Van Ledden Hulsebosch spielte sofort seinen größten emotionalen Trumpf aus. «Deine Mutter würde es so gewollt haben, Junge. Und achte bitte auf deine Wortwahl.»

Nur widerwillig stimmte der Neffe zu.

Danach rief Van Ledden Hulsebosch noch eine Nummer an, nämlich die der Wache Rembrandtsplein. Er hinterließ eine Nachricht für Inspektor Saltet mit der Bitte, er möge morgen früh für ein wichtiges Experiment zur Baugrube in der Oosterparkstraat kommen.

Dann war es Zeit, schlafen zu gehen, diesmal mit einer Bartbinde, damit sein Schnurrbart am nächsten Tag optimal in Form war. Das war doch wirklich eine prächtige Erfindung, so eine Bartbinde, mit all den Gummibändern und Metallbügeln, von ihm selbst natürlich noch abgewandelt und verbessert.

Monatelang hatte der junge Arbeitslose Kobus de Quay die Redaktion des Amsterdamer *Courant Nieuws van de Dag* mit Artikeln bombardiert. Mit dem Fahrrad war er durch die Stadt gerast und hatte von allen Dingen, die ihm aufgefallen waren, Fotos geschossen, dann einen saftigen Artikel darüber geschrieben und ihn höchstpersönlich in die Zeitungsredaktion gebracht – dazu hatte er jedes Mal ein Bewerbungsschreiben gelegt. Ein paar Mal hätte die Redaktion bereits um ein Haar etwas von ihm gedruckt, und vor ungefähr einem Jahr war es ihm mit dem Artikel «Der Mann, der nach sich selbst tauchte» auch tatsächlich einmal gelungen, ins Blatt zu kommen.

Das war eine merkwürdige Sache gewesen. Willem Kraaykamp, ein ausgezeichneter Schwimmer, der ohne Arbeit zu Hause herumsaß, war von der Gemeinde zum Rettungsschwimmer ernannt worden. Wenn Kinder ins Wasser fielen, in die Bilderdijkkade, wo Willem wohnte, sprang er hinterher, um sie herauszufischen. Pro gerettetes Kind bekam er zweieinhalb Gulden, und in manchen Wochen verdiente er gar nicht schlecht. Schließlich bezahlte die Gemeinde Willem dem Wassertaucher – wie er in der Stadt genannt wurde – eine richtige Ausbildung als Rettungsschwimmer. Dazu musste er mit einer Reihe anderer Schwimmer ins Brediusbad. Dort wurde ordentlich geübt, und nach einiger Zeit durften die Herren aus dem Wasser kommen und sollten sich vor ihre Umkleidekabine stellen. Vor Erschöpfung und Einsatzbereitschaft ganz benommen, stellte sich Willem vor eine beliebige leere Kabine. Und das bedeutete, dass es eine Kabine mit Kleidern, aber ohne Rettungsschwimmer gab.

«Es liegt noch einer im Wasser!», hatte der Ausbilder geschrien, und alle mussten erneut hinunter, um den ertrunkenen Kollegen herauszuholen. Nachdem sie eine Viertelstunde lang vergeblich gesucht hatten, kam Willem auf die brillante Idee, in den Sachen des Mannes nachzusehen, nach wem man denn eigentlich suchte. Und so war er zum «Mann, der nach sich selbst tauchte» geworden. Kobus de Quay schrieb einen derart amüsanten Artikel darüber, dass die grauen Herren von der Redaktion tatsächlich beschlossen, Kobus als jüngsten Berichterstatter einzustellen.

Die Arbeit, die er zu erledigen hatte, war allerdings nicht besonders aufregend. Er durfte nur über nicht allzu bedeutende Beerdigungen, Geburten, Hochzeiten, Jubiläen und andere persönliche Feierlichkeiten berichten. Und so radelte er von der einen goldenen Hochzeit zum nächsten Hundertjährigen, der noch immer ohne Brille lesen konnte. Echte journalistische Themen, wie einen großen Brand – am liebsten mit Opfern –, durfte er nicht bearbeiten. Sie hielten ihn klein. Manchmal vermisste Kobus seine früheren eigenwilligen Streifzüge nach brandheißen Themen, und oft dachte er, er würde alt und grau werden, bevor sie ihn endlich etwas Größeres schreiben ließen.

Die alteingesessenen Journalisten trafen sich abends im Café *Scheltema* gegenüber den Redaktionsräumen. Wenn ihnen dort ein Gerücht zu Ohren kam, etwa, dass ein Dampfschiff an der Küste bei Ijmuiden festgelaufen war, schrieben sie, statt zum Ort des Geschehens zu eilen, ihren Bericht auf die Rückseite eines Bierdeckels. Dann streckten sie sich in ihrem Sitz, um an den Telefonhörer zu kommen, baten einen Kollegen, ein Schiffshorn nachzuahmen, und diktierten der Stenotypistin ihre Geschichte, die sie sofort setzen ließ.

Faules Journalistenpack. Kobus hatte sich vorgenommen, selbst nicht zu dieser Arbeitsweise überzugehen. Die Zeitung musste wieder lebendig werden, mit Geschichten, die dicht am Puls der Zeit waren, aus erster Hand.

Ab und zu gelang es Kobus, sich während der Bürozeit davonzustehlen, um wieder mit dem Rad durch Amsterdam zu ziehen. Wer weiß, vielleicht würde ihm ja wieder mal ein aufregendes Ereignis über den Weg laufen, worüber sich ein amüsanter Artikel für den *Courant* schreiben ließ …

«Du bist verrückt», sagte Jacobus. «Meine Mutter hat mich schon vor dir gewarnt. Sie hat gesagt: ‹Nimm dich vor deinem Onkel in Acht, der ist vollkommen wahnsinnig.› Und jetzt meinst du auch noch, ich solle es für meine Mutter tun … Wenn sie noch leben würde, würde sie dich jetzt mit einem Schirm in der Hand über den Nieuwendijk jagen.»

«Sehr schön.» Van Ledden Hulsebosch betrachtete mit Genugtuung das Gerüstmaterial, das in der Baugrube aufgestapelt lag. «Ich habe eine Zeichnung gemacht, wie es aufgebaut werden soll. Dies wird ein wichtiges Experiment werden, das uns vielleicht der Lösung des Mordes an Frederik Schakels näher bringen kann.»

«Das ist ein Unfall gewesen. Ich lese auch Zeitung!»

«Glaub mir, mein Junge, es war Mord!» Van Ledden Hulsebosch sah seinem Neffen tief in die Augen. «Deine Mutter hatte Recht. Ich bin wirklich vollkommen wahnsinnig. Aber wenn es jemanden gab, der mich in meinen Ambitionen voll und ganz unterstützt hat, dann war sie es. Und das weißt du.»

Das wusste Jacobus Spekman in der Tat. Niemand hatte seinen merkwürdigen Onkel so sehr geliebt wie sie. Der Gedanke an seine Mutter stimmte ihn milde, und nach einem kurzen Blick auf Van Ledden Hulsebosch drehte Jacobus sich um. Er gab den Männern ein Zeichen anzufangen und trug ihnen auf, das Gerüst genau so zusammenzubauen, wie es auf der Zeichnung angegeben war.

In der Baugrube stehend, sah Van Ledden Hulsebosch den Arbeitern zufrieden zu. Er wusste, dass ihm dieses Experiment einen tiefen Einblick in den Fall geben würde.

Gerade kam Saltet auf einem robusten Dienstfahrrad angeradelt, eine der größten Errungenschaften des Amsterdamer Polizeikorps. Etwas außer Atem stellte er das Fahrrad ab. Er sah suchend in die Grube hinab und erblickte den stolz um sich schauenden Van Ledden Hulsebosch. Mit weit ausholender Geste zeigte dieser auf die Bauarbeiter: «Sieh mal!»

Saltet beugte sich vor. «So geht das nicht!», rief er dem Apotheker zu. «Du kannst doch nicht einfach eine

Nachricht auf der Wache hinterlassen. Und schon gar nicht eine, die von wichtigen Experimenten handelt! Damit handelst du mir einen Haufen unangenehmer Fragen ein!»

«Du hättest doch behaupten können, dass das alles in Zusammenhang mit dem überaus wichtigen Fall Fluffie steht.»

«Fluffie hängt mir zum Hals heraus. Ich habe zwei Polizisten zugeteilt bekommen, die heute den gesamten Park mit dem Fahrrad durchkämmen, auf der Suche nach einem so genannten Fluffie, den es überhaupt nicht gibt! Ich vermute, dass ich heute Nachmittag meine Stelle los bin. Und was hat das hier zu bedeuten?»

«Das? Das ist eine Rekonstruktion.»

Saltet ließ sich in die Baugrube hinunterrutschen. «Eine Rekonstruktion?»

Van Ledden Hulsebosch zeigte auf Saltets Schuhe. «Ledersohlen sind unpraktisch. Zu rutschig. Ab und an müssen Polizisten auch mal rennen, und dazu brauchen sie vernünftiges Schuhwerk. Da werde ich mir mal etwas einfallen lassen.»

«Gute Idee! Eine Rekonstruktion?», fragte Saltet beharrlich.

«Hier wird die Situation im Tuschinski nachgebaut. Gleich müssten die Statisten ankommen, und dann können wir die ganze Sache in Gang bringen.»

«Wie bitte? Bist du vollends übergeschnappt? Willst du den Mordanschlag, weil es so schön war, nochmal wiederholen?»

«Ganz genau! Ich habe Dubois gefragt, ob er anhand der Musik angeben kann, wann Schakels genau wo gestanden hat. Er kommt gleich, zusammen mit einem Musiker.»

«Das hier ist eine öffentliche Straße! Was glaubst du, was uns blüht, wenn die Polizei davon Wind bekommt?»

Van Ledden Hulsebosch zuckte mit den Schultern.

An dem Zaun, der neugierige Fußgänger von den Bauarbeiten fern halten sollte, hatte gerade ein junger Mann auf einem Fahrrad angehalten. Er stellte sein Rad ab und sah neugierig nach unten. Da war etwas Besonderes im Gange. Ein merkwürdiger Kauz mit einer Melone, schwarzem Anzug und roter Weste in einer Baugrube? Und der andere, war das nicht jemand, den er kannte? Hatte er ihn nicht beim Jubiläum irgendeines Polizeibeamten in der Innenstadt gesehen? Kobus de Quay beobachtete und lauschte. Man konnte oben jedes Wort verstehen, das dort unten gesprochen wurde.

«Ich habe keine Ahnung», sagte der Apotheker zum Inspektor. «Das ist sowieso eine Redensart, die ich noch nie verstanden habe. ‹Dann blüht uns was.› Das soll etwas Bedrohliches sein? Obwohl wir gar nicht wissen, was da blühen soll? Solange wir das nicht wissen, brauchen wir uns auch vor nichts zu fürchten. Außerdem bist du dabei. Du bist doch von der Polizei, oder?», bemerkte Van Ledden Hulsebosch trocken.

Kobus grinste zufrieden. Die Polizei, also doch.

«Du willst hier ein lebensgefährliches Experiment veranstalten!»

«Mit Musik, ja. Das ist doch nett, nicht wahr?»

«Und du hast keine Zustimmung, keine Befugnis, nichts. Es hat hierbei bereits einen Toten gegeben. Bald haben wir einen zweiten. Dann landen wir allesamt im Gefängnis.»

«Glaubst du etwa, ich würde mit lebendem Material experimentieren?»

«Du hast gerade gesagt, dass du den Choreographen kommen lässt!»

«Wegen der Musik und damit er uns zeigt, wo das Opfer stand. Und an genau die Stelle legen wir dann einen Kunstkörper.»

«Einen was?»

In diesem Moment erklang ein lautes «Huhu!» von oben. Vreugdenhil stand am Rand der Baugrube, vor sich ein Lieferrad. Er winkte den beiden Herren, die daraufhin zu ihm hochkletterten.

Im Fahrradkorb lag etwas, was deutliche Ähnlichkeit mit einem menschlichen Körper aufwies.

«Sag bitte etwas Anerkennendes», flüsterte Van Ledden Hulsebosch Saltet zu. «Er hat die ganze Nacht damit verbracht, Schweinsblasen aneinander zu nähen und mit Schwämmen und Schweineblut zu füllen.»

Saltet verschluckte sich fast vor Schreck. «Aber wieso?»

«Weil ich noch immer keine Erlaubnis habe, Körper aus dem Krankenhaus zu benutzen. Lächerlich. Es gibt genügend Leute, die ihren Körper nach dem Tod der Wissenschaft zur Verfügung stellen wollen. Wenn dann aber die Wissenschaft – ich also – einen solchen Körper gebrauchen kann, heißt es plötzlich, es sei ethisch nicht zu verantworten.»

Saltet holte tief Luft und bezweifelte plötzlich stark, ob die Zusammenarbeit mit dem wahnsinnigen Apotheker wirklich so eine gute Idee war. Hier waren Bauarbeiter gerade dabei, ein Gerüst mit einer Lichtinstallation zu bauen, das dem des Tuschinski enorm ähnelte und mindestens genauso lebensgefährlich war. Es wurden Leichen durch die Gegend geschleppt, zwar aus Fleischabfällen, aber vom Aussehen verdammt echt.

Und das Ganze würde gleich auch noch von Musik begleitet. Sie waren allesamt reif für den Pavillon drei der psychiatrischen Abteilung des Wilhelmina-Krankenhauses.

Van Ledden Hulsebosch wies die Stelle an, wo er den Körper haben wollte. Er wurde mit Hilfe von Stöcken aufrecht gehalten. Vreugdenhil war begeistert bei der Sache, und Saltet konnte sich des Eindrucks nicht erwehren, dass hier Übung den Meister gemacht hatte. Es war offensichtlich, dass Vreugdenhil und Van Ledden Hulsebosch schon öfter Experimente mit Kunstleichen unternommen hatten.

«Was willst du eigentlich genau herausbekommen?», fragte Saltet vollkommen verwirrt.

«Was denkst du? Ich will wissen, wie exakt die Planung sein musste. Ob der Mörder seine Tat genau auf den Takt der Musik abstimmen musste. Es ist verdammt schade, dass wir keinen beweglichen Körper haben. Aber, Moment mal, wenn wir den Körper in einen Karren setzen und mit Seilen …» Und schon war er weg, um irgendetwas zu regeln.

Saltet fasste sich an den Kopf. Die ersten Zuschauer waren bereits zusammengekommen, und es würden sicher noch weitere folgen. Ganz bestimmt würde ein Berichterstatter des *Courant* auftauchen, und dann wusste morgen jeder in der Stadt, dass der jüngste Inspektor des Amsterdamer Polizeikorps völlig durchgedreht war. Arbeitsstelle weg, abgemahnt, und in Amsterdam und Umgebung würde niemand mehr etwas mit ihm zu tun haben wollen. Er würde mit Lize darüber sprechen müssen. Vielleicht war Missionsarbeit doch nicht so schlecht. Weit weggehen in ein afrikanisches Land, in dem niemand wusste, wo die Niederlande eigentlich lagen, in dem niemand Fragen über seine Vergangenheit stellen würde. Er würde – wenn Gott ihm denn wohlgesinnt war – Menschen zum Glauben bekehren, Krankenhäuser errichten und schließlich, alt und geliebt, auf einem kleinen, idyllischen Feld irgendwo im Urwald begraben werden.

«Sieh mal.» Stolz stand Van Ledden Hulsebosch neben der Kunstleiche, die er in eine Schubkarre gesetzt hatte, sodass man sie hin und her fahren konnte. Ganz zufrieden war er aber immer noch nicht.

Die Bauarbeiter, die in erster Linie sehr motiviert gewesen waren, weil ihnen Van Ledden Hulsebosch erzählt hatte, es ginge um eine offizielle Polizeirekonstruktion, sahen nun etwas verunsichert zu dem kleinen Mann herüber, der dabei war, an einer selbst gebastelten Kunstleiche herumzuzerren.

Schließlich hatte Van Ledden Hulsebosch einen kleinen Karren auf Rädern gefunden, in dem normalerweise Steine transportiert wurden. Mit Vreugdenhils Hilfe hatte er den Körper auf den Karren geschafft und lange Seile an dessen Seiten befestigt. Er sah sich das Resultat an, nickte vergnügt und gab sogar ein zufriedenes Brummen von sich.

Dubois kam ungefähr zur selben Zeit an, und auch Henvo war mit von der Partie. Van Ledden Hulsebosch hatte sie hier versammelt, um an dem Experiment mitzuarbeiten, das zeigen sollte, dass der Mord nicht nur vorsätzlich geschehen war, sondern auch derart komplex, dass er kaum an einem einzigen Tag hätte durchgeführt werden können. Acht Männer waren nun schon seit Stunden mit Bauarbeiten beschäftigt. Sie mussten eine Art Rekonstruktion des kompletten Theaters bauen, und wären es weniger Männer gewesen, hätten sie sicher noch vier Tage daran gebaut, bis alles dort gewesen wäre, wo der Apotheker es haben wollte.

«Das Problem», erklärte Van Ledden Hulsebosch den Anwesenden, «ist die Vorbereitung. Ich habe heute früh zusammen mit Vreugdenhil noch die Tragkraft des besagten Seils getestet. Das erfordert große Genauigkeit. Man muss genau wissen, wie viel der Schnürboden wiegt, und anhand dieser Zahl kann man ungefähr ausrechnen, wie weit man das Seil anschneiden kann, ohne dass es vorzeitig reißt.»

«Ich bin in einer Irrenanstalt», stellte Saltet ermattet fest.

«Verrückt oder genial, die Grenze zwischen beiden ist dünn», gab Van Ledden Hulsebosch zu bedenken. «Was wir hier gemacht haben, ist Folgendes: Wir haben ein Gerüst mit ähnlichem Schnürboden gebaut wie dem, von dem Frederik Schakels erschlagen wurde. Und wir haben ihn an Seilen aufgehängt, die genauso weit angeschnitten wurden wie die Seile im Theater.»

Saltet nickte. Er hörte zu, aber das Gesagte drang kaum zu ihm durch. Van Ledden Hulsebosch sprach zu den anderen Anwesenden, wie ein Sergeant kurz vor einer Militärübung mit seiner Mannschaft spricht

«Gleich wird es extrem wichtig sein, dass jeder seine Aufgabe genau zur richtigen Zeit ausführt, denn nur dann können wir erkennen, wie der Mord wirklich vor sich gegangen ist. Vreugdenhil und ich werden mit Hilfe einiger Seile den Karren mit dem künstlichen Körper nach der Choreographie hin und her bewegen, wenn Sie, Herr Dubois, so freundlich sein würden, uns Instruktionen zu geben, wo Schakels während des Auftritts stand.»

Dubois nickte. Er war am Abend zuvor von dem

Apotheker angerufen worden und musste zugeben, dass der Mann zumindest originell und scharfsinnig war. Das konnte er in letzter Zeit von kaum jemandem behaupten. Außerdem war er neugierig zu erfahren, was der Kriminalist vorhatte, vor allem, nachdem er am Telefon gehört hatte, dass er selbst zu den Tatverdächtigen gehörte.

Der Zigarrenhändler gegenüber von Henvos Haus war vom späten Anruf des Apothekers weniger begeistert gewesen und hatte ihm erst einmal ordentlich die Meinung gesagt, bevor er sich angezogen hatte, um den Textdichter zu holen.

Es wurde ein prächtiges Spektakel. Der Musiker – er hatte eine Ziehharmonika mitgebracht – spielte den *Sonnenkönig* zunächst einmal vor, woraufhin Henvo bei der Wiederholung den Gesang übernahm. Das Publikum am Rand der Baugrube – inzwischen war es zu einer beachtlichen Gruppe angewachsen – belohnte die beiden Showkünstler spontan mit tosendem Beifall, woraufhin sich Henvo zögernd verbeugte.

Jacobus Spekman spielte den Mörder, und Vreugdenhil half Van Ledden Hulsebosch mit dem Tanz nach Anweisungen von Jackie Dubois. Saltet musste aus der Ferne zuschauen und seine Beobachtungen in dem grünen Heft notieren.

Vielleicht war die Rekonstruktion nicht ganz naturgetreu – jedenfalls landete der Schnürboden bei allen vier Durchgängen der Mordsimulation mindestens ein bis zwei Meter neben dem Opfer auf dem Boden. Bei den ersten beiden Durchgängen klatschten Bauarbeiter und Publikum noch, aber als das künstliche Opfer beim dritten und vierten Mal immer noch nicht getroffen wurde, ertönten sogar verstohlene Buhrufe.

Van Ledden Hulsebosch hatte das Gefühl, sein Neffe Jacobus sei als Mörder nicht richtig geeignet.

«Und wieso nicht?», fragte dieser beinahe beleidigt.

«Ich glaube, dass unser Mörder musikalischer war», sagte der Apotheker vorsichtig. «Ehrlich gesagt, denke ich, Herr Dubois, dass Vreugdenhil und ich die Choreographie jetzt fast schon auswendig können. Würden Sie vielleicht so freundlich sein, den Mord zu übernehmen?»

«Mit dem größten Vergnügen!» Dubois kletterte so gelenkig wie ein junger Affe das Gerüst hinauf, um mit einem scharfen Messer die letzten Fasern der Seile zu durchtrennen. Der fünfte Durchgang wurde ein voller Erfolg. Genau im richtigen Moment schnitt Dubois die Seile durch, und mit einem prächtigen Schwung erschlug das unfreiwillige Flugobjekt die mit Naturschwämmen gefüllte Ansammlung von Schweinsresten. Das gesamte Publikum jubelte, johlte und applaudierte ausgiebig, als die Blutfontänen aus der Kunstleiche herausspritzten. Das sah wirklich gut aus!

Die Bauarbeiter stießen sich in die Seite. Ihre Arbeit war nicht umsonst gewesen, und einige verbeugten sich vor dem Publikum. Dieses eine Mal in ihrem Leben waren sie echte Künstler gewesen.

Kobus de Quay steckte zufrieden seine Leica in die Tasche. Er wusste, dass er ein paar prächtige Fotos von dieser besonderen Polizei-Aufführung gemacht hatte. Im Kopf hatte er den Artikel bereits dreimal geschrieben – damit würde er auf die Titelseite kommen. Er stieg auf sein Rad und trat in die Pedale. Wer weiß, vielleicht würde er es sogar noch in die Abendausgabe schaffen!

«Ein klarer Fall!», sagte Van Ledden Hulsebosch, der an Saltets Seite getreten war.

«Warum?», fragte Saltet, dem das Ganze noch nicht so deutlich war.

«Wir wissen jetzt, dass der Mörder seine Tat nicht nur vorsätzlich, sondern sogar mit allergrößtem Vorsatz begangen hat.»

«Und er muss bärenstark gewesen sein, um all das Zeug aufzuhängen», fügte Saltet hinzu.

Dazu wollte sich Van Ledden Hulsebosch im Moment noch nicht äußern. «Auf jeden Fall musste er sich mit den Gesetzen der Schwerkraft gut auskennen und überaus musikalisch sein. Und außerdem musste der Mörder wissen, dass es in der Nummer einen Moment geben würde, in dem Schakels allein mitten auf der Bühne stehen würde.»

«Oder die Mörderin», gab Saltet zu bedenken. «Mathilde Seriese möglicherweise. Schakels' Exfrau.»

«Mathilde Seriese ...», wiederholte Van Ledden Hulsebosch überrascht. Er war froh, dass ihn sein Instinkt nicht getäuscht hatte – in Saltet steckten tatsächlich unvermutete Talente. Natürlich hätte der Apotheker Schakels' Exfrau ebenfalls einladen können, aber er hatte lieber damit warten wollen, bis er etwas Konkretes gegen sie in der Hand hatte. Bis jetzt hatte auch noch niemand ihr Alibi für den fraglichen Abend bestätigt.

«Ein guter Gedanke, Jonathan. Wirklich sehr gut.»

Inzwischen hatten die Arbeiter die schweren Stangen von der Kunstleiche gehievt, sodass Vreugdenhil die stofflichen Überreste zusammensammeln konnte, um sie wieder in seinem Lastenfahrrad mit zurückzunehmen. Saltet spürte die liebevolle Sorgfalt, mit der der Assistent den präparierten Kunstkörper behandelte, und überlegte, ob es Vreugdenhil nicht sehr gekränkt hatte, mit ansehen zu müssen, wie ein Mordanschlag nach dem anderen auf seine Kreation verübt wurde.

Hendrik Vogels hatte sich zu ihnen gesellt. «Wir haben bei Ihrer Rekonstruktion aus vollen Kräften mitgearbeitet, Herr Van Ledden Hulsebosch, aber das Ergebnis macht mich und meinen Freund Jackie Dubois nun doch zu Hauptverdächtigen, finden Sie nicht auch?», fragte Vogels.

«Zu Verdächtigen bestimmt, das kann ich nicht leugnen», sagte der Fahnder. «Aber auf einen bloßen Verdacht hin wird Sie schon niemand einlochen.»

Dagegen konnte Vogels nicht viel einbringen. Er nickte und verließ die Baugrube.

«Ich könnte durchaus eine Tasse starken Kaffee vertragen. Wie steht's mit dir?» Van Ledden Hulsebosch schlug Saltet freundschaftlich auf die Schulter.

Saltet war immer noch beunruhigt, fand aber inzwischen auch, dass er etwas ganz Besonderes mitgemacht hatte.

Der Apotheker ging zu seinem Neffen, um sich bei ihm ausführlich für die Mitarbeit zu bedanken und ihm zu versichern, dass er der Wissenschaft einen wichtigen Dienst erwiesen hatte und seine Mutter stolz auf ihn gewesen wäre. «Nicht wahr, Saltet?», sagte Van Ledden Hulsebosch gut gelaunt.

Saltet bestätigte es und bedankte sich im Namen des gesamten Amsterdamer Polizeikorps bei dem Neffen.

Van Ledden Hulsebosch war inzwischen aus der Grube geklettert und stand bereits breit grinsend auf der Straße.

«Lächerlich! Skandalös!» Marcusse ging wütend in der kleinen Wachstube der Polizeiwache am Rembrandtsplein auf und ab. Er hatte den ganzen Nachmittag Zeit gehabt, sich über das Fehlverhalten seines Untergebenen und dieses engstirnigen Melonenmanns aufzuregen. Leider war sein Tag mit allerlei unsinnigen Besprechungen voll gepackt gewesen, sonst hätte er den beiden sofort gehörig die Leviten gelesen. In der Abendausgabe des *Courant* hatte ein Artikel eines gewissen Kobus de Quay gestanden, der in schillernden Farben beschrieb, was sich in der Baugrube abgespielt hatte. Und als ob das nicht ausgereicht hätte, war der Artikel auch noch mit Fotos garniert. Das Polizeikorps war bis auf die Knochen blamiert. Inzwischen hatte er Saltet degradiert, entlassen, versetzt, zu Strafarbeiten verurteilt und verklagt, und noch immer hatte er seiner Missbilligung des Fehlverhaltens seines jüngsten Inspektors nicht genügend Ausdruck verliehen.

«Und Sie lasse ich in eine Irrenanstalt einweisen!», schnauzte er Van Ledden Hulsebosch an.

Saltet und er standen nebeneinander und ließen den Wutausbruch über sich ergehen. Was hätten sie sonst tun sollen?

«Wisst ihr, wer gerade auf dem Weg hierher ist? Na? Na?», brüllte der Polizeipräsident. «Na?»

«Ich habe keine Ahnung», bekannte Saltet.

«Weil du dümmer bist, als die Polizei erlaubt! Der Einzige, nach dessen Pfeife du tanzt, ist dieser Wahnsinnige hier, dieser chronisch Durchgeknallte, dieser aufgeblasene Idiot. Das Blut ist in alle Richtungen gespritzt, habe ich gehört.»

«Das war Schweineblut», sagte Van Ledden Hulsebosch, als ob das alles entschuldigen würde.

«Es wäre ja auch noch schöner gewesen, wenn es Menschenblut gewesen wäre. Es haben Kinder dabei zugeschaut! Könnt ihr denn nicht mal eine Sekunde lang nachdenken? Gleich kommen der Bürgermeister und sein guter Freund Abraham Tuschinski hierher. Die haben mit euch ein Hühnchen zu rupfen, darauf könnt ihr euch verlassen!»

So ging es noch eine Weile weiter, und Saltet war inzwischen zum sechsten Mal gefeuert worden. Er könne es ja mal bei der Putzkolonne der Wache probieren, aber Marcusse bezweifele, dass er auch nur dafür über genügend Gehirnzellen verfüge.

Vom Regen in die Traufe kamen die beiden, als die Türen aufflogen und ein störrischer Abraham Tuschinski sowie ein wütender Bürgermeister De Vlugt eintraten. Die Wache war jetzt bis zum Bersten gefüllt.

«Das ist also das Pack!», brauste das sonst so ruhige, geradezu stoische Stadtoberhaupt ohne Einleitung los. «Ihr solltet euch was schämen!»

Saltet war sich jetzt sicher: Afrika hatte einen neuen Missionar dazugewonnen. Van Ledden Hulsebosch würde er vor der Abreise noch ins Jenseits befördern – noch ein Mord, der nie gelöst werden würde. Der Gedanke an das Schiff, das ihn und seine Familie aus dem Hafen von Ijmuiden herausfahren würde, beruhigte ihn einigermaßen.

Van Ledden Hulsebosch ergriff plötzlich das Wort.

«Darf ich etwas sagen? Eine Kleinigkeit zu unserer Verteidigung?», fragte der Apotheker.

Überrascht verstummten alle. Ein Widerspruch?

«Wozu? Sie sind verrückt. Sie müssen eingesperrt werden!» Marcusse war der Erste, der seine Sprache wiedergefunden hatte.

«Selbst der größte Verbrecher hat ein Recht auf Verteidigung. Wir also bestimmt auch.»

De Vlugt nickte Marcusse kurz zu, konnte aber nicht verhindern, dass Abraham Tuschinski eine wütende Tirade in schlechtem Niederländisch über sie ausschüttete.

«Da wird mein Haus so mir nichts, dir nichts von einer Mordsache beschuldigt. Das ist doch wohl das Schlimmste, was man mir antun kann. Ein Mörder in meinem Revue-Palast! Das vertreibt mir doch die Kundschaft!»

«Entschuldigen Sie bitte», unterbrach ihn Van Ledden Hulsebosch, «aber das ist nicht ganz richtig. Bisher haben Sie immer behauptet, es sei ein Unfall gewesen. Und meiner Meinung nach ist genau das der Grund, weswegen das Publikum ausbleibt.»

«So ein Unsinn!», sagte Marcusse, der ihn am liebsten sofort mit gezücktem Säbel über den Platz gejagt hätte. Im Mittelalter müsste man leben! Hier war ein Kandidat, den er nur zu gern über die Klinge springen lassen, rädern und kielholen lassen würde.

Van Ledden Hulsebosch negierte Marcusse. «Ich kenne Ihr Theater, Herr Tuschinski. Ich war bei der Premiere. Es hängt ein prächtiger, riesiger Kronleuchter mitten im Saal, genau über dem Publikum. Wenn ich hören würde, dass die Bausubstanz des Theaters nicht stabil ist, wodurch alles Mögliche herunterfallen kann, dann würde ich mich dort auch nicht mehr hinsetzen.»

«Meiner Konstruktion fehlt überhaupt nichts!», hielt Tuschinski dagegen. «Nur das Beste vom Besten.»

«Das stimmt. Ich habe Ihr Theater von oben bis unten untersucht, und alles ist picobello in Ordnung. Grund genug anzunehmen, dass es sich hier um einen Mordfall handelt. Ich glaube, das Publikum ist klüger, als Sie denken. Heutzutage sieht man schließlich auch Filme. Es bedarf keiner großen Phantasie, um sich auszumalen, dass das gesamte Theater einstürzen kann, wenn schon die Lichtinstallation über der Bühne so mir nichts, dir nichts herunterknallt. Dabei liegt die Lösung für Ihr Problem auf der Hand! Das Einzige, was Sie tun müssen, ist, vor der Presse zu erklären, dass es eben kein Unfall war, sondern Mord! Ich versichere Ihnen, dass das Publikum schnell wieder zurückkommen wird. Erst recht, wenn Sie einen kleinen Trick anwenden.»

«Ich bin nicht an Ihren Tricks interessiert, Sie gemeingefährlicher Irrer», schrie Marcusse wütend, musste es sich dann aber doch gefallen lassen, dass Bürgermeister De Vlugt für einen Moment eine mahnende Hand auf seine Schulter legte.

«Einen Trick?»

«Wenn Sie verlauten lassen, die Polizei sei auf der Suche nach Hinweisen, die zur Ergreifung des Mörders führen, und Sie setzen zum Beispiel eine Belohnung aus … Es sollte mich nicht wundern, wenn dann alle wieder ins Revuetheater Tuschinski kommen würden, vielleicht nicht nur, um sich den Film der Woche anzusehen, aber was macht das schon aus?»

«Ein lächerlicher Einfall!», schrie Marcusse.

De Vlugt und Tuschinski warfen sich einen Blick des Einvernehmens zu.

«Sie scheinen davon überzeugt zu sein, dass es sich hier um Mord handelt», sagte De Vlugt schließlich. «Können Sie vielleicht auch mich davon überzeugen?»

«Nein», sagte Van Ledden Hulsebosch.

«Nun, das war's dann wohl!», lachte Marcusse, aber De Vlugt war auf der Hut.

«Sie können mich also nicht von der Tatsache überzeugen, dass im Tuschinski ein Mord verübt wurde?»

«Genau, das kann ich nicht», beteuerte der Apotheker noch einmal mit einem freundlichen Lächeln. «Aber die einzige Möglichkeit, die sonst noch infrage käme, wäre eine mangelhafte Konstruktion im Theater. Wenn Sie diese Möglichkeit weiterhin in Betracht ziehen möchten …»

«Auf keinen Fall!», schrie Tuschinski aufgebracht.

De Vlugt nickte und sah den klugen Apotheker an.

«Ich kann Sie nicht überzeugen, Herr Bürgermeister, aber ich glaube, Sie haben sich schon selbst überzeugt.»

«Aber wer und wie …?», fragte De Vlugt und machte Marcusse mit einer Geste begreiflich, dass er jetzt besser den Mund halten sollte, wenn er jemals noch für eine Beförderung infrage kommen wollte.

«Diesen Fall werden wir nur mittels gründlicher Spurensuche lösen können. Und durch Experimente, wie zum Beispiel die Rekonstruktion, die ich heute durchgeführt habe.»

«Das ist keine Antwort auf meine Frage», sagte das Stadtoberhaupt.

«O doch, das ist sogar eine außergewöhnlich gute und wohl überlegte Antwort auf Ihre Frage. Ich weiß nicht, wer den Mord begangen hat, aber ich werde schlussendlich schon dahinter kommen. Ich habe bereits öfter Fälle wie diesen hier studiert.»

Marcusse wollte etwas einwenden, aber niemand achtete auf ihn.

Van Ledden Hulsebosch fuhr fort. «Wer es getan hat? Ich weiß es nicht. Aber *wie*, ist mir inzwischen klar. Und ein Profil des Täters habe ich auch. Der Täter ist ein musikalischer Mensch, der etwas vom Theater versteht. Und insbesondere von Spezialeffekten, wie man das nennt.»

«Und das Motiv? Er hat noch nicht einmal ein Motiv», warf Marcusse ein, der sich jetzt sichtlich zu beherrschen versuchte.

«Der Täter wird uns sein Motiv schon noch verraten. Es ist lächerlich, erst ein Motiv haben zu wollen und dann den Täter. Man zäumt ein Pferd doch auch nicht von hinten auf ... Oder etwa doch, Herr Marcusse?»

Darüber musste der Polizeipräsident erst einmal nachdenken.

«Sehr geehrter Herr Bürgermeister, es ist im Interesse Ihrer Stadt und der Sicherheit ihrer Bürger, wenn Sie mich jetzt auf der Stelle engagieren – zu einem besonders niedrigen Tarif, ich gebe gerne einen Kennenlernrabatt und eine Bei-Nichtgefallen-Geld-zurück-Garantie – um diesen Mordfall zu lösen.»

«Der Filmtheaterbetrieb Tuschinski spendet mit dem größten Vergnügen einen Beitrag für diese Untersuchung», sagte Abraham Tuschinski, der nur darauf aus war, dass sein Saal so schnell wie möglich wieder voll würde.

«Vielleicht haben Sie Recht», sagte De Vlugt, «vielleicht aber auch nicht. Wir werden sehen. Im Zweifelsfall für den Angeklagten, Herr van Ledden Hulsebosch! *Eine* Woche Zeit bekommen Sie. Dann will ich Ergebnisse sehen.»

«Einverstanden, aber nur unter einer Bedingung», sagte Van Ledden Hulsebosch entschieden. «Ich möchte mit einem Inspektor zusammenarbeiten, der bereit ist, sich auf diese Sache einzulassen und alle Einzelheiten des Falls kennt.» Er zeigte auf Saltet, der mit dem Rücken zu den Anwesenden in der hintersten Ecke stand, insofern das in diesem kleinen Raum überhaupt möglich war. In Gedanken hatte er die Niederlande schon längst hinter sich gelassen und war bereits dabei, Kindern in Schwarzafrika die Bibel vorzulesen.

Als ihn plötzlich alle anschauten, spürte er unbewusst, dass sich das Gespräch jetzt um ihn drehen musste. Vier Augenpaare waren auf ihn gerichtet, von denen eins fröhlich strahlte. «Was ist los?», fragte er unsicher.

«Sie sind beide verrückt geworden», fand Marcusse.

«Ich bin einverstanden», sagte De Vlugt.

«Aber …», versuchte Marcusse noch einzuwenden, doch De Vlugt gab ihm ein Zeichen, den Mund zu halten.

«Wenden Sie sich an mich, wenn Sie etwas benötigen. Sie stehen im Dienst der Gemeinde, also bin ich Ihr Vorgesetzter.»

Wie ist das möglich?, fragte sich Saltet im Stillen.

Van Ledden Hulsebosch nickte De Vlugt zur Bestätigung höflich zu. Marcusse stand wie angewurzelt, und Van Ledden Hulsebosch ging ungerührt an ihm vorbei zu Saltet und führte ihn hinaus.

Abraham Tuschinski ging in sein Theater zurück, und Marcusse wollte den Raum ebenfalls verlassen, aber De Vlugts Stimme hielt ihn zurück. Anscheinend hatte der Bürgermeister noch etwas mit seinem Korpschef zu besprechen.

Van Ledden Hulsebosch fand De Vlugt einen sympathischen Mann, zumindest wenn es gelang, durch seine harte Schale durchzudringen. Er war ein bisschen von oben herab, hatte eine gewisse Arroganz an sich. Aber vielleicht verdeckte er damit nur seine Schüchternheit. Van Ledden Hulsebosch wusste, wie man über

De Vlugt dachte. Er war es, der das Wachstum der Stadt eingeleitet hatte, der nach den Entbehrungen des Ersten Weltkriegs neue Wohnviertel anlegen ließ und der sich für den Ausbau des Amsterdamer Hafens stark gemacht hatte. Besonders zugänglich war er nicht, dafür aber sehr direkt und energisch. Und zumindest nicht altmodisch … etwas, was Van Ledden Hulsebosch vom Polizeipräsidenten nicht behaupten konnte.

Saltet musste noch kurz seine Jacke holen, und Van Ledden Hulsebosch stand in der blassen Nachmittagssonne und freute sich über seinen Sieg. Er zog eine dicke Zigarre aus der Jackentasche und zündete sie an. Vergnügt folgte er dem Rauch mit dem Blick.

Soeben hatte er seinen ersten bezahlten Auftrag von der Gemeinde Amsterdam bekommen. Er hatte eine Woche Zeit, den Fall zu lösen. Es würde ihm gelingen, und wenn er keine einzige Nacht mehr schlafen sollte.

Saltet kam heraus. «Marcusse werden die Leviten gelesen», sagte er leise.

«Ausgezeichnet!» Bürgermeister De Vlugt wurde Van Ledden Hulsebosch immer sympathischer.

«Ich bin etwa dreißigmal entlassen worden, glaube ich.»

«Vorläufig hast du noch eine Woche Zeit, Jonathan.» Das Grinsen in Van Ledden Hulseboschs Gesicht beruhigte Saltet nicht ganz.

«Eine Woche, das ist doch nicht viel …»

«Es ist genug, mehr als genug. Keine Sorge, denk positiv!» Mit diesen Worten schritt der Apotheker resolut aus und überquerte den Rembrandtsplein.

Noch am selben Abend meldete der *Courant*, von einem Unfall im Revue-Palast Tuschinski könne keine

Rede sein, es stecke mehr hinter dem Tod von Frederik Schakels.

«Aus zuverlässiger Quelle haben wir erfahren, dass es sich nur um Mord handeln kann!» stand dort geschrieben. Das hatte Abraham Tuschinski dem Journalisten zugeflüstert, und außerdem hatte er ihn angefleht, auch noch die nächste Zeile hinzuzufügen: «Das bedeutet, dass an der Tauglichkeit der Bausubstanz des Theaters an der Reguliersbreestraat kein Zweifel besteht.»

Mord, also doch! Und Van Ledden Hulsebosch war fest entschlossen, diesen Mord aufzuklären.

— 6 —

Der Chef der Kriminalpolizei hatte in der Zwischenzeit zwei erfahrene Kriminalbeamte auf Fluffie angesetzt. Das Tier hatte begonnen, ein eigenes Leben zu führen. Fluffie war konkret zu einem weißen Pudel mit einem komischen schwarzen Punkt an der Schwanzspitze geworden. Seine Besitzerin war eine Gräfin, die einen Zweitwohnsitz am Vondelpark hatte, sich aber zurzeit im Ausland aufhielt. Alle Dienst habenden Ordnungshüter empörten sich über die mangelnde Tierliebe der Herrin, und beide Kriminalbeamte hatten die Absicht, den Hund, wenn sie ihn erst gefangen hätten, der eigenen Frau bzw. Tochter zu schenken. Saltet schwitzte Blut und Wasser bei dem Gedanken, dass es Fluffie nur in seiner eigenen, eher mäßigen Phantasie gab.

Wenn er doch nur gewusst hätte, dass dem Chef der Kriminalpolizei schon längst klar war, dass Fluffie eine Erfindung war. Der Mann hatte schon immer eine Schwäche für den übereifrigen jungen Saltet gehabt, der so gern das gesamte Polizeikorps reformieren wollte und immerzu aus ausländischen Zeitungen vorlas, was die Polizisten anderswo auf dem Erdball taten. Er ließ Saltet noch eine Weile schwitzen und in der Zwischenzeit zwei seiner unangenehmsten Kriminalbeamten endlos durch Parks und Alleen irren, sodass er sich nicht mit ihnen herumplagen musste. Zwei Fliegen mit einer Klappe.

Für Van Ledden Hulsebosch und seinen Kompagnon war ein Büro im obersten Stockwerk der Polizeiwache Warmoesstraat geräumt worden, direkt unter dem Dach. Ein kleines Fenster bot ihnen Licht und Aussicht. Im alten Gebäude am Wasser des Damrak war genügend Platz, auch wenn diejenigen, die dort arbeiteten, anders darüber dachten. Van Ledden Hulsebosch und Saltet hatten einen wunderbaren Ausblick. Sie konnten von der Börse und dem großen alten Gebäude an der Ecke des Oudebrugsteeg, wo sich bis vor kurzem noch die Leichenhalle befunden hatte, bevor sie zum Overtoom verlegt worden war, bis zum Hauptbahnhof blicken, wo seit einem Jahr an einer zweiten Überdachung in Richtung Ij gearbeitet wurde.

Zähneknirschend hatte Polizeipräsident Marcusse allen «Vorschlägen», die die Fahnder gemacht hatten, zugestimmt. Wenn er widerspenstig wurde, brauchten sie manchmal nur den Namen von Bürgermeister De Vlugt zu murmeln, um ihn wieder gefügig zu machen.

Saltet hatte Van Ledden Hulsebosch allerdings leise in den Rücken gestupst, als dieser Marcusse gegenüber erwähnte, dass die Zigarren von Justus van Maurik junior ihn bei der Polizeiarbeit immer ungemein inspirierten und ein paar Schachteln davon sich in ihrem Büro gut machen würden.

Zu ihrem großen Erstaunen wurde eine Stunde später tatsächlich ein kleiner Vorrat Zigarren gebracht, zusammen mit einer Visitenkarte des Polizeipräsidenten, auf der die kurze Nachricht stand: «Viel Erfolg!»

Van Ledden Hulsebosch stellte fest, dass der Polizeipräsident vielleicht unerwartete Charakterzüge hatte. «So kann einen jeder Mensch überraschen, Saltet. Merk dir zwei Dinge: niemals nach dem Äußeren gehen und sich niemals auf den ersten Eindruck verlassen», sagte er, während er sich am knisternden Geräusch der Zigarre erfreute, die er zwischen Daumen und Zeigefinger drehte.

«Und wenn wir den Mörder nun nicht finden?», fragte Saltet.

«Mach dir keine Sorgen, Jonathan. Wir wissen inzwischen schon eine ganze Menge über den Täter. Er kennt sich im Theater aus. Er ist ganz gut im Berechnen der Schwerkraft. Er ist musikalisch. Und er läuft vorläufig noch als freier Mann herum.»

«Das ist ein Profil, aber es hilft uns wenig! Wie viele Künstler und Inspizienten wissen nicht ‹etwas vom Theater› und sind musikalisch? Und jeder weiß, dass etwas Schweres herunterfällt, wenn man es losschneidet. Wenn das alles ist, bin ich auch Kriminalist», seufzte Saltet.

«Jonathan Saltet, du bist mit Leib und Seele Pessimist. Dein Problem ist, dass du immer nur schwarz siehst, wenn du mal über deinen Horizont hinausschaust. Ich hingegen halte den Blick auf das gerichtet, was ich noch nicht sehen kann … aber bald sehen werde.»

«Das hast du sehr schön gesagt, C. J., aber ich weiß, wie es bei der Polizei zugeht. Bald werden zwei Kriminalbeamte wissen, dass es Fluffie gar nicht gibt, und sie werden sich zum Polizeipräsidenten aufmachen, um sich dort gehörig über mich zu beschweren, und innerhalb kürzester Zeit stehe ich dann mit einem Pfannkuchen in der Hand auf der Kreuzung Haarlemmerdijk und Marnixstraat, um den Verkehr zu regeln.»

«Mit einem Pfannkuchen?»

«Mit so einem Schild. Stop. Weiterfahren.»

«Schwarz, schwarz, schwarz. Du könntest ruhig mal

ein bisschen mehr Vertrauen haben.» Er grübelte. «Ich habe das Gefühl, dass ich noch nicht alles herausgeholt habe …»

«Aus dem Fall?»

«Aus mir selbst … Es steckt mehr in mir.»

«Mehr als Schwämme und Schweineblut.» Saltet grinste.

«Wir müssen uns zum Tuschinski-Theater begeben und uns in den Täter hineinversetzen. Sehen, was er sah, fühlen, was er fühlte, denken, was er dachte.»

«Das kann ich dir auch hier sagen. Er wollte, dass Frederik Schakels von schweren Eisenstangen zerschmettert wird, und das ist ihm ganz wunderbar gelungen.»

«Sei nicht so ein Griesgram, Jonathan. Es ist hier gleich um die Ecke!»

Ein paar Minuten später standen sie im verlassenen Theatersaal. Van Ledden Hulsebosch stieg auf die Bühne. Saltet setzte sich, immer noch schlecht gelaunt, in Reihe fünf und sah dem Mann mit der Melone und dem geschwungenen Schnauzer zu. In sich gekehrt lief dieser auf der Bühne hin und her. Der Apotheker – der seine Apotheke übrigens sträflich vernachlässigte – bewegte sich wie ein Tänzer über die Bühne und gestikulierte dabei, als spräche er mit Geistern. Ab und zu vollführte er einen Tanzschritt, wie er es Dubois bei der Rekonstruktion in der Baugrube hatte tun sehen. Saltet hoffte bloß, dass niemand in den Saal käme und sie dort sah. Vor allem nicht Marcusse.

Van Ledden Hulsebosch machte ungerührt weiter und sah ab und zu nach oben in den Dachstuhl des Theaters, von wo das Unheil über Schakels gekommen war. Dann ging er wieder ein paar Schritte weiter und warf einen Blick in die Kulissen.

Immerzu murmelte er etwas vor sich hin.

«Tun wir heute noch etwas?», fragte Saltet laut.

«Ich habe schon angefangen», sagte Van Ledden Hulsebosch, stützte sich mit einer Hand ab und sprang auffallend gelenkig von der Bühne. «Wir haben festgestellt, dass hier jedermann mehr oder weniger frei hinein- und hinausgehen konnte. Die Türen werden erst nach sechs Uhr geschlossen. Bemerkenswert, nicht wahr?»

«Das wird wohl so üblich sein, nehme ich an», sagte Saltet.

«Schauspieler werden immer populärer. Du hast ja selbst gesehen, dass auf dem Rembrandtsplein Dutzende junger Mädchen sie umschwärmen, die gerne als Tänzerin arbeiten wollen. Dann gibt es noch die Autogrammjäger. Und trotzdem wurde der Eingang des Theaters nicht bewacht?»

«Die Zimmerleute mussten hinein- und hinausgehen können. Ebenso die Tänzerinnen und die Musiker.»

«Aber ein Fremder? Konnte der auch einfach so hier eindringen? Das kann ich mir kaum vorstellen. Dann wäre hier doch einiges los gewesen. Soweit wir wissen, konnte man hier aber durchaus einigermaßen in Ruhe proben.»

«Weil ich alle, die ich nicht kenne, sofort vor die Tür setze», brummte ein tiefer Bariton, der, wie sich herausstellte, zu einem riesenhaften Kerl gehörte. Er sah aus wie ein Heizer, und überall, wo ein Mann Haare überhaupt nur haben konnte, wuchsen sie ihm auch. Seine Augenbrauen bildeten dicke Bürsten, und unter dem ärmellosen Hemd, das er am Kragen offen trug, traten eine Menge Brusthaare hervor, so dicht wie der Theaterteppich selbst.

«Mein Name ist Jan van de Geest, falls es Sie interessiert.» Er hielt einen großen Steckschlüssel in der Hand, von dem er mit einem fettigen Tuch den Dreck abwischte. Auch sein Hemd war voller Flecken, was darauf schließen ließ, in welcher Funktion er hier tätig war.

«Sie sind von der Polizei», sagte er, «ich hab's schon gehört.»

«Und Sie sind der Wartungsmonteur», stellte Saltet fest.

«Falsch! Ich bin der Filmvorführer!», knurrte er. «Nur wenn es nichts zu projizieren gibt, sehe ich hier für Herrn Tuschinski ein bisschen nach dem Rechten.»

Van Ledden Hulsebosch nickte und stieg über eine kleine Treppe auf der linken Seite der Vorbühne herunter. «Filmvorführer. Das ist ja ausnahmsweise mal ein interessanter Beruf, scheint mir. Sie kümmern sich also darum, was auf der Filmleinwand gezeigt wird?»

«Die Leute denken immer, das könnte jeder. Aber es ist ein Fach, mein Herr! Wir haben hier den Zenith III von Pathé, da ist keine Lampe drin, sondern … tja, wie soll ich Ihnen das erklären?»

«Lassen Sie sich vor allem Zeit», sagte Van Ledden Hulsebosch.

«Eigentlich funktioniert alles nach dem Kurzschlussprinzip. Wir haben zwei Kohlenstoffstäbe, und die müssen nah aneinander gebracht werden. Dann entsteht eine so heftige Funkenübertragung, dass man damit mit Leichtigkeit einen Schirm von 14 mal 10 Metern erhellen kann. Wir sind so ungefähr die Einzigen in den ganzen Niederlanden, die einen Zenith III besitzen. Es ist der ganze Stolz von …»

«Was uns eigentlich interessiert», unterbrach ihn Van Ledden Hulsebosch, weil ihn die zweifelsohne sehr lange Geschichte über die neuesten Projektionstechniken zu langweilen anfing, «wir würden gern wissen, ob Sie hier in der letzten Zeit jemanden gesehen haben, der hier nichts zu suchen hatte.»

«Das habe ich Ihnen gerade gesagt. Wenn jemand nicht dazugehört, schmeiß ich ihn sofort auf die Straße.»

«Darf ich also davon ausgehen, dass alle, die in dieses Haus, oder besser gesagt in diesen Saal, hineinkommen, Mitarbeiter der Revue sind?»

«Red ich denn gegen eine Wand? Können Sie nicht zuhören?» Er warf Saltet einen Blick zu. «Ist der taub oder so? Oder schwer von Begriff?»

«Das sieht nur so aus.» Saltet saß entspannt in seinem Stuhl zurückgelehnt. «Herr van Ledden Hulsebosch hat immer einen guten Grund, wenn er nachfragt.»

«Dann ist es ja gut.» Der Mann holte tief Luft. «Ich sagte gerade, dass sie auf der Stelle den Bürgersteig lecken, wenn sie nicht hierher gehören. Sollen sie doch abends eine Karte kaufen, dann können sie alles so sehen, wie es sich gehört.»

«Gibt es eine Mitarbeiterliste? Ich meine, steht irgendwo geschrieben, wer alles hineindarf und wo wir diese Leute antreffen können?»

«Ich merk mir Gesichter. Ich merk mir keine Namen. Aber im Büro wird es so was wohl geben. Die wollen ja alle ein Stück vom Kuchen abhaben. Also werden sie wohl irgendwo ihre Namen hinterlassen haben, nehme ich jedenfalls mal an.»

Das hörte sich so bestechend logisch an, dass selbst

Saltet es sich hätte ausdenken können, fand Van Ledden Hulsebosch, der seinem jungen Freund dessen witzig gemeinte Bemerkung noch nicht ganz verziehen hatte.

Also saßen Van Ledden Hulsebosch und Saltet kurze Zeit später dem Geschäftsführer des Tuschinski-Theaters gegenüber. Über eine beängstigend schmale Treppe hinter der mittleren Kasse waren sie in die Büros im ersten Stock gelangt, wo ein drahtiger Mann mit Stehkragen und einem Kneifer auf der Nase dieselbe in die Bücher des Theaters steckte. Er schlug eines auf, aus dem er die Namen der Mitarbeiter der Revue vorlas. «Zuerst wollte Herr Schakels seine Mitarbeiter selbst engagieren, aber Herr Tuschinski beharrte darauf, er sei der Produzent der Vorstellung. Auf diese Weise hatten wir einen besseren Überblick über die Einnahmen und Ausgaben.»

Der Mann redete sogar wie ein Buchhalter, fand Van Ledden Hulsebosch. Er hatte so eine säuerliche Stimme, wie sie für solche Leute typisch war. Der Apotheker hatte es nicht so mit Geld, außer, wenn es ums Ausgeben ging. Die Buchhaltung war für ihn eine unangenehme Nebenerscheinung des Daseins als kleiner Selbständiger. «Wo Zahlen sind, kann die Phantasie nicht walten», hatte sein alter Vater gesagt, und der war auch schon kein großes buchhalterisches Talent gewesen. Fräulein van Henegouwen brachte gelegentlich die Buchhaltung auf den neusten Stand, und dafür kniff er sie dann immer freundschaftlich in die Wange. Weiter ging ihr körperlicher Kontakt nicht!

«Können Sie diese Mitarbeiterliste für uns abschreiben?»

«Wissen Sie, wie viel Arbeit das ist?»

Van Ledden Hulsebosch überlegte wieder einmal, wie praktisch es wäre, wenn es eine Maschine gäbe, mit der man leicht Abschriften machen konnte. Etwas mit automatischem Kohlepapier oder so. Oder eine nicht allzu komplizierte Maschine, die Fotografien machen konnte ... Er schüttelte den Gedanken ab. Für solche Phantasien war jetzt keine Zeit. «Herr Abraham Tuschinski selbst möchte, dass wir diese Untersuchung durchführen. Und ich nehme an, dass er auf Ihre Mitarbeit Wert legt. Oder soll ich ihn vielleicht kurz anrufen?»

Der Buchhalter klemmte sich die Brille wieder auf die Nase. «Es ist eine lächerlich lange Liste. Dutzende Mitarbeiter. Ich sage Ihnen: Früher oder später wird das Theater verschwinden. Viel zu teuer. Nur das Kino wird übrig bleiben. Merken Sie sich meine Worte, mein Herr. Schauspieler wird man nicht mehr brauchen, keine Tänzerinnen, keine Musiker ... Wenn Sie wüssten, was die so verdienen!»

«Keine Künstler mehr ... aber was wollen Sie denn dann auf der Leinwand zeigen?»

«Echte Künstler! Schauspieler aus Amerika und aus Deutschland! Hauptsache, sie sind von weit weg! Und bleiben weit weg! Dem Kino gehört die Zukunft!»

Van Ledden Hulsebosch wurde klar, dass der Buchhalter seinem Chef gut zugehört hatte, obwohl er nicht ganz begriffen zu haben schien, worum es wirklich ging. Der Apotheker konnte sich gut vorstellen, dass Tuschinski die Zukunft im Kino sah und nicht im Theater. Aber während Tuschinski ein idealistischer Träumer war, hatte der Buchhalter sehr viel weniger edle Motive für seine Zukunftsvorstellungen. Er hatte

Einsicht in die Gagen der Künstler und fand wahrscheinlich, dass er selbst fürchterlich unterbezahlt wurde. Van Ledden Hulsebosch ärgerte sich zusehends über den Mann mit seinen Zahlen und seiner abgezwickten kleinen Brille. Er war ein Kleingeist, und solche fand er noch schlimmer als Schwarzmaler.

«Müssen wir denn jetzt all die Leute einzeln vernehmen?», fragte Saltet, während er sich die elend lange Liste ansah, die der Geschäftsführer doch schneller als erwartet abgeschrieben hatte.

Van Ledden Hulsebosch ging im großen Saal des Tuschinski auf und ab und dachte nach. Etwas wurmte ihn, und er wusste nicht, was. Es war ein Gefühl, das sich unter seinen untersten Rippen festgesetzt hatte und erst wieder verschwinden würde, wenn er wusste, was es war. Er wollte es nicht Intuition nennen, sondern erklärte es sich damit, dass das Gehirn einen Stoff produzierte, der den menschlichen Körper und Geist in Bewegung hielt, solange es noch Rätsel zu lösen gab.

«Wenn der Filmvorführer beziehungsweise Türsteher tatsächlich aufgepasst hat, wer hereinkam, und wirklich alle Unbefugten rausgeschmissen hat, stehen alle, die sich zum Zeitpunkt des Anschlags im Theater befanden, auf der Liste, die wir soeben bekommen haben», sagte Van Ledden Hulsebosch. «Also auch der Täter.»

«Das heißt, wir müssen doch all die Leute verhören», seufzte Saltet.

«Nein, das ist nicht nötig.»

«Aber du hast doch gerade gesagt …»

«Er steht nicht drauf», sagte der Kriminalist entschieden.

«Manchmal machst du mich ganz wahnsinnig, C.J. Du hast doch gerade selbst gesagt: Der Gorilla von Filmvorführer passt gut auf. Also kommt hier niemand rein, der nicht hierher gehört. Richtig?»

«Richtig.»

«Also muss der Täter jemand sein, der auf der Mitarbeiterliste steht. Richtig?»

«Nein.»

«Was soll das denn heißen? Eins und eins ist zwei ... oder stimmt das etwa auch nicht?»

«Das ist eine gute Frage. In Düsseldorf versucht ein Wissenschaftler gerade, den Satz des Pythagoras zu widerlegen. Er geht davon aus, dass es in der Theorie Zahlen gibt, auf die sich die bekannten mathematischen Gesetze nicht anwenden lassen. Es ist vorläufig erst ein Axiom, aber wenn er tatsächlich den Beweis erbringt, werden vielleicht alle Naturgesetze für null und nichtig erklärt.»

«Ein Axiom? Drück dich mal verständlich aus.»

«Das heißt, dass eins und eins nicht immer zwei ist. Manchmal ist es drei und manchmal anderthalb. Die Wissenschaft hält alle Möglichkeiten so lange offen, bis für eine davon ein wissenschaftlicher Beweis erbracht werden kann. Und wenn du gut aufgepasst hättest, hättest du das auch selbst wissen können, Jonathan.»

«Hör mir mal zu, C.J. ...»

«Genau! Das ist nämlich dein Problem. Du hörst nicht zu. Du redest und redest und redest. Sobald so etwas wie ein Tonaufnahmegerät auf den Markt kommt, kaufe ich das Ding auf der Stelle, um dich alles zweimal hören zu lassen. Vielleicht hilft das dann ja.»

«Niemand kann rein oder raus, weil der Filmvorführer aufpasst. Also muss der Täter auf der Liste stehen. Ich sage dir: Das ist eine Tatsache!»

«Fühl mal.»

«Was?»

«Stell dich mal hin und fühl. Gebrauche einen deiner fünf Sinne. Riechen, schmecken, hören, sehen und … fühlen. Fühle.»

Van Ledden Hulsebosch schwieg. Im großen Saal des Theaters war es mucksmäuschenstill.

Saltet versuchte zu begreifen, was der Apotheker meinte. Er gab sich alle Mühe, aber er spürte nichts. «Was soll ich fühlen? Wo?», fragte er verzweifelt. «Die Stühle? Das Holz der Bühne? Die Vorhänge?»

Van Ledden Hulsebosch schüttelte den Kopf. «Es zieht.»

«Es zieht?»

«Spürst du die Zugluft nicht? Kalte, frische Luft weht durch das Theater. Und dabei …», er wies auf die vielen Türen im Saal, «… sind alle Türen geschlossen. Das war am Abend der Vorstellung auch schon so. Sehr merkwürdig.»

«Mensch!», rief Saltet, aber Van Ledden Hulsebosch war schon unterwegs zum Ausgang, um Abraham Tuschinski einen Besuch abzustatten.

Abraham Tuschinski hatte ein eigenes Büro im Theater, mit Fenstern, die auf den Saal und das Foyer hinausgingen.

«Ich wollte gerne das Vergnügen haben, die Gäste genießen zu sehen», sagte er in seinem mit deutschen Wörtern gespickten Niederländisch. Er rollte ein großes Poster auf, das überall in der Stadt aufgehängt werden sollte. Darauf wurde eine Belohnung von tausend

Gulden ausgesetzt für alle, die einen Hinweis auf den Mord an Frederik Schakels geben konnten.

«Schön», sagte Van Ledden Hulsebosch.

«Und was kann ich heute für Sie tun?»

«Es zieht im Saal.»

«Das stimmt!», sagte der Besitzer des Theaters auf Deutsch und konnte dabei ein kleines Lächeln nicht unterdrücken. «Sie haben Glück, mein Architekt ist gerade da. Der kann Ihnen einiges dazu erzählen. Warten Sie einen Moment.»

Abraham Tuschinski verließ sein kleines Büro und kam einen Augenblick später mit einem Mann zurück, der eine große Papierrolle unter dem Arm trug und ein Ledermäppchen mit verschiedenen Federhaltern und Bleistiften in der Brusttasche stecken hatte.

Johan Olaf Hendriksen war derjenige, der sich das bildschöne Gebäude an der Reguliersbreestraat ausgedacht hatte, und seit der Eröffnung vor zwei Jahren war er immer noch mit allerlei Verfeinerungen beschäftigt, die das Theater noch prächtiger und ziervoller machen sollten, als es ohnehin schon war.

«Der Herr sagt, dass es zieht!», rief Abraham Tuschinski dem Architekten zu, der seinen Stolz nicht ganz verbergen konnte.

«Tja, das ist richtig», sagte Hendriksen. «Das ist sogar Absicht.»

Der Direktor des Lichtspielhauses überließ die beiden dem Architekten, damit dieser die Gäste in die großen Geheimnisse dieses sagenhaften Theaters einweihte. Er selbst müsse Filme sichten, weil man ihm aus Deutschland und Amerika immer so viele Rollen schicke. Er wollte das Publikum nicht mit allen möglichen missratenen Produkten quälen, und so begutachtete er selbst täglich alle Filme, ehe er sie auf der Leinwand zeigte. Er verabschiedete sich von den Herren und verließ den Raum.

Hendriksen war ein freundlicher Mann mit leidenschaftlichen blauen Augen. Immer wieder machte er auf der großen Papierrolle, die er bei sich hatte, Skizzen für neue Ornamente. «Ich bin mit der Beleuchtung noch nicht zufrieden. Die Lampen, die es momentan zu kaufen gibt, passen alle nicht in dieses Interieur. Also muss ich mir wohl selbst etwas ausdenken.» Er stieß einen Seufzer aus, dem jedoch keinerlei Müdigkeit anzumerken war. «Ihnen ist aufgefallen, dass es zieht», sagte der Architekt lächelnd.

«Genau. Während der Vorstellung habe ich sogar ab und zu einen kalten Luftzug an meinem Gesicht verspürt. Ich weiß nicht, ob es sonst noch jemandem aufgefallen ist. Der Luftzug war eigentlich auch ganz angenehm.»

«Und das soll auch so sein. Wissen Sie, Herr van Ledden Hulsebosch, die Leute finden die Luft im Theater immer so stickig. Das ist auch logisch, wenn in einem einzigen Raum Hunderte von Menschen versammelt sind, die alle ein- und ausatmen. Tausend Öfchen, die allesamt ihre eigene Körpertemperatur haben – irgendwann wird es dann stickig. In jedem Theater. Aber nicht im Tuschinski!»

Van Ledden Hulsebosch war neugierig geworden. Der Architekt schien etwas Besonderes erfunden zu haben, worauf er zu Recht stolz war.

«Folgen Sie mir?», bat Hendriksen, während er hinter einem Tresen im Foyer eine Karbidlampe hervorholte.

Zu Saltets und Van Ledden Hulseboschs großem Erstaunen öffnete der Architekt mitten in der Wandverkleidung eine Tür. Sie war sehr sauber eingearbeitet. Von allein hätte sie niemand bemerkt.

«Leider gibt es im Keller des Tuschinski kein elektrisches Licht», sagte Hendriksen bedauernd. «Herr Tuschinski möchte das nicht. Wegen angeblicher Brandgefahr. Das lässt er sich nicht ausreden. Wir werden uns also mit einer Handlampe behelfen müssen.» Er gab Saltet eine Karbidlampe und zündete selbst auch eine an.

«Brandgefahr?», fragte Van Ledden Hulsebosch.

«Er hat wohl einmal einen Film gesehen, wo Menschen in einem Filmtheater lebend gebraten wurden, weil im Keller ein Feuer ausgebrochen war. Wenn man bei Abraham Tuschinski etwas erreichen will, ist es am besten, einen Film darüber zu drehen», sagte Hendriksen, der schon vorangegangen war, über die Schulter hinweg.

Direkt hinter der Tür befanden sich unzählige Gänge, in denen tatsächlich ein frischer Wind wehte.

«Diese kalte Luft kommt aus der Tiefe», erklärte Hendriksen. «Eigentlich ist das System ganz einfach. Die warme Luft steigt zum Dachfirst des Theaters auf und wird dort über Rohre in der Decke abgeführt. Gleichzeitig strömt quasi von selbst Frischluft von unten nach. Diese Tunnel hier führen auf die Straße.»

«Aber was ist, wenn die Luft draußen warm ist, wie jetzt im Sommer?»

«Da habe ich mir etwas einfallen lassen. Denn Sie haben Recht. Die Luft, die angesaugt wird, muss wirklich kalt sein, sonst funktioniert die Aerodynamik nicht.»

Van Ledden Hulsebosch nickte und warf Saltet einen Blick zu. Er war sich nicht sicher, ob der Inspektor die technische Erläuterung der Frischluftversorgung verstand. «Wir kennen uns mit Aerodynamik nicht so gut aus, vielleicht wären Sie so freundlich, es ein wenig näher zu erläutern?»

«Aber sicher. Wenn wir die kalte Luft durch das Gebäude leiten müssten, bräuchten wir gigantische Gebläse, also Ventilatoren. In einem Theater geht das nicht, weil die Dinger einen höllischen Lärm machen.»

«Das verstehst du, Saltet, oder?»

Der Inspektor nickte. Er war schließlich nicht ganz auf den Kopf gefallen.

«Weil warme Luft leichter ist als kalte, steigt sie nach oben, und wenn sie dort aus dem Gebäude entweicht, saugt sie gewissermaßen von selbst die neue, frische Luft an, nämlich über das Rohrsystem, das ich um den Saal herum angelegt habe.»

«Verstehe», sagte Van Ledden Hulsebosch. «Jetzt aber zur kalten Luft. Die können Sie ja schließlich nicht beherrschen.»

«Doch», sagte Hendriksen und schlängelte sich vor ihnen durch meterlange Gänge und versteckte Kammern hindurch. Sie durchquerten das unterirdische Gewölbe des Theaters, bis der Architekt sie in einen großen Raum lotste.

Sie mussten sich ungefähr unter der Vorbühne des Theaters befinden, berechnete Van Ledden Hulsebosch.

Hendriksen wies auf ein halbes Dutzend nebeneinander aufgestellter offener Container, die gefüllt waren mit … Eis!

«Die Eismänner bringen jeden Tag 3000 Liter Eis. Das wird morgens von der Straße aus in die Container gekippt. Die angesaugte Luft muss erst an diesem Eis vorbei und wird dabei auf 16 bis 17 Grad Celsius abgekühlt!»

«Phantastisch!» Van Ledden Hulsebosch konnte seine Begeisterung nicht verbergen. Diese Erfindung des Architekten war wirklich ein Wunder an Simplizität und Vernunft. Er sah sich die Container an, und plötzlich fiel ihm auf, dass man die Karbidlampen hier kaum brauchte. Von irgendwoher schien Tageslicht einzufallen.

«Das stimmt», gab Hendriksen zu, als Van Ledden Hulsebosch ihn danach fragte. «Das System steht noch nicht unter Patentschutz, und eigentlich wollen wir es auch nicht allgemein bekannt machen. Deshalb kommen die Eismänner von hinten in das Theater. Dort sind Türen und Fenster, sehen Sie?»

Van Ledden Hulsebosch ließ sich den Hintereingang des Theaters zeigen, der auf die stillen Gassen hinter dem Tuschinski führte.

«Und wer hat Zugang zu diesen Türen?», fragte er.

«Nur die Eismänner. Und natürlich Herr Tuschinski und ich selbst.»

Van Ledden Hulsebosch und Saltet sahen sich an und dachten gleichzeitig dasselbe. Ein Hintereingang, nur für die Eismänner. Tja. Sie hatten sich natürlich erkundigt, wo die Lieferanten das Theater betraten, aber die kamen einfach durch den Haupteingang. Jetzt aber stellte sich heraus, dass für die Eislieferanten eine geheime Ausnahme gemacht wurde. Wer dachte schon an so etwas?

«Singen Sie? Oder spielen Sie vielleicht ein Instrument?», fragte Van Ledden Hulsebosch den Architekten.

«Ich bin so unmusikalisch wie ein Suppenhuhn», lachte Hendriksen. Van Ledden Hulsebosch lachte mit, strich ihn aber trotzdem nicht sofort von seiner Liste verdächtiger Personen.

Als die beiden in ihr Büro auf der Polizeiwache in der Warmoesstraat zurückkehrten, hatten sie wieder neuen Stoff für ihr Notizheft. Es war möglich, dass der Mörder einen Geheimweg benutzt hatte, um das Theater ungesehen zu betreten und wieder zu verlassen. Die vielen Gänge waren ziemlich unübersichtlich, und um auch die Künstler mit der nötigen Frischluft zu versorgen, führten zwei direkt auf die Vorbühne.

«Wenn wir den Mörder gefasst haben, braucht er uns nicht mehr viel zu erzählen», seufzte Van Ledden Hulsebosch. «Wir kennen bereits seine Route, seinen Plan … bis ins allerkleinste Detail!»

Saltet lief auf und ab und dachte nach. «Ich weiß, dass das nichts mit wissenschaftlicher Beweisführung zu tun hat, aber sollten wir nicht trotzdem versuchen herauszufinden, warum jemand Schakels um sein Leben bringen wollte?»

«Wahrscheinlich wollte er davon profitieren.»

«Warum denkst du das?»

«Einen Mord aus Wut begeht man in einem unüberlegten Augenblick. Manchmal im Affekt. Manchmal in einem Anfall von geistiger Umnachtung. Zorn, Trunkenheit. Meist ist es dann Totschlag. Jedenfalls wird dieser Unterschied im Gesetzbuch gemacht: Mord oder Totschlag. Jemanden nach reiflicher Überlegung zu töten, ist Mord. Vorsätzlicher Mord. Um einen solchen handelt es sich in unserem Fall. Und was das Motiv angeht, na ja … lass es mich so sagen, Jonathan: Die Psyche des Mörders ist nicht meine stärkste Seite. Es gibt Menschen, die sich mit nichts anderem befassen.

Ein gewisser Herr Freud beschäftigt sich intensiv damit. Alles Humbug. Wenn ich erst mal bewiesen habe, wer der Mörder ist, dann wird er uns schon von selbst erzählen, warum er es getan hat. Oder?»

«Vorläufig tappen wir immer mehr im Dunkeln. Erst hatten wir eine Liste von Leuten, die sich am fraglichen Tag möglicherweise im Theater befanden. Es waren zwar viele, aber es war überschaubar. Und jetzt stellt sich auf einmal heraus, dass alle, die den Hintereingang kennen, sich ungesehen hineinschleichen konnten. Und wer weiß, wie viele das sind.»

«Tja …»

«Also ist es vielleicht schlau herauszufinden, wer am ehesten infrage kommt?»

Van Ledden Hulsebosch schwieg. Saltet hatte Recht, und es machte ihm Spaß, den Inspektor zum Nachdenken anzuregen.

Saltet fuhr fort. «Derjenige, der sich hineingeschlichen hat, wollte Frederik Schakels ermorden. Also hatte er einen guten Grund dafür. Ein Motiv.»

«Sehr gut.»

«Wer hatte etwas davon, Schakels zu ermorden?»

Beide schwiegen. Sie hatten keine Ahnung.

Eine herrliche Zigarre zwischen den Fingern, den Spazierstock in der Hand, ging Van Ledden Hulsebosch zur Apotheke zurück. In der Kalverstraat und auf dem Nieuwendijk waren nicht allzu viele Leute; hauptsächlich feine Damen auf dem Weg zu Gerzon oder zur Bonneterie, wo sie sich ein neues Kleid zulegen wollten oder zarte Leibwäsche, die sie in diskreten Papiertüten mitnahmen.

Der Schriftsteller Henvo kam ihm entgegen. Der

Mann hatte es eilig, er hielt Texte unter dem Arm und wollte so schnell wie möglich auf dem Rembrandtsplein sein. Eine Fabrik im Süden des Landes hatte für eine Art Personalfeier eine Revue bestellt, mit viel Unterhaltung. Solche Aufträge waren lohnend. Die Texte wurden oft nur ein einziges Mal verwendet, und man wurde gut dafür bezahlt, ohne dass einem das Material abgenommen wurde. Man musste zwar etwas Neues liefern, aber hinterher, nach der Personalfeier, konnte man dieselben Texte gut und gern an andere weiterverscherbeln. Es war ein Eilauftrag, und die auftretenden Künstler mussten noch am selben Nachmittag die meisten Sketche, Conférencen und Lieder einstudieren.

«Herr Henvo!», grüßte Van Ledden Hulsebosch.

«Ach, der Herr ... Detektiv», sagte Henvo, der den Namen des Apothekers offenbar vergessen hatte. «Ich bin unglücklicherweise etwas in Eile, es tut mir Leid.»

«Mir auch.»

«Kommen Sie mit Ihren Ermittlungen denn voran?», fragte der Schriftsteller aus Höflichkeit und in der Hoffnung, dass dieses Gespräch nicht allzu viel Zeit kosten würde.

«Wir gehen Schritt für Schritt in die richtige Richtung. Viel wissen wir allerdings noch nicht.» Van Ledden Hulsebosch lächelte. «Es ist eine traurige Angelegenheit. Das Opfer war meiner Meinung nach ein einsamer Mensch. Ich habe nicht das Gefühl, dass er viele Freunde hatte.»

«Das habe ich Ihnen ja gesagt. Er war ehrgeizig und ziemlich arrogant. Er war nur auf seinen eigenen Erfolg aus, und damit macht man sich nun mal nicht allzu viele Freunde.»

«Tja. Es ist traurig ... niemanden zu haben.»

Henvo starrte vor sich hin, sagte aber nichts.

«Woran denken Sie?», erkundigte sich Van Ledden Hulsebosch.

«Ach», zögerte der Schriftsteller. «Es wird wohl nicht weiter wichtig sein ... Aber einmal war da ein Mädchen. Sie kam Frederik abholen. Ich fragte ihn, wer sie sei. Ich weiß noch, dass ich mir ein Lächeln nicht verkneifen konnte, weil Frederik und Mädchen ...» Henvo verstummte, er wollte sich nicht weiter über dieses Thema auslassen. «Jedenfalls sagte Frederik mir, dass das Mädchen seine Tochter sei. Ich sagte: ‹Hast du denn eine Tochter?› Aber er wollte nicht viele Worte darüber verlieren. Es tut mir Leid, ich habe es ziemlich eilig – eine Revue, man wartet!»

Van Ledden Hulsebosch nickte, und Henvo setzte seinen Weg fort. Der Apotheker sah ihm mit gerunzelter Stirn hinterher.

Zu Hause angekommen, rief er gleich Saltet an und berichtete ihm die Neuigkeit, die er von Henvo erfahren hatte. Vielleicht ist es gar nicht wichtig, dachte Van Ledden Hulsebosch, aber Saltet schlug vor, auf der Stelle loszugehen und sich in der Umgebung von Schakels' Haus nach dem Mädchen zu erkundigen.

Saltet hatte sofort Erfolg. Eine Nachbarin wusste zu berichten, dass sie gelegentlich einen jungen Menschen sein Haus hatte betreten sehen.

«Eine junge Dame oder einen jungen Herrn?», fragte Saltet nach.

«Was denken Sie denn? Sie wissen doch, wie das bei Künstlern ist!», fügte sie höhnisch hinzu.

«Sie meinen, dass es eine Freundin war?»

«Nennen Sie es eine Freundin, wenn Sie wollen! Ich nenne es ein Pariser Rennpferd!»

Den Ausdruck kannte Saltet nicht, aber er wusste gleich, dass er nichts Gutes bedeuten konnte.

«Eine Tochter», sagte Van Ledden Hulsebosch zu Kobus de Quay, der den Apotheker angerufen hatte, um zu hören, ob es im Fall Schakels neue Entwicklungen gebe. Van Ledden Hulsebosch hatte es achtlos, ohne nachzudenken, gesagt, und Kobus de Quay hatte es sofort notiert. Auf so etwas hatte er gewartet, auf diese Art von Versprechern.

«Und Sie wissen nichts weiter über diese Tochter?»

«Nein, nichts. Wir wussten nicht einmal, dass er eine Tochter hat.»

Kobus de Quay wusste genug für einen neuen Artikel. Etwas über eine rätselhafte Tochter, die vielleicht mehr Licht in den Fall bringen konnte. Vielleicht konnte diese Person ja einen Hinweis auf den Täter geben.

Wieder schaffte es Kobus in die Mittagsausgabe.

Bis spät in die Nacht war Van Ledden Hulsebosch in seinem Labor zugange. Er wollte sich ein wenig ablenken und zeichnete an der Skizze zu einem Apparat, mit dem er vielleicht irgendwann einmal feststellen können würde, aus welcher Pistole eine bestimmte Kugel stammte. Immer wieder kritzelte er im Lampenschein mit einem kurzen Bleistiftstummel auf die Rückseite einer Zigarrenschachtel. Es war vor allem eine Denkübung, weil er doch nicht einschlafen könnte.

Der Fall Frederik Schakels wurmte ihn. Wenn er nur eine Reihe Verdächtige hätte, aus denen er einen herauspicken konnte. Aber die Verdächtigen auf der Liste waren es vermutlich allesamt nicht gewesen. Der Schriftsteller Henvo war vielleicht musikalisch, aber er hatte wirklich keinen Schimmer von Theaterbauten. Das wusste der Apotheker inzwischen, weil andere Zeugen bei ihrer Vernehmung bestätigt hatten, dass der Schriftsteller die Bühne wirklich selten betrat beziehungsweise ihr eigentlich nie näher kam als bis Reihe sieben: sein Lieblingsplatz, von wo aus er einen guten Überblick hatte.

Der Choreograph Dubois hatte sich zwar die Tanzschritte ausgedacht, wäre aber nie im Leben in der Lage gewesen, sich einen solchen Mordanschlag auszudenken, und erst recht nicht, ihn auch auszuführen. Der Mann dachte in Tanzschritten, eng anliegenden Kostümen und Musiknoten, aber sowenig Van Ledden Hulsebosch auch auf Intuition gab – er konnte sich nicht vorstellen, dass diese feinsinnige Person fähig wäre, jemand anderem vorsätzlich den Schädel zu zertrümmern. Außerdem hatte der Choreograph einfach zu viel auf der Bühne und drum herum zu tun gehabt, um auch nur die Vorbereitungen für diesen ebenso ausgefeilten wie aufwändigen Mordanschlag zu treffen.

Die Bühnenarbeiter wiederum waren zwar stark genug, um den Anschlag auszuführen, aber vermutlich nicht gerissen genug, sich einen so komplizierten Mord auszudenken. Außerdem waren solche Männer im Allgemeinen direkter. Wenn einer von ihnen Schakels hätte ermorden wollen, hätte er ihm eher nach der Vorstellung in einer dunklen Gasse aufgelauert und ihn dort um die Ecke gebracht. Allerdings, das musste Van Ledden Hulsebosch zugeben, war es denkbar, dass sie die Seile auch im Auftrag eines anderen durchgeschnitten hatten. Er notierte sich etwas in sein Heft.

Er sah die Namen und Notizen noch einmal durch. Jetzt, wo er endlich mit einem echten Mordfall zu tun hatte, lag die Lösung doch viel weiter weg, als er gedacht hatte, während er mit der Kriminalistik beschäftigt war. Zweifellos würde er bald die Struktur erkennen, durch die das Verbrechen sich diesen Aufzeichnungen eingeschrieben haben musste, aber vorläufig bildeten sie nur ein einziges Chaos. Das Problem bestand darin, dass er keinen wirklichen Tatverdächtigen hatte, obwohl er aus vielfältiger Lektüre wusste, dass derjenige, der am verdächtigsten wirkte, bei dem Verbrechen häufig der Unschuldigste war. Und umgekehrt galt dasselbe. Jemand, der vollkommen unschuldig wirkte, konnte sich durchaus als Mörder herausstellen. In Wirklichkeit verhielt es sich bei Mordfällen wie bei Maskenbällen. Zum Schluss kam der Täter zum Vorschein wie ein Springteufel, und zwar genau dann, wenn man es gar nicht erwartete.

Die Fälle, mit denen er sich bislang beschäftigt hatte, kamen eigentlich allesamt aus Büchern oder aus der Zeitung. Und oft war der Mörder oder Täter dann bereits bekannt. Jetzt fahndete er außerhalb seines Labors und musste echte Schurken fangen. Das war leider nicht ganz so einfach, wie er es sich vorgestellt hatte.

Er kaute auf seiner Pfeife herum, ohne daran zu ziehen, weil sie schon längst ausgegangen war. Aber er schmeckte noch etwas, und er fragte sich, ob er das Ding nochmal stopfen oder es, so spät am Abend, lieber lassen sollte. Fräulein van Henegouwen sagte immer, dass Rauchen seiner Gesundheit schade, dass er jung daran sterben werde, dass man beim Rauchen sozusagen zu einem Schornstein werde und ob er sich einen solchen schon einmal von innen angesehen habe. Als er in Gedanken beinahe schon ihre Stimme hören konnte, griff er entschlossen nach der Tabaksdose, stopfte den

Pfeifenkopf und zündete den Tabak mit einem langen Zündholz an.

Er sah in sein Heft und ging die Namensliste noch einmal durch. Mathilde Seriese war eine große Schauspielerin, aber auch morphiumabhängig. Am Abend des Anschlags hatte sie in einer Aufführung von *Der unverheiratete Bräutigam* auf der Bühne gestanden. Also fiel sie aus, zumindest als leibliche Täterin. Dennoch konnte er sie als eigentliche Urheberin der Tat noch nicht ausschließen. Vielleicht hatte sie ja einen der Bühnenarbeiter dazu gebracht, ihren Exmann zu ermorden.

Van Ledden Hulsebosch schüttelte den Kopf. Das war eine Möglichkeit, aber ein knappes Dutzend anderer Verdächtiger hätte das ebenfalls tun können. So kam er nicht weiter.

In diesem Moment ertönte ein leises Klopfen an der Scheibe seines Geschäfts, und direkt danach wieder. Er löschte das Licht im Labor und ging in die Apotheke. Kurz hielt er inne, um zu sehen, ob es nicht der Regen war, oder ein Steinchen, oder vielleicht ein Hund. Aber dann sah er wirklich eine gebeugte Gestalt vor der Glastür stehen.

Es war eine schmale Person, und im Dunkeln konnte er ihr Gesicht nicht gut erkennen. Er packte ein Stück Holz, das hinter der Ladentheke stand – heutzutage konnte man ja nie wissen –, und ging damit zur Eingangstür, die mit sechs Schlössern verriegelt war.

«Herr van Ledden Hulsebosch», knarrte eine Frauenstimme. «Sind Sie das?»

«Und wer sind Sie, wenn ich fragen darf?»

«Das tut nichts zur Sache.»

Als sich seine Augen etwas an die Dunkelheit gewöhnt hatten, konnte er die Gestalt besser erkennen. Es war eine alte, in Lumpen gehüllte Frau. Sie stand krumm wie eine kleine Hexe und stützte sich auf einen Holzstock. Beim Sprechen ächzte sie, als ob sie kurz davor wäre, ihr letztes Röcheln auszustoßen und das Leben zu lassen.

«Ich möchte Sie wegen Frederik Schakels sprechen.»

Nach einem kurzen Zögern öffnete der Apotheker die Tür und ließ das Frauchen herein. Sie zog ein Bein nach und schleppte sich mühsam fort.

«Kenne ich Sie?», fragte Van Ledden Hulsebosch.

«Sie wollen immer alles kennen, nicht wahr? Aber vielleicht gibt es auch dort ein Wissen, wo Sie nichts kennen. Sie sollten sich mit dem Gedanken anfreunden, dass manche Geheimnisse niemals aufgeklärt werden», sagte sie in geheimnisvollem, langsamem Ton.

«Kann ich Ihnen etwas zu trinken anbieten?», erkundigte er sich höflich.

«Einen alten Genever», sagte sie, und Van Ledden Hulsebosch meinte, ein Lächeln in ihrem Gesicht zu erkennen.

In der Apotheke war es zu dunkel, um ihr Gesicht gut sehen zu können. Außerdem hatte sie es hinter allerlei Stofffetzen versteckt. Manchmal sah er kurz ihre Nase, eine alte Nase. Eine Warze wuchs darauf, eine Warze mit Haaren.

Van Ledden Hulsebosch ging zu den Glasbehältern in seiner Apotheke und holte unter dem Ladentisch eine Flasche alten Genever hervor, die dort für Notfälle bereitstand. Er schenkte einen Erlenmeyerkolben halb voll und brachte ihn der Frau, die sich ermattet auf die Bank im Wartebereich niedergelassen hatte. Van Ledden Hulsebosch genehmigte sich selbst auch ein Gläschen, denn er war überzeugt, dass es sich hier um einen der Notfälle handelte, für die die Flasche bereitstand.

«Sie wollen mir nicht erzählen, wer Sie sind?»

«Ich will es Ihnen schon erzählen, aber es tut nichts zur Sache, also tue ich es nicht.»

«Sie haben Informationen über den Mord an Frederik Schakels?»

«Nein», sagte sie. «Das habe ich auch nicht gesagt. Ich sagte, dass ich Sie über Frederik Schakels sprechen wollte.»

«Kannten Sie ihn?»

«Ja. Und wenn es in meiner Macht gestanden hätte, wäre ich diejenige gewesen, die ihn umgebracht hat. So wahr mir Gott helfe, obgleich der nicht so oft bei Morden mitmacht, glaube ich.»

«Sie haben also Frederik Schakels so sehr gehasst, dass Sie ihn hätten ermorden wollen.»

«Mit gutem Grund, Herr van Ledden Hulsebosch! Früher bin ich einmal eine schöne junge Frau gewesen. Aber vor lauter Elend bin ich früh gealtert. Wenn Sie mein Gesicht sehen könnten, würden Sie darin nur Trauer finden. Ich habe nicht mehr lang zu leben, glaube ich. Was ich von unserem Herrgott an Leben bekommen habe, habe ich in viel zu kurzer Zeit verbraucht.»

«Ihnen kann geholfen werden», versuchte es der Apotheker und schenkte ihr nach.

«Vergessen Sie mich. Aber kümmern Sie sich um Frederik Schakels. Sie suchen nicht gut. Zumindest nicht gut genug. Sie sind hinter Mördern her, aber die werden Sie nicht finden. Erst müssen Sie Schakels finden.»

«Schakels ist tot.»

«Natürlich. Aber ist alles von ihm tot? Oder ist die

Erinnerung noch quicklebendig? Was wissen Sie denn eigentlich über ihn? So gut wie nichts, wenn ich das so sagen darf. Dass er ein Revuestar war, dass er im Tuschinski auftrat, dass er zu Wutausbrüchen neigte. Das ist alles, was Sie wissen.»

«Gibt es denn noch mehr zu wissen?»

Sie fing beinahe krächzend an zu lachen. Sie hörte sich an wie ein kreischender Vogel. Hässlich und gemein. Ihr versoffenes Alter kannte keine Fröhlichkeit mehr. Van Ledden Hulsebosch merkte, dass er Abscheu vor ihr empfand, und vor allem davor, wie sehr sie sich hatte verwahrlosen lassen. Er hatte ein menschliches Wrack vor sich, und ihm graute davor.

Schweigend erhob er sich. Er beschloss, den Vorfall, dem er im Archiv auf die Spur gekommen war, anzusprechen. «Er hat, allerdings vor etlichen Jahren, das Bett mit einem jungen Mann geteilt. Leider wurde dieser tot aufgefunden, aber könnte dieser Vorfall für irgendjemanden ein Motiv für Mord sein? Das ist wohl Jahre her. Ich kann mir wirklich nicht vorstellen …»

«Ich dachte, dass Sie nicht an Motive glauben? Dass Sie sich nur auf die Beweisführung konzentrieren?»

Erstaunt nickte er. «Sie wissen ja eine Menge über mich.»

«Zwei Dinge werde ich Ihnen erzählen, den Rest müssen Sie selbst herausfinden. Versuchen Sie nicht, mich zu finden, ich bin nämlich längst gestorben. Also …»

Er sah sie an. Ihre Stimme knarrte noch immer, und sie führte den Erlenmeyerkolben wieder zum Mund. Der Alkohol hatte, ihrer Stimme nach zu urteilen, im Laufe der Jahre vernichtend gewirkt. Er hätte sie sich gern einmal näher angesehen. Er hatte mehr Licht anmachen wollen, aber darauf hatte sie reagiert wie eine Krähe auf Feuer. Sie wollte nicht gesehen werden, nur erzählen wollte sie.

«Der Osten, denken Sie einmal über den Osten nach, denn dort liegen große Geheimnisse verborgen», sagte sie rätselhaft. «Denken Sie nicht nur darüber nach, was Frederik Schakels dorthin mitgenommen hat, sondern auch daran, was er dort geholt haben könnte.»

Van Ledden Hulsebosch notierte wortwörtlich in sein Heft, was die Alte sagte.

Sie schien sich nicht einmal darüber zu wundern und wartete stets, bis er fertig mit Schreiben war und sie fragend ansah.

«Außerdem ... gibt es da noch das Kind. Mein Kind. Ich habe sie in gute Hände geben müssen. Aber es ist nicht nur mein Kind. Sie ist auch sein Kind.»

«Sie?»

Die Frau nickte.

«Das Kind von Frederik Schakels?»

Sie nickte wieder. «Ein Unfall, könnte man sagen. Frederik war noch so jung und hatte von nichts eine Ahnung, nicht einmal von sich selbst. Und ich, ich war so reif wie Fallobst. Er wusste, dass es sie gab. Er wusste es. Ich habe es ihm erzählt, auch, dass ich nicht für sie sorgen konnte. Und er wollte es nicht. Aber er wusste Bescheid.»

«Wie alt ist Ihre Tochter jetzt, und wo kann ich sie finden? Und was weiß sie, was mir weiterhelfen könnte?»

«Der Rest ist ein schwarzes Loch, Herr Apotheker. Haben Sie noch mehr von dem Zeug?»

Van Ledden Hulsebosch stand auf. Er ging zu einem Schrank, wo er alten und jungen Genever in einer Reihe Laborflaschen aufbewahrte. Er schenkte einen Erlenmeyerkolben voll, verkorkte ihn und wickelte ihn in Zeitungspapier.

Die Frau trank gerade den letzten Schluck des Genevers, den er ihr bereits eingeschenkt hatte, und ließ es sich schmecken. Sie stellte das Glas ab und stand auf, aber Van Ledden Hulsebosch wollte sie nicht gehen lassen.

«Ich würde gerne ... können wir die Sache nicht noch einmal durchgehen. Bei dem, was Sie mir gerade erzählt haben, habe ich noch eine Menge Fragen.»

«Ich muss jetzt gehen!»

«Aber ...»

«Ich habe Ihnen geholfen. Ich will, dass Sie den Mörder finden, Herr van Ledden Hulsebosch. Vielleicht komme ich nochmal vorbei. Aber Sie dürfen mich nicht suchen. Und jetzt will ich gehen.» Sie stand auf und ging zur Tür, genauso klapperig, wie sie gekommen war.

Van Ledden Hulsebosch ging hinter ihr her, drängte weiter auf ein längeres Gespräch, engeren Kontakt, ein nächstes Treffen, aber sie schlurfte schweigend aus der Tür.

Einmal drehte sie sich noch um. Sie stand dicht vor ihm und zischte ihm die Worte ins Gesicht. «Folgen Sie mir nicht! ... Wo ich herkomme, lodern die Flammen der Hölle.» Dann verschwand sie in der schwarzen Nacht.

Er runzelte die Stirn, aber nicht in erster Linie wegen ihrer Worte. Grübelnd sah er ihr nach, während sie den Nieuwendijk entlanglief, und sah, dass sie in Richtung Prins Hendrikkade einbog. Er rannte in die Apotheke, um seinen Mantel zu holen, schlug die Tür zu und schloss eilig eines der sechs Schlösser ab. So schnell seine kurzen Beine ihn trugen, rannte er zur Prins Hendrikkade und bog um die Ecke. Nichts zu sehen. Die andere Seite, Richtung Droogbak. Auch nichts. So schnell konnte sie nicht gelaufen sein, und trotzdem war sie verschwunden. Van Ledden Hulsebosch ging noch ein paar Schritte weiter, aber die Straßen waren wie leer gefegt, und trotzdem war keine Spur mehr von ihr zu entdecken.

Wieder im Labor, betrachtete er den leeren Erlenmeyerkolben und die Stelle, wo sie gesessen hatte. Den Erlenmeyerkolben nahm er beim Mundstück und wickelte ihn in ein Stück Butterbrotpapier. Den würde er vielleicht noch gebrauchen können.

Er wusste, dass er in dieser Nacht kein Auge mehr zutun würde.

— 7 —

Früher hatte ganz Amsterdam zu den Klängen der Drehorgel getanzt. Im Jordaan-Viertel kamen die Frauen schnell hinaus auf die Straße und wiegten sich in ihren Röcken aus Boi zu den fröhlichen Weisen, die jeder mitsingen konnte, und die Männer stemmten die Hände in die Seite, die Daumen ins Kreuz gedrückt, und drehten ihre Runden mit – bis die Obrigkeit Ende des letzten Jahrhunderts beschloss, dass das Getanze auf der Straße unanständig sei. Es wurde per Erlass verboten. Man durfte nicht mehr in der Öffentlichkeit tanzen, und das hatte zur Folge, dass man nicht nur auf der Straße keine sich im Walzertakt drehenden oder tanzenden Pärchen mehr sah, sondern auch in den Lokalen nie mehr ein Herr eine Dame aufforderte, das Tanzbein zu schwingen.

Bürgermeister De Vlugt hatte bei seiner Einstellung seinem Vorgänger Roëll bereits erklärt, dass er diesem Erlass ein Ende bereiten würde. Er fand es schlichtweg lächerlich, dass fröhliche Menschen sich in abseits gelegenen Sälen verstecken mussten oder sich, wenn es warm war, scharenweise auf dem Dach des Carlton-Hotels einfanden, wo das Verbot seltsamerweise nicht galt. Dabei war De Vlugt nicht einmal selbst ein großer Freund derartiger Frivolitäten.

Kurz nach seinem Amtsantritt ließ er sich beim illegalen Tanzen zu fröhlicher Musik auf dem Amsterdamer Zeedijk von der Polizei festnehmen. Es war eine mit dem Ziel geplante Aktion, die Bevölkerung für sich einzunehmen, und ein erster Schritt zur Abschaffung des Tanzverbots. Kurze Zeit später wurde der Erlass zurückgenommen, und seither tanzte Amsterdam wieder: auf der Straße, in den Kneipen, auf Plätzen und wo sonst noch Platz war.

An diesem Abend wiegten und schoben sich in einem Lokal an der Willemstraat ein Mann und eine Frau fröhlich über den Holzfußboden. Er war älter als sie. Seine Schläfen waren ergraut und sein Schnurrbart ebenfalls. Er trug einen klassischen grauen Anzug mit hellem Samtrevers, der geschmackvoll auf Taille geschnitten war. Eine fröhliche Locke zierte sein Haar, und sogar auf der Tanzfläche trug er einen Zylinder, der genauso grau war wie sein Anzug und seine Haare. Sie sah ebenso mondän aus wie er, war aber jünger. Auf seiner Stirn waren Falten, nicht nur vom Alter, sondern auch von den Sorgen, die sie nicht mit ihm teilte. Sie schien einfach nur in der Musik aufzugehen und lächelte, als ob die Welt um sie herum ihr keinerlei Kummer bereitete. Mit seiner Hand auf ihrem Rücken vertraute sie blindlings darauf, dass er sie nicht fallen lassen würde.

«Komm, Christiaan, tanz doch.»

«Ich tanze doch, meine Kleine», sagte der Mann.

«Nein, du tanzt nicht. Du bewegst dich zwar, aber nur mit deinem Körper. Der Rest tanzt nicht. Du darfst aber. Es ist nicht mehr verboten.»

«Darum geht es nicht, ich finde, dass wir von hier fortgehen sollten.»

«Du bist verrückt.»

Wer den beiden zusah, sah nichts weiter als zwei tanzende Menschen. Niemand wäre auf die Idee gekommen, dass sie ein wichtiges Gespräch miteinander führten. Wichtig, weil es in Amsterdam einen Mord gegeben hatte und Plakate in der Stadt hingen, die die Bevölkerung dazu aufriefen, sich mit Hinweisen zu melden, die möglicherweise zur Erfassung des Täters führen konnten.

«Es war ein Unfall», sagte sie. «Und wenn sie doch denken, dass es Mord war, werden sie schließlich dahinter kommen, dass Frederik Schakels krumme Dinger gedreht hat. Und dann kann es unendlich viele Täter geben ...»

«Aber zum Schluss ...»

Sie verschloss seinen Mund mit einem Kuss. Tanzen wollte sie und nicht über die Sorgen nachdenken, über die er sich den Kopf zerbrach. «Du machst dir ganz unnötigerweise Gedanken. Es ist wie bei einem Zug, Christiaan. Der fährt immer in eine Richtung, bis jemand eine Weiche umlegt. Dann fährt er plötzlich in eine andere Richtung, eine Richtung, die dir nicht gefällt. Was tust du dann?»

«Ich habe keine Ahnung.»

«Dann legst du die Weiche eben wieder um. Außerdem fährt der Zug zwar vielleicht nicht ganz in die Richtung, die du wolltest, aber jedenfalls weiß keiner mehr, wo es langgeht.»

«Ich finde, dass wir von hier fortgehen sollten.»

«Und alles zurücklassen, was wir uns so sorgfältig aufgebaut haben? Nein, Christiaan, hierfür habe ich hart gearbeitet. Und du auch. Alles passt, alles funktioniert. Die Welt gehört jetzt uns, und ich will, dass das eine Weile so bleibt. Und jetzt will ich, dass du tanzt.»

Er zuckte mit den Schultern und tanzte, widerwillig. In Gedanken sah er sich bereits festgenommen und abgeführt. Mit Mord hatte er nie etwas zu tun haben wollen. Es waren seine enormen Schulden, die ihn so weit gebracht hatten, in die Arme dieses Mädchens, das ihn verführt hatte. Im Grunde genommen war er nichts anderes als ein Sklave. Er fühlte sich in einem Netz gefangen, aber er wusste, dass er sich damit abfinden musste: Sie war diejenige, die über das Zeug bestimmte. Und sie machte sich keinerlei Sorgen. Sie tanzte nur.

«Du hättest ihr hinterherlaufen sollen!», rief Saltet aufgebracht, als er die Geschichte über die unerwartete Besucherin der Apotheke hörte.

Van Ledden Hulsebosch schüttelte sein müdes Haupt und wartete, bis der junge Inspektor sich ausgetobt hatte. «Ich bin ihr hinterhergelaufen! Sie war verschwunden.»

«Du hättest die Apotheke eben kurz offen lassen sollen. Sie hat einfach nur einen Vorsprung gehabt.»

Van Ledden Hulsebosch versuchte es auf eine andere Art. «Sie hatte mich gebeten, ihr nicht zu folgen. Und sie auch nicht zu suchen.»

«Und wenn der Mörder dich bittet, ihn nicht zu entlarven, tust du das dann auch?»

«Es wäre ausgesprochen unhöflich gewesen, die Bitte einer Dame so in den Wind zu schlagen!»

«Die Bitte einer Dame? Du hast doch gesagt, dass sie aussah wie eine Landstreicherin?»

«Ob nun Landstreicherin oder Gräfin – sie war eine Dame, und das muss man respektieren.»

«Sie hatte sehr wichtige Informationen über den Fall, und du hast sie entwischen lassen, C. J. Darf ich dich daran erinnern, dass wir es hier mit Mord zu tun haben und dass wir dem möglichen Täter noch keinen Schritt näher gekommen sind?»

«Und darf ich dich daran erinnern, dass alles, was wir bisher gefunden haben, das Ergebnis *meiner* Untersuchungen ist und du noch nicht mal in der Lage warst, Mister Fluffie aus dem Fabelreich zu befreien?»

«Weil es Mister Fluffie gar nicht gibt!»

Es war Van Ledden Hulsebosch schon vorher aufgefallen, dass der junge Inspektor ein Hitzkopf war und sie sich regelmäßig in den Haaren lagen. Dennoch war in den letzten Tagen eine enge Freundschaft zwischen ihnen entstanden, obgleich sie nie darüber gesprochen hatten. Es war in der Tat nicht ganz gerecht von ihm, eine höhnische Bemerkung über Saltets Beitrag zu den Ermittlungen fallen zu lassen, wusste C. J. Der junge Mann hatte sehr wohl einiges aufs Spiel gesetzt, um den Fall wieder aufrollen zu können, und allein schon dafür hatte er Respekt verdient.

Weil sie nicht in der Lage waren, sich mit Worten zu entschuldigen, streckten beide beinah gleichzeitig die Hand als Versöhnungsgeste aus.

«Also», sagte Saltet, «aus dem Gespräch haben sich zwei Hinweise ergeben. Der eine ist ziemlich vage: Etwas, was man in den Osten bringt, aber auch etwas, was man aus dem Osten holt. Und unter dem Osten verstehen wir Niederländisch-Indien. Der andere Hinweis ist, dass Schakels eine Tochter hat, die sich scheinbar in guten Händen bei einer Pflegefamilie befindet.»

«Womit fangen wir an?», fragte Van Ledden Hulsebosch höflich.

«Ob er wohl die Vaterschaft anerkannt hat?»

Der Apotheker schüttelte den Kopf und machte ein nachdenkliches Gesicht.

Saltet konnte sich die Frage selbst beantworten. «Wohl kaum. Was wir noch nicht getan haben, ist, uns in der Wohnung des Opfers umzusehen. Vielleicht finden wir dort ja etwas heraus?»

«Du warst noch nicht in seiner Wohnung?», fragte Van Ledden Hulsebosch völlig fassungslos.

«Meine Kollegen sind dort gewesen. Aber sie haben nichts Wichtiges gefunden.»

«Deine Kollegen sind auch immer noch auf der Suche nach Fluffie, dem fünfköpfigen Hundemonster, also ist nicht allzu viel von ihnen zu erwarten.» Er griff sogleich nach seiner Melone und seinem Spazierstock. Es wurde Zeit, selbst einen Blick in die Wohnung zu werfen.

Saltet zögerte.

«Kommst du nicht mit?»

«Ich werde mal sehen, was ich über das Mädchen herausfinden kann», sagte Saltet schüchtern.

Dafür hatte der Apotheker Verständnis. Saltet fühlte sich einigermaßen auf den Schlips getreten wegen seiner Bemerkung, dass er noch nichts zur Untersuchung beigetragen hatte, und wollte jetzt selbst einen kleinen Sieg erringen. Wenn sie sich zusammen in der Wohnung umsahen, würde er sich zweifellos allerlei Besserwissereien von C. J. anhören müssen, und der junge Ordnungshüter war vorläufig darauf bedacht, in diesem Zweimannorchester nicht die zweite Geige zu spielen.

Van Ledden Hulsebosch nickte nur zum Zeichen des Einverständnisses. «Komme ich denn hinein?», fragte er. «Gibt es eine Vermieterin? Oder einen Schlüssel?»

Saltet murmelte, dass er einen Polizeibeamten hinschicken würde.

Frederik Schakels war gut situiert gewesen. Er hatte sich nicht mit einer enttäuschenden Wohnung im

Obergeschoss oder einer ernüchternd kleinen Einzimmerwohnung begnügen müssen. Van Ledden Hulsebosch hatte immer gedacht, dass Showkünstler in Geld schwammen, aber das hatte sich kürzlich als vollkommen falsch herausgestellt. Beim Buchhalter hatte er einen Blick in die Zahlungsein- und -ausgänge werfen können und zu seiner großen Verwunderung festgestellt, dass selbst die Gage des größten Stars nicht wirklich umwerfend war.

Scheinbar gab es jedoch über ein Jahr verteilt genügend Revuevorstellungen, um das prachtvolle Haus am Tierpark Artis zu unterhalten. Das Haus befand sich in einer stillen Straße hinter der Plantage Middenlaan und verfügte, für Amsterdamer Begriffe völlig unerhört, über einen Vorgarten. Frederik Schakels war der Eigentümer des ganzen Gebäudes, das vier Stockwerke plus Dachgeschoss hatte und nach hinten heraus einen großen Garten. Das Haus hatte bestimmt ein Vermögen gekostet. Die Inneneinrichtung war klassisch, aber stil- und geschmackvoll. Hier war nicht jeder Pfennig umgedreht worden.

Van Ledden Hulsebosch konnte es nicht lassen, in seinem grünen Heft eine Frage dazu zu notieren. Wie konnte ein Show-Künstler – der zwar in seinem Fach einsame Spitze war, aber nicht übermäßig viel verdiente – sich ein so komfortables, gut eingerichtetes Haus erlauben? Der Mann, der mehr war als das, wofür man ihn hielt, gab ihnen noch viele Rätsel auf.

Nachdem ihn der Polizist ins Haus gelassen hatte, fragte ihn Van Ledden Hulsebosch, ob er so freundlich wäre, ihn erst wieder in drei Stunden abzuholen, weil er viele Untersuchungen verrichten wolle.

Zu diesem Zweck hatte er einen Koffer mit vielen

seiner selbst gebauten Erfindungen mitgebracht. Aber der Koffer blieb vorläufig noch geschlossen. Fürs Erste setzte sich der Kriminalist ruhig in den tiefsten Sessel nahe beim Fenster, das nach hinten herausging. Dort versuchte er sich einen Einblick in diesen Menschen voll Widersprüche zu verschaffen, der nach seinem Tod so viele offene Fragen hinterlassen hatte.

Da hatte es eine Ehe mit einer Schauspielerin gegeben, aber die war rein geschäftlicher Natur gewesen. Es hatte eine Art heimlicher Herrenliebe gegeben, die sich bestimmt nicht nur auf den einen Kontakt, der vor Jahren einmal auf eine Verhaftung hinausgelaufen war, beschränkt hatte. Und dann gab es noch dieses Kind, gezeugt mit einer Frau, die damals vielleicht noch bildschön war und er blutjung. Es war ein chaotisches Leben, das bereits im Alter von achtunddreißig Jahren durch den Fall eines enormen eisernen Gestells aus dem Dachfirst des Revuetheaters geendet hatte; es war ein beinah schon teuflisch ausgeheckter Mord begangen worden, von jemandem, der sich mit Theater und Musik auskannte.

Langsam, aber sicher ergab sich aus alledem das Bild eines Mannes, der, das musste der Apotheker zugeben, ihm nicht gänzlich unsympathisch war. Sein eigenes Leben war übersichtlicher. Er hatte seine Arbeit, er hatte einen Assistenten und eine Haushälterin. Wenn er morgen ermordet würde, würde man sich vielleicht Fragen über seine Beziehung zu Fräulein van Henegouwen stellen oder über das merkwürdige Arbeitsverhältnis mit dem überaus schweigsamen Vreugdenhil, dessen Vornamen niemand kannte.

Er sah sich in dem Raum um. Es schien, als würde er irgendetwas übersehen. Es war hier sehr aufgeräumt;

auf einer Anrichte standen Tassen in einem ordentlichen Stapel, für den Fall, dass ein Besucher käme und Tee serviert werden musste. Es gab ein kleines Bücherregal, und die Bände, die darin standen, waren von guter Qualität. Seinen Büchern nach zu urteilen, hatte Schakels Deutsch, Englisch und Französisch gelesen.

Er zog ein Buch aus dem Regal und sah es sich gründlich an. Bücher verhielten sich anders, wenn sie nur dazu dienten, das Regal zu füllen, und nie gelesen wurden. Ungelesene Bücher waren wie schüchterne Kinder. Auch wenn man sie sich, in der Hoffnung, dass die Deckblätter nach links und rechts aufklappten, in die offene Hand legte, blieben sie geschlossen, im Gegensatz zu gelesenen Büchern. Van Ledden Hulsebosch probierte es bei einigen aus. Frederik Schakels' Bücher fielen samt und sonders auf. Also hatte er jedes einzelne gelesen. Es waren signierte Exemplare dabei sowie Erstausgaben aus der Hand des Autors höchstpersönlich. Schakels war also, schloss der Rechercheur vorsichtig und etwas widerwillig, ein weit gereister und viel belesener Mann gewesen, ein hoch gebildeter Mensch, der auch über die entsprechenden Sprachkenntnisse verfügt hatte.

Das Haus wurde regelmäßig sauber gemacht – bestimmt gab es eine Putzfrau, denn selbst auf den Glasplatten der Beistelltische am Fenster war kein Staub zu sehen. Nach seinem Tod war die Reinemachefrau also noch einmal hier gewesen, wahrscheinlich hatte man ihr nicht Bescheid gesagt. Sie würde wohl schließlich nicht mehr kommen, wenn ihr Honorar längere Zeit nicht mehr wie üblich bereitlag.

Andererseits sah hier alles ordentlicher aus, als eine Putzfrau es je hinbekommen hätte. Es sah aus, als habe sich der Bewohner die Möglichkeit offen gehalten, das Haus auf der Stelle zu verlassen, falls das nötig sein sollte. Abgesehen von den Büchern gab es kaum persönliches Interieur. Es standen keine Porträts von guten Freunden herum, und an den Wänden hingen auch keine gerahmten Plakate, wie er es bei Dubois und Henvo gesehen hatte. Für jemanden, der es so sehr genoss, im Rampenlicht des Theaters zu stehen, war Schakels – zumindest augenscheinlich – äußerst bescheiden.

Van Ledden Hulsebosch nahm die Tassen von der Anrichte und stellte sie nebeneinander. Er sah sich die Unterschiede an. Es waren keine zu sehen. Alle sechs Tassen waren blitzblank. Es wurde Zeit, den Koffer zu öffnen und ein Experiment an dem zu untersuchenden Material durchzuführen. Der Apotheker war zu dem Schluss gekommen, dass Schakels ein Teetrinker gewesen sein musste. Nirgends hatte er eine Kaffeekanne finden können, dafür aber ein kleines silbernes Teeservice. Ganz logisch für jemanden, der eine starke Beziehung zu Niederländisch-Indien hatte. Teeflecken bekam man gut aus Tassen heraus; einmal mit Seifenwasser abspülen genügte, aber dem Porzellan würde trotzdem noch Thein anhaften. Für das bloße Auge unsichtbar, aber mit einem kleinen, selbst ausgedachten Experiment durchaus nachweisbar. Eine der Eigenschaften von Thein war nämlich, dass es Blei band.

In seinem Köfferchen hatte Van Ledden Hulsebosch eine Bleilösung in stark verdünnter Form, aufgelöst in einer Mischung von Salpetersäure und Salzsäure, auch Königswasser genannt. Er gab einen Schuss davon in jede Tasse und verdünnte ihn dann mit Wasser. Nach einiger Zeit stellte sich heraus, dass zwei der Tassen regelmäßig und die übrigen nie benutzt wurden. Der Apotheker schüttete die Lösung ins Spülbecken und spülte Wasser hinterher, um den Abfluss nicht zu beschädigen.

Frederik Schakels trank also Tee. Und er trank den Tee nicht allein, sondern häufig mit einem Gast. Wahrscheinlich noch vor kurzem, denn wenn Tassen mehrmals abgespült wurden, verschwand das Thein schließlich. In seinem übersichtlichen, ordentlichen Leben – zumindest, wenn man nach der Inneneinrichtung gehen konnte – war Schakels also jemand, der immer die obersten zwei Teetassen nahm; auch das war klar. In Frederik Schakels' Leben gab es also noch jemand anderen. Jemanden, der regelmäßig hierher kam, jemanden, der vielleicht auch noch etwas anderes mit ihm trank.

In einem kleinen Regal fand er mehrere Weinflaschen. Schakels war ein regelmäßiger Trinker. Sein Weinregal wies an den unterschiedlichsten Stellen quer durch den Vorrat Leerstellen auf; er wusste, was er trank und welcher Wein am besten wozu passte. Er hatte eine Vorliebe für Weine aus Burgund. Von einem bestimmten Château hatte er sogar einen kleinen Vorrat angelegt. Offenbar gab es für jede Gelegenheit einen eigenen Wein. Das Verhältnis zu seinem Besuch war also nicht nur eines von großer Zuneigung gewesen – wegen des Tees, den man mit Familie, engen Freunden oder Geschäftsfreunden trank –, sondern es war ein engeres Verhältnis, wegen des Weins. Ein ähnlicher Test wie der mit den Teetassen ergab, dass auch von den Weingläsern nur zwei regelmäßig benutzt wurden.

Es wurde Zeit, sich im Schafzimmer umzusehen. Obwohl er selbst auf dem Gebiet der Sexualität keinen allzu großen Tatendrang an den Tag legte – die geringste Andeutung, dass sein Verhältnis zu Fräulein van Henegouwen mehr sein könnte als das zwischen Haushälterin und Arbeitgeber, wies er darum auch energisch zurück –, hatte er sich mit diesem Thema doch ausreichend beschäftigt, um einem Schlafzimmer ansehen zu können, ob regelmäßig Damen- bzw. Herrenbesuch kam. Das konnte er allein schon daraus schließen, wie die Matratze aussah. Selbst der eingefleischteste Junggeselle, dem ein königliches Zweipersonenbett zur Verfügung stand, suchte sich eine Seite, auf der er am liebsten schlief. Natürlich rollte man sich ein wenig hin und her, aber im Allgemeinen lief es doch darauf hinaus; die Matratze war hierfür ein stummer Zeuge.

Es gab noch andere Dinge, die den Beischlaf unverkennbar verrieten. Verschlissene Stellen auf dem Teppich zu beiden Seiten des Bettes, Taschentücher in den Nachttischen auf beiden Seiten, die Lage der Kopfkissen … Doch auch wenn das Bett von der Haushälterin gemacht wurde, in diesem schlief ein einzelner Mann. Sonst niemand. Van Ledden Hulsebosch hatte es auch nicht anders erwartet, ebenso wie er seit dem letzten Abend davon ausging, dass es einen nicht allzu stummen Zeugen des Mordes gab, der ihm mehr, viel mehr erzählen konnte.

Alle Spuren, die darauf hinwiesen, wer dieser andere war, waren sorgfältig aus dem Interieur entfernt worden und deshalb nur für einen so gewieften Spurensucher wie Van Ledden Hulsebosch sichtbar. Er genoss diese Untersuchung, wie sie ihm bisher noch nicht vergönnt gewesen war. Obwohl er sich Dutzende, vielleicht sogar Hunderte von Malen aufgrund eines Zeitungsberichts oder einer interessanten Meldung in der

Literatur in eine fiktive Ermittlung gestürzt hatte, stand er jetzt hier und merkte, dass er im Lauf der Jahre durchaus dazugelernt hatte.

Wie schade, dass diese Orakelstätte der Informationen – der Wohnsitz des ermordeten Mannes – nicht ohne weiteres den Namen des verschwundenen Zeugen preisgab. Eines Tages wäre es möglich, die Pflanzen darüber, was sie gesehen hatten, sprechen zu lassen. In Amerika wurden bereits Versuche über die Emotionen von Grünpflanzen angestellt. So gaben manche von ihnen elektrische Signale ab, wenn ihre Lebensumstände plötzlich eingreifend verändert wurden. Aber für derartige Zukunftsträume war es noch viel zu früh. Diese Pflanzen hier würden nichts preisgeben. Er sah sich im Zimmer um und wusste mit Sicherheit, dass er den Namen desjenigen, den er suchte, hier nicht finden würde. Es würde kein Papierschnipsel mit einem Namen oder einer Anschrift herumliegen. Er fand ein Büchlein mit Telefonnummern, wusste aber sofort, dass er darin zwar die Nummer des Gemüsehändlers oder des Arztes finden würde, aber nicht die desjenigen, der regelmäßig in diesem Haus Tee und Wein trank.

Seine Augen fielen auf ein Bakelittelefon. Frederik Schakels brauchte nicht zum Bäcker oder Metzger zu gehen, um telefonieren zu können, er hatte zu Hause Telefon. Genau wie auch Van Ledden Hulsebosch Telefon hatte, sowohl in der Apotheke als auch in seiner Wohnung, ein unerhörter Luxus! Er sah sich den Apparat an und dachte sich, dass die Elektrik darinnen sich vielleicht etwas davon gemerkt hatte, was hier vor sich gegangen war. Jedes Telefon hatte eine Wählscheibe, die mit einer Reihe kleiner Relais verbunden war, welche die Schaltung zur Zentrale und dann zu einer folgenden Nummer ermöglichten. Van Ledden Hulsebosch hatte nichts in seinem Koffer, womit er das Telefon hätte untersuchen können, also blieb ihm nichts anderes übrig, als es mit Handschuhen einzupacken und zur Untersuchung in sein Labor mitzunehmen.

Jetzt war es Zeit, sich von dem Haus zu verabschieden. Er sah sich noch einmal um und fragte sich dabei, was am Vorabend des Mordes hier geschehen war. Er war davon überzeugt, dass die wahre Todesursache nichts mit den rätselhaften Ereignissen im Revuetheater Tuschinski zu tun hatte, sondern dass der Kern, die Wurzel des Übels, innerhalb dieser vier Wände zu finden war. Das Haus würde zwar seine Geheimnisse nicht einfach so preisgeben, aber Van Ledden Hulsebosch wusste, dass er dem Mörder Stück für Stück immer näher kommen würde … Oder dass, sollte das nicht der Fall sein, der Mörder ihm immer näher kommen würde.

Der Polizist kam pünktlich wieder, und der Apotheker konnte in aller Ruhe zum Nieuwendijk zurückkehren. Zusammen mit seinem treuen Assistenten Vreugdenhil sah er sich lange das aus Bakelit, Metall und Emaille gefertigte Telefon an.

«Was denkst du, Vreugdenhil?»

Vreugdenhil nickte und sagte nichts. Er betrachtete die prächtige Drehscheibe, die scheinbar unverwüstlich war. Vielleicht waren ja manche Nummern einen Tick dunkler als andere? Das würde vielleicht schon etwas über die eine Nummer verraten, die häufiger als alle anderen gewählt wurde.

«Ich verstehe, worauf du hinauswillst», schloss Van Ledden Hulsebosch allein schon aus dem Blick des kleinen Mannes. «Aber ich fürchte, dass diese Wählscheibe aus dem allerbesten abriebfesten Material ist.»

Van Ledden Hulsebosch beschloss, das Telefon aufzuschrauben. Seine Kenntnis der modernen Elektronik war zwar nicht sehr umfassend, aber er wusste immerhin, dass die Wählscheibe mit einem Relais verbunden war und dass dieses Relais die Anzahl Kontakte, die berührt wurden, wenn die Scheibe sich zurückdrehte, an die Zentrale weiterleitete. Dem Relais selbst war nicht viel anzusehen, außer dass es prima geklickt hatte, ohne vorzuhaben, noch einmal so zu klicken, wie es Van Ledden Hulsebosch jetzt gerne gehabt hätte. Im Übrigen war es ein gediegener und unverwüstlicher Apparat.

Vreugdenhil schraubte auch die Wählscheibe ab und bemerkte auf der Innenseite etwas, was seine Aufmerksamkeit erregte. Er ging in die Apotheke, kam mit dem Apparat von dort wieder und schraubte ihn zum Vergleich ebenfalls auf. Auch hier entfernte er die Wählscheibe und hielt sie umgekehrt herum vor die von Schakels' Exemplar. In der Tat war ein Unterschied zu sehen. Schakels' Apparat war bei der Neun deutlich verschlissen. Als wäre diese Nummer sehr viel häufiger gewählt worden als alle anderen. In der Apotheke wurde die Neun selten oder nie gewählt. Da machte sich der Verschleiß bei der Sechs und der Sieben bemerkbar.

«Das ist nicht weiter verwunderlich», sagte Van Ledden Hulsebosch. «Eine Telefonnummer besteht immer aus vier Zahlen. Die Chance, dass zwei oder drei davon kleiner als sieben sind, liegt bei über neunzig Prozent. Jedes Mal, wenn ich eine Zahl zwischen der Eins und der Sieben wähle, nutzt sich die Scheibe dort ab, und das kommt in drei Viertel aller Fälle vor. Aber wenn ich mir Schakels' Scheibe ansehe, ruft er sehr oft die Neun an.»

Schakels war ein fauler Anrufer. Er schrieb sich nie Telefonnummern auf und merkte sie sich ebenso wenig. Folglich musste er sehr oft die Dienste der Amsterdamer Telefonzentrale in Anspruch nehmen, um sich zu demjenigen, den er sprechen wollte, durchstellen zu lassen. Die Zentrale anzurufen war sehr einfach: Man wählte einfach eine Neun auf der Scheibe. Keine der Telefonnummern in der Stadt begann mit einer Neun, also war das für die Zentrale das Zeichen, dass ihre Dienste benötigt wurden. Es waren zwar höhere Kosten damit verbunden, aber das konnte sich Schakels leisten.

«Ob man sich bei der Zentrale merkt, wer mit welcher Telefonnummer verbunden wird?», fragte Van Ledden Hulsebosch.

Vreugdenhil zuckte mit den Schultern.

«Du bist eine große Hilfe», sagte der Apotheker stolz und klopfte seinem schweigsamen Mitarbeiter auf den Rücken.

Nel von der Zentrale hinter dem Palast auf dem Dam rauchte lange Zigaretten in einer Zigarettenspitze. Sie malte sich mindestens zehnmal am Tag ihre Lippen an, in einem abscheulichen und ordinären Rot, weil sie mit ihrer Zigarettenspitze den Lippenstift ebenso schnell wieder abwischte, wie sie ihn auftrug. Nel hatte keine Lust auf ihre Arbeit, keine Lust auf Kollegen, keine Lust auf Männer, die sie etwas fragen wollten, keine Lust auf die Welt um sie herum. Sie sprach langsam und gelangweilt, beinah schleppend, und sah so aus, als würde sie gleich auf der Stelle einschlafen. Nel war die

Vorgesetzte und hatte selbst nichts mit den Kabeln zu tun. Sie saß vorne und sah zu, ob die Mädchen auch ordentlich arbeiteten. Das taten sie, also brauchte Nel nicht viel mehr zu tun, als zu rauchen, ihre Lippen anzumalen und ihre Nägel nachzubessern. Farbe spielte in ihrem Leben eine große Rolle!

«Hier arbeiten zwanzig Leute, an so was ist überhaupt nicht zu denken», sagte sie, nachdem Van Ledden Hulsebosch sich höflich vorgestellt und seine Frage vorgetragen hatte.

«Ich arbeite für die Amsterdamer Polizei», sagte er.

«Für sie, aber nicht bei ihr», sagte sie schlau.

«Ich bin als Sonderermittler bei der Suche nach dem Mörder des Revuestars Frederik Schakels, der Ihnen wohl bekannt sein dürfte, eingestellt worden.»

Sie erwachte kein bisschen aus ihrem Arbeitsschlaf, aber das Mädchen, das ihr am nächsten saß und völlig in ihrer Beschäftigung mit Drähten, Steckern und Kontakten aufzugehen schien, sah eine Sekunde lang auf. Nel bemerkte es nicht, sonst hätte es sicher eine Rüge von ihr gesetzt. Das Mädchen zögerte beim nächsten Anrufer einen Augenblick, zwinkerte mit den Augen und schien sich nur mit Mühe wieder auf ihre Arbeit konzentrieren zu können. Van Ledden Hulsebosch wusste Bescheid. Nel noch nicht. Die kannte keine Showkünstler, aber dieser Rechercheur hier vor ihrem Schreibtisch offensichtlich schon, zumindest tote. Das machte den Schnurrbärtigen in ihren Augen auf Anhieb interessanter. Die Zeit verging ja doch nicht, also fing sie an zu klagen. Über das Wetter, die Politik, obwohl sie davon nicht die geringste Ahnung hatte, die Menschen im Allgemeinen, die Vorgesetzten bei der Arbeit, ihre Untergebenen, den menschlichen Körper und alles, was daran nicht so funktionierte, wie sie es gerne gehabt hätte. Dass das Haar nicht gut saß, dass man Ringe unter den Augen hatte, dass man sich die Ohren ausspritzen lassen musste, dass man mit Mühe die Augen aufsperren musste. Der Körper, sowohl ihr eigener wie der von anderen Menschen auf Erden, war ein ständiger Quell des Ärgernisses. «Und Künstler», sagte sie, «sind der Abschaum. Der Abschaum der Menschheit, das Pack aus der Gosse.» Die lägen doch nur von früh bis spät im Bett.

Während sie so lamentierte, kehrte Van Ledden Hulseboschs Blick immer wieder zu dem Mädchen in der vordersten Reihe zurück. Sie hütete sich davor, seinen Blick zu erwidern, wusste aber, dass er sie ertappt hatte.

«Kennen Sie den? Den Toten mein ich?», fragte Nel.

«Nicht persönlich. Er ist gestorben, da ist es etwas schwierig, Bekanntschaft zu schließen», sagte Van Ledden Hulsebosch trocken.

«Und andere? Kennen Sie Louis Davids? Kennen Sie Bouwmeester?»

Leider musste der Apotheker ihr eine bejahende Antwort schuldig bleiben.

Nel fing an, ihre Nägel zu feilen. «Kennen Sie überhaupt jemand bei der Polizei?»

Er lachte gequält und fragte sich, wie er mit dem Mädchen in Kontakt kommen konnte, das so hingebungsvoll damit beschäftigt war, Bürger miteinander in Verbindung zu bringen, als sei es das Einzige, was sie auf der Welt noch tun wollte. Er sah, dass er sie in Verlegenheit gebracht hatte, und nahm sich vor, draußen zu warten, bis sie mit ihrer Arbeit fertig wäre. Bestimmt hatte sie bald Pause, und dann könnte er sie ansprechen.

«Was haben wir denn überhaupt mit einem toten Künstler zu schaffen?»

«Er hatte Telefon.»

«Ja, das haben inzwischen eine Menge Leute. Aber die sind doch auch nicht alle tot. Wenn die Sie auf den Mörder angesetzt haben, sind sie bei der Amsterdamer Polente noch nicht sehr weit.»

«Es tut mir Leid, dass ich Ihre Zeit in Anspruch genommen habe; Sie haben mir sehr geholfen. Jetzt muss ich leider wieder gehen.»

Er nahm seine Melone, hob sie kurz an und ließ sie dann auf seinen Kopf herabsinken. Er drehte sich um und ging zur Tür.

«Und so was arbeitet mit der Polente zusammen. Wenn der je einen Schurken zwischen die Finger kriegt, fress ich ’nen Besen», hörte er Nel noch sagen.

Draußen blieb er stehen und wartete. Ihm fiel auf, dass niemand hier draußen sich Gedanken über den Mord an Frederik Schakels machte. Die Leute in der Stadt hatten es eilig. Sie mussten zu ihrer nächsten Verabredung oder einen Zug erwischen, oder sie hatten etwas vergessen und mussten das jetzt noch schnell holen gehen. Er fühlte sich mit einem Mal einsam, obwohl Inspektor Saltet auf seiner Seite stand und Bürgermeister De Vlugt ihm den Rücken stärkte. Der Polizei und den Würdenträgern gegenüber war er so überzeugt gewesen von seinem eigenen Können, aber jetzt, wo er sich mit der Sache befasste, beschlich ihn ein unbehagliches Gefühl der Unsicherheit. Obwohl er nun schon seit etlichen Tagen zugange war, war das Ergebnis seiner Ermittlungen nur dürftig. So lange hatte er sich in die Untersuchung von Messerstichen vertieft – Schnitt-,

Stoß-, Stich und Schürfstichen –, und auch der Wissenschaft der Pistolenkugeln hatte er sich eingehend gewidmet ... und jetzt, wo er mit einem echten Mord konfrontiert wurde, war weder geschossen noch zugestochen worden, und all die Monate stellten sich als sinnlos vertriebene Zeit heraus. Ein Telefonapparat hatte ihm den rätselhaften Blick eines Mädchens eingebracht und eine endlose Warterei beim Dienstausgang dieses Telefonbüros. Strohhalme waren es, mehr nicht. Er ärgerte sich über die scheinbare Sorglosigkeit der Passanten, die sich offensichtlich nicht darum scherten, dass der Mörder vor Gericht geschleppt werden musste. War er denn der Einzige, der sich Gedanken über dieses Land und seine Verbrechen machte? Er lächelte über seine eigene Pathetik, aber es steckte doch ein Kern von Wahrheit in seinen Gedanken, zumindest machte er sich das weis.

Zu guter Letzt kam das Mädchen aus dem Gebäude, um eine Zigarette zu rauchen, aber als sie ihn erblickte, wollte sie schnell wieder kehrtmachen. Van Ledden Hulsebosch war allerdings schneller. Er hielt ihren Arm fest. «Frederik Schakels?»

«Wovon sprechen Sie?»

«Von dem ermordeten Revuestar. Und Sie, Sie haben mir etwas zu erzählen.»

«Wie kommen Sie denn darauf?»

Van Ledden Hulsebosch schauderte bei dem Gedanken, zugeben zu müssen, dass es nicht mehr war als ein Eindruck, eine Intuition, ein Blick, den er aufgefangen zu haben meinte. Wissenschaftlich war das nicht gerade. Das machte ihn unsicher.

«Sie wissen sehr gut, von wem ich spreche», versuchte er sein Glück.

Sie zögerte, sagte dann aber: «Ich habe eine Viertelstunde Zeit.»

Sie gingen los.

Ein Stückchen weiter setzten sie sich zusammen auf eine Steintreppe, außer Sichtweite ihrer Kolleginnen und Nel.

«Nel braucht nichts davon zu wissen», sagte das Mädchen. «Wir kennen nur die Nummern, wir kennen keine Namen. Sie sagen nie ihren Namen. Wir sehen ein Lämpchen aufleuchten, und dann wissen wir, dass es eine bestimmte Nummer ist. Meistens sagen sie nicht einmal guten Tag, sie sagen nur, wen sie sprechen wollen. Und das ist dann auch nur eine Nummer.»

«Schakels' Nummer war die 7021.»

Sie starrte vor sich hin. «Das weiß ich.»

Er wartete, spürte, dass die Zeit verstrich.

Sie sah auf ihre Schuhe. «Sie müssen wissen, dass ich das hier nur vorübergehend mache. Im Endeffekt werde ich hier weggehen. Ich will nämlich zum Theater.»

In dem Wissen, dass er sich einen Teil ihrer Lebensgeschichte würde anhören müssen, nickte er. Er konnte sich ungefähr vorstellen, was sie erzählen würde.

«Er stellte sich ganz ordentlich als Herr Schakels vor. Niemand hier weiß, wer er ist. Sie gehen nie ins Stadttheater oder zu einer der Bühnen. Hier hat man von nichts eine Ahnung, nur von Nummern. Nun ja, das erste Mal habe ich ihn einfach durchgestellt, und dann noch einmal und noch einmal. Und dann konnte ich mich nicht mehr beherrschen. Ich fragte: ‹Sie sind doch Herr Frederik Schakels, oder?› Er blaffte etwas zurück, dass ich einfach meine Arbeit tun sollte, Stecker, Kabel, Verbindung herstellen. Ich fing gleich an zu heulen. Ich bin sehr sensibel. Ich glaube, dass das gut ist, wenn man zum Theater will. Ich glaube, dass ich es schaffen würde, auf der Bühne zu weinen. Das mögen die Leute im Saal. Dann sagen sie: ‹Schau mal, die da weint echte Tränen.› Das finden sie großartig.»

«Und dann?»

«Dann klingelte das Telefon eine Viertelstunde später noch einmal. Es war wieder Herr Schakels. Ich beherrsche mich also, und er sagt: ‹Nein, ich will niemanden sprechen. Ich wollte mich nur entschuldigen für gerade eben.› Das fand ich so schön.»

Für einen Mann, der dafür bekannt war, dass er seine Mitarbeiter zusammenstauchte, war das eine beachtliche Zuneigungsbezeugung, musste Van Ledden Hulsebosch zugeben.

«Ich habe all seine Shows gesehen», fuhr das Mädchen fort. «Ich habe ein ganzes Sammelbuch voll mit Herrn Schakels. Nicht nur mit Herrn Schakels, ich habe von sehr vielen Schauspielern Autogramme und Fotos und Artikel. Die schneide ich immer aus *Cinema & Theater* aus. Und klebe sie dann ein. Irgendwann einmal hat dann jemand auch so ein Buch über mich, das wäre wundervoll.»

Van Ledden Hulsebosch begriff, dass dieses Mädchen zu seinem Stammpublikum gehörte, und angeblich war ja sein Publikum Schakels' einzig wahre Geliebte – oder spräche man in seinem Fall eher von einem Geliebten? Von Künstlern hatte er immer noch wenig Ahnung, aber eines hatte er begriffen: Nichts ging über die Zuneigung eines Fans. Das hatte er auch von Fräulein van Henegouwen gehört – die natürlich durch ihre Nichte Ansje direkten Zugang zur Künstlerwelt hatte. Dass die Stars endlos lang Autogramme verteilten, wenn sie das Theater durch den Seiteneingang verließen. Dass sie immer lächelten, wenn sie zusammen mit einem Zuschauer fotografiert wurden; dass sie endlos lange Briefe von Unmengen an Leuten beantworteten, die ihnen alle schreiben mussten, wie sehr sie von dem Auftritt gerührt waren und nebenbei eine seitenlange Beschreibung ihres eigenen Lebens gaben – was den Künstler hoffentlich zu einem neuen Lied inspirieren würde. Dieses Mädchen war ein Fan. Und Fans waren heilig.

Seither hatten sie gelegentlich miteinander gesprochen, erzählte die junge Frau. Sie hatte ihm von ihren großen Ambitionen erzählt, und er hatte sie vor den Fallstricken des Showkünstlerdaseins gewarnt. Langsam, aber sicher wurde Frederik Schakels für den Apotheker zu einem echten Menschen aus Fleisch und Blut. Er war freundlich gewesen, er hatte diesem Mädchen zugehört.

Ein merkwürdiges Phänomen. Jemand, der zu faul war, sich Telefonnummern zu merken oder sie aufzuschreiben, der sich aber nichtsdestotrotz die Zeit nahm, einem Fan zuzuhören und mit ihm zu sprechen. Van Ledden Hulsebosch vermutete, dass der Star möglicherweise sogar manches Mal einfach so die Neun gewählt hatte, weil das der einzige Kontakt auf freundschaftlicher Basis war, den er in seinem Leben hatte.

«Hatte er eine Tochter?», fragte Van Ledden Hulsebosch unvermittelt.

Sie sah ihn an und zog die Augenbrauen zusammen. «Über sich selbst sprach er wenig. Ich habe mich auch nicht getraut, ihn persönliche Dinge zu fragen. Er wollte immer etwas über mich wissen. Ob ich schon Tanzstunden nahm, ob ich Gesangsunterricht hatte. Er beschäftigte sich mit mir. Es wäre unpassend gewesen, wenn ich mich nach seinem Leben erkundigt hätte. Ich habe ihn auch nie getroffen, obwohl ich das gern gewollt hätte. Ich habe Tausende von Malen überlegt, ihn um ein Autogramm zu bitten.»

«Hatten Sie denn keins?»

«Ich habe viele von ihm. Ich habe ganz oft in der Gasse gestanden. Aber da ging er lächelnd an mir vorbei, ohne mich zu erkennen. Nein, ich meine, ein Autogramm speziell für mich. Ich habe mich nie getraut, ihn danach zu fragen.»

«Waren Sie am Abend der Premiere da?»

Sie schüttelte den Kopf. Die Karten für die Premiere waren für sie schlichtweg zu teuer. Sie hatte später hingehen wollen. Die schreckliche Nachricht hatte sie im *Courant* gelesen.

Van Ledden Hulsebosch nickte und stand auf.

«Sie fragten, ob er eine Tochter hatte», sagte sie und erhob sich ebenfalls. Nel hatte ihren frisch angepinselten Kopf schon um die Ecke gesteckt.

«Aber Sie wissen nichts über sein Privatleben», sagte der Apotheker.

«Nur eine Telefonnummer.»

«Von seiner Tochter?» Er runzelte die Stirn.

«Das weiß ich nicht. Es gab da ein Mädchen, das ihn regelmäßig anrief. Es waren immer kurze Telefonate.» Sie senkte den Blick. Es war ihr unangenehm. «Wir dürfen die Gespräche nicht abhören, das müssen Sie richtig verstehen, und ich tue das auch nie. Das würde ich mich nie trauen.»

«Aber in diesem Fall …»

«Ich dachte, es wäre vielleicht ein Mädchen wie ich. Eine, die er beim Bäcker oder beim Metzger kennen gelernt hatte. Jemand, die auch ans Theater wollte. Ich war neugierig, wie sie in seine Nähe gekommen war. Wie sie das gemacht hatte.»

«Und?»

«Es war nicht so ein Mädchen. Sie ...» Wieder verstummte sie. «Glauben Sie, dass man an der Stimme eines Menschen hören kann, wer er ist?»

Nein, daran glaubte Van Ledden Hulsebosch überhaupt nicht, aber er nickte, um das Gespräch nicht versiegen zu lassen.

«Sie hörte sich ein bisschen so an, als wäre sie seine Chefin. Ja, das ist komisch, aber ich habe sie mir immer als seine Chefin vorgestellt. Sie sagte dann immer ganz knapp, dass sie vorbeikäme oder dass sie sich treffen müssten.»

«Warum dachten Sie ausgerechnet an sie, als ich gefragt habe, ob er eine Tochter hat?»

«Sie hörte sich jung genug dafür an, aber ich glaube nicht, dass sie miteinander verwandt waren. Sie sagte nie ... Dinge, die man zu jemandem sagt, den man liebt oder einfach gern mag. Wenn er nach einem Gespräch mit mir auflegte, sagte er immer: ‹Es war schön, dich wieder einmal zu sprechen.› Oder ich sagte, dass er so freundlich sei. Aber bei ihnen war es immer sehr ... kalt, geschäftlich.»

Van Ledden Hulsebosch nickte dankbar.

«Jetzt muss ich wirklich gehen. Nel darf hiervon nichts wissen, sonst wirft sie mich raus. Sagen Sie ihr bitte nichts davon», flehte sie.

Van Ledden Hulsebosch nickte zum Zeichen, dass ihre kleine Wahrheit bei ihm in guten Händen wäre, woraufhin sie ihm die Telefonnummer des Mädchens oder der Frau gab, die sich so oft als Frederik Schakels' Chefin aufgespielt hatte.

Bestimmt würde Saltet sagen, dass er alles andere als wissenschaftlich vorgegangen war und sich psychologischer Manipulationen bedient hatte. Aber Van Ledden Hulsebosch hatte eine Telefonnummer. Er ging zurück in die Apotheke, um sie sofort zu wählen.

«Das Telefon!», rief er, als er das Labor betrat. Dann fiel ihm ein, dass er das Ding erst wieder zusammenschrauben musste, um überhaupt jemanden ans andere Ende der Leitung zu bekommen. Seufzend stürzte er sich auf das malträtierte Monster der modernen Kommunikation.

— 8 —

Das Gelände des Eissportvereins in Amsterdam-Zuid war jetzt, nachdem der Zirkus wieder weg war, ein einziger Schlammpfuhl. Im Winter wurde Wasser auf den Platz gespritzt, der zufror und neben den Erfrischungsständen Hunderten von Schlittschuhläufern Platz bot, die dann anmutig über das Eis glitten. Im Sommer aber durften hier Zirkusse ihre Zelte aufschlagen, und manchmal stellte auch ein Jahrmarkt seine Buden auf das Gelände. Während der Weltausstellung hatte einmal ein riesiger Elefant aus Pappmaché dort gestanden, mit einem ganzen Theatersaal im Rüssel, in dem der Franzose Aristide Bruant seine Aufwartung gemacht hatte. Am Piano stehend hatte er Chansons gesungen, die keiner verstand.

Die Spuren, die der Zirkus hinterlassen hatte, waren deutlich sichtbar. Die Pflöcke, an denen das Zelt befestigt gewesen war, hatten tiefe Wunden in den Boden gerissen. Da, wo die geölte Leinenmatte mit den Sägespänen gelegen hatte, war das Gras gelb und braun geworden. Jetzt wurden von Zirkusknechten die letzten Wagen beladen. Es wurden Witze gerissen, um das harte Leben dieser Packer ein bisschen erträglicher zu machen.

Einer der Packer lachte allerdings nicht mit. Der junge Mann hatte eine Narbe auf der Wange und schien sich nicht auf diesem Planeten zu befinden, so abwesend war er. Ein paar Mal sah er ängstlich auf. Er hätte die Uhr am liebsten schneller laufen lassen. Zum Glück würden sie nun bald im Konvoi nach Deutschland ziehen, weit weg von diesem schrecklichen Amsterdam.

Wie die meisten anderen im Zirkus war auch er nicht nur Packer. Bei den Vorstellungen trat er in einer phantastischen Akrobatennummer als starker Mann auf. Stark fühlte er sich in diesem Augenblick allerdings überhaupt nicht. Er war ängstlich und nervös und kam sich klein und verlassen vor. Er sah zu den Polizisten hinüber, die über das Gelände liefen und ihm freundlich zulächelten. So gut er konnte, lächelte er zurück. Wenn sie zu ihm kommen würden, würde er rennen. Rennen, bis er außer Sichtweite war. Er würde dafür sorgen, dass er so schnell wie möglich aus der Stadt verschwunden wäre. Niemand würde ihn finden.

Niemand würde ihm glauben, dass er unschuldig war, wenn sie ihm auf die Spur gekommen wären. In den Zeitungen stand, dass der Tod von Frederik Schakels kein Unfall war, sondern ein bewusster Anschlag auf das Leben des Showkünstlers. In seinen Augen war das nicht so. Er schüttelte den Kopf und arbeitete weiter. Inzwischen war alles zusammengeräumt, jetzt konnte sich die Karawane in Bewegung setzen. Endlich konnte er dieses schreckliche Amsterdam verlassen. Und für welchen Zirkus er in Zukunft auch arbeiten würde, nie mehr wollte er auch nur einen Fuß in diese Stadt setzen!

Inspektor Jonathan Saltet holte tief Luft, als er aus seinem Arbeitszimmer in der Warmoesstraat über den Damrak schaute. Er war wild entschlossen, Karriere zu machen. Er fühlte sich dazu berufen, bei der Polizei Großes zu verrichten. Eines Tages würde er nicht mehr gestohlene Fahrräder aus dem Grachtenwasser fischen oder alten Damen dabei helfen, den Nachhauseweg zu finden. Sondern er würde eigenhändig große Mordfälle und andere Verbrechen lösen.

Die Begegnung mit Van Ledden Hulsebosch war ein erster Schritt in die richtige Richtung gewesen, aber jetzt beschlich ihn irgendwo tief im Inneren das Gefühl, dass der alte Wissenschaftler ihm allmählich im Weg stand und nur noch Ballast für ihn war. Vielleicht würde sich C. J. verkannt vorkommen, wenn nicht ihm allein die Ehre zuteil würde, den Fall gelöst zu haben. Irgendwie befürchtete er, dem Apotheker würde schließlich aller Ruhm zufallen, während er brav aus der Ferne zusah, wie Van Ledden Hulsebosch einen Blechorden angesteckt bekam.

Nun ja, im Moment kamen sie beide noch nicht für irgendwelche Medaillen in Betracht, denn die Ergebnisse waren eher dürftig. Er schüttelte den Kopf, um diese Gedanken zu vertreiben. Es war nicht seine Art, so über Menschen zu denken, aber in letzter Zeit kam es öfter vor, dass er seine Gedanken nur mühsam ordnen konnte. Van Ledden Hulsebosch war verdammt gut darin, Chaos in seinem Kopf anzurichten.

Er beschloss, seine Gedanken auf den Fall Tuschinski zu konzentrieren. Seit dem Besuch der alten Dame in der Apotheke gab es zwei neue Indizien. Wahrscheinlich steckte so etwas wie eine Lösung in Schakels' Abenteuern in den ostindischen Kolonien, und außerdem gab es irgendwo ein Kind, das sie aufspüren mussten. Über Ostindien wusste er nicht viel, außer dass es weit weg war und man gern eine raue Schiffsreise in Kauf nahm, um dorthin zu gelangen. Das Inselreich wurde manchmal, wie der große Schriftsteller Multatuli schon angeprangert hatte, von den Niederlanden mit blutiger Hand beherrscht – das wusste er ebenfalls. Die Reichtümer, die Niederländisch-Indien dem Vaterland zu bieten hatte, waren groß und unentbehrlich. Große Plantagen lieferten Tee, Kaffee, Gewürze, aber auch Chinin, und das alles gelangte über die Amsterdamer Häfen in die übrigen westlichen Länder.

In einem alten, verfallenen, riesengroßen Gebäude an der Haarlemmerstraat lag der Verwaltungssitz der Vereinigten Ostindischen Compagnie. Im letzten Jahrhundert war die VOC für bankrott erklärt worden, weil der Handel nicht mehr geblüht hatte wie im goldenen Jahrhundert und der Konkurrenzdruck, insbesondere von den Engländern, zu groß geworden war. Früher hatte Holland alle Weltmeere befahren und sie sogar beherrscht, und jetzt war von dem einst so stattlichen Gebäude nur noch ein verfallenes Gemäuer übrig, in dem sich Zehntausende von Ordnern mit Auftragspapieren, Frachtbriefen, Logbüchern und anderen Dingen befanden, die alle zusammen die glorreiche Geschichte der VOC beschrieben.

Saltet hatte nicht die geringste Hoffnung, dort auch nur den allerkleinsten konkreten Beweis zu finden. Trotzdem machte er sich mit seinem Dienstfahrrad auf den Weg in die Haarlemmerstraat, um dort mit dem Dienst habenden Archivar zu sprechen.

Herr Hubert van Dijk war der einzige Angestellte, den sich die Verwaltung noch leisten konnte. Er trug immer einen Arbeitskittel und versuchte, Ordnung zu schaffen in dem Haufen Papiere, die während der jahrhundertelang währenden Wohlfahrt nie sortiert worden waren. Van Dijk konnte sich das gut vorstellen. Wenn es gut lief, wurden die Belege einfach nur in eine Kiste geworfen. Erst wenn es schief ging, machte sich jemand die Mühe, mal nachzusehen, ob es in diesen Dingen eine Ordnung gab.

Schon seit mehr als fünfzehn Jahren war Van Dijk damit beschäftigt, die Zehntausende Kartons durchzusehen, und wöchentlich landeten viele davon auf dem Müll. Es war allerlei dabei, wovon sich der Archivar nicht vorstellen konnte, dass es jemals noch irgendjemand interessieren könnte. So hatte er zum Beispiel mindestens ein Dutzend Kartons voller Liebesbriefe gefunden, die nie zugestellt worden waren. Darin hatten Matrosen geschrieben, wie sehr sie ihre zurückgelassenen Verlobten liebten, die irgendwann selbst geschrieben hatten, sie hätten genug von der Warterei und die Konkurrenz schlafe nicht, sondern wolle ihre Herzen kapern. Und weil diese Briefe die schmachtenden Matrosen nicht erreichten, schrieben diese wiederum, dass sie bedauerlicherweise Piraten in die Hände gefallen waren und sich nun, aus deren grausamen Händen befreit, kurz am Palmenstrand einer der zahlreichen Inseln erholten.

Logbücher voller Informationen über Fahrten und Fracht, Route und Entfernung, Krankheiten an Bord und Unfälle auf hoher See gab Van Dijk den Lumpenhändlern mit, die es schafften, aus diesem ganzen alten Papier wieder etwas Neues zu machen, zum Beispiel Packpapier. Die gesamte, über hundertjährige Buchhaltung der VOC teilte dasselbe Los, weil Van Dijk zu dem Schluss gekommen war, dass sich wirklich niemand mehr diese Informationen jemals wieder ansehen würde. Es waren sogar Informationen dabei, von denen Van Dijk fand, dass es besser war, wenn niemand davon wusste.

«Zum Beispiel?», fragte Saltet interessiert.

«Was glauben Sie eigentlich, wie die VOC so reich geworden ist?», entgegnete Van Dijk langsam, aber im Brustton der Überzeugung.

«Wenn ich mich recht erinnere, was ich in der Schule gelernt habe, wurden Gewürze aus Ostindien importiert und hier teuer verkauft.»

«Aha», sagte der Archivar und führte ihn durch das monumentale Gebäude zu einem kleinen Raum, in dem ein Schreibtisch und ein paar Stühle standen.

«Ist das etwa nicht so?»

«Vielleicht. Vielleicht auch nicht. Ich muss zugeben, dass ich den Beweis für das Gegenteil noch nicht in den Unterlagen gefunden habe.»

«Also …»

«… werden die Niederlande wohl durch Pfeffer und Zimt steinreich geworden sein.» Die letzten Worte sprach er aus, als habe er einen schlechten Geschmack im Mund.

Vielleicht kochte der Mann ja nicht gern, dachte Saltet, und aß ebenso ungern. Und Pfeffer und Zimt hielt er scheinbar für das Widerlichste, was der Erdball hervorgebracht hatte.

«Mein bester Ordnungshüter, denken Sie doch mal gut nach. Sie haben in Ihrem Haus viele Reichtümer. Zählen Sie etwa das Pfeffer- und das Zimtgläschen dazu?»

«Nicht wirklich.»

«Also ist eine ganze Nation steinreich geworden vom Handel mit etwas, was Ihnen völlig gleichgültig ist?»

«Zu jener Zeit wurden Gewürze eben zu gepfefferten Preisen verkauft … das Wort sagt übrigens schon alles.»

«Was wurde verkauft? Pfeffer, Zimt, gemahlener Koriander, Curry … So wird es wohl gewesen sein.»

«Etwa nicht?»

«Ich bin noch auf der Suche nach dem endgültigen Beweis für meine Vermutung, aber wenn ich mich nicht täusche, müssen die Geschichtsbücher allesamt neu geschrieben werden. Jedenfalls wenn es nach mir gehen sollte.»

Saltet betrachtete den Mann im Arbeitskittel. Offenbar war er von der einen oder anderen Abteilung im Rathaus, wo sie von seiner Selbstgefälligkeit genug hatten, hierher versetzt worden. Er kannte diese Art von Typen; sie wollten gern hoch hinaus und erzählten deshalb allen, dass sie es noch weit bringen würden ... dabei waren sie so unsympathisch, dass niemand mit ihnen zusammenarbeiten wollte. Weshalb sie dann noch unfreundlicher und unangenehmer wurden.

Plötzlich wurde ihm klar, dass er selbst auch solche Züge an den Tag legte, zum Beispiel heute Morgen auf der Wache, und er beschloss, Van Ledden Hulsebosch aufzusuchen, sobald er auch nur die kleinste Neuigkeit hatte.

Der kleine Angestellte beugte sich vertraulich zu Saltet vor, und Saltet wich unwillkürlich ein Stück zurück. Van Dijk grinste, und Saltet bemerkte, dass die Unterlagen der VOC nicht das Einzige waren, was seit Jahren vernachlässigt worden war.

Van Dijk flüsterte beinah. «Wenn Pfeffer nun ein Kennwort war ... Das würde vieles erklären, finden Sie nicht? Wenn Pfeffer das Kennwort für Opium und andere Rauschmittel gewesen sein sollte. Wenn nun auf den Plantagen in Ostindien mehr als nur ‹Gewürze› angebaut wurden? Sie kennen doch die Geschichten, dass die Leute dort alles zu sich nehmen, was beruhigt oder, ganz im Gegenteil, zu übermäßiger Arbeit anregt? Sie können mir nicht weismachen, dass von diesem Zeug nie etwas in die Niederlande gelangt ist. Aber in den Frachtbriefen steht kein Wort davon. Gar nichts.»

Der junge Inspektor sah den Archivar immer erstaunter an. Es war ihm klar, was der Mann sagen wollte, aber nicht direkt aussprach. «Meinen Sie, dass die VOC mit dem Verkauf, Handel und Transport von bewusstseinserweiternden Substanzen beschäftigt war?»

«Wenn man mit irgendetwas reich werden kann, dann mit Opium, Herr Rechercheur.»

Saltet dachte nach. Ein Kreis fing an sich zu schließen, und das konnte große Folgen für den Fall haben, mit dem sie sich gerade befassten. Auf einmal fiel ihm die Schauspielerin Mathilde Seriese ein, und Van Ledden Hulseboschs Bemerkung, er sei sich sicher, dass sie Opium nehme. Und auch die Bemerkung, dass Schakels nicht nur etwas in den Osten brachte, sondern dort auch etwas holte, bekam jetzt einen ganz anderen Sinn. Konnte es sein, dass Frederik Schakels einmal im Jahr nach Niederländisch-Indien reiste, um dort Rauschmittel zu holen und sie danach in Künstlerkreisen zu verkaufen? Damit ließ sich viel Geld verdienen, so viel jedenfalls stand fest. Vielleicht waren seine Auftritte nicht mehr als ein Deckmantel für einen Handel, der viel gefährlicher war. Saltet wusste, dass die Leute durch Opium ihren gesunden Menschenverstand verlieren konnten und dass es entgrenzend wirkte.

Als er ging, noch immer ganz in Gedanken, bat ihn Van Dijk, ein paar Kartons nach unten mitzunehmen. «Für die Geschichtsschreibung muss nur das Allernötigste überleben – der Rest sind Anekdoten, mehr nicht.»

Saltet verließ den Haarlemmerdijk, überquerte die

Brücke und warf durchs Fenster einen Blick in die Apotheke am Nieuwendijk. Vreugdenhil war offenbar mit allem Möglichen beschäftigt, und auf die fragende Geste, ob sein Chef da sei, hob er nur abwehrend die Hände. Van Ledden Hulsebosch war also noch unterwegs. Saltet hatte schon wieder genug von seinem Soloauftritt. Er hatte sich alles noch einmal durch den Kopf gehen lassen, und die Gesellschaft von Van Ledden Hulsebosch fehlte ihm. Es war eben auch wichtig, ständig Informationen auszutauschen, dadurch wurden die Dinge in jedem Fall beschleunigt. Er fragte sich, wo der gute Mann sich herumtrieb, und ging unwillig zurück zur Wache in der Warmoesstraat, um weiter über den Fall zu grübeln. Er suchte in seinen ausländischen Fachzeitschriften herum, bis er einen Artikel aus Amerika fand, über die Zunahme des Handels und den Genuss von Drogen in diesem Land. Besonders in Städten, in denen das Leben in der Unterwelt hoch herging, wie in New York und Chicago, gab es dieses Problem.

Er las den Artikel erneut und gelangte mehr und mehr zu der Überzeugung, dass die Kolonien in Niederländisch-Indien eine heiße Spur waren. Er wollte sich mit jemandem besprechen, reden, den Fall evaluieren … vielleicht beim Reden schon einen Schluss ziehen. Aber C. J. war vermutlich immer noch unterwegs. Also verließ er das Büro und ging zur Reguliersbreestraat und von dort aus zum Rembrandtsplein.

Die Behörden in Amerika hatten noch keine Lösung für die neuen Probleme gefunden. Man konnte mit der neuen Zeit, die Reichtum und neue Abhängigkeiten mit sich brachte, nicht richtig umgehen. Scheinbar reichten den Männern und Frauen vom *top floor* Juwelen, Autos, Häuser und Pelzmäntel nicht aus. Um zum Jetset dazuzugehören, nahmen sie Substanzen, die zu guter Letzt so verderblich waren und so abhängig machten, dass sie schließlich selbst vor die Hunde gingen.

Das Zeug war körperlich noch nicht einmal so gefährlich, aber es beeinträchtigte den Geist derart, dass man nicht mehr die Verantwortung für sich selbst übernehmen konnte. Wenn man reich war, dauerte es vielleicht etwas länger, aber die Drogenabhängigkeit sorgte schließlich für eine Abhängigkeit von einer bestimmten Sorte Menschen, die einen schnell in den Abgrund rissen. Jonathan Saltet fragte sich, ob es in seinem Amsterdam auch so werden würde. Amsterdam versuchte in allem eine Weltstadt zu sein, um zu den Metropolen zu gehören. Nach dem Vorbild von Paris war sogar eine Weltausstellung auf die Beine gestellt worden. Vor allem die Ausbreitung der Häfen in den letzten Jahren, auf Anregung des Bürgermeisters De Vlugt, hatte für Veränderungen gesorgt, die beinah mit den Händen zu greifen waren. Das kleine Dorf von früher war erwachsen geworden, mit allen Problemen, die dazugehörten.

Ob Van Ledden Hulsebosch sich wohl über solche Dinge Gedanken machte?, fragte sich Saltet. Er suchte sich einen Tisch auf einer Caféterrasse und bestellte eine Tasse Kaffee. Vermutlich nicht, dachte er. Je mehr Kriminelle, desto besser, würde Van Ledden Hulsebosch sagen. Das führte zu mehr Verbrechen, also auch zu mehr Spuren.

Er sah sich um. Allerlei Künstler schoben sich an ihm vorbei, und er merkte, dass er sie plötzlich mit ganz anderen Augen sah. Natürlich waren welche darunter, die es mit der Moral nicht so genau nahmen. In der Künstlerwelt galten die Zehn Gebote von Moses nicht;

dort galt nur das Gesetz von Glanz und Glorie. Er hatte Mitleid mit den Glücksjägern unter ihnen, die ihre Zuflucht bei Dingen suchten, die sie rauchen oder spritzen mussten, um sich Freude zu verschaffen, wo es keine gab. Vielleicht hatte Frederik Schakels tatsächlich ein Doppelleben geführt, mit Rauschmitteln gehandelt.

Auf einmal hasste er diesen Betrüger auf der Bühne und gönnte ihm eigentlich das eiserne Gerüstteil, das ihn erschlagen hatte. Die älteren Kriminalbeamten hatten ihn schon immer davor gewarnt, dass einen diese Arbeit zynisch und sarkastisch machte, und jetzt musste ihnen Saltet Recht geben. Nie hätte er gedacht, dass er angesichts des Todes eines anderen Menschen Genugtuung empfinden würde, aber jetzt passierte ihm das auch. Mit einem unangenehmen Gefühl im Bauch bezahlte er und ging dann langsam in die Warmoesstraat zurück.

Auf der Wache sahen sie nicht einmal auf, als er eintrat, aber der Chef der Kriminalpolizei winkte ihn herbei, und Saltet ging erstaunt auf ihn zu.

«Er wird morgen begraben.»

«Wer?»

«Schakels natürlich.»

Saltet sah ihn forschend an. Der Chef lächelte freundlich, und plötzlich begriff er, dass sein Chef alles durchschaute. Er lächelte wie ein dummes Schaf zurück und war sich nur allzu bewusst, wie dämlich er dastand.

«Ach, und Fluffie ist gefunden worden. Mehr noch: Es sind ganze vier Fluffies gefunden worden, die jetzt allesamt in Käfigen im Tierheim hocken und darauf warten, dass ihre Herrchen – samt und sonders Gräfinnen und Barone – sie abholen, um sie mit frischem Herz und zartem Steak zu verwöhnen.»

«Muss ich hin? Zum Begräbnis, meine ich?»

Der Chef zuckte mit den Schultern. «Du musst gar nichts. Aber mir scheint es besser, wenn du gehst. Dann kannst du dich ein bisschen umsehen, wer gekommen ist, wie sie gucken, wer traurig ist, wer hinter vorgehaltener Hand lacht. Auf dem Begräbnis eines Opfers lernt man immer sehr viel.»

Van Ledden Hulsebosch hätte diese Art, von der Wirklichkeit zu lernen, bestimmt wenig wissenschaftlich genannt, aber Saltet nahm sich trotzdem vor, zum Begräbnis zu gehen. «Ob es wohl einen letzten Willen gibt?», fragte er.

«Keine Ahnung.»

«Und wenn, wie erfahre ich das dann?»

«Indem du wartest, bis du einen lauten Schrei hörst. Das ist dann derjenige, der alles geerbt hat. Oder du recherchierst einfach ganz altmodisch, Saltet. Viel Erfolg», sagte der Chef mit einem Augenzwinkern und kehrte in sein Büro zurück.

Saltet ließ sich das nicht zweimal sagen, sondern griff nach dem Telefonhörer, um alle Notare in einem immer weiteren Umkreis um Schakels' Haus anzurufen. Wenn es ein Testament gab, hatte er es bestimmt in der Nähe seines Wohnsitzes aufsetzen lassen und nicht irgendwo außerhalb der Stadt, zumindest nahm das Saltet zu seinen eigenen Gunsten so an.

Van Ledden Hulsebosch hätte bestimmt innerhalb von wenigen Minuten den richtigen Notar gefunden. Er versuchte sich vorzustellen, wie der Apotheker an diese Frage herangehen würde. Bestimmt gab es eine Schweizer Untersuchung oder einen Professor in Leuven mit einer erprobten Theorie darüber. Dass man immer einen Notar am entgegengesetzten Ende der Stadt nahm, oder gerade nicht. Oder dass man im Telefonbuch nach dem ersten oder dem letzten schaute.

Er fing an zu telefonieren, aber nach dem zwölften Anruf merkte er, dass er so auf keinen grünen Zweig käme. Natürlich hatte ausgerechnet Frederik Schakels einen Notar in Bagdad genommen, wetten? Weil der am günstigsten war, oder am zuverlässigsten.

Darum war Saltet erleichtert, als Van Ledden Hulsebosch das Büro betrat.

«Ich habe eine Telefonnummer von einer jungen Frau herausgefunden, mit der Schakels regelmäßig Kontakt hatte», sagte der Apotheker. «Ich habe dort angerufen, aber sie ist umgezogen.»

«Ist sie … seine Tochter?»

«Das kann ich dir nicht sagen. Ich glaube, dass Schakels, wenn ich mir sein Haus so ansehe, regelmäßig Besuch bekam. Nicht romantischen Besuch, aber jemand, der ihn regelmäßig aufsuchte. Und jetzt könnte ich natürlich zu raten anfangen, wer das wohl gewesen ist, aber du weißt, dass ich so etwas nicht tue.» Er schob Saltet die Nummer hin.

«Ich kann herausfinden lassen, welche Adresse dazugehört.»

«Sehr gut, tu das.»

Saltet gab die Nummer an einen der Büroangestellten im unteren Stockwerk weiter, für den es eine Kleinigkeit sein würde, so etwas herauszufinden.

«Und du?», fragte Van Ledden Hulsebosch.

Saltet erzählte von seinen Entdeckungen im ehemaligen Hauptsitz der VOC, sah aber, dass Van Ledden Hulsebosch schon bald den Kopf schüttelte.

«Der Mann hat keine Ahnung. Ich kenne die Geschichte mit den Rauschmitteln. Sie taucht immer wieder auf, an verschiedenen Stellen, aber es gibt keinerlei Beweis dafür. Dass die Mitglieder des VOC keine braven Schäfchen waren, dürfte klar sein, aber ich weigere mich, die glorreiche Geschichte der holländischen Schifffahrt aufgrund von Gerüchten zum Fenster hinauszuwerfen. Außerdem gräbt er selbst in ihrer ganzen Vergangenheit herum und kann nichts finden. Unsinn. Er will sich bloß aufspielen.»

«Mag sein», sagte Saltet, «und eigentlich tut es ja auch nichts zur Sache. Wir untersuchen nicht die VOC, sondern den Mord an Frederik Schakels. Ob die VOC nun mit Pfeffer oder etwas anderem handelte – was uns interessiert, ist, ob Schakels im Rauschmittel-Geschäft war.»

Van Ledden Hulsebosch dachte nach. Das würde auf jeden Fall erklären, wie er sich eine so luxuriöse Bleibe leisten konnte. Mit seiner Künstlergage allein war das nahezu unmöglich.

«Das macht die Sache noch komplizierter, als ich bisher angenommen habe. Das Problem ist, dass es zwar Hinweise dafür gibt, dass er Opium geliefert hat, aber keinen Beweis. Außer einer Dame, von der wir nicht einmal die Identität feststellen können, weil ich so dumm war, sie aus den Augen zu verlieren.»

«C. J., kann man so einen Mord wie den im Theater allein auf die Beine stellen? Oder muss man dafür zu mehreren sein?»

Van Ledden Hulsebosch sah den jungen Inspektor durchdringend an. Es gefiel ihm, dass er zumindest den Versuch machte, den analytischen Teil seines Hirns zu benutzen. Letztendlich könnte er ein großer Kriminalist werden, vielleicht nicht so groß wie er selbst, aber an seiner Seite würde er sicher bestehen können. «Du hast gesehen, wie viele Männer ich für die ganze Operation gebraucht habe. Andererseits: Die Seile kann einer allein durchschneiden. Und je mehr Menschen man bei einem solchen Anschlag einbezieht, desto größer ist die Gefahr, dass er misslingt. Die große Frage ist nämlich, ob der Gitterboden bewusst so dort hingehängt wurde – dann muss man in jedem Fall zu mehreren sein – oder ob er bereits dort hing; dann genügt ein ausgeklügelter Plan. Aber selbst dann muss der Mörder viele Talente in sich vereinen. Ich glaube nicht, dass er alleine gearbeitet hat.»

Ein Polizist in Uniform klopfte an die Tür. Die zwei sollten sich beim großen Chef melden. Marcusse wollte einen Bericht über ihre Fortschritte hören. Saltet sah seinen älteren Kameraden an. Viel hatten sie nicht zu melden.

Der Polizeipräsident residierte am Oudezijds Achterburgwal, mit Sicht auf die Gracht. «Wache Spinhuis» wurde das Präsidium auch genannt. Auf dem kleinen Innenhof prunkte neben den Kutschen der erste Dienstwagen des Polizeikorps: ein Anderthalbtonner der Marke White. Dieser wurde vom technischen Dienst benutzt, doch Marcusse hatte den nächsten bereits bestellt. Die Ställe, die es zurzeit noch gab, würden bestimmt bald zu Garagen umgebaut werden. Das Korps musste auf der Höhe der Zeit bleiben, und Mobilität war die Zukunft, allein schon weil die Stadt sich in westlicher und östlicher Richtung immer mehr ausbreitete.

Marcusse erwartete gelassen die Ankunft von Van

Ledden Hulsebosch und Saltet. Gerade hatte er sich noch die letzten Daten über die zunehmende Kriminalität angesehen, und das stimmte ihn nicht fröhlich. Obwohl sein Korps gut organisiert war, konnte er nur hoffen, dass seine Untergebenen der Herausforderung auch wirklich gewachsen sein würden.

Erst als es an der Tür klopfte, kehrte Marcusse mit seinen Gedanken wieder zu den zwei Fahndern von der Warmoesstraat zurück. Er bekam nicht gerne den Kopf zurechtgerückt, erst recht nicht vom Bürgermeister im Beisein von Untergebenen. So etwas ging auf Kosten der bitter notwendigen Autorität, die der Leiter des Polizeikorps ausstrahlen musste. Die Nichtsnutze, die für ihn arbeiteten, sägten ohnehin oft genug an seinem Stuhl. Der kleine Apotheker und sein junger Inspektor hatten mit ihrer kurzen Untersuchung Eindruck geschunden, aber jetzt wurde es mal wieder Zeit, ihnen klar zu machen, wer hier eigentlich das Sagen hatte.

Er ließ die Herren stehen, dicht vor dem Schreibtisch, hinter dem er saß, und hörte sich interessiert an, was sie bislang herausgefunden hatten. Es gab nur einen einzigen Moment, wo er sich kräftig hinter den Ohren kratzen musste, und das war, als Saltet über Rauschmittelhandel sprach.

«Gibt es ernst zu nehmende Hinweise dafür?», fragte er in gebieterischem Ton.

«Die Einrichtung, der Hausrat des Opfers. Seine regelmäßigen Besuche in Niederländisch-Indien. Und ein anonymer Tipp», sagte Saltet, der selbst nicht sonderlich beeindruckt war von der geringen Menge an Indizien.

Scheinbar war Marcusse anderer Meinung. Er war aufgestanden und blickte aus dem Fenster seines Büros auf das Wasser des Oudezijds Achterburgwal. Gerade hatte er noch vorgehabt, dem Duo den Kopf zurechtzurücken, sie am liebsten so laut zusammenzustauchen, dass das ganze Stockwerk etwas davon hatte. Er hatte sich sogar schon darauf gefreut. Und er hätte gern persönlich dem Stadtoberhaupt Meldung über den mangelnden Fortgang ihrer Ermittlung gemacht.

Aber Marcusse wäre in einer Organisation wie der Amsterdamer Polizei nicht so hoch aufgestiegen, wenn er nicht gewisse Qualitäten hätte. Und zu diesen Qualitäten gehörte, dass die Bekämpfung des Verbrechens in Amsterdam ihm wirklich am Herzen lag. Und obwohl er gern sehen wollte, wie der verflixte Van Ledden Hulsebosch eine Bauchlandung machte – hatte er irgendwie Respekt vor diesen zwei Männern, die so gern beweisen wollten, dass sie Recht hatten.

«Der Rauschmittelhandel ist mit Blick auf die Zukunft meine größte Sorge», sagte er mit gewichtiger Stimme. Zögernd zwischen Zuhören und Zureden, hatte er sein Eigeninteresse fahren lassen und sich dafür entschieden, die zwei bei ihren Ermittlungen zu unterstützen, obgleich sie nur langsam vorankamen. «Wir sind leichte Beute, wenn man es genau betrachtet. Unsere Stadt liegt am Meer und hat einen guten Hafen. Wir betreiben seit eh und je Handel mit dem Rest von Europa, und es gibt viele Wege, die scheinbar nicht mehr nach Rom, sondern in diese kleine Grachtenstadt führen.»

Den Ton, den Marcusse anschlug, hatte Saltet noch nie bei seinem Vorgesetzten gehört. Er sah ihn an und schwieg, beeindruckt davon, dass die ewig brüllende Autoritätsperson scheinbar über mehr Tiefgang verfügte, als er je zu unterstellen gewagt hatte.

Van Ledden Hulsebosch nickte. Das Gefühl, dass Marcusse irgendwie doch zu etwas taugte, hatte er bereits bekommen, als er ihnen die Zigarren hatte zukommen lassen, zusammen mit besten Wünschen für den Erfolg.

Marcusse drehte sich wieder um und starrte hinaus. Langsamer und in freundlicherem Ton fuhr er fort. Einen ganz kurzen Augenblick hatte Saltet das Gefühl, mit ihm auf einer Stufe zu stehen.

«Wie Sie wissen, erfreuen wir uns, wenn ich dieses Wort einmal zynisch verwenden darf, eines großen Zustroms chinesischer Flüchtlinge. Vorerst sind sie noch mit dem Verkauf von Erdnüssen im Stadtzentrum beschäftigt, und manche von ihnen versuchen es mit kleinen Esslokalen oder Wäschereien. Doch ich habe einen Brief von meinem Londoner Kollegen bekommen, in dem er mich warnt, dass zwischen all den armen Leuten immer auch der eine oder andere steckt, der es nicht so ehrlich meint.» Er drehte sich wieder zu ihnen um. «Was soll ich tun, meine Herren?»

Saltet sah den Polizeipräsidenten an und wusste einen Moment lang nicht, was er sagen sollte.

«Nun gut», sagte Marcusse, «ihr seid mit einem Mordfall befasst und braucht euch selbstverständlich nicht auch noch meinen Kopf zu zerbrechen. Aber seht doch mein Dilemma. Diese Stadt hielt immer Tür und Tor weit offen für alle, die auf der Flucht waren, sei es wegen ihres Glaubens, ihrer Herkunft oder ihrer Rasse. Die Juden hießen wir willkommen, und ihnen haben wir die Diamantindustrie zu verdanken. Die portugiesischen Juden, die russischen Juden, die Hugenotten – nicht zu vergessen die Chinesen: diejenigen, die vor dem neuen Regime in ihrem mit Blut durchtränkten Land fliehen mussten, und die, die wir selbst als Streikbrecher für die Schifffahrtsgesellschaft in unser Land geholt haben. Und jetzt? Soll ich sie alle in Untersuchungshaft nehmen, weil sie vielleicht mit Opium handeln? Soll ich sie in Ghettos außerhalb der Stadt stecken? Soll ich sie gewähren lassen? Und dabei sind die Chinesen nur ein Teil der modernen Probleme, mit denen wir zu kämpfen haben. Sie sagen: Frederik Schakels hat vielleicht mit Rauschmitteln gehandelt.»

Beweise haben wir keine, hätte Saltet fast gesagt, aber Marcusse ließ ihn nicht zu Wort kommen.

«Vielleicht stimmt es. Vielleicht auch nicht. Aber dass die Händler aus allen Schichten der Bevölkerung kommen und dass sie sich für ihre Aktivitäten in erster Linie die Künstlerwelt aussuchen … das wundert mich überhaupt nicht.»

Van Ledden Hulsebosch, der in etwa gleich alt war wie Marcusse, trat einen Schritt auf ihn zu. «Die Lösung des Mordes an Frederik Schakels ist weniger einfach, als wir es uns vorgestellt haben. Ich hatte gehofft, durch eine technische Spurenuntersuchung den Täter schnell aufspüren zu können, aber ich habe mich getäuscht. Dennoch haben wir Dutzende lose Fäden, die uns immer weiter führen, die wir nur noch verknüpfen müssen. Ich hoffe …»

«Sie hoffen … Sie hoffen, dass ich der Fortführung der Ermittlungen zustimme? War es das, was Sie sagen wollten?» Marcusse sah die beiden durchdringend an.

Saltet machte sich bereits auf ein Donnerwetter gefasst, aber Van Ledden Hulsebosch machte sich weniger Sorgen. Nach und nach durchschaute er den Polizeipräsidenten.

«Herr C. J. van Ledden Hulsebosch, es ist durchaus in meinem Interesse, dass Sie und Inspektor Jonathan Saltet mit Ihrer Ermittlung fortfahren. Sollten wir es schaffen, diesem verderblichen Handel einen ersten Schlag zuzufügen, wird uns das eine kleine Hilfe im Kampf gegen diese Verbrecher sein. Ich habe das Gefühl, dass Rauschmittel sich sonst eines Tages zu einem sehr großen Problem entwickeln könnten. Tun Sie also etwas, es ist bitter nötig. Sonst sieht es finster aus für mein geliebtes Amsterdam.»

«Ich danke Ihnen», sagte Saltet.

«Und über jedweden Fortschritt, selbst wenn Sie nur ein verdächtiges Streichholz finden, möchte ich Bericht erstattet bekommen, verstanden? Es mag ja so sein, dass der Bürgermeister persönlich euch zu diesem Auftrag verholfen hat; die ganze Untersuchung untersteht aber immer noch meiner alleinigen Leitung. Hast du dir das hinter die Ohren geschrieben, Saltet?»

Saltets vorübergehende Bewunderung für seinen Polizeipräsidenten schmolz wie Schnee in der Sonne. Marcusse wollte der Kriminalität gern einen Schlag zufügen, aber über die erlittene Kränkung war er offenbar noch nicht ganz hinweg.

Als sie das Präsidium verließen, beschlossen Saltet und Van Ledden Hulsebosch, in einem der zahlreichen Imbisslokale auf dem Rokin ein Sandwich essen zu gehen. Schweigend und kauend saßen sie einander gegenüber.

«C. J.?»

«Jonathan?»

«Wie sehen Rauschmittel eigentlich aus?»

«Ich weiß nur, was ich darüber gelesen habe. Insbesondere die Chinesen nehmen Opium. Es wird aus

Mohn gewonnen, wo es sich in den Fruchtkapseln befindet. Wenn die Kapseln angeritzt werden, kommt ein milchartiger Saft heraus. Dieser Saft verfärbt sich in der Sonne und wird zu einer bräunlichen Substanz, die an der Pflanze kleben bleibt. Das ist Rohopium.»

Saltet hörte fasziniert zu.

«Soweit ich verstanden habe, wird es gesammelt, gepresst und dann getrocknet. Schließlich wird es zu einer festen, knetbaren Substanz, deren Farbe von Gelbbraun bis beinah Schwarz variiert.»

«Und dann?»

«Meist wird es in einer Wasserpfeife oder einer typischen Opiumpfeife geraucht. Das hat allerlei Auswirkungen. Danach fühlen sich die Leute ruhig, gelassen und entspannt. Sie geraten in einen Rausch, in dem sie sich selig fühlen. Außerdem ist es schmerzstillend.»

Van Ledden Hulsebosch sah Saltets Blick. «Es ist aber nicht nur angenehm, Jonathan!»

«Nein, nein, natürlich nicht.»

«Dieser Zustand hält nur kurz an, ein paar Stunden. Danach fangen die Probleme an. Man wird unruhig und ängstlich. Man bekommt Gänsehaut und fängt an zu schwitzen. Manchmal muss man sich übergeben. Durchfall. Und das hört erst wieder auf, wenn man die nächste Dosis nimmt.»

Saltet schwieg.

«Das ist Sucht, Saltet: Die Leute kaufen Opium, um ein paar Stunden lang woanders zu sein. Um sich glücklich zu fühlen. Und danach fängt das Elend erst richtig an.»

«Aber woran erkennt man, dass etwas ein Rauschmittel ist? Es gibt so viele knetbare Substanzen», fragte Saltet.

«Ich werde mich mal umsehen. Bestimmt sind Artikel darüber geschrieben worden, in welchen unterschiedlichen Formen es vorkommt. Aber ich denke, dass wir es erkennen werden, sobald wir es unter die Augen bekommen», sagte Van Ledden Hulsebosch, und zum ersten Mal bei diesem Abenteuer kam er sich vor, als sei er noch grün hinter den Ohren.

Zurück in ihrem Büro in der Polizeiwache Warmoesstraat, bekamen die beiden Besuch von einem jungen Ordnungshüter. Er hielt einen Zettel in der Hand. «Sie sind doch das Duo Van Ledden Hulsebosch & Saltet?»

Sie warfen sich einen Blick zu und konnten ein leises Lachen nicht unterdrücken. So, wie der junge Polizist es sagte, hörte es sich an, als seien sie eine Art Zirkusnummer. Akrobatik im Verbrechen!

«Das hier ist von der Verwaltung. Die Adresse, die zu der Telefonnummer gehört, die Sie genannt hatten. Es ist eine Wohnung hinter der Konzerthalle, Jan Willem Brouwersstraat Nummer 16. Sie wissen schon, in den halbkreisförmig angeordneten Häusern.»

Van Ledden Hulsebosch konnte sich noch gut daran erinnern, wie die neu errichtete Konzerthalle einsam zwischen Kuhweiden strahlte. Hier war früher der Stadtrand gewesen, aber inzwischen war heftig gebaut worden. Es war nicht das schlechteste Stadtviertel. Besser gesagt, wer hier wohnte, wohnte standesgemäß.

Die Nummer 16 in der J.W. Brouwersstraat war eine Erdgeschosswohnung. Die Witwe Geerlings war dort wohnen geblieben, nachdem ihr Mann, der bekannte Harfenist Eduard Geerlings, gestorben war. Seither vermietete sie die Zimmer im Obergeschoss an züchtige Damen und anständige Herren. Zurzeit wohnte hier ein Medizinstudent. Bis vor kurzem hatte ein junges Mädchen dort gewohnt. Ihr Name war Nora ten Have. Sie arbeitete, erzählte die Witwe, bei einer großen Handelsgesellschaft, aber nicht nur als Schreibkraft oder Sekretärin, o nein. Scheinbar war die junge Frau eine hoch begabte Geschäftsfrau, die bereits häufig auf Geschäftsreisen ins Ausland durfte. Sie war nie viel zu Hause gewesen. Letzte Woche hatte sie ziemlich überraschend das Mietverhältnis gekündigt. Sie war so zuvorkommend gewesen, die zwei Monate Kündigungsfrist in einem Schlag zu bezahlen, hatte ihre Sachen geholt und war gegangen. Die Witwe Geerlings war gut auf das Mädchen zu sprechen.

«Hat sie viel telefoniert?», fragte Van Ledden Hulsebosch.

«O ja. Ich hatte nie Telefon, aber sie hat darauf bestanden, dass wir eines nehmen. Jetzt, wo sie weg ist, behalte ich es einfach, auch wenn nur wenig telefoniert wird.»

«Wurde sie häufig angerufen?»

«Ja. Aber Sie wissen ja, wie es in diesen Kreisen so zugeht.»

Saltet warf Van Ledden Hulsebosch einen Blick zu. Beide wussten nicht viel vom Geschäftsleben und hatten erst recht keine Vorstellung, «wie es da so zuging».

«Man ruft an. Man sagt nichts. Nur eine Nummer. Und dann legt man wieder auf. Nora hat mir erzählt, dass das in der Geschäftswelt vollkommen üblich ist. Weil Zeit Geld bedeutet. Da fragt man nicht, ob jemand da ist, und ganz bestimmt nicht, wie es denn so geht, und es wird nicht über das Wetter und solche Dinge gesprochen. Das kostet Zeit, und innerhalb kürzester

Zeit verliert man dann Geld, weil man seine Zeit vertut. Sie war sehr ehrgeizig, aber auch sehr, sehr nett.»

«Wenn ich also recht verstehe, haben Sie die Nummern für sie aufgeschrieben?»

«Genau. Ich habe sie aufgeschrieben. Und sie ihr weitergegeben. Sie hat mir sogar extra Papier dafür gegeben. Das hat sie aber alles mitgenommen. ‹Es werden Leute kommen, die Sie nach den Nummern fragen›, hat sie gesagt. ‹Und Sie müssen mir versprechen, dass Sie nie etwas darüber sagen, weil die Nummern geheim sind.› Das war wegen der Geschäfte, erklärte sie mir. Denn es konnte sein, dass die Konkurrenz ihr mit einer Nummer einen Schritt voraus war, und das kostete dann wieder Geld. Und um Geld dreht sich alles in der Geschäftswelt.»

Van Ledden Hulsebosch sah die Witwe an, die ihr ganzes Leben mit Harfen- und Geigenmusik verbracht hatte und auf eine naive Art an den Frohsinn und die Unschuld von jungen Mädchen glaubte.

«Warum suchen Sie sie?»

«In Zusammenhang mit einer Ermittlung. Wir glauben, dass einem Familienmitglied etwas zugestoßen sein könnte.»

«Oh, das möchte ich ihr nicht wünschen. Sie ist ein gutes Mädchen.»

«Bekam sie manchmal Besuch?»

«Nein. Nie. Sie war nicht nur gut, sondern auch sehr anständig. Sie bekam nie Besuch.»

«Und Post? Bekam sie Post?»

«Nie.» Aber dann zögerte die Frau. «Obwohl … jetzt fällt es mir ein, einmal hat sie Post bekommen. Von ihrem Vater.»

«Von ihrem Vater», wiederholte C. J.

«Er wollte, dass sie wieder nach Hause kam. Oh, es tat mir wirklich Leid, dass ich den Brief geöffnet habe. Sie bekam nämlich nie Post. Und dann war da auf einmal dieser Brief. Ich dachte, dass furchtbare Neuigkeiten darin standen. Ich habe es mir lange überlegt. Ich habe ihn ihr auch nicht gleich gegeben. Ich dachte, Mies, du darfst nicht die Post von jemand anderem öffnen. Aber dann habe ich zum lieben Herrgott gebetet und gesagt, dass ich nicht neugierig bin, sondern nur Trost spenden will. Und das ist etwas Gutes. Also habe ich ihn geöffnet. Weil ich dachte, dass Neuigkeiten darin stehen … solche Neuigkeiten, vor denen wir uns immer fürchten, über einen Angehörigen. Eigentlich genau die Art von Neuigkeiten, die Sie jetzt bringen.»

«Aber …», spornte Saltet sie an.

«Aber es war ein Brief von ihrem Vater, der sie anflehte, nach Hause zu kommen und über alles zu sprechen. Er hätte ihr viel zu erklären, schrieb er. Er wollte das nicht in einem Brief tun. Ich habe ihn wieder zugeklebt und ihr gegeben.»

«Der Absender dieses Briefes … war das zufällig Herr Frederik Schakels?»

«Nein, natürlich nicht!»

«Warum denn: natürlich nicht?»

«Frederik Schakels ist ein Revuestar von niedriger Gesinnung. Sie denken doch nicht etwa, dass unsere Nora seine Tochter sein könnte? Außerdem … außerdem ist Herr Schakels meines Erachtens nicht verheiratet. Zumindest, wenn ich dem *Cinema & Theater* Glauben schenken kann.» Sie sah die beiden fest an, und auf einmal fiel bei ihr der Groschen. «Ach so, Frederik Schakels ist also der Angehörige, von dem Sie sprachen? Nora … verwandt mit diesem Schakels? Das kann ich mir nicht vorstellen.»

«Aber haben Sie sich denn den Namen des Vaters gemerkt?»

«O ja. Der Brief war unterzeichnet, mit Namen und Anschrift.»

Sie schwieg, und Van Ledden Hulsebosch fragte sich, ob sie das tat, um die Spannung zu steigern, oder ob sie einfach nicht auf die Idee kam, dass sie den Namen unbedingt erfahren wollten.

«Und?», fragte er nach.

Sie holte tief Luft. «Herr und Frau August ten Have. Sie wohnen nicht weit von hier. Auf dem Willemsparkweg Nummer 40b. Soll ich es Ihnen vielleicht aufschreiben?» Und schon war sie weg.

Kurze Zeit später standen sie draußen. Sie sahen sich den Zettel an und warfen sich einen Blick zu.

«Wenn du allein …»

«Nein, geh du …»

«Ich meine …»

«Ich kann mir vorstellen …»

Van Ledden Hulsebosch unterbrach Saltet. «Es ist mir eine Ehre und ein Vergnügen, diese Sache mit dir zusammen zu bearbeiten, Inspektor Saltet.»

«Das Vergnügen ist ganz meinerseits, Herr van Ledden Hulsebosch.»

— 9 —

Das Haus am Willemsparkweg war erstaunlich breit. Die Amsterdamer Bauweise war seit jeher schmal, selbst im goldenen Jahrhundert hatten sich die Baumeister eher für Tiefe als für Breite entschieden. Auch dahinter steckte eine Philosophie, wusste Van Ledden Hulsebosch. Soziale Kontakte waren für den Amsterdamer Kaufmannsgeist über die Jahrhunderte hinweg wichtig gewesen. Und darum musste der Laufabstand zwischen den Häusern klein sein. In weniger als einer Dreiviertelstunde musste man von einem zum anderen Ende einer Gracht laufen können, und weil alle im Grachtengürtel wohnen wollten, wurden die Häuser immer schmaler. Aber um doch noch Grandeur zu repräsentieren, erteilten die Eigentümer den Erbauern den Auftrag, in die Tiefe zu bauen, am besten sogar mit Hinterhäusern, sodass man von der gesamten Wohnfläche her doch noch mit dem Adel an der Vecht konkurrieren konnte.

Saltet kannte noch eine andere Theorie, nämlich, dass die Höhe der Steuern sich vor langer Zeit an der Breite des Wohnhauses bemaß. Je schmaler ein Haus war, umso weniger Steuern mussten entrichtet werden. Deshalb waren alle Wohnhäuser in der alten Innenstadt schmal, aber tief. Saltet freute sich sehr, dass er Van Ledden Hulsebosch auch einmal etwas Neues erzählen konnte.

Der ganze Willemsparkweg war zwar in derselben Tradition gebaut worden, die Hausnummer 40b war jedoch offenbar die anarchistische Ausnahme der Regel. Das Haus war mindestens zwanzig Meter breit, hatte aber trotzdem nur eine einzige Eingangstür.

August ten Have war, dem kupfernen Türschild zufolge, Chirurg beim neuen Wilhelmina-Krankenhaus hinter dem Overtoom, das einem kleinem Dorf glich. Natürlich musste der Chirurg die Tür nicht selbst öffnen, sondern hatte dafür ein Dienstmädchen, das mitteilte, Herr und Frau ten Have seien nicht zu Hause und Besucher müssten sich erst schriftlich anmelden. Daraufhin wurde die Tür energisch zugeworfen. Die Breite des Hauses brachte offensichtlich eine arrogante Lebenshaltung mit sich.

«Sie sind zu Hause», sagte Van Ledden Hulsebosch.

«Und wir sind von der Polizei», sagte Saltet, ohne den Apotheker zu fragen, warum er so sicher war. Der hatte bemerkt, dass die Vorhänge im Wohnzimmer nicht zugezogen waren und dahinter ein Kleid versucht hatte, sich den Blicken zu entziehen. Saltet klingelte wieder.

«Was habe ich gerade gesagt?», rief das Dienstmädchen.

«Wenn Sie nicht sofort aufmachen und zur Seite treten, sind Sie verhaftet», sagte Saltet. «Beihilfe zum Mord.» Er hielt seine Marke hoch. Wie breit der Chirurg und seine Frau auch wohnten und wie reichlich ihr Auskommen auch bemessen sein mochte, scheinbar bezahlten sie dem Dienstmädchen ihre Arbeit zu schlecht, denn sie verlor jegliches Gefühl für Solidarität mit ihrem Arbeitgeber und öffnete die Tür. Danach ließ sie sich erschreckt auf einen Stuhl im Gang fallen und sagte nur noch: «Das schlägt ja wohl dem Fass den Boden aus. Machen Sie die Tür zu!»

Van Ledden Hulsebosch lächelte über ihre Bestürzung. Er schloss die Tür selbst. Sie überließen das Dienstmädchen ihrem Schicksal und gingen durch die Diele zur Treppe. Sie brauchten nichts weiter zu tun, als zu warten, denn nach wenigen Augenblicken erschien eine Gestalt im Flur.

«Wer sind Sie und was tun Sie hier?»

«Wir suchen Fräulein Nora ten Have.»

«Treten Sie ein», sagte die Frauenstimme.

Das Wohnzimmer gehörte der Neuzeit an. Die Wände waren strahlend weiß, und es war nur sparsam möbliert. Was dort zu sehen war, war schlicht und ohne jeden Firlefanz. Ein Esstisch mit einem weißen Tischtuch und silbernen Kerzenleuchtern stand da, außerdem zwei kerzengerade Lehnstühle, beide mit einem weißen Leinentuch bedeckt, das wie ein Leichentuch aussah. Es schien, als sei jegliche Farbe aus dem Interieur verbannt. Auf der weißen Anrichte stand eine weiße Vase, und darin befand sich das einzige Natürliche, das hinter der Haustür von Nummer 40b zugelassen war: weiße Rosen. Es schien, als solle dieses Zimmer ewig Trauer tragen, aber diese Wahl war nicht bewusst getroffen worden. Hier wohnten Menschen, die sich von der ehemals üblichen, gemütlichen braunen Farbgebung distanzierten, obgleich sie in Van Ledden Hulseboschs Augen ein ganz und gar verkehrtes Bild davon hatten, was die moderne Zeit beinhaltete.

«Mein Mann kommt gleich», sagte die Frau, die ein straffes, hoch geschlossenes Kleid trug. Sie hatte erst vor kurzem die vierzig überschritten und war früher bestimmt einmal schön und reizend gewesen, aber jetzt fanden sich giftige Züge in ihrem Gesicht.

Sie isst zu wenig, dachte der Apotheker, sonst würde es ihr bestimmt besser gehen.

«Er kommt von der Arbeit, ich habe ihn angerufen.»

«Gerade eben?», fragte Van Ledden Hulsebosch.

«Nein, vorher schon. Die Witwe Geerlings war so nett, mich anzurufen, nachdem Sie sie besucht haben.»

«Sie wissen also, weswegen wir da sind?»

«Sie sind wegen meines Schmerzes da», sagte sie und sah die beiden streng an. «Wenn Sie damit einverstanden sind, möchte ich auf meinen Mann warten, bevor ich mit ihnen spreche. Aber ich werde Tee aufsetzen. Oder Kaffee, wenn Sie den lieber trinken.» Sie entfernte sich.

Van Ledden Hulsebosch wanderte im Zimmer herum. Das Interieur hatte etwas Liebloses an sich, und wenn er es richtig gesehen hatte, galt das auch für die Bewohnerin. Einem voll gestellten Zimmer wären mehr Informationen zu entnehmen gewesen. Bei einer kargen Inneneinrichtung sah man nur die groben Züge eines Lebens, aber das reichte oftmals aus.

Ihr Mann erschien wenig später, offenbar verfügte er über wenig Lebenslust und Humor. Er trat barsch ein, stellte sich knapp vor und setzte sich in einen Sessel. Mit Müh und Not brachte er eine Armbewegung zustande, um seinen Besuchern zu bedeuten, dass sie sich auch wieder setzen konnten. Seine Frau schenkte Tee und Kaffee ein, er sah zu.

«Sagt Ihnen der Name Frederik Schakels etwas?», fragte Van Ledden Hulsebosch schließlich.

«Mit Herrn Schakels pflegen weder meine Frau noch ich irgendeine Form von Umgang.»

Van Ledden Hulsebosch zog die Augenbrauen etwas hoch. Der Arzt hätte einfach nein sagen können. Saltet warf Van Ledden Hulsebosch einen Blick zu.

Es entstand eine Pause. Eine lange Pause. Van Ledden Hulsebosch wusste, dass der Arzt seine Reaktion bemerkt hatte, und wartete ab, ob der Mann noch etwas über Frederik Schakels sagen würde.

Aber August ten Have durchbrach das Schweigen nur, um nach einer Karte und einem Stift zu greifen. «Dies ist der Name und die Anschrift meines Anwalts. Für mehr Informationen und Fragen können Sie sich an ihn wenden. Ich hoffe, dass Sie im Übrigen auf jeglichen Kontakt mit meiner Frau oder mir verzichten werden.»

Er schrieb den Namen und die Adresse auf und wollte Saltet die Visitenkarte reichen, aber Van Ledden Hulsebosch nahm sie an.

«Ich weiß bestimmt ...», begann er.

«Wer sind Sie denn überhaupt?»

«Mein Name ist C. J. van Ledden Hulsebosch. Ich bin von Beruf Apotheker und stelle außerdem der Amsterdamer Polizei meine Dienste als Kriminalist zur Verfügung.»

«Apotheker», sagte der Chirurg herablassend.

Van Ledden Hulsebosch nahm den beleidigenden Ton schweigend zur Kenntnis. «Ihre Tochter heißt Nora ten Have, und sie hat zur Untermiete bei der Witwe Geerlings gewohnt. Wir wissen, dass sie regelmäßig Kontakt mit Herrn Schakels unterhielt, einem Revuestar, der – wie Sie wissen oder auch nicht wissen – kürzlich auf tragische Weise ums Leben gekommen ist.»

«Meine Frau und ich gehen nie zur Revue. Wir gehen ins Schauspielhaus oder zu Konzerten. Ich habe Ihnen weiter nichts zu sagen.» Er wies auf die Visitenkarte, die Van Ledden Hulsebosch noch in den Händen hielt.

Saltet biss sich auf die Lippe. Er hatte das deutliche Gefühl, dass sie hier an der richtigen Adresse waren.

Gefühle ... das, was Van Ledden Hulsebosch so gern ausschalten wollte. Er sah, dass dieser schon seinen Hut nehmen wollte, und versuchte darum sein Glück. Er legte sein ganzes Mitgefühl und Verständnis in diese eine Frage, die er beinah flüsternd stellte: «Wie lange haben Sie schon nichts mehr von ihr gehört?»

Es entstand eine Stille. «Eine prächtige Stille», wie Van Ledden Hulsebosch später sagen würde. Auch die Wissenschaft fing oft mit einem Versuch auf gut Glück an oder mit einer dummen Frage, und niemand wusste im Voraus, wohin einen das führen würde. Penizillin wäre nie entdeckt worden, wenn die Forscher kein Risiko eingegangen wären und nicht im Trüben gefischt hätten.

«Wovon sprechen Sie?», versuchte es der Chirurg noch.

«Von Ihrer Tochter. Oder besser gesagt: Ihrer Pflegetochter», sagte Saltet immer noch leise. «Sie ist fort, und wenn ich es richtig sehe, schon geraume Zeit.»

August ten Have warf seiner Frau einen kurzen Blick zu. In ihren Augen flimmerte eine Mischung von Ratlosigkeit und Trauer.

«Haben Sie es ihr übel genommen, dass Sie mit ihrem leiblichen Vater Kontakt aufgenommen hat?», fuhr Saltet fort. «Oder hat sie es Ihnen übel genommen, dass Sie den Kontakt verboten hatten?»

Ten Have und seine Frau schwiegen immer noch, aber es war eine andere Art von Stille als kurz zuvor.

Bravo, hätte Van Ledden Hulsebosch ausrufen wollen. Saltets analytisches Vermögen hatte in den letzten Tagen enorm zugenommen, fand er. Er konnte nicht über sehr viel mehr Informationen verfügen, als er gerade preisgegeben hatte, aber seine Züge glichen denen eines Schachspielers am Ende des Spiels, wenn nur noch wenige Figuren auf dem Feld stehen. Der Mann ihnen gegenüber hatte nichts dagegen gehabt, als Noras Vater angesprochen zu werden, während es gute Gründe für die Vermutung gab, dass Frederik Schakels ihr Vater war. Van Ledden Hulsebosch musste zugeben, dass Saltet eins und eins schnell zusammengezählt hatte und seine Trümpfe gut ausspielte.

Die Eheleute sahen sich lange an. Dann brach die Frau zusammen. «Ein halbes Jahr», sagte sie weinend.

«Sie haben keinerlei Recht ...!», fing der Chirurg an zu brüllen, aber seine Frau trat zu ihm und legte ihre Hand auf seine. Die Geste war durchaus liebevoll. Also musste es in diesem Haus doch Liebe geben, auch wenn sie von allzu viel jungfräulichem Weiß übertüncht war.

«Unsere kleine Nora wollte vor einem Jahr plötzlich wissen, wer ihre Eltern sind. Ich weiß nicht, wie sie auf die Idee gekommen ist, dass wir nicht ihre echten Eltern sind, aber wie hätte ich das abstreiten sollen? Sein eigenes Kind belügt man nicht. Sie sagte, dass sie im Vondelpark eine Frau getroffen hätte, die behauptete, ihre Mutter zu sein. Was natürlich völliger Wahnsinn war, aber damit war das Unheil angerichtet.»

«Warum war es völliger Wahnsinn?»

«Weil ihre Mutter tot ist.»

Das war dann doch ein Schock für Van Ledden Hulsebosch. Sofort fiel ihm der Besuch der alten Frau ein. «Sind Sie sicher?»

Der Arzt stand auf, hielt aber weiterhin die Hand seiner Frau fest. «Leider ist sie bei der Geburt gestorben. Damals, vor neunzehn Jahren, habe ich noch im Städtischen Krankenhaus gearbeitet.»

«Waren Sie dabei, als sie starb?»

«Nein, das nicht. Ich hatte keinen Dienst. Aber die Kollegen haben alles versucht, um sie noch zu retten, vergeblich.»

Seine Frau legte den Arm um ihn, und er fuhr fort: «Wir konnten keine Kinder bekommen. Und plötzlich gab es da ein Kind ohne Mutter, ohne Vater. Die Entscheidung war leicht, die Adoption auch. Innerhalb von zwei Tagen war alles geregelt. Sie hätte es nie zu erfahren brauchen, und wenn das Weibsbild im Park nicht …»

Er beendete seinen Satz nicht, weil er erst die Bitterkeit hinunterschlucken musste.

Es war eine rätselhafte neue Tatsache, fand Van Ledden Hulsebosch, die genauestens untersucht werden musste. Rätsel und Geheimnisse mochte er, aber an Gespenster glaubte er nicht. Geistererscheinungen konnten ihm gestohlen bleiben, außer wenn er die Gase, aus denen sie bestanden, einfangen und analysieren konnte. Und er wollte auf gar keinen Fall jemand sein, der selbst an derartigen Halluzinationen litt.

«Unsere Tochter machte sich auf die Suche. Ich bin nie in der Lage gewesen, mein Kind anzulügen, und in diesem Fall erst recht nicht. Obwohl ich wusste, dass ich sie verlieren würde.»

Der Arzt geriet in Rage. Bei seiner Frau verdeckte die weiße Farbe offenbar ihre Trauer, bei ihrem Mann verdeckte sie die Wut. «Ich habe es ihr verboten! Ich habe mit ihr geredet. Habe sie sogar bedroht! Immer haben wir für sie gesorgt! Wir sind ihre Eltern. Und auf einmal ging sie … zu diesem liederlichen Hanswurst von der Ausstattungsrevue!»

Saltet sah sich die beiden an. Lize wollte auch Kinder haben, sehr gern sogar. Und er freute sich darauf,

Vater zu werden. Eine Familie zu haben war das Schönste, was das Leben den Menschen zu bieten hatte, dessen war er sich sicher. Deshalb konnte er auch nicht verstehen, warum Van Ledden Hulsebosch sich mit einem Leben ohne Frau, dafür aber mit einer bissigen Haushälterin zufrieden gab.

«Seitdem hat sie sich Stück für Stück von uns entfernt. Wir haben sie verloren. Soviel ich weiß, hat sie ständig Kontakt mit ihm gehabt. Ich bin mir sicher, dass sie Geheimnisse mit ihm teilte, die uns verborgen geblieben sind. Zweifellos hat sie das alles sehr glücklich gemacht ...»

«Glücklich?» Dieses Wort kam im Vokabular des Arztes offensichtlich nicht vor. «Wie kannst du so etwas sagen, Lidwien? Dieser Quatsch auf der Bühne hat überhaupt nichts mit Glück zu tun. Sie hätte studieren können, Ärztin werden, sie hätte als Frau im Krankenhaus in hohem Ansehen gestanden. Sie hätte eine Karriere machen können, die sogar meine in den Schatten gestellt hätte. Aber sie hat alle Chancen vertan.»

«Mein Mann wollte, nein, er forderte, dass sie eine Entscheidung traf. Und vor einem halben Jahr hat sie das getan. Sie hat Abschied genommen und ist gegangen.»

Sie sah ihren Mann an, und in ihrem Blick lag kein Groll. Sie konnte es ihm nicht übel nehmen, dass er ihre Tochter vor diese Wahl gestellt hatte.

«Sie ist aber nicht zu Frederik Schakels gezogen», sagte Van Ledden Hulsebosch.

«Nein, sie hatte ein Zimmer bei der Witwe Geerlings. Aber sie wollte nichts mehr von uns wissen. Sie hat den Kontakt ganz und gar abgebrochen. Manchmal rief uns ihre Zimmerwirtin an. Sie war sehr teilnahmsvoll.»

Van Ledden Hulsebosch sah Herrn und Frau ten Have an. Es drängten sich ihm immer mehr Fragen auf, aber er wusste nicht, womit er anfangen sollte.

«Sie sagten gerade, dass Sie wollten, dass sie Ärztin wurde. Der Witwe zufolge arbeitete sie bei einer Handelsgesellschaft. Wissen Sie vielleicht, bei welcher?»

Der Arzt schüttelte den Kopf, und Van Ledden Hulsebosch fuhr fort. «Also hat sie nicht nur die Beziehung zu Ihnen aufgegeben, sondern auch die Karriere, die Sie für sie vorgesehen hatten.»

«Sie hat ihr ganzes Leben weggeworfen!»

«Mag sein. Ich würde es ja noch verstehen, wenn sie Künstlerin geworden wäre. Aber eine Handelsgesellschaft ... Sie hatte vermutlich auch gar nicht die entsprechende Ausbildung?»

«Was wollen Sie denn damit sagen?»

«Nichts», sagte Van Ledden Hulsebosch. «Ich will nichts damit sagen. Ich finde es nur sonderbar.»

«Wie gesagt, wir hatten keinen Kontakt mehr zu ihr. Sie ging uns aus dem Weg, sie mied uns. Und wir hatten das zu akzeptieren», sagte der Arzt. «Wir haben keine Tochter mehr. Ich habe versucht, das meiner Frau begreiflich zu machen, aber sie leidet noch immer darunter. Ich vergesse sie nach und nach ... und mit jedem Tag gelingt es mir besser! Jetzt sage ich: Wir haben keine Tochter mehr!» Letzteres klang so hart, so deutlich, dass es schien, als wollte er jedes einzelne Wort wie einen Nagel in die Köpfe der Anwesenden schlagen. Bei diesen letzten fünf Worten offenbarte sich plötzlich der echte August ten Have.

Seiner Frau war zum Heulen zumute. Sie musste auf einmal wieder an den Tag denken, an dem ihr Mann, vor nicht allzu langer Zeit, mit ein paar Eimern weißer

Farbe nach Hause gekommen war und alles, was noch an ihre Tochter erinnerte, überstrichen hatte. Er hatte die Liebe seiner Frau zu ihrer Tochter ermorden wollen.

Van Ledden Hulsebosch und Saltet konnten die Gedanken der Frau beinah aus ihrem Gesicht ablesen. Sie fragten sich, ob August ten Have in der Lage wäre, einen Mord zu begehen. Ein kurzer Blickwechsel zwischen den beiden bestätigte ihnen, dass sie beide derselben Ansicht waren: Dieser Mann war ganz bestimmt dazu in der Lage. Ein Vater, der verzweifelt ist, weil sein Kind ihm weggenommen wird, ist zu allem fähig.

In Gedanken setzte Van Ledden Hulsebosch den Namen Ten Have hoch oben auf die Liste der Verdächtigen. Mehr noch, er betrachtete ihn sogar als Hauptverdächtigen. Insbesondere, weil im Zimmer ein Klavier stand, was bedeutete, dass Ten Have wahrscheinlich auch musikalisch war.

Die traurige Stimme von Frau ten Have holte ihn wieder in die Realität zurück. «Ich habe sie verloren», sagte sie, «und darüber bin ich sehr, sehr traurig.»

«Ach, meine liebe Frau», versuchte ihr Mann sie zu trösten.

«Du brauchst mich nicht zu trösten, Liebling. Ich bin froh, dass ich darüber reden kann. Wir haben unser Kind verloren, und ich würde alles darum geben, auch nur zu erfahren, wie es ihr geht. Sie lässt nichts von sich hören, gar nichts ... Ich glaube, dass sie mit ihrem neuen Vater glücklich war. Oder müsste ich eigentlich sagen: mit ihrem alten Vater?»

«Du bist viel zu gut für diese Welt. Viel zu versöhnlich. Sie kommt mir nicht mehr ins Haus. Sie hat uns zurückgewiesen, und jetzt sind wir am Zug. Wenn sie hier vor der Tür stehen würde, wenn sie Schwierigkeiten hätte ... Ich würde die Tür verschließen.»

Ein schrecklicher Dickkopf, fand Van Ledden Hulsebosch, und er fragte sich allmählich, ob sie ihm nicht eine Tracht Prügel verpassen konnten.

Saltet entschied sich auch für den Angriff, aber auf eine andere Art. «Dürfte ich etwas sagen?»

«Nein», sagte der Chirurg.

«Ich tue es trotzdem. Sie sollten ein Porträt von Ihrer Tochter hier aufhängen. Denn wenn sie hier reinkommt, weiß sie sofort, dass sie nicht mehr willkommen ist, mit Ihrem vielen Weiß überall! Und wissen Sie, was ich noch denke? Dass Sie die ganze Chose nochmal streichen sollten, wenn Sie das Porträt aufgehängt haben. In festlichen Farben. Sie sollten in der Bibel mal die Geschichte vom verlorenen Sohn aufschlagen. Das gilt bestimmt auch für Töchter! Wenn sie ihr ganzes Leben lang hier zu Hause war, kommt sie eines Tages zurück, das weiß ich ganz bestimmt!»

Frau ten Have nickte dankbar und lächelte durch ihre Tränen hindurch.

«Ich habe gesagt, dass Sie nichts sagen dürfen, also streiche ich Ihre Worte aus meinem Gedächtnis und aus dem meiner Frau.»

«Zum Glück sind die Chirurgen noch nicht so weit, dass sie das Gedächtnis eines anderen operativ entfernen können», sagte Van Ledden Hulsebosch. «Lassen Sie Ihre Frau bitte selbst entscheiden. Ich denke, dass sie schon genug Kummer hat.»

Ten Have wusste einen Augenblick nicht, was er sagen sollte. Seine Frau nickte kurz. Kurz und beinah unmerklich, aber sie nickte.

Van Ledden Hulsebosch stand auf. «Sie hören noch

von uns … Und machen Sie sich keine Mühe, wir finden selbst hinaus.»

Ten Have unternahm nicht einmal den Versuch, sie hinauszubegleiten. Van Ledden Hulsebosch und Saltet hatten einen Feind dazubekommen.

«Diese Frau war keine Geistererscheinung», sagte der Apotheker entschieden, als er und sein Ermittlerkollege auf der sonnigen Terrasse von Café Reinders am Leidseplein auf ihren Kaffee warteten. «Ich habe sie gesehen, und sie hat mit mir gesprochen. Sie hat sogar bei mir etwas getrunken.»

«Und sie sagte, dass sie die Mutter dieses Kindes sei?»

«Ich will den Beweis haben, dass Noras leibliche Mutter im Wochenbett gestorben ist. Sollte sich das als wahr herausstellen, wenn die echte Mutter also tot ist, steht fest, dass jemand anders sich für sie ausgibt. Und dann wäre es noch viel unverzeihlicher, dass ich sie nicht gesucht habe, nachdem sie auf der Prins Hendrikkade verschwunden war.»

Saltet betrachtete den Mann, den er inzwischen sehr schätzte. Er sah, dass dem Apotheker all diese Rätsel ziemlich zu schaffen machten, weil er es in seinem Leben bisher immer geschafft hatte, sich an logische Erklärungen zu halten.

«Trink deinen Kaffee aus», sagte Saltet. «Wir werden mal etwas herumstöbern gehen.»

Der Ort des «Stöberns» war das städtische Krankenhaus. Das Krankenhausarchiv befand sich in den Katakomben unter dem kreisförmigen Vorlesungssaal, wo die Medizinstudenten immer ihre Anatomiestunden bekamen. Es war ein kalter, aber nicht allzu feuchter Raum, sodass das Papier in gutem Zustand erhalten blieb und den Forscher Jahrhunderte in die Vergangenheit zurückführen konnte. So weit brauchte die papierne Zeitreise allerdings nicht zu gehen, weil Saltet das Geburtsdatum Noras aus dem Melderegister erfahren hatte. Das richtige Jahr zu finden war ein Klacks. Alles wurde in Pappschachteln aufbewahrt, auf deren Rücken in Schönschrift der Inhalt angegeben war. So gab es die Tag-, Abend- und Nachtbücher, die die Oberschwestern der unterschiedlichen Stationen geführt hatten, es gab Operationsverzeichnisse, und natürlich gab es auch tägliche Berichte der Säuglingsstation mit Geburts- und Sterbedaten.

Nach einer kurzen Suche stießen sie auf die Formulare, die sie brauchten. Van Ledden Hulsebosch brauchte bloß ein paar Seiten umzublättern, um den Beweis für die Geburt eines Kindes namens Nora zu finden und für die Tatsache, dass die Mutter namens Dorothea Anna Groothuis, von Beruf Tänzerin, im Alter von siebenundzwanzig Jahren infolge schwerer Blutungen bei der Geburt ihres Kindes verstorben war.

In einer anderen Mappe fanden sie die Sterbeurkunde und die Todesanzeige von Dorothea Anna Groothuis.

«Wenn sie jetzt noch leben würde», sagte Van Ledden Hulsebosch, «wäre sie schätzungsweise vierundvierzig Jahre alt. So sah sie überhaupt nicht aus. Die Frau, die mich besucht hat, war an die Hundert und scheintot!»

«Eine Kerze, die doppelt so hell leuchtet, ist doppelt so schnell abgebrannt.»

Van Ledden Hulsebosch nickte. Etwas in der Richtung hatte die Frau selbst gesagt. Im Prinzip hätte er sogar zugestimmt, läge nicht der unumstößliche Beweis für den Tod der Tänzerin vor.

«Was geschah damals mit den Leichen?»

«Ich nehme an, dass der Bestattungsunternehmer sie abholte.»

«Auch wenn sie nicht beim Totenfonds waren?»

Man konnte kaum arm genug sein, um nicht Mitglied eines so genannten Totenfonds zu sein. Leichenbitter zogen von Haus zu Haus und verkauften einem eine Karte für ein Grab für drei Groschen oder für vier, wenn man einen Grabstein haben wollte. Bis die Karte vollgestempelt war, zahlte man jede Woche einen Beitrag und bekam dann seinen Stempel. Man hob die Karte auf, und wenn man das Zeitliche gesegnet hatte, wurde sie eingereicht. Dann kam derselbe Leichenbitter, um den Leichnam abzuholen, in einen Sarg zu stecken und in die Erde zu versenken. Drei Groschen für einen Sarg und ein Loch in der Erde, vier für einen Stein dazu. Wer nicht Mitglied des Totenfonds war, wurde mit den Bedürftigen begraben. Dann holte einen derselbe Leichenbitter ab, aber man kam in eine Grube, zusammen mit vielen anderen. Nach zehn Jahren wurde diese wieder geöffnet, und die Knochen wurden zusammengesucht, um sie in der so genannten Leichenrotunde zu zertrümmern, einer praktischen Mühle, bei der nur kleine Knochensplitter übrig blieben, die man einfach auf die Gehwege des Friedhofs streuen konnte – und niemand merkte je, worauf er eigentlich ging. Es war ein schauerliches Wissen, aber die Holländer hatten sich noch nie um Moral geschert, solange alles im Verborgenen blieb, dachte Van Ledden Hulsebosch. Bestimmt war Dorothea Anna Groothuis mit den Bedürftigen begraben. Aber selbst dann musste sich irgendwo ein Beleg befinden, ausgestellt von demjenigen, der sie abgeholt hatte. Sie durchsuchten die Mappe mit den Leichenbitterquittungen und fanden dort tatsächlich den endgültigen Beweis.

«Auch dieses Archiv muss nicht unbedingt vollständig sein», sagte Van Ledden Hulsebosch, faltete die Papiere sorgfältig zusammen und steckte sie in die Innentasche seiner Jacke. Er war sicher, dass sich in Zukunft niemand mehr für Dorothea Anna Groothuis interessieren würde.

In der Nacht vor der Beerdigung von Frederik Schakels konnte Van Ledden Hulsebosch sich nicht dazu durchringen, das Labor Labor sein zu lassen. Er konnte es nicht ertragen, dass eine Recherche ihn vor unlösbare Rätsel stellte. Immer wieder sah er sich die Papiere an, die er unter eine große Lampe auf einen Arbeitstisch in seinem Labor gelegt hatte. Er betrachtete sie von allen Seiten, lief immer wieder rastlos um den großen Tisch herum und zerbrach sich dabei den Kopf. Er kam zu keinem anderen Schluss, als dass Dorothea Anna Groothuis tot sein musste, während oder kurz nach der Entbindung gestorben und irgendwo in einer Grube auf einem Friedhof begraben. Das irritierte ihn, und es dauerte lange, bevor er wieder beim Kern seiner Tätigkeiten als Kriminalist angelangt war. Er hatte sich immer wieder vor Augen gehalten, dass der erste Eindruck auch nur ein Eindruck war und dass man nach genauerem Suchen häufig verborgene Tatsachen entdeckte – die meistens im Widerspruch mit dem ersten Eindruck eines Laien standen.

Wieder beugte er sich über die handbeschriebenen Papiere. Es musste dort mehr zu sehen sein als das, was er auf den ersten Blick entdeckt hatte. Es schien, als würde das Papier um Hilfe rufen, als ob es buchstäblich nach einer genaueren Untersuchung dessen, was wirklich dort stand, schrie. Sieh doch, hier steht nicht, was hier steht!

Van Ledden Hulsebosch nahm eine der Seiten mit zum Mikroskop und legte sie unter die Linse. Unter diesem wissenschaftlichen Vergrößerungsglas konnte er eine Lampe einschalten, die durch das Papier hindurchschien. Durch das Sichtfenster studierte er das Dokument sorgfältig. Er experimentierte mit der Lichtstärke und dem Winkel, in dem das Licht auf das Papier fiel. Er richtete sich auf, blinzelte und rieb sich kurz die Augen. Erst als er noch eine zweite Lampe einschaltete, konnte er es sehen: Die Tinte der Sterbedaten war eine andere als die der Personalien. Dort, wo der Name des behandelnden Arztes, das Datum, der Name des Patienten und der des neugeborenen Kindes eingetragen waren, waren die Konturen der Buchstaben ganz scharf. Aber bei den Angaben über den Tod sah man, dass die Tinte in andere Fasern hineingelaufen war, als habe sie es nicht geschafft, innerhalb der Grenzen des Linienspiels zu bleiben.

Van Ledden Hulsebosch schraubte eine andere Linse vor, eine, die das Untersuchungsobjekt noch mehr vergrößerte. Jetzt sah er, dass das Papier an manchen Stellen dünner war, mehr Licht durchließ, was mit dem bloßen Auge kaum zu erkennen war.

Es war Zeit für ein Experiment. Schade, dass Vreugdenhil nicht da war, denn der hätte ihm nun schön assistieren können. So musste er es allein tun. Er suchte in einem seiner vielen Schränke nach einem Set spitzer Chirurgenskalpelle. Er fand das Messerset und probierte erst aus, ob die Schneide auch scharf genug war. Er wollte nichts dem Zufall überlassen und holte ein ledernes Schleifband hervor, um die Messer noch schärfer zu bekommen, als sie ohnehin schon waren. Schließlich war er mit dem Resultat zufrieden.

Zurück zum Papier. Er durfte keinen Fehler machen, er musste eine ebenso feste Hand haben wie ein Chirurg bei der Operation. Vorsichtig probierte er aus, ob er die Personalien des Patienten mit dem scharfen Chirurgenmesser wegkratzen konnte – die Buchstaben, die nicht verschwommen waren. Er musste sehr genau arbeiten, um das Papier so wenig wie möglich zu beschädigen. Es erforderte eine ruhige Hand, zumal er nur schätzen konnte, wie viel Druck er auf das Messer ausüben durfte. Schließlich nahm er beim Kratzen das Mikroskop zu Hilfe. Die ersten paar Buchstaben misslangen, und das war der Beweis, dass der Betrüger – denn davon war er inzwischen überzeugt: Hier war Betrug im Spiel – auf anderen Papieren geübt haben musste oder eine unglaublich ruhige Hand hatte. Schließlich gelang es ihm, die hauchdünne Papierschicht, die mit Tinte beschrieben war, abzuheben. Danach nahm er eine Feder und tauchte sie in Tinte. Auf das jetzt wieder weiße Papier schrieb er einen neuen Buchstaben, den er trocknete, indem er darauf pustete, nicht zu stark, weil er den verschwommenen Effekt nicht übertreiben wollte. Danach schob er das Papier wieder unter das Mikroskop.

Es war eindeutig: genau dieselbe Erscheinung unmerklich ausgefaserter Schrift. Die Sterbedaten waren gefälscht. Dorothea Anna Groothuis war nicht im Wochenbett gestorben. Wahrscheinlich hatte August ten Have noch am selben Abend Geschäfte gemacht. Einen noch überzeugenderen Beweis lieferten der Beleg des Leichenbitters und die Sterbeurkunde. Ersterer war angeblich von dem Mann ausgefüllt worden, der die Leiche abgeholt hatte, die Sterbeurkunde von einem Arzt, dessen Name nicht zu entziffern war. Die verschiedenen Schriften sahen sich aber auffällig ähnlich. Jemand, vermutlich Ten Have, hatte die Angaben über das Wochenbett weggekratzt und durch andere ersetzt und anschließend eine Sterbeurkunde und einen Leichenbitterzettel zusammengeschustert.

Der Apotheker ging zu seiner Tasche und zog die Visitenkarte heraus, auf die ihm August ten Have den Namen und die Anschrift des Anwalts notiert hatte, mit dem er sich in Verbindung setzen sollte. Der Anwalt konnte ihm gestohlen bleiben ... die Schrift ergab genügend Vergleichsmaterial, um zu sehen, dass der Chirurg in einer Februarnacht vor neunzehn Jahren seiner Frau ein großes, aber bis auf weiteres sehr strafbares Geschenk gemacht hatte. Die A waren genauso wenig geschlossen wie auf der Visitenkarte, das O war ein kleiner eingedellter Kreis, und oberhalb des I war kein Punkt, sondern ein kleiner Strich – alles Dinge, die in der Eile der Fälschung nicht beachtet worden waren.

Erleichtert holte Van Ledden Hulsebosch Luft. Der Beweis war erbracht: Er hatte sich die Frau nicht eingebildet. Sie war nicht gestorben, sie hatte weitergelebt. Er konnte sich vorstellen, was geschehen war. Sie hatte Geld für das Kind und ihre eigene Todesurkunde bekommen. Daraufhin war sie verschwunden, und als das Geld verbraucht war, war sie in der Gosse gelandet. Sie hatte sich, vielleicht in einem unüberlegten Moment, für das eigene Glück entschieden und ihr Kind verkauft. Und schließlich hatte sie alles verloren: nicht nur ihr Kind, sondern auch ihr Geld und ihr Glück.

Van Ledden Hulsebosch hoffte, dass er die Frau noch einmal treffen würde. Er wollte gern wissen, was sie dazu bewogen hatte, ihm Hinweise zu geben. Wut auf den Arzt? Wut auf Frederik Schakels? Und warum hatte sie sich so vage ausgedrückt? Sie hätte ihn viel direkter auf die Spur von August ten Have und seinem gekauften Kind setzen können. Aber das war nebensächlich. Für ihn gehörte sie nicht zu den Verdächtigen, aber immerhin zu den vorläufig wichtigsten Zeugen, und solche brauchte er dringend.

— 10 —

Saltet hätte August ten Have am liebsten auf der Stelle mit den neuesten Erkenntnissen konfrontiert, aber Van Ledden Hulsebosch sah nicht ein, wozu das gut sein sollte.

«Im Moment sehe ich keinen Zusammenhang zwischen diesen Dingen», sagte er ruhig.

«Keinen Zusammenhang? Das ist nicht dein Ernst!»

«Das Einzige, was wir beweisen können, ist, dass in den offiziellen Papieren herumgepfuscht wurde. Na und? Wir wissen nicht einmal, wer es getan hat. Vielleicht hat er ja wirklich vor neunzehn Jahren einer Frau ihr Kind abspenstig gemacht, aber vielleicht war sie ja, aus welchem Grund auch immer, damit einverstanden. Was wissen wir schon? Was sagt das über den Mord an Frederik Schakels aus? Vorläufig überhaupt nichts.»

Saltet wusste es auch nicht, fand aber Van Ledden Hulseboschs Gedankengang ein bisschen zu simpel. «Diese Frau hat einen Zusammenhang zwischen dem Mord an Schakels und seiner Tochter hergestellt. Ihrer eigenen Tochter. Wir müssen sie finden», sagte Saltet. «Was sie über ihre Tochter gesagt hat, stimmte, also hat sie über die Rauschmittel bestimmt auch die Wahrheit gesagt.»

«Was sie gesagt hat, ist erwiesenermaßen zur Hälfte wahr, da gebe ich dir Recht. Sie würde eine gute Wahrsagerin abgeben.» Van Ledden Hulsebosch ließ sich den Einfall durch den Kopf gehen. «Jedenfalls sah sie danach aus», fuhr er fort, nicht einmal zum Spaß, sondern eher mit einer gewissen Melancholie in der Stimme.

Saltet hörte seinen Unterton und fragte: «Was ist los, C. J.?»

«Ich verstehe es nicht», sagte er nach einigem Zögern, «und was ich noch schlimmer finde, ist, dass mir das in letzter Zeit ziemlich häufig passiert. Früher war alles so klar, und jetzt ist es so verworren.»

«Was verstehst du denn nicht?»

«Vielleicht stelle ich zu hohe Ansprüche an die Wirklichkeit. Der große amerikanische Schriftsteller Mark Twain hat einmal gesagt, dass die Wirklichkeit verrückter ist als das, was man schreibt, weil das Geschriebene immer stimmen muss.» Er machte eine kurze Pause. Es fiel ihm schwer, Saltet zu erklären, was ihn genau beschäftigte. «Er und das Mädchen, Frederik Schakels und seine Tochter Nora, haben viele Abende zusammen verbracht, bei Tee und Wein. Und all die Zeit war Schakels auch noch mit dem Rauschmittelhandel beschäftigt, wobei er die Einfuhr und den Verkauf regelte … zumindest, wenn wir der Wahrsagerin Dorothea glauben dürfen.»

Die in Lumpen gehüllte Frau hatte einen Namen bekommen, und das fühlte sich im Augenblick wie das Beste an, was ihnen in den letzten Tagen passiert war. Die Frau hatte zwar ein wenig Licht in diese mysteriöse Angelegenheit gebracht, aber gleichzeitig waren nur noch mehr Fragen aufgeworfen worden. Für Van Ledden Hulsebosch musste alles miteinander in Zusammenhang stehen. Wenn es sogar im Kosmos und im Sonnensystem eine Ordnung gab, dann durfte er das doch sicher auch von der Welt um sich herum erwarten?

«Kommst du mit zur Beerdigung?», fragte Saltet.

Van Ledden Hulsebosch nickte. Er nahm seine Melone und strich an deren Rand entlang, eine Geste, die ihn in solchen Momenten genug beruhigte, um seine Gedanken wieder zu sortieren.

Frederik Schakels' Begräbnis war ein erstklassiges Theaterereignis. Im Gefolge befanden sich viele Schauspielerinnen, die allesamt schwere Tränen vergossen, mit erhobenem Gesicht, damit die Theaterdirektoren, die vielleicht gerade auf der Suche nach einer dramatischen Schauspielerin waren, sie gut sehen konnten. Auf diese Weise machten sie aus der Beisetzung eher ein Vorsprechen. Einige wenige beließen es nicht bei Tränen, sondern stießen auch gedehnte Schluchzer aus, die lautstark über den kleinen Friedhof Vredenhof, am neu angelegten Haarlemmerweg, genau gegenüber der neuen Gasfabrik, hinwegschallten. Es liefen unbegabte Amateure herum, die sich vielleicht bald schon auf den Sarg werfen würden – es waren nämlich, wie konnte es anders sein, Fotografen da, die jede theatralische Szene auf der Stelle für die *Cinema & Theater* festhalten würden, das der Bestattung eine Reportage von mehr als vier Seiten widmen wollte, aufgelockert mit vielen originellen Schnappschüssen.

Ein älterer Schauspieler hatte einem Kollegen zugemurmelt, dass Frederik Schakels sich am liebsten im Theater-Carré hätte aufbahren lassen. «Am besten sechs Wochen lang und danach noch durch das ganze Land auf Tournee!» Schakels war sehr beliebt gewesen, es waren Hunderte, wenn nicht gar Tausende von Menschen gekommen, um ihm die letzte Ehre zu erweisen. Wirklich traurig waren vor allem seine treuen Fans, die einfach nur jemanden verloren hatten, der ihr Herz zum Weinen oder sie zum Lachen bringen konnte, je nachdem, was das Repertoire gerade verlangte.

Van Ledden Hulsebosch hatte Mathilde Seriese in der Menschenmenge erspäht, doch sie weinte nicht, schließlich hatte sie bereits ein Engagement für die nächste Saison und würde sich auch aus Prinzip nicht zu solchem Verhalten herablassen – es sei denn, ihr drohte eine etwas zu lange Periode der Arbeitslosigkeit. Sie trug eine Sonnenbrille, um, wie die Fans dachten, ihre Tränen vor den suchenden und surrenden Linsen der Fotoapparate zu verbergen, aber Van Ledden Hulsebosch hatte sie durchschaut. Ihr Tun und dessen Konsequenzen vertrugen kein Tageslicht, und ihr Körper verlangte mit allen Fasern nach der Nacht. Er ging zu ihr und tippte höflich an seine Melone, woraufhin sie ihm ein Lächeln des Wiedererkennens schenkte und der Apotheker es wagte, ein Gespräch mit ihr anzuknüpfen. Man musste sowieso noch auf den Sarg warten, der jetzt jeden Moment in einem verlängerten schwarzen Spijker, dem einzigen Automobil von Format, das die Niederlande je hervorgebracht hatten, vorgefahren werden würde.

«Herr van Ledden Hulsebosch. Was machen Ihre Ermittlungen?», fragte sie sofort, weil sie es nicht mochte, um den heißen Brei herumzureden, besonders, wenn es möglicherweise unangenehme Themen betraf.

Er starrte taktisch klug und geheimnisvoll über sie hinweg in die Ferne. «Wir finden immer mehr über das Opfer heraus, aber die Wahrheit über seinen Tod kennen wir noch nicht.»

«Sondern was dann?»

«Wäre es ein großer Schock für Sie, wenn ich Ihnen

erzählte, dass Frederik Schakels ein Kind hatte, eine Tochter?»

Sie sah ihn an, soweit das durch die dunkle Sonnenbrille überhaupt möglich war, und ließ den Satz einen Augenblick lang auf sich einwirken.

«Ja, es ist ein Schock für mich.» Sie wandte den Blick ab. «Wie alt ist dieses Kind?»

«Das Kind heißt Nora, sie ist gleich nach ihrer Geburt von Herrn und Frau ten Have adoptiert worden. Herr ten Have ist Chirurg, derzeit beim Wilhelmina-Krankenhaus. Die Mutter des Kindes lebt nicht mehr, zumindest den Papieren nach, sie war früher Tänzerin. Das Mädchen ist jetzt neunzehn.»

«Neunzehn?»

«Richtig», sagte Van Ledden Hulsebosch und wünschte, sie würde die Sonnenbrille absetzen, damit er in ihren Augen die Wirkung dessen, was er ihr erzählte, sehen konnte.

Mathilde Seriese rechnete kurz nach. «Zu dieser Zeit war er mit mir verheiratet», sagte sie. «Ich würde Ihnen ja gern unsere misslungene Ehe im Detail schildern, aber dies scheint mir weder der richtige Ort noch die richtige Zeit dafür zu sein. Seien Sie so nett, mich ein anderes Mal noch einmal zu besuchen.»

Dieser Bitte wollte Van Ledden Hulsebosch gern nachkommen. Er tippte nochmals an seine Melone, diesmal als Geste der Entschuldigung.

Sie hakte sich bei ihm unter. Sie sprach leise und mit leicht belegter Stimme, schwankend zwischen dem Pathos des großen Theaters und echtem Kummer. «Wir sind umringt von der Unechtheit des Lebens, Herr van Ledden Hulsebosch. Theater hat nichts mit Lügen zu tun, sondern mit Transformation. Abends werden wir zu Witwen und Ehebrecherinnen oder haben wir, wie Medea, unsere Kinder ermordet. Wir verlassen Mann und Kinder, weil Ibsen das seine Nora tun lässt, oder wir haben uns durch Flauberts Madame Bovary für die leidenschaftlichste aller leidenschaftlichen Lieben entschieden. Aber tagsüber müssen wir zu einem Leben voller Einkäufe, Zweizimmerhaushalt, Kaffeekochen, Kinderversorgen, unbezahlten Rechnungen und anderem irdischen Ungemach zurückkehren, das uns zwingt, der Normalität zu entsprechen.»

«Mögen Sie das echte Leben nicht?»

«Mögen Sie es denn, Herr van Ledden Hulsebosch?»

Er nickte.

«Dann schätzen Sie sich glücklich.»

Ein unwirklicher Applaus erklang, als der Spijker in den Kiesweg einbog. Mathilde Seriese hatte Van Ledden Hulseboschs Arm losgelassen und wandte sich dem Auto zu, um mitzuapplaudieren. Ein letzter Beifall für Schakels.

Es gab einen kurzen Gottesdienst in der kleinen Friedhofskapelle, die bei weitem nicht allen Anwesenden Platz bieten konnte. Van Ledden Hulsebosch ging hinein und stellte sich diskret an die Seite der Kapelle, sodass er nicht sehr auffiel, selbst aber einen guten Überblick hatte. Saltet blieb draußen, um das Geschehen dort im Auge zu behalten und zu sehen, welche Autos in der Nähe standen. Vielleicht würden die Kennzeichen ja neue Hinweise darauf geben, wer alles an Schakels' Beerdigung interessiert war.

In der Kapelle trat ein Schauspieler zu dem Sarg. Nachdem er den Blick kurz feierlich und respektvoll gesenkt hatte, wandte er sich an die Anwesenden. «Heute nehmen wir Abschied vom Sonnenkönig», sagte der

Schauspieler, der den Text am Abend zuvor gegen Bezahlung von Hendrik Vogels bekommen hatte, «einem Mann, der das dunkle Leben seines Publikums mit Licht erfüllte.»

Van Ledden Hulsebosch spürte, dass seine Füße anzuschwellen begannen. Am Abend des Mordes, noch bevor der Mord überhaupt geschehen war, hatte er den festen Vorsatz gefasst, nie mehr einen Fuß über die Schwelle eines Theaters zu setzen, und jetzt hatte dieser fürchterliche Frederik Schakels ihn postum doch noch am Wickel. Der Text, den der Schauspieler rezitieren durfte, wurde von seinen Kollegen später als brillant bezeichnet ... Van Ledden Hulsebosch hielt ihn für eine Ansammlung von Gemeinplätzen, was noch auszuhalten gewesen wäre, wenn sie wenigstens gemein gewesen wären. Aber jetzt war viel über «Das Licht» und «Die Finsternis» zu hören. Es war genauso schrecklich wie die Monologe im Tuschinski, nur noch etwas weniger witzig. Van Ledden Hulsebosch konnte sich ein kleines Lächeln nicht verkneifen, als ihm durch den Kopf ging, dass der Mörder ja vielleicht im Sinne des guten Geschmacks gehandelt hatte.

«Er geht uns zu einem Ort voraus, an dem es sich gut weilen lässt. An dem er viele unserer alten Freunde treffen wird. Und ich bin mir sicher, dass es dann nicht beim Austausch wunderschöner Erinnerungen bleiben wird.»

Bei der Vorstellung, dass diese Menschen auch im Jenseits noch Vorstellungen geben könnten, brach Van Ledden Hulsebosch der kalte Schweiß aus. Der Himmel verwandelte sich in seinen Augen plötzlich in eine Art Theaterhölle, und er hoffte inbrünstig, dass er nie sterben würde. Es musste doch eine Ausnahme von der

Regel geben, dass alle irgendwann einmal starben. Er stellte es sich schon bildlich vor. Da kam man nach einem harten, arbeitsreichen Leben endlich bei Petrus an die Pforte, und dann stand der Apostel in so einer Tuschinski-Uniform da und riss Karten ab. «Er ruhe in Frieden» würde auf dem Grabstein stehen, aber stattdessen würden Engel ihm seinen Platz im Olymp anweisen und ihm ein Programmheft in die Hand drücken. «Dauert die Vorstellung lange?», würde Van Ledden Hulsebosch verzweifelt fragen, und die Engel würden lächelnd antworten: «Eine Ewigkeit …»

Unwillkürlich schauderte er, und eine Reihe Leute um ihn herum warf ihm verständnisvolle und mitfühlende Blicke zu. Noch einer, dem Schakels fehlt und der sich schwer damit tut, dachten sie.

Nach der Ansprache wurde wieder applaudiert. Danach spazierten alle zum Grab, und als dort der Sarg den Boden berührte, konnten die meisten Anwesenden es nicht lassen, wieder die Hände zusammenzuschlagen. Es wurde immer mehr geschluchzt, mit großen, langen Seufzern, und einen Moment lang schien es, als habe jemand dafür im Voraus eine Komposition geschrieben.

Jedenfalls wollte der eine Schluchzer nicht hinter dem anderen zurückstehen. Die Irritation, die Van Ledden Hulsebosch verspürte, ließ ihn ab und zu einen Schritt zurücktreten, um von all diesen nachgeahmten Gefühlen Abstand zu nehmen. Und das war der Moment, in dem er das Mädchen entdeckte. Sie war allein, hatte pechschwarze Haare und Augen wie Kohle. Ihr Gesicht war scharf wie das eines Habichts, und sie war schön wie ein geheimnisvoller Engel.

Es gab keinerlei Beweis für seine Vermutung, aber

ihr Blick und ihre gebannte Aufmerksamkeit für alles, was um sie herum geschah, vor allem aber ihre augenscheinliche Gelassenheit führten dazu, dass Van Ledden Hulsebosch sofort wusste, dass es sich bei ihr um Nora, die Tochter von Frederik Schakels, handeln musste. Einen Moment lang sah sie ihn an und lächelte, und in diesem Lächeln schien sogar so etwas wie Wiedererkennung zu stecken. Van Ledden Hulsebosch nickte zurück. Er wusste, dass es unpassend wäre, sie anzusprechen, solange die Beerdigung noch in vollem Gang war.

Die Hunderte von Anwesenden warfen Sand auf den Sarg, und einen Moment lang befürchtete der Apotheker, dass vielleicht zu wenig Sand da war und nicht alle etwas abbekommen würden. Einige der Trauernden warfen Gegenstände auf den Sarg, Blumen, manche auch Papier. Van Ledden Hulsebosch vermutete, dass das Schriftsteller waren, die dem Revuestar nichts hatten verkaufen können und ihm jetzt Texte für die Vorstellungen im Himmel mitgaben. Das konnte ja noch heiter werden da oben!

Langsam trat man zur Seite, wie es sich nach einer Beerdigung gehört. Die Schmierenkomödiantinnen, die zu lange am Grab stehen blieben, wurden schließlich einfach vom Friedhofspersonal zur Seite gedrängt. Das Loch musste gefüllt werden. Viele Schauspieler begaben sich auf direktem Wege zum Rembrandtsplein, um dort zum Gedenken an Frederik Schakels ein Gläschen zu trinken und unmittelbar darauf wieder zur Tagesordnung zurückzukehren, also zu neuen Kontakten und neuen Verträgen. Was auch sonst in einem Künstlerleben passierte, alle sehnten sich nach einem Happy End.

Van Ledden Hulsebosch ließ das Mädchen keinen Moment aus den Augen. Als die Meute sich in Richtung Ausgang bewegte, ging er unverfroren zu ihr und lief neben ihr her. «Sie sind Nora, wenn ich mich nicht täusche?» Seine Frage schien sie nicht einmal zu überraschen. Van Ledden Hulsebosch beobachtete ihr Gesicht, aber sie blickte weiterhin neutral vor sich hin und lief langsam mit der Menschenmenge mit.

«Nora. Ja, ich heiße Nora», sagte sie.

«Mein Name ist …»

«Ich weiß, wer Sie sind. Sie sind Herr van Ledden Hulsebosch, und Sie untersuchen den Mord an meinem Vater. Ist Inspektor Saltet nicht da?»

Sie war durchgreifend, das musste man ihr lassen. Ihre Stimme klang freundlich, aber entschlossen. Ihre Augen schienen ständig schelmisch zu lachen, weil sie so schwarz waren wie die Knopfaugen einer frechen Elster.

«Sie müssen mich entschuldigen. Ich würde sehr gern mit Ihnen reden …» Sie zögerte. «Aber es gibt ein paar Bedingungen. Allerdings scheint mir hier nicht der geeignete Ort für ein gutes Gespräch zu sein. Was meinen Sie?»

Van Ledden Hulsebosch gab ihr lächelnd Recht. «Vielleicht könnten Sie mich anrufen, um eine Verabredung zu treffen?», sagte er und gab ihr eine Visitenkarte mit seinem Namen, seiner Anschrift und Telefonnummer. Er sah, dass Saltet am Kopf des Zuges nach ihm Ausschau hielt.

«Ich habe von Bedingungen gesprochen, und eine davon ist, dass Sie meinen Pflegeeltern nicht verraten, wo ich mich aufhalte. Das würde ich Ihnen wirklich übel nehmen.»

Van Ledden Hulsebosch nickte verständnisvoll. «Wenn das Ihre Bedingung für ein Gespräch ist.»

Sie verabschiedete sich von ihm. Van Ledden Hulsebosch sah ihr nach und fragte sich, ob sie ihrer Mutter oder ihrem Vater ähnelte.

Saltet hatte die seltsame Begegnung aus der Ferne verfolgt. Als Nora außer Sichtweite war, schob er sich durch die Menschenmenge hindurch und gesellte sich zu Van Ledden Hulsebosch.

«Erzähl mir jetzt aber nicht …»

«Doch. Das war Nora ten Have.»

Alle zwei Wochen kam ein Schiff aus Niederländisch-Indien an, das Passagiere und Waren nach Hause brachte. Menschen, die dort zu Besuch gewesen waren oder die nach einem jahrelangen Aufenthalt von dort zurückkehrten. Die Waren konnte man auf Frachtbriefen wieder finden, es war viel Seide dabei sowie prachtvolles Leinen, außerdem wurde immer noch kräftig mit Gewürzen und selbstverständlich Kaffee und Tee gehandelt. Aber es waren auch Kisten dabei, deren Herkunft und Inhalt weniger deutlich waren, und diese nahmen die Matrosen häufig selbst mit an Land.

Der Zoll hielt sich an die Gepflogenheiten früherer Zeiten und ging davon aus, dass es sich dabei um Kleinigkeiten handelte, wie sie die Butterschmuggler zwischen Belgien und den Niederlanden päckchenweise durch den Stacheldrahtzaun vom einen Land ins andere brachten. Es gab zwar inzwischen Kontrollen, aber was man nicht kannte und wovon man nichts wusste, konnte kaum kontrolliert werden. Und wenn etwas beim besten Willen nicht zu übersehen war, ließen die Zollbeamten des Amsterdamer Hafens mit sich reden, vorausgesetzt, dem stand der richtige Betrag gegenüber.

Die Matrosen der Johanna kannten ihre Pappenheimer, und diese wiederum kannten die Matrosen nur allzu gut. Die vollen Kisten konnten sie ohne allzu viel Mühe zusammen über den Landungssteg tragen, und mit einer freundlichen Geste, die eher einem Schulterklopfen glich als dem Verschwinden von Geldscheinen irgendwo in der Uniform, hatten die Matrosen die fiktive Grenze überschritten, an der man hier immer noch festhielt.

Im Dunkel des Hafens mit seinen Gaslampen, die in der Stadt längst durch elektrisches Licht ersetzt worden waren, sahen die Matrosen, dass sich ein Wagen der vereinbarten Stelle näherte. Ein junger Mann mit übel zugerichtetem Gesicht stieg aus; er war nicht älter als dreiundzwanzig oder vierundzwanzig Jahre. Er war nicht allein, aber seinen Begleiter konnten sie nicht gut erkennen, weil das Scheinwerferlicht sie blendete.

«Dich kennen wir nicht», sagte einer der Matrosen.

«Er kommt nicht mehr», sagte das Narbengesicht.

«Geschäfte machen wir mit ihm. Und nur mit ihm», entgegnete der Matrose, der das Wort führte. Es war der Dünnere der beiden. Bestimmt hatte der andere mehr auf dem Kasten, wenn es um Prügeleien ging, aber die Verhandlungen führte der Klügere.

«Da kannst du lange warten, der ist nämlich tot», sagte das Narbengesicht und zog ein Bündel Geldscheine hervor. «Die Geschäfte habe ich übernommen. Ich bezahle dich, ich nehme das Zeug mit, es braucht sich weiter nichts zu ändern.»

«Hast du ihn umgelegt?», wollte der Matrose wissen.

Der Mann hielt kurz im Geldzählen inne und sah

den Matrosen an. «Ich glaube nicht, dass du das zu wissen brauchst. Das Einzige, was du wissen musst, ist, dass ich Geld für dich habe und wir uns in vier Monaten wieder sehen, wenn diese schwimmende Badewanne nach Niederländisch-Indien und wieder zurückgefahren ist.»

Die Matrosen warfen sich einen Blick zu. Was machte es schon aus? Solange bezahlt wurde, war es in Ordnung. Wissen war im Osten ohnehin nicht mit Macht gleichzusetzen. Aber das Wenige, was sie wussten, war ihnen sehr nützlich für diesen lukrativen Handel, den man kaum noch als Nebenerwerb bezeichnen konnte.

Die Transaktion war schnell erledigt. Die Ware ging in andere Hände über, und das Geld reichte gut und gern für ein Fest bei den Huren rund um den Zeedijk am selben Abend. Es war sogar so viel, dass tagelang hintereinander gefeiert werden konnte, und dann blieb immer noch genug übrig, um in allen anderen Hafenstädten bei den Freudenmädchen vor Anker zu gehen.

Es müsste einen Apparat geben, der ein Telefongespräch annahm, wenn man nicht da war, dachte Van Ledden Hulsebosch. Wenn das Drahtmagnetophon von Bayer erst auf dem Markt war, würde er so etwas bestimmt bauen. Er hatte selbst einmal mit Kupferdraht experimentiert, aber die Aufzeichnung von Ton auf einem Magnetträger erforderte mehr elektronische und technische Kenntnisse, als er sie hatte. Er war hin und her gerissen. Einerseits wollte er da sein, wenn Nora anrief, andererseits wollte er aber auch zu Mathilde Seriese, um sie über die Geschichte mit der Geburt dieses Kindes auszufragen. Weil er sich nicht in zwei Hälften teilen konnte, hatte er an diesem Morgen Fräulein van

Henegouwen mitgenommen ins Labor … und das hieß, Probleme heraufzubeschwören.

So geleckt seine Wohnung war, weil Fräulein van Henegouwen von ihrem Sauberkeitswahn angetrieben wurde, so dreckig war das Labor – was Van Ledden Hulsebosch allerdings nie zugegeben hätte. Es herrschte dort eine Ordnung, die nur ihm und seinem Assistenten bekannt war. Es mochte vielleicht chaotisch wirken, aber das war es nicht, fand er. Dennoch hielt er seine Haushälterin vorsichtshalber immer von seinem Labor fern.

Aber das Böse herrschte nun mal auf Erden und musste von dem Kriminalisten bekämpft werden. Und darum musste sich der Apotheker widerwillig darauf einlassen, dass sie einen Tag im Allerheiligsten verbrachte.

«Sie denken doch nicht etwa, dass ich mich hier hineinsetze?», hatte sie gefragt, nachdem sie den hellen Raum betreten hatte.

«Fräulein van Henegouwen, tun Sie mir den Gefallen!»

«Kann denn nicht Herr Vreugdenhil ans Telefon gehen?»

Van Ledden Hulsebosch gab keine Antwort, sondern dachte nach. Sein Assistent war so ungefähr der wortkargste und ungesprächigste Mensch, den er kannte. Oft fiel dem kleinen Mann auch das Hören schwer.

«Der Stuhl ist blitzsauber», sagte er zum Trost.

«Ja, das wäre ja auch noch schöner! Aber es geht mir nicht darum, wo ich sitze oder stehe, es geht um das Umfeld. Und das Umfeld ist ein einziges Durcheinander!»

«Was auch immer geschieht, fassen Sie bitte bloß nichts an!»

«Nicht einmal mit einer Zange, Herr van Ledden Hulsebosch! Welch ein Glück, dass nie eine Frau in Ihr Leben getreten ist, die würde hier nämlich mal klar Schiff machen. Wie viel Mist wollen Sie denn im Lauf der Zeit noch ansammeln?»

«Der Mist, Fräulein van Henegouwen, könnte nochmal zu etwas gut sein», und insgeheim musste er an Gierige Geeraert denken, eine prächtige Figur aus Brederos *Spaansche Brabander*, der Taschentücher sammelte, weil «der Rotz sich ja zu guter Letzt in Silberlinge verwandeln könnte!».

«Wenn ich gewusst hätte, dass ich in so einem Schweinestall lande, wäre ich heute gar nicht erst aufgestanden. Sie sind ein Schmutzfink, Herr van Ledden Hulsebosch, der größte, den ich kenne. Es ist einfach skandalös!»

Hätte ich sie bloß nicht mitgenommen, dachte Van Ledden Hulsebosch. Allein schon ihre Anwesenheit würde Katastrophen verursachen. Er war sich sicher, dass Dutzende Geräte den Geist aufgeben würden, wenn sie den sorgfältig aufbewahrten Staub darauf wegwischte. «Das Einzige, worum ich Sie bitte, ist, ans Telefon zu gehen. Und wenn es Fräulein Nora ten Have ist, seien Sie dann so gut und treffen Sie eine Verabredung mit ihr. Sie darf bestimmen, wann und wo, vorausgesetzt, es ist bald.»

Fräulein van Henegouwen verschränkte die Arme und guckte entrüstet weg. «Ich weiß noch gar nicht, ob ich überhaupt bleib!»

«Weib!», war das erste Wort, das ihm in den Sinn kam und das sich auch noch darauf reimte, aber Van Ledden

Hulsebosch konnte sich gerade noch zurückhalten, und er flehte sie an: «Bleiben Sie!»

Sie nickte mit zusammengekniffenen Nasenflügeln, um danach prustend so zu tun, als habe es ihr vor lauter Dreck die Sprache verschlagen.

Voller Angst verließ Van Ledden Hulsebosch sein Labor. Er sah sich mindestens dreimal um, aber seine Haushälterin guckte immer in die andere Richtung. Schließlich beruhigte er sich damit, dass ihre krankhafte Furcht vor Schmutz sie schon davon abhalten würde, in seiner störanfälligen Arbeitsstätte herumzustöbern. Er musste nun einmal zu der Schauspielerin in ihrer fensterlosen Garderobe. Er musste sie so bald wie möglich sprechen, wie auch immer die Folgen für das Labor aussehen würden. Er hatte sich den Schreck in ihren hinter der Sonnenbrille versteckten Augen vorstellen können. Er wollte wissen, was sie dachte, und hatte Angst, dass er Mathilde Seriese inzwischen schon viel zu viel Zeit gegönnt hatte, sich um die vielleicht unangenehme Wahrheit herumzulügen. Er hatte Saltet gefragt, ob er mitwolle, aber der hatte die Hand in die Höhe gestreckt, gewinkt und ihm die Ehre überlassen. Das Reden mit älteren Damen – und in seinen Augen war Mathilde Seriese eine ältere Dame – überließ er ruhigen Gewissens seinem Freund mit der Melone und der roten Weste.

Sie empfing ihn noch herzlicher als beim letzten Mal, und auch ihre Ausdrucksweise war weniger abweisend. «Wir könnten jetzt in Ruhe und freundlich miteinander reden, wenn nötig sogar über das Wetter, wenn Sie wollen … aber ist es nicht besser, gleich mit der Tür ins Haus zu fallen?»

«Wie Sie wünschen.»

«Sie sagen, dass Frederik Schakels zu der Zeit, als wir miteinander verheiratet waren, ein Kind gezeugt hat. Ich halte das für unmöglich.»

Während sie sprachen, spielte sie auch diesmal wieder mit ihrer Schminke herum, als handle es sich um ein Schachspiel im Patt.

«Ist es zu intim, Sie zu fragen, worauf Sie Ihr Urteil gründen?»

«Selbstverständlich ist das zu intim. Aber ich kann verstehen, warum Sie die Frage stellen. Ich möchte auch wissen, wer meinen Exmann umgebracht hat, mindestens so gern wie Sie ... zumindest wenn es stimmt, dass es Mord war.»

«Das können Sie mir glauben.»

«Ich werde Ihnen ein Geheimnis verraten. Wir hatten während unserer Ehe keinerlei sexuellen Kontakt, auch nichts, was dem nur im Entferntesten ähnelt. Oder besser gesagt: nicht miteinander.»

«Warum waren Sie denn dann verheiratet?» Van Ledden Hulsebosch erschrak beinah selbst über seine Frage, aber sie schien sich nicht daran zu stören.

«Weil selbst in Künstlerkreisen, insbesondere bei den Theaterdirektoren, Homosexualität als verderbliches Übel angesehen wird. Die Arbeit wird echten Männern und Frauen vorbehalten, und darum sind die meisten Künstler Lügner. Viele von uns – vielleicht sogar mehr als außerhalb der Theatermauern – sind der gleichgeschlechtlichen Liebe zugetan, aber wir verstecken uns unter dem dicken Panzer der Ehe. Männer ebenso wie Frauen.»

«Darf ich hieraus schließen, dass ...»

«Kommen Sie, Herr van Ledden Hulsebosch, Sie haben mich genau verstanden. Ja, ich habe junge Frauen geliebt, damals schon und jetzt immer noch. Ich habe mit ihnen geschlafen und schlafe noch immer mit ihnen. Ich verführe sie, wenn sie mich ankleiden oder frisieren. Und bei ihm war es dasselbe mit jungen Männern. Es gibt Männer, von denen man weiß, dass sie es nie mit einer Frau machen würden, weil sie wirklich keinen Quadratzentimeter weibliches Fleisch vertragen.»

«Haben Sie je versucht ...»

«Was versucht? Es mit meinem Mann zu machen?»

Wieder erschrak Van Ledden Hulsebosch über seine eigene Frage, aber Mathilde warf ihm einen belustigten Blick zu.

«Wir hatten einander sehr gern. Und wir waren bis zu dem Tag, an dem er starb, gute Freunde. Von einer Tochter kann keine Rede sein.»

Van Ledden Hulsebosch runzelte die Stirn. «Ich bin mir sicher, dass er bis vor kurzem noch Kontakt mit einem jungen Mädchen hatte, von dem ich mit allergrößter Wahrscheinlichkeit weiß, dass es seine Tochter ist. Sie stand auf sehr vertrautem Fuß mit ihm und besuchte ihn sogar regelmäßig zu Hause.»

Mathilde Seriese schwieg. Wenn sie überhaupt etwas wusste, würde sie sich nicht dazu äußern. Sie blickte ihn an, und Van Ledden Hulsebosch sah, dass ihr Tränen in die Augen getreten waren.

«Ich will Ihnen gegenüber so ehrlich wie möglich sein, Herr van Ledden Hulsebosch», sagte sie und gab sich dabei so undramatisch wie irgend möglich. «Vielleicht, und ich denke, dass das eine Möglichkeit ist, vielleicht ist ein Wesen in sein Leben getreten, das sich als sein Kind ausgegeben hat. Ich bin bestürzt und schockiert, dass er nicht mit mir darüber gesprochen hat, aber ich akzeptiere es. Der größte Kummer unseres Menschenschlags – hören Sie nur, wie ich mich selbst in eine Schublade stecke – ist, dass es uns nicht gegeben ist, Kinder in die Welt zu setzen, obwohl wir das manchmal sehr gern tun würden. Ich sage es so, wie ich es empfinde. Ich hätte gern Kinder gehabt und Frederik auch. Wir haben keine bekommen, ich nicht und er auch nicht. Es kann sein, dass jemand ihn … dass jemand zu ihm gegangen ist und gesagt hat: Ich bin deine Tochter. Gleichzeitig muss er gewusst haben, dass das eine Lüge ist … Es ist so verwirrend!»

«Für uns auch, Frau Seriese!»

«Vielleicht basiert alles, was ich sage, auf Wunschdenken, und vielleicht gibt es noch eine ganz andere Wahrheit. Das ist möglich. Ich möchte es nicht hoffen, aber möglich ist es. Diese Vorstellung … eine Tänzerin, eine Liebschaft, ein Kind.» Sie schüttelte den Kopf, weil sie es sich einfach nicht vorstellen konnte.

Van Ledden Hulsebosch sah, dass sie traurig war. Ihr Mann, der nie ihr Mann gewesen war, war der Vater eines Kindes, und sie wäre immer so gern Mutter gewesen. Das tat weh.

Sie war im Augenblick nicht in der Lage, weiterzureden, also bedrängte er sie nicht. Sie sah von ihm weg und versuchte, ihre Gefühle zu beherrschen. Es gelang ihr nur mit Mühe. Van Ledden Hulsebosch stand auf, legte ihr kurz zum Trost die Hand auf die Schulter und setzte dann seinen Hut auf. Nach einem freundlichen Nicken ließ er sie allein. Seine Zeit würde noch kommen. Soweit er das beurteilen konnte, hatte Mathilde Seriese jedenfalls nichts von Frederik Schakels' Tochter gewusst.

Obwohl er sich ernsthafte Sorgen über den Zustand machte, in dem sich sein geliebtes Labor jetzt befand, brachte er es nicht übers Herz, sofort zurückzukehren. So gern er Nora ten Have sprechen wollte, um auch von ihr die Geheimnisse zu erfahren, die bisher nur für immer mehr Rätsel gesorgt hatten, er musste das Gespräch mit Mathilde Seriese erst einmal verdauen. Er schlenderte zum Vondelpark, um das Ganze noch einmal der Reihe nach durchzugehen. Er sah den Kindern zu, die mit ihren Müttern spielten. Er hatte sich nicht getraut, Mathilde Seriese Fragen über ihre Drogensucht zu stellen und erst recht nicht über ihren Lieferanten.

Er versuchte sich vorzustellen, dass der Mann, der sich selbst in einer lächerlichen Revue zum Sonnenkönig hatte krönen lassen, in der Lage war, mit Rauschmitteln zu handeln. Hätte er in diesem Fall seine Frau, mit der er wie mit einer Schwester zusammenlebte, in die Abhängigkeit getrieben? Oder hatte er vielleicht nicht nur mit Rauschmitteln gehandelt, sondern sie auch selbst genommen?

Van Ledden Hulsebosch setzte sich auf eine Bank. Die milde Spätherbstsonne schien auf den Vondelpark. An Herbsttagen wie diesem war Amsterdam am allerschönsten. Heute konnte er das allerdings nicht wirklich genießen. Er war mit den Gedanken woanders – bei allem, was er in letzter Zeit gesehen und gehört hatte. Auch das Gespräch mit Mathilde Seriese hatte wieder einen Haufen Fragen aufgeworfen. Aber solange er auch im Park saß und nachdachte, es kamen keine Antworten.

— 11 —

Saltet konnte sich das Lachen nicht verkneifen, als Van Ledden Hulsebosch ihm, noch immer wütend, in allen Einzelheiten schilderte, in welchem Zustand er an diesem Nachmittag sein Labor vorgefunden hatte. Der kleine Vreugdenhil hatte sich vor lauter Katzenjammer im Säureschrank eingesperrt und war erst wieder herausgekommen, als der Apotheker ihm hoch und heilig versprochen hatte, dass Fräulein van Henegouwen das Territorium der Forscher nie wieder betreten würde. Er würde sie nicht mehr näher als einen Kilometer an das Gebäude herankommen lassen.

Genau fünf Minuten hatte sie es ausgehalten, sich das Schlachtfeld mehr oder weniger gelungener Experimente nur tatenlos anzusehen, dann hatte sie dem Drang, nach dem Besen zu greifen, nicht mehr widerstehen können. Dann hatte sie den Saustall so gründlich zu putzen begonnen, wie er noch nie geputzt worden war. Sie hatte Staub gewischt, gebohnert, geschrubbt, gefegt und geklopft, wie es nur der amerikanische Hoover-Staubsauger konnte … davon allerdings hatte Van Ledden Hulsebosch bisher nur gelesen, denn der Export des Prachtstückes nach Europa war noch nicht in Gang gekommen.

Und jetzt glänzte alles wie Gold und Silber. Sie hatte es geschafft, alle Erlenmeyerkolben und Reagenzgläser abzuspülen; die Sägespäne waren weg, und die Fenster, sowohl die nach hinten hinaus als auch die in der Decke, ließen jetzt nicht mehr nur diffuses Licht hindurch;

es fielen wahrhaftig Sonnenstrahlen herein, und man konnte sogar hindurchsehen! Van Ledden Hulsebosch hatte dieser Anblick traurig gestimmt und missmutig. Er hatte sich mit ihr gestritten und sie böse angefahren, bis sie wütend weggegangen war. Schließlich hatte er ihr Blumen bringen lassen, weil er auch nicht wusste, was er ohne sie machen sollte.

«Ist viel verloren gegangen?», fragte Saltet.

«Meine Ehre, und das ist mehr als genug», sagte Van Ledden Hulsebosch traurig.

Aber Saltet hatte das Lachen in seinen Augen gesehen. Der Apotheker fand es eigentlich gar nicht so schlimm, dass im Augiasstall endlich einmal aufgeräumt worden war, und insgeheim genoss er das Lachen, das sein beleidigter Bericht bei Saltet hervorgerufen hatte.

Nach dem Sturm der Erzählung kam die ruhige Stunde der Wahrheit.

«Nora hat tatsächlich angerufen. Ich treffe sie übermorgen. Wir haben uns im Pavillon Ijzicht in Amsterdam-Noord verabredet.»

«Willst du, dass ich mitkomme?»

Van Ledden Hulsebosch sah ihn an, ohne sofort zu antworten. Für Saltet hatte er eine andere Aufgabe vorgesehen, doch er wusste nicht, ob sie ihm gelegen käme oder ihn überraschen würde.

«Wenn es stimmt, dass wir es mit Rauschmittelhandel zu tun haben, wäre es gut, ein bisschen über das Milieu in Erfahrung zu bringen», sagte der Apotheker. «Ich habe nicht das Gefühl, dass die Amsterdamer Polizei über Spezialisten auf diesem Gebiet verfügt.»

«Wenn sogar ich dich fragen muss, wie das Zeug aussieht», brummte Saltet.

«Ich habe keine Ahnung, womit du anfangen könntest, mein bester Jonathan, aber wir müssen uns wohl oder übel in die Materie vertiefen. Ich denke, dass Marcusse mit dem, was er über Rauschmittel in Amsterdam sagte, Recht hat.»

Saltet sah ihn erstaunt an. «Du gibst Marcusse Recht?»

«Ja, wenn auch nicht in allem.»

«Konnte Mathilde Seriese dir nicht weiterhelfen?»

Van Ledden Hulsebosch schwieg. Im Vondelpark hatte er sich eigentlich vorgenommen, in Zukunft nachzuhaken, beharrlicher zu sein, eher so wie der Wissenschaftler, der er gern sein wollte. Er hatte schon eine wichtige Zeugin, Dorothea, laufen lassen, ohne dass er sie je wieder aufspüren konnte. Und eine andere, Mathilde, hatte er nicht gründlich genug befragt, und das wurmte ihn doch sehr.

«Du hast es nicht geschafft, oder?», stellte Saltet fest.

Van Ledden Hulsebosch nickte, holte tief Luft, trat zum Fenster und gab seinem kleinen Versager einen anderen Dreh. «Betrachte sie als die Königin, die ich mir als Reserve für den definitiven Angriff aufhebe. Im Moment befassen wir uns noch mit den weniger wichtigen Spielfiguren.»

Ja, ja, dachte Saltet, sagte aber nichts.

Für den Amsterdamer Hafen war die Glanzzeit des goldenen Jahrhunderts vor knapp fünfzig Jahren mit dem Bau des Amsterdamer Hauptbahnhofs definitiv zu Ende gegangen. Der Koloss aus Stahl und Stein war genau an die Stelle gesetzt worden, wo früher die Segelschiffe angelegt und die Frauen Fluten von Tränen vergossen hatten, wenn sie von ihren Männern Abschied nahmen, die in See stachen. Von diesem Zeitpunkt an war alle verkehrstechnische Hoffnung auf das Dampfross gerichtet, das zunächst Fahrgäste aus Haarlem und bald auch von weiter entfernten Orten herbeförderte.

Die Schifffahrt hatte sich in die westlichen und östlichen Hafengebiete verzogen. Vor allem der östliche Teil war ein Erfolg geworden, und am Kai waren große Lagerhallen errichtet worden.

Der Amsterdamer Hafen war ein anderer geworden, als er in der Glanzzeit gewesen war und an den die Stadt sich so gern erinnerte. Früher war es ein farbenfroher Ort voll bunter Boote gewesen, eine Flaggenparade von Schiffen mit Waren aus den östlichen und westlichen Kolonien. Heute waren die blütenweißen Segel verschwunden und durch die dreckigen Schornsteine der Dampfschiffe und Dieselfrachter ersetzt worden. Die Lagerhäuser an der Brouwersgracht waren ein Beispiel für schöne Baukunst, die großen Hallen an der Oostelijke Handelskade dagegen stimmten einen nur tieftraurig. Es waren finstere Bauten an finsteren Kais, mit finsteren Draisinen vor der Tür. Finster aussehende Hafenarbeiter schleppten viel zu schwere Lasten, und es schien immer dunkel zu sein, selbst wenn die Sonne mit aller Gewalt Farbe in das Ganze zu bringen versuchte.

Wer im Hafen arbeitete, hatte nicht viel zum Leben und wurde schnell alt. Besonders, wenn er als Kind schon dort angefangen hatte – und Jungen konnten mit elf oder zwölf Jahren gut und gern als Schauermann, Hafenschlepper oder Treidler anfangen. Es gab ein paar Sozialisten, die dagegen in Aufstand kamen, und einige Ärzte warnten davor, dass die Kinderrücken möglicherweise für den Rest ihres Lebens kaputtgemacht würden, wenn man sie so jung schon so schwere Arbeit verrichten ließ.

In diesem finster aussehenden Hafen mit seinen schwermütigen Gebäuden lag in der Nähe der Arabienhalle die Johanna vor Anker. Aus den Zeitungen wusste Saltet, dass die Johanna ein Schiff war, das die Mitte hielt zwischen einem mittelgroßen Handels- oder Frachtschiff und einem Passagierschiff. Es war teils das eine und teils das andere. Die Bemannung war abgemustert und würde erst wieder in zwei Wochen an Bord gehen, nur der Kapitän und zwei Matrosen waren an Bord geblieben. An dem Schiff wurden auf dem Oosterdok kleine Wartungsarbeiten durchgeführt.

Jonathan Saltet war selbst noch nie verreist. Amsterdam kannte er wie seine Westentasche, und auf dem Fahrrad war er einmal den Gein entlanggefahren, sogar bis an die Vecht und die runde Angstel entlang, die in Amsterdams wichtigsten Fluss, die Amstel, einmündete. Das Meer hatte er noch nie gesehen, er kannte nur Flüsse, aber er hatte immer vorgehabt, einmal nach Ijmuiden oder Zandvoort zu radeln, spätestens, wenn Lize und er Kinder hätten. Denen durfte man den Strand nicht vorenthalten. Er spürte die Romantik dieses Hochseeschiffs sehr wohl, das am Kai lag und viel weiter herumgekommen war und viel mehr gesehen hatte, als er je erleben würde.

Es war nur ein Versuch. Saltet hatte alle Schifffahrtsmeldungen durchgearbeitet, und in den kommenden Wochen würden noch mehr Schiffe in Betracht kommen, aber vorerst war dieses Schiff das einzige, das in den letzten Tagen aus Niederländisch-Indien in den Hafen eingelaufen war.

Der Kapitän war ein Prototyp seiner Zunft mit wüstem Bart und Pranken wie Vorschlaghämmern. An diesem Tag trug er keine Uniform, nur seine Kappe. Sein weißes Hemd war makellos, und seine Hose hatte eine scharfe Bügelfalte. Er empfing Saltet auf der Brücke.

«Ich würde niemals meine Hände für meine Matrosen ins Feuer legen, aber zu skandalösen Praktiken würde es bestimmt nicht kommen», wusste er zu sagen.

«Sie verstehen, dass ich Sie das fragen muss?»

«Ich kann nicht behaupten, dass ich erfreut darüber bin. Alle Matrosen schmuggeln. Ohne den Schmuggel wären sie unbezahlbar und vielleicht sogar unauffindbar. Sie sind immer zwei Wochen an Land und dann wieder zwölf Wochen an Bord. Wenn man eine Frau hat, sieht man sie schnell altern. Wenn man schon Kinder hat, müssen sie Papa zu jemandem sagen, den sie nicht kennen.»

«Und Geld kompensiert ...»

«Schnöder Mammon», sagte der Kapitän, «aber ein unentbehrlicher Bestandteil des Lebens. Getriebe brauchen Öl, damit die Zahnräder nicht kaputtgehen. Auch Matrosen müssen leben, also brauchen sie Geld, also schmuggeln sie. So einfach ist das.»

«Und der Zoll?»

«Hören Sie denn gar nicht auf?»

«Sie bestreiten das Verbrechen nicht.»

«Ich bestreite, dass es ein Verbrechen ist. Eine Kiste Kaffee oder Seidenwäsche, wenn man das schon als Verbrechen ansieht ...»

«Kontrollieren Sie die Ware, die sie mitnehmen?»

Der Kapitän schwieg. Er wollte nicht, dass schlecht über seine Männer gesprochen wurde. Wer je Heizer gewesen oder auch nur bei schwerem Sturm in die

Nähe der Heizkessel gekommen war, würde einen ganz anderen Ton anschlagen. Sie sprachen hier von Männern, die füreinander oder für ihr Schiff ihr Leben aufs Spiel setzen würden, auch weil sie sonst nicht überleben konnten. Das alles würde dieses brave Männlein mit seiner vornehmen Arbeit an Land nie begreifen.

«Nein, ich vertraue ihnen», sagte er. Er schwieg kurz. «Sie kennen die See nicht, Sie sind ein Dorfpolizist. Wir befahren nicht nur die Ozeane, wir gehen auch in Häfen vor Anker, die um einiges dreckiger sind als dieses Provinznest mit sage und schreibe einer einzigen Straße voll Huren.»

«Ein Verbrechen ist und bleibt ein Verbrechen.»

«Sie sind noch sehr jung und naiv. Der Tag wird kommen, an dem Sie erkennen, dass nicht jedes Verbrechen eines ist. Ist es Mord, wenn ich einen blinden Passagier über Bord werfe?»

«Das hängt davon ab.»

«Wovon? Ob ich ihm eine Schaluppe mitgebe? Sehen Sie sich hier doch mal um. Ich habe keine Schaluppen. Wenn ich sage, dass ich einen blinden Passagier über Bord werfe, dann werfe ich ihn über Bord … und dann ist um mein Schiff herum nur Wasser. Er kann versuchen an Land zu schwimmen, vorausgesetzt er kann vier oder fünf Tage am Stück schwimmen.»

«Haben Sie denn schon mal einen blinden Passagier über Bord geworfen?», fragte Saltet, der spürte, wie seine Nackenhaare sich sträubten, und vorhatte, den Mann auf der Stelle zu verhaften, wenn er das zugab – wie schwer es auch sein würde, ihm das nachzuweisen.

Der Kapitän sah ihn lange an und lächelte dann. «Nein. Nein, noch nie. Ich habe nie eine Luke geöffnet und jemanden herausgeholt, der umsonst mitreisen wollte, der die Fracht schon beschädigt hatte, der mein Wasser schon verdorben hatte, weil er unbedingt davon trinken musste, der sich an meinem Reis vergriffen hatte, sodass die Ratten leichtes Spiel hatten. Ich habe noch nie jemanden umgebracht. Und ganz bestimmt nicht die Seeleute, die das Wasser trinken und den Reis essen müssen, weil sie sonst nicht heil und gesund am Ziel ankommen.»

Saltet sah ihm in die Augen. Zwischen den Zeilen war ihm klar geworden, dass der Schiffer keine Träne um jemanden vergießen würde, den er über die Reling pfeffern lassen müsste, weil er sich nicht an seine Regeln hielt. Niemand würde das je als Mord ansehen, obwohl es einer war. Die Männer auf See waren sozusagen miteinander verheiratet; bei Wind und Sturm verließen sie sich aufeinander, und in ihrer Welt galten die Gesetze des Festlandes nicht.

Saltet wusste nicht, ob er den Mann leiden konnte oder nicht, obwohl dessen Moral gegen alles verstieß, was er als rechtschaffen und moralisch richtig ansah. Genau solche Männer waren es, die das verdammte süchtig machende Zeug in die Häfen brachten, das so viele junge Leute ins Verderben stürzen würde. Der Verfall der Stadt, der, wie Saltet inzwischen begriffen hatte, längst eingesetzt hatte und unaufhaltbar fortschritt, war ihnen gleichgültig.

Die Zollbeamten hatten ebenso wenig vor, Saltet zu erzählen, was er nur zu gern wissen wollte. Auch sie fanden diesen uniformierten Moralapostel auf der Stelle unsympathisch. Sie waren sowieso nicht scharf darauf, dass man ihnen auf die Finger sah beziehungsweise ihre Auslegung von Recht und Gesetz infrage stellte.

«Wir tun unsere Arbeit, kümmer du dich um deine eigenen Sachen», sagten sie.

«Ich habe aber den Eindruck, dass ihr Dinge tut, die mir meine Arbeit immer mehr erschweren.»

«Haste Töne», sagte ein Zollbeamter ziemlich drohend.

«Ja, ich hab Töne. Ich bin nämlich an einem Mordfall dran, und den Mordfall werde ich lösen. Ich glaube sogar, dass ich den Laden hier in nächster Zeit ein bisschen unter die Lupe nehmen werde, weil das zu den Ermittlungen gehört. Verstanden?»

«Pah, du willst den Zoll kontrollieren? Und wer soll dir dabei helfen, du Pimpf?» Der Zollbeamte bohrte einen spitzen Finger in Saltets Brust.

«Ich denke, dass es kein Problem sein dürfte, ein kleineres Heer motivierter Polizisten auf die Beine zu stellen.»

«Weil ein ehrgeiziger kleiner Inspektor der Amsterdamer Polizei das sagt?»

«Nein», sagte Saltet kaltblütig, während er nach dem Finger des Zollbeamten griff und ihn umbog, «weil der Polizeipräsident das sagt, und mit ihm der Bürgermeister dieser Stadt.»

Der Zollbeamte zog seine Hand zurück. «Soll das eine Warnung sein?»

«Nein. Ich warne nie. Ich sage dir, was passieren wird, oder ich tue es einfach.»

Das neue Jahrhundert hatte eine andere Mentalität mit sich gebracht. Die industrielle Revolution schien jedes Zusammengehörigkeitsgefühl ausgelöscht zu haben, zu Recht hieß es nun jeder für sich und Gott für uns alle. Die Menschen waren nur noch damit beschäftigt, Geld anzuhäufen, und kümmerten sich nicht um das gesellschaftliche Wohlergehen. Die Amerikaner waren das große Vorbild, zumindest so, wie sie sich selbst in Filmen darstellten: in ihren luxuriösen Häusern, ihren teuren schwarzen Autos, ihren ordentlichen Anzügen, ihren Speisepalästen.

Alles drehte sich um Geld. Diese Gesetzesdiener – denn das waren diese Zollbeamten schließlich – hatten kein Problem damit, für ein paar Gulden dazu beizutragen, dass die Stadt noch ein bisschen krimineller wurde. Saltet konnte das nicht leiden, besonders weil es Menschen waren, die sich zu allem Überfluss «Kollegen» schimpften. Wenn er etwas dagegen tun konnte, wie wenig es auch sein mochte, dann würde er es nicht unterlassen.

Saltet hatte keine Ahnung, was er mit seinen Worten angerichtet hatte. Van Ledden Hulsebosch hatte gesagt, dass er diese Art von Konfrontationen mit der Bewegung von Billardkugeln vergleichen musste. Es ging nie um den Stoß selbst, sondern darum, was die getroffenen Kugeln danach taten. Ein Meister im Umgang mit dem Queue konnte den Weg der Billardkugeln auf den Millimeter genau berechnen. So weit war Saltet noch nicht, aber er erwartete doch, dass seine Worte eine gewisse Wirkung ausüben würden, und ebenso das, was er unternehmen würde.

Die Geschäfte im Hafen waren augenblicklich gefährlicher geworden, verglichen mit der relativ bequemen Zeit vor dem Mord an Frederik Schakels. Am selben Tag noch ließ Saltet spüren, dass er nicht nur Sprüche geklopft hatte. Eine kurze Rücksprache mit Marcusse, der ihn wiederum angeherrscht hatte, dass er über jeden einzelnen Schritt unterrichtet werden wollte, weil er immer noch befürchtete, dass den beiden Ermittlern an seiner statt die Ehre zufallen würde, den Fall gelöst zu haben, hatte dafür gesorgt, dass er zwei Stunden später mit dreißig Polizisten im Hafen eine Untersuchung vornehmen durfte.

Es war ein eindrucksvoller Anblick. Der Kapitän der Johanna hatte den Laster von der Brücke herab vorfahren sehen und war davon nicht sonderlich beeindruckt gewesen. Erst als er einen ganzen Schwarm von Polizisten aus der Heckklappe steigen und eine Reihe weiterer auf Fahrrädern wie eine schwarze Spinnenplage ankommen sah, bekam er einen Schreck. Die Zollbeamten hatten kräftig geflucht, waren aber gleichzeitig sehr beeindruckt von den dreißig äußerst motivierten und sehr streng dreinblickenden Polizisten, die unter Saltets Leitung an strategischen Stellen, für Seeleute und Zollbeamte gut sichtbar, Stellung bezogen hatten. Ehe der ganze Verein aufgebrochen war, hatte er sie gut instruiert. Auf dem Hof des Polizeipräsidiums hatte er den Polizisten mitgeteilt, dass ihre Aufgabe in «hinderlichem Mitverfolgen» bestand. Eingreifen durften sie nicht, aber sie sollten alles – «Und wenn ich sage alles, dann meine ich auch wirklich alles» – in einem detaillierten Bericht festhalten. Jeder Schritt, den der Kapitän machte, führte zu einer Notiz, jeder kleine Spaziergang, den ein Zollbeamter unternahm, sorgte dafür, dass ein Ordnungshüter zum Notizblock griff. Für die Männer, die den Hafen immer für persönliches Niemandsland gehalten hatten, war es zum Verrücktwerden. Sie fühlten sich bedroht und beaufsichtigt. Und es dauerte den ganzen Tag.

Abends waren zwei Polizisten von ein paar Zollbeamten angesprochen worden, sie wollten sich ein bisschen mit ihnen unterhalten. Einer der beiden Polizisten schrieb ständig alles auf, was gesagt wurde, und das machte einen der Zollbeamten so nervös, dass er dem Polizisten den Notizblock aus den Händen schlug und sagte, sie seien doch alle vom selben Verein und könnten deswegen vielleicht ein bisschen mehr Verständnis füreinander aufbringen. In aller Seelenruhe hatte der Polizist seinen Notizblock aufgehoben und auch diese letzten Worte aufgeschrieben. Das hatte die Zollbeamten nur noch nervöser gemacht. Den Polizisten, die ebenfalls eine eng zusammengeschweißte Clique bildeten, hatten ihre Freude an dieser Untersuchung: ein bisschen piesacken, die Kriminellen auffallend aus der Reserve locken. Die Reaktion der Zollbeamten war bloß eine Bestätigung dafür, dass sie die Polizisten als Feinde ansahen. Dadurch war sich Saltet so gut wie sicher, dass er mit diesem Einsatz ins Schwarze getroffen hatte.

An diesem Abend machte sich einer der Zollbeamten, ein dicker Mann, der Flip van Buuren hieß und immer – sogar im Winter – schwitzte wie ein Affe, auf den Weg zum Zeedijk. Die zwei Matrosen, die zuletzt diese Art von Geschäften mit den Grenzschützern gemacht hatten, hatten dort irgendwo ihre Unterkunft. Nachdem sie sich untereinander beraten hatten, waren die Zollbeamten zu dem Schluss gekommen, dass etwas über ihre leicht außergewöhnliche Einfuhrpolitik herausgekommen sein musste und dass das einzig und allein an ihren letzten «Geschäftspartnern» liegen konnte. Flip musste die zwei Matrosen der Johanna auf dem schweigenden Zeedijk auftreiben. Niemand würde dort mit jemandem von der Obrigkeit reden wollen, und sei er noch so korrupt. Die Wahl war auf Flip gefallen, weil er einen dicken Schädel hatte und viel zu viel Haar. Ohne Uniform sah er ziemlich verwegen aus. Die zusammengewachsenen Augenbrauen auf seiner Stirn und vor allem der viele Schweiß, der ihm am ganzen Körper hinunterlief, verliehen ihm das Aussehen eines Trunkenboldes, wie sie ihnen hier öfters über den Weg liefen.

Außerdem verfügte er über ein Zauberwort. Alle, die ihm weiterhalfen, konnten etwas daran verdienen. Bald schon flogen die Zweieinhalb-Gulden-Stücke nur so über den Tresen und wurden die Kneipiers gesprächiger. Es dauerte nicht lange, bis Flip die beiden Matrosen im hinteren Teil einer düsteren, gerammelt vollen Kneipe gefunden hatte. Als er in ihre Nähe kam, verschlossen sich sogleich ihre Mienen. Ihre Blicke verhießen nichts Gutes. Ein Freudenmädchen, das bei einem auf dem Schoß gesessen hatte, machte sich schnell aus dem Staub.

«Ich habe dich gewarnt, dass ich deine Fresse hier nie sehen will», sagte der geschwätzige magere Matrose. «Guck doch, was du hier anrichtest.» Das Mädchen saß schon bei einem anderen auf dem Schoß.

«Im Hafen gibt es Probleme», blaffte Flip zurück. «Und die haben wir uns nicht selbst eingebrockt. Wenn ihr die Sache versaut, machen wir keine Geschäfte mehr mit euch.»

«Was für Probleme?»

«Die Polente war da. Die wissen was oder haben zumindest einen Verdacht. Sie behalten uns die ganze Zeit im Auge.»

Der schmale Matrose sah seinen breitschultrigen Kollegen an. Sie wollten die Obrigkeitsdiener nicht schlauer machen, als sie ohnehin schon waren, aber der

Klügere der beiden hätte schwören können, dass die Probleme etwas mit dem kleinen Machtwechsel in der Amsterdamer Vertriebsstruktur zu tun hatten.

«Du sagst, euer Tun und Lassen wird genauestens beobachtet, und kommst dann hierher? Du Idiot!»

«Um die Zeit ist mir niemand gefolgt. Es ist spät. Alle Bullen waren wieder weg. Ich habe gut aufgepasst.»

«Das will ich auch hoffen», sagte der Matrose drohend, woraufhin Flip tatsächlich anfing, noch mehr zu schwitzen.

«Unser Risiko ist größer geworden. Es ist also ganz einfach: Wir lassen euren Mist nicht mehr durch.»

«Das ist ja großartig, du Rindvieh. Ihr verdient doch auch dran.»

«Entweder euer Mist kommt nicht mehr durch, oder der Preis erhöht sich. Und zwar um ein ganzes Eck. Für Risiko wird mehr bezahlt. Und der Ablauf ändert sich. Ihr bleibt abends an Bord … und kommt erst morgens runter, wenn die ganze Ladung abgefertigt ist.»

«Du kriegst verdammt nochmal schon genug Kohle von uns. Also kannst du mich mal kreuzweise!»

«Leck mich doch am Arsch!» Flip spuckte auf den Boden und zog seine Augenbrauen noch weiter zusammen. Seine Stimme hatte sich bedrohlich angehört, weil er versucht hatte, die eigene Angst zu übertönen.

Der Zollbeamte meinte es ernst, merkten die Matrosen. Es war nicht klug, ihn gegen sich aufzubringen, weil es dann keinerlei Chance mehr gäbe, die Rauschmittel an Land zu bekommen. Was die Polizei konnte, konnte der Zoll auch, und sie hatten keine Lust, jedes Mal, wenn sie vor Anker gingen, sofort dreißig Zollbeamte an Deck zu bekommen.

Die zwei gaben fluchend nach und nahmen sich vor, die steigenden Kosten dem Narbengesicht aufzubrummen, obwohl es schwierig werden würde, ihn aufzutreiben. Das Narbengesicht nahm Kontakt mit den Matrosen auf, nicht umgekehrt. Aber wenn sie nur genug Geld springen ließen, würden sie den Jungen mit der miesen Fresse bestimmt finden.

Kaum hatte Flip die Kneipe verlassen, erleichtert, bei seinem Bluff mit heiler Haut davongekommen zu sein, machten sich die Matrosen schon auf die Suche.

Saltet hielt sich seit diesem Nachmittag nicht mehr an feste Arbeitszeiten. Er wusste, dass seine Drohung Folgen haben und die eine Partei mit der anderen Kontakt aufnehmen würde. Die Polizisten hatten ihm schon erzählt, dass ihre anhaltende Aufmerksamkeit die Zollbeamten gehörig nervös gemacht und sie auch verärgert hatte. Und Menschen, die sich ärgern, machen Fehler. Vom Hafen aus war er einem dicken, schwitzenden Zollbeamten gefolgt. Jedes Mal, wenn dieser Flip van Buuren eine Kneipe betreten hatte, hatte er im Schatten einer Türnische Stellung bezogen, wo das Licht der Straßenlaternen nicht hinreichte. Der Mann war in die Kneipen hinein- und immer bald wieder hinausgegangen, ganz offensichtlich auf der Suche nach jemandem.

In der letzten Kneipe, die er betreten hatte, war er geradewegs auf einen mageren Matrosen zugegangen, der in ebendiesem Augenblick damit beschäftigt gewesen war, Freudenmädchen zu umschlingen, und hatte ihm auf die Schulter geschlagen. Diesen Moment hatte Saltet genutzt, um ungesehen näher zu treten, und war schließlich, den Hut tief ins Gesicht gezogen, zusammen mit einer Gruppe ausgelassener Gäste selbst in das

Lokal geschlüpft. Es war voll genug gewesen, um nicht aufzufallen, und er hatte ein Bier bestellt, obwohl er nie trank.

Tatsächlich hatte er Gesprächsfetzen aufschnappen können, besonders das Fluchen und Toben. Er hatte die aufgeregten Gesichter gesehen und die Drohungen gehört. In dem Moment war er sich sicher gewesen, dass er die Lunte ins Pulverfass gesteckt hatte.

«Zwei Matrosen in einem Haus am Zeedijk», meldete Saltet. «Und ich würde zu gern wissen, was sie vorhaben.»

«Du bist also nicht da geblieben?», fragte Van Ledden Hulsebosch neutral.

«Doch. Sie sind hochgegangen, auf ihr Zimmer, wo das Licht bis tief in die Nacht brannte. Schließlich habe ich einen Polizisten hineingeschickt, mit der Ausrede, dass jemand sein Licht angelassen hätte, und ob es nicht besser wäre, kurz nachzuschauen, ob alles in Ordnung sei. Die zwei waren inzwischen weg, aber ihre Sachen stehen noch da. Sie werden schon wiederkommen. Es ist schwierig, sie im Auge zu behalten. Dort haben alle Häuser Gärten nach hinten heraus, und es gibt lauter Durchgänge und Schleichpfade. Außerdem sind sie jetzt vorgewarnt.»

Van Ledden Hulsebosch träumte ein bisschen vor sich hin. Wenn er doch bloß einen Sprung in der Zeit machen könnte und ihm alle Erfindungen zur Verfügung stünden, die es bis jetzt nur in seiner Phantasie gab. Es musste doch möglich sein herauszufinden, wo die Matrosen sich in diesem Moment befanden, mit wem sie sprachen, wie sie den Kontakt mit ihrem Abnehmer unterhielten und wer dieser Abnehmer eigentlich war. Nur ließ sich die Zeit nicht beschleunigen, also musste er sich mit den Mitteln begnügen, die ihm zur Verfügung standen. Trotzdem hatte er das Gefühl, dass sich ein Netz zuzog und sie der Lösung des Rätsels näher kamen.

Am nächsten Tag würde er sich mit Nora treffen, und vielleicht gäbe es danach wieder ein paar Fragen weniger.

«Wie können Sie es wagen!», war ihre wütende Reaktion auf seine Andeutung, dass ihr Vater Frederik Schakels möglicherweise etwas mit dem Handel von Rauschmitteln zu tun hatte. «Ich hätte auf jeden Fall davon gewusst. Wir hatten keine Geheimnisse voreinander.»

Sie war wirklich wütend, und sie wäre fast aufgestanden und weggegangen, wenn Van Ledden Hulsebosch nicht schnell hinzugefügt hätte, dass es ihre leibliche Mutter war, die diese Andeutung gemacht hatte.

Sie ließ sich wieder auf den Stuhl fallen.

Ein paar andere Gäste des Restaurants, in dem sie saßen, sahen sich verärgert um, aber Van Ledden Hulsebosch nickte ihnen freundlich zu. Steckt die Nase in eure eigenen Angelegenheiten, dachte er.

«Sie sind meiner Mutter begegnet?», fragte sie.

«Sie hat mich aufgesucht», erklärte Van Ledden Hulsebosch. «Aber wenn ich mich nicht täusche, haben Sie auch Kontakt mit ihr?»

Das Mädchen schüttelte den Kopf. «Ich habe sie ein einziges Mal getroffen. Eine Alte, die in den Abfalleimern im Park wühlt. Sie sprach mich an und sagte, dass sie mir wichtige Dinge enthüllen würde.»

«Was denn zum Beispiel?»

«Ich habe nie gewusst, dass meine Eltern nicht meine Eltern sind. Sie hat mir erzählt, dass mein Pflegevater mich ihr weggenommen hat. All die Jahre hat sie in schrecklicher Armut gelebt, auf der Straße. Sie sei alt und krank, sagte sie, und sie finde, dass ich die Wahrheit wissen müsse. Sie erzählte mir auch, wer mein echter Vater war.»

Van Ledden Hulsebosch nickte. Er konnte sich das Drama gut vorstellen. Es musste furchtbar sein, so jung zu erfahren, dass das eigene Leben nie das eigene Leben gewesen war.

«Es stellte sich alles als wahr heraus. Ich habe meinen Pflegeeltern gesagt, dass ich es weiß, sie angeschrien, warum sie es mir nie erzählt haben, gebrüllt, dass sie Lügner sind, ich habe sie angefleht, mir zu helfen, aber sie wollten mir nichts sagen. Mein Vater hat mir einfach verboten, weiterzusuchen. Aber ich wollte es wissen. Blut sucht Blut.»

«Wie hat Ihr echter Vater reagiert?»

«Ich glaube, dass ich in meinem ganzen Leben noch nie jemanden so sehr geliebt habe wie ihn. Wir haben viele Stunden zusammen verbracht. Er rief mich oft an, aber ich durfte keinen Kontakt mit ihm haben, also bin ich von zu Hause weggegangen und habe mir ein möbliertes Zimmer gemietet. Mein Vater – Herr van Ledden Hulsebosch, wenn ich in Zukunft über meinen Vater spreche, meine ich Frederik Schakels, verstehen Sie? –, mein Vater hat mir alles über sein Leben erzählt.»

«Und was für ein Leben war das?»

«Ein Leben für die Kunst. Nicht mehr und nicht weniger. Haben Sie eine Leidenschaft, die allem anderen im Wege steht?»

Van Ledden Hulsebosch nickte sofort, weil es eigentlich nur eines gab, was sein ganzes Leben beherrschte. «Ja, das Verbrechen.»

Sie lächelte kurz. Natürlich hätte sie einen dummen Witz über seine Laufbahn als Verbrecher reißen können, aber sie tat es nicht. «Und würden Sie dieser Leidenschaft alles opfern?»

«Ja, ich denke, dass ich eine Menge dafür aufgebe.»

«Er hat alles für die Kunst aufgegeben. Die Revue fand er die einzig ehrliche Kunst, die es gibt. Sie erschien ihm frisch und neu, und wenn er auf der Bühne stand, fühlte er eine enge Verbindung zu den Menschen, mehr als im normalen Leben. Auf der Bühne war er ein anderer Mensch.» Sie starrte plötzlich ins Leere. Offensichtlich war ihr etwas eingefallen. Ihre Augen füllten sich mit Tränen, und sie schlug die Hände vors Gesicht.

«Was haben Sie?» Van Ledden Hulsebosch wusste nicht recht, was er tun sollte. Ihr tröstend die Hand auf die Schulter legen?

«Ich muss plötzlich wieder an diesen Abend denken. Ich sehe ihn noch vor mir stehen und wie er von diesem Ding erschlagen wurde.»

«Waren Sie denn dabei?»

«Ich saß auf dem Balkon. Es war schrecklich. Ich sah, wie der Gitterboden herunterkam und ihn erschlug. Es schien, als ob es Stunden dauerte, bevor das Ding ihn traf.»

«Ich war selbst auch da. Ich habe nicht auf die Technik geachtet, sondern auf ihn.»

«Ich natürlich auch. Aber ich habe es aus dem Augenwinkel gesehen.»

«Der Gitterboden», sagte Van Ledden Hulsebosch

mit besonderer Betonung, als sei er erstaunt darüber, dass sie das richtige Wort kannte.

«Ja, der Gitterboden. So heißt das doch, oder? Ich habe das eine oder andere von meinem Vater gelernt, wissen Sie.»

«Haben Sie zufällig auch jemanden wegkriechen oder -rennen sehen?»

«Nein. Ich weiß, warum Sie das fragen, aber die Antwort ist: ‹Nein.›» Sie schüttelte den Kopf.

Van Ledden Hulsebosch schwieg. Er beließ es für den Augenblick dabei.

«Was ist los? Was denken Sie?»

«Ich wünschte, es gäbe einen Beweis für Ihre Behauptung, dass Ihr Vater nichts mit Opiumhandel zu tun hatte.»

«Hören Sie sich doch um.»

«Ich befürchte, dass es mir niemand sagen würde, wenn er Opium nahm, und schon gar nicht, wer sein Lieferant war.»

«Das ist es also, was Sie wollen? Dass Ihnen jemand bestätigt, dass mein Vater nichts mit diesem Handel zu tun hatte?»

Van Ledden Hulsebosch blickte in die entschlussfreudigen Augen des Mädchens, das ihren Vater scheinbar so sehr liebte, dass sie Himmel und Erde in Bewegung setzen würde, damit er von allen Verdächtigungen freigesprochen wurde. Er nickte langsam, und sie nickte kräftig zurück, als wüsste sie, was sie zu tun hätte.

Van Ledden Hulsebosch bezahlte den Kaffee, den sie getrunken hatten, und sie verabschiedeten sich voneinander. «Ach, übrigens, arbeiten Sie bei einer Handelsgesellschaft?»

«Nicht mehr.»

«Wie schade.»

«Durch den Tod meines Vaters sehe ich manche Dinge jetzt anders.»

«Inwiefern?»

«Geschäfte. Ich habe … ich habe eine große Begabung dafür. Ich weiß nur nicht, ob ich möchte, dass sich mein ganzes Leben um Geld dreht. Durch meinen Vater habe ich das Theater kennen gelernt. Damit will ich allerdings nicht sagen, dass ich selbst dafür begabt wäre.» Sie lachte. «Ich bin auf der Suche. Vielleicht gehe ich sogar ins Ausland.»

«Für welches Unternehmen haben Sie denn gearbeitet?»

Sie sah ihm tief in die Augen und schwieg. Dann schüttelte sie den Kopf. «Das ist doch egal. Wie wichtig bin ich denn schon? Ich will Ihnen helfen, soweit ich kann, aber ich will auch von hier verschwinden. Ich will nichts mehr mit meinen Pflegeeltern zu tun haben. Und ich bin mir sicher, dass die sich auf die Suche nach mir machen werden, wenn Sie mehr über mich erfahren als unbedingt nötig. Also sage ich es Ihnen nicht!»

«Ich glaube nicht, dass Frederik Schakels sich das Leben, das er führte, von dem Geld, das er verdient hat, leisten konnte.»

«Was wissen Sie denn eigentlich von ihm? Wissen Sie, dass er die Texte, die er seinen Autoren abkaufte, immer mit viel Gewinn an Künstler in Deutschland und Belgien weiterverkaufte? Wussten Sie, dass er Auftritte für Dritte organisierte, weil er selbst nicht alle Angebote annehmen konnte, und dass diese anderen ihm dafür zehn und manchmal sogar fünfzehn Prozent ihrer Gage abtraten? Was wissen Sie überhaupt von der Welt, in der er verkehrte?»

«Dass es in dieser Welt auch einen Mörder gibt.»

«Ein Mörder ohne Gesicht, ohne Namen, ohne Identität – im Grunde genommen wissen Sie also gar nichts.»

Es klang provozierend. Ihre pechschwarzen Augen funkelten angriffslustig und durchdringend. Van Ledden Hulsebosch konnte sich sehr gut vorstellen, dass sie eine meisterhafte Geschäftsfrau war. Dass sie auch eine liebevolle Tochter sein sollte, die ihren kunstbegeisterten Vater von Herzen liebte ... das verstand er ganz und gar nicht. Von dem Mädchen aus der Telefonzentrale hatte er von Schakels' «netter» Seite gehört, und er konnte sich diesen netten Mann beim besten Willen nicht in einem Raum mit einem so messerscharfen Kind vorstellen, das ohne Schwierigkeiten das Band mit ihren Pflegeeltern durchgeschnitten hatte, die sie ein halbes Leben lang liebevoll großgezogen hatten. Er zuckte die Achseln. Von Psychologie hatte er keine Ahnung.

«Vielleicht weiß ich wirklich nichts. Vielleicht habe ich aber später noch sehr viele Fragen. Wie kann ich Sie dann erreichen?»

«Gar nicht.» Das sagte sie nicht einmal unfreundlich.

«Und wenn ich Ihnen verspreche, dass ich Ihren Pflegeeltern nichts erzähle?»

«Schalten Sie eine Anzeige in der Rubrik Schifffahrtsmeldungen im *Courant Nieuws van de Dag.* Ich nehme dann Kontakt mit Ihnen auf.» Das war wohl überlegt.

Er nickte und sah sie an. «Glauben Sie, dass ich Ihrer Mutter je wieder begegnen werde?»

«Woher soll ich das wissen? Ich habe sie nach dem einen Mal nie mehr gesehen. Haben Sie noch Fragen an sie?»

«So viele», sagte Van Ledden Hulsebosch und gab ihr einen Handkuss. Ihre Hände waren noch jung, ihre Nägel nicht brüchig. Mit denselben Händen hatte sie Tee aus einem Glas getrunken, das er nach ihrem Treffen zu aller Sicherheit und heimlich zum Zwecke kriminalistischer Untersuchungen in Butterbrotpapier gewickelt hatte.

An diesem Nachmittag ging er erneut ins Revuetheater Tuschinski. Für sein neuestes Experiment brauchte er nur seine Augen. Er spazierte durch das Theater und versuchte herauszufinden, ob jemand den Mörder bemerkt haben könnte, vorausgesetzt, er hatte nicht nur Augen für den Sonnenkönig gehabt. Er nahm alle möglichen Standpunkte ein und entdeckte dabei unerwartet etwas ganz anderes, wovon er noch nicht wusste, ob es ihm etwas nützen würde.

Wiederum ging er nach unten in den Kühlraum. Die Schlösser auf den Türen für die Eisleute waren stark und ließen sich nicht einfach vom erstbesten Einbrecher aufstemmen. Die einzige andere Möglichkeit, ins Gebäude zu kommen, waren die schmalen Kellerfenster zur Straße hin, sie waren aber nicht einmal zum Durchkriechen groß genug.

Er blieb lange im Keller stehen und spielte alle Möglichkeiten durch. Er hatte schon immer gewusst, dass alles miteinander in Zusammenhang stehen musste, und ganz zaghaft begann er zu ahnen, worin in diesem Fall der Zusammenhang bestehen könnte … Aber er hatte keinen Beweis dafür. Und ohne Beweise durfte keine Theorie in die Welt gesetzt werden, fand er.

Er rief Mathilde Seriese an und schlug ihr vor, sich einmal woanders mit ihr zu treffen als in ihrer Garderobe in der Stadsschouwburg. Inzwischen fühlte er sich mutig genug, um ihr die wichtigste Frage dieser ganzen Untersuchung zu stellen.

Sie tranken Tee im Hotel American, im Volksmund Américain genannt. In der Lounge saßen viele Paare, viele mondäne Frauen und ergraute Herren, die für deren Gesellschaft weit mehr übrig hatten als das Bezahlen ihrer Getränke.

«Sie haben Kummer», sagte Mathilde.

«Aber nicht so viel wie Sie», sagte Van Ledden Hulsebosch kühn. «Ich werde diskret sein, das verspreche ich Ihnen, aber ich weiß, dass Sie Morphium nehmen. Und zwar regelmäßig.»

Ein Kellner half ihr über den ersten Schreck hinweg und nahm die Bestellung auf. Mathilde Seriese schaffte es, ein Lächeln auf ihr Gesicht zu zaubern. Sie setzte ihre Sonnenbrille ab und ließ ihre rot unterlaufenen Augen sehen; auf einmal schien sie sich für nichts mehr zu schämen.

«Sie wissen es also», sagte sie.

«Ich habe eine wichtige Frage», kündigte er an. «Ich würde gern wissen, wer Ihnen den Stoff geliefert hat.»

Sie nickte, sie hatte seine Frage verstanden. «Herr van Ledden Hulsebosch, wenn ich Ihre Frage beantworte, werden Sie ihn festnehmen. Es würde mir sehr schwer fallen, einen Händler zu finden, der genauso großzügig ist wie der, der mich jetzt beliefert. Also sage ich nichts. Vielleicht nehmen Sie mich darum fest, und dann gibt es einen schönen Skandal, der bestimmt sechs Seiten in der hübschen Zeitschrift *Cinema & Theater* füllt, und ich bin mir auch sicher, dass wieder prächtige Fotos zu sehen sein werden. Das lässt sich nicht ändern, weil ich nun mal süchtig bin und ziemlich verzweifelt sein kann. Das gehört dazu.»

«Ist der Händler, der Sie beliefert, derselbe wie … sagen wir: vor einem Monat?»

Sie runzelte die Stirn, weil sie nicht recht wusste, worauf Van Ledden Hulsebosch mit seiner Frage hinauswollte. «Sie sind ein rätselhafter Mann, Herr van Ledden Hulsebosch. Und ich frage mich, was das alles mit Frederik Schakels zu tun hat.»

«Das ist die Antwort, die ich von Ihnen hören wollte. Machen Sie sich keine Sorgen, Sie werden nichts weiter darüber hören.» Er stand auf, nickte höflich, setzte seine Melone auf und ließ eine verwirrte Mathilde Seriese zurück.

Das große Problem der Kriminalistik war, dass es manchmal zu viele lose Enden gab und der Kriminalist nicht wusste, wie er sie zusammenknoten sollte, außer auf eine völlig unvorstellbare Weise. In seiner Einsamkeit kam sich Van Ledden Hulsebosch vor wie Galileo Galilei, oder wenigstens fühlte er sich mit dem großen Astronomen verwandt. Nicht in Bezug darauf, dass dieser seine Wissenschaft vor den Gelehrten des Vatikans und den Vertretern des Papstes verantworten musste, sondern in Bezug auf die Situation, als ihm zum ersten Mal bewusst wurde, dass die Sonne sich nicht um die Erde dreht, sondern die Erde um die Sonne. Selbst Galilei musste diese Erkenntnis einen Augenblick lang wie eine unvorstellbare, lächerliche Wahrheit vorgekommen sein. Er musste sich, dachte Van Ledden Hulsebosch, mindestens so einsam gefühlt haben, wie er selbst sich jetzt fühlte, in dem Wissen, dass alle Fakten miteinander zu tun hatten und eine gemeinsame Linie sie verband. Nur welche?

— 12 —

«Sie lügt!» Davon war Inspektor Saltet überzeugt. Van Ledden Hulsebosch hatte ihm ausführlich von seinem Gespräch mit der Schauspielerin berichtet, und er konnte nur einen Schluss daraus ziehen: Ihr war nicht über den Weg zu trauen.

«Du weißt auch, dass sie lügt», sagte Saltet zu seinem älteren Ermittlerkollegen, aber der blieb zurückhaltend.

«Mit dem Lügen ist das so eine Sache, mein Junge», sagte er ruhig. «Kennst du das Lügnerparadoxon von Epimedes? Die Philosophen befassen sich schon seit über zweitausend Jahren damit. Ein Mann auf Kreta sagt: ‹Alle Kreter sind Lügner.› Wenn er die Wahrheit sagen würde, würde das bedeuten, dass er selbst auch ein Lügner ist. Aber das geht nicht, denn dann müsste er ja eigentlich sagen, dass alle Kreter die Wahrheit sagen, was wiederum eine Lüge wäre, sodass er eigentlich sagen müsste, dass alle Kreter Lügner sind. Die Lüge beißt sich also in den eigenen Schwanz.»

«Ja, ja», schmollte Saltet ungeduldig. Er konnte diese ganzen Weisheiten nicht mehr hören. Es störte ihn nicht, wenn Van Ledden Hulsebosch die Dinge ab und zu komplizierter machte, als sie waren, solange es ihnen etwas brachte. Aber von Nebelwolken, und vor allem verbalen Nebelwolken, hatte er vorläufig genug. Eine Lüge war und blieb eine Lüge, und damit basta!

«Und dann gibt es noch diese andere Geschichte», fuhr der Apotheker fort, «die in unserer Angelegenheit äußerst wichtig ist. An einer Kreuzung gibt es nur einen Weg, der in die Stadt führt, der andere führt zu einem Abgrund. An der Kreuzung wohnen zwei Brüder, von denen einer immer lügt und der andere immer die Wahrheit spricht. Du darfst ihnen nur eine einzige Frage stellen, um herauszufinden, welches der richtige Weg ist. Was ist die richtige Frage?»

«Hm», zögerte Saltet, «weiß man denn, welcher Bruder die Wahrheit sagt und welcher nicht?»

«Nein, natürlich nicht.»

«Hmmm», zögerte er wieder.

Van Ledden Hulsebosch ließ ihn kurz schwitzen, aber der Inspektor schaffte es nicht, die Lösung zu finden. «Es ist ganz einfach», erklärte er dann. «Du fragst einen der zwei Brüder: ‹Was würde dein Bruder sagen, wenn ich ihn fragen würde, welcher Weg in die Stadt führt?› Und dann nimmst du den anderen Weg.»

Das musste sich Saltet kurz durch den Kopf gehen lassen. Wenn man den Lügner fragte, was sein Bruder, der immer die Wahrheit sagt, antworten würde, bekäme man also eine Lüge zur Antwort. Und wenn man den anderen fragen würde, was sein Bruder der Lügner antworten würde, würde man auch eine Lüge zur Antwort bekommen. Also musste man wirklich den anderen Weg nehmen. Aber was hatte das mit ihrem Fall zu tun?

«Es geht nicht darum, ob etwas wahr oder unwahr ist. Die Frage ist, ob wir den Mörder finden oder nicht. Und ob wir dem Rauschmittelhandel einen Schlag zufügen können. Das ist die Hauptsache.»

«Nun, dann machen wir ja schon enorme Fortschritte», sagte Saltet ironisch.

Van Ledden Hulsebosch war weniger pessimistisch. «Das tun wir, mein Freund, das tun wir.»

Er wusste selbst nicht mehr genau, was nun stimmte und was nicht. Wenn er seinem grünen Heft, das er pflichtbewusst geführt hatte, Glauben schenken durfte, hatte Frederik Schakels eine Tochter, die vor etwa einem Jahr Kontakt mit ihm aufgenommen hatte. Sie war in der Zeit vor seinem Tod häufig bei ihm zu Besuch gewesen, und sie hatten sich oft miteinander verabredet.

Mathilde Seriese glaubte allerdings nicht, dass Schakels eine Tochter hatte, und ihre Argumente waren überzeugend – auch wenn Saltet darauf beharrte, dass sie log. Demgegenüber standen wiederum andere Behauptungen: die von Ten Have und nicht zuletzt die von Nora selbst. Mathilde Serieses Behauptung war vorläufig nur eine unter vielen Behauptungen.

Es war höchst wahrscheinlich, dass Frederik Schakels Beziehungen zum Rauschmittelhandel unterhalten hatte. Diese Kontakte hatte er bei seinen Reisen nach Niederländisch-Indien aufbauen können. Vermutlich war er am Schmuggel beteiligt gewesen und hatte damit sehr viel Geld verdient, und vielleicht stand sein Tod in direktem Zusammenhang mit dieser Angelegenheit.

Doch das Gespräch mit Mathilde Seriese hatte mehr oder weniger ergeben, dass Schakels nichts damit zu tun hatte; zumindest bezog sie selbst ihre Drogen von jemand anderem als Frederik – und das wäre zumindest merkwürdig, wenn Schakels sie ihr so leicht hätte beschaffen können.

Ob die Tatsache, dass Schakels eine Tochter hatte und dass der Revuestar sein Geld mit ganz anderen Dingen als der Schauspielerei verdiente, etwas miteinander zu tun hatten, war unbekannt. Aber dieser Schluss ließ sich mehr oder weniger aus dem bemerkenswerten Besuch von Dorothea Anna Groothuis im Laboratorium ziehen.

So weit die Fakten und ihre Zusammenhänge. Dass diese Einzelheiten in Van Ledden Hulseboschs Kopf auch noch auf eine ganz andere Weise zusammenpassten und auf diese Art ein ganz anderes Bild ergaben, darüber ließ er sich vorläufig nicht aus, weil er dazu keinen Anlass sah.

Allerdings schaltete er eine Kleinanzeige im *Courant Nieuws van de Dag*, um ein weiteres Mal Kontakt mit Nora aufzunehmen.

Auch Saltet machte Fortschritte. Im Hafen waren die Zollbeamten nervös geworden und entschlossen, in nächster Zeit nichts mehr an Land zu lassen, was nicht auf legale Weise dorthin gelangen konnte. Sie hatten sich zwar schon Gedanken über andere Wege gemacht, sich weiterhin am Schmuggel zu beteiligen, aber es war klar, dass sie für diese neue Form ihrer Mitarbeit einen viel höheren Betrag von den Schmugglern fordern mussten. Das war inzwischen in die Wege geleitet worden.

Die zwei Matrosen in ihrer Pension am Zeedijk wussten unterdessen über das Interesse der Polizei Bescheid, und sie wussten auch, dass es sie Geld kosten würde, den Handel aufrechtzuerhalten. Kurz und gut: Die Preiserhöhung mussten sie so schnell wie möglich ihren Abnehmern in Rechnung stellen. Die Frage war nur, wie sie mit ihnen in Kontakt kommen sollten. Sie hatten weder eine Adresse noch eine Telefonnummer und wurden zudem beobachtet. Natürlich würde das Problem erst akut werden, wenn sie in vier Monaten mit ihrer nächsten Ladung ankamen, aber es musste im Vorhinein geregelt sein, bevor sie wieder in den Osten aufbrachen. Und das war schon in zehn Tagen. Sie konnten schließlich schlecht per Telegramm von irgendeinem obskuren Hafen aus mehr Geld für die Ware verlangen – wenn sie denn überhaupt gewusst hätten, wohin sie das Telegramm hätten schicken sollen. Außerdem hätte das Ganze auch Konsequenzen für den Handel im Osten. Wenn der Gewinn geringer wurde – durch die höheren Forderungen der Zollbeamten –, würden alle darunter leiden, sowohl der Abnehmer als auch die Lieferanten in Niederländisch-Indien. Es stand außer Frage, dass an Ort und Stelle Maßnahmen getroffen werden mussten.

Saltet wurde über jede ihrer Bewegungen unterrichtet.

«Wahrscheinlich wissen Sie gar nicht genau, wer ihr Auftraggeber ist. Sie scheinen sich mit dem Zeug an einer abgesprochenen Stelle zu melden und dort ihr Geld zu bekommen, und kein Hahn kräht mehr danach», mutmaßte Saltet gegenüber Van Ledden Hulsebosch. «Unter Umständen müssen wir monatelang warten, bis sie wieder im Osten waren und mit dem Stoff zurückkommen. Das ist nicht gerade förderlich für unsere Ermittlungen.»

«Wenn der Prophet nicht zum Berg kommen will, muss der Berg eben zum Propheten gehen», sagte Van Ledden Hulsebosch klipp und klar. Nur die Umsetzung war dem Inspektor noch nicht so deutlich.

Es musste schnell gehandelt werden. Für die Operation, die der Apotheker im Sinn hatte, brauchte er eine Menge Kontakte in den Künstlerkreisen, und er fragte Saltet, ob er eine Zeit lang alleine klarkäme.

«Was hast du denn vor?»

«Wenn ich dir das erzähle, dauert es länger, als wenn

ich es einfach allein tue. Also bitte …» Er machte hektische Abwehrgesten.

Saltet wusste, wann er überflüssig war. Außerdem würde er doch nichts davon verstehen. Soll Van Ledden Hulsebosch doch sein eigenes Süppchen kochen, dachte er, und er ging sich ein Sandwich kaufen.

Van Ledden Hulsebosch vergeudete keine Zeit. Zuerst erstattete er dem Textschreiber Henvo einen Besuch, der über einen Mangel an neuen «Aufträgen» und «Auftraggebern» nicht klagen konnte. Er war fleißig am Schreiben und reagierte leicht gereizt, als Van Ledden Hulsebosch ihn mit seinem Besuch beehrte.

«Ich habe wenig Zeit, Herr van Ledden Hulsebosch.»

«Trotzdem brauche ich Ihre Hilfe.»

Henvo reagierte missmutig. «Auf den Brettern, die die Welt bedeuten», sagte er, «machen Gerüchte schnell die Runde. Sie scheinen der festen Überzeugung zu sein, dass Frederik Schakels mit dreckigem Handel zu tun hatte.»

«Sie sind es, der es dreckigen Handel nennt.»

«Weil es ein dreckiger Handel ist. Schakels hätte sich niemals auf so etwas eingelassen.»

Van Ledden Hulsebosch brummte missmutig. «Was stellt ihr euch denn vor? Ein paar Leute sagen, dass er nichts damit zu tun hatte, aber die Fakten sehen ganz anders aus. Soll ich diesen Leuten dann trotzdem glauben? Das Einzige, was ich tun kann, ist, die Sache genauer zu untersuchen. Wenn Sie also meinen, dass Schakels niemals etwas mit dieser Art von Mitteln zu tun hatte, und Sie können mir sinnige Dinge dazu sagen, würde ich sie gern hören.»

«Sie wollen seine Unschuld nachweisen?»

«Nein, ich will die Wahrheit erfahren.»

«Das kommt aufs selbe raus», sagte Henvo.

«Gut, gehen wir eben davon aus. Können Sie mir vielleicht zu einem Schauspieler verhelfen? Es muss jemand sein, der sich nicht völlig auf einen geschriebenen Text verlässt. Er muss sich ganz in eine Figur hineinversetzen können und außerdem bereit sein, sich in eine lebensechte und sogar ein wenig gefährliche Situation zu begeben.»

«Haben Sie die Grabrede von Louis Borremans bei Frederik Schakels' Beerdigung gehört?»

«Phantastisch!», log Van Ledden Hulsebosch. Aber es diente einem guten Zweck.

«Es war mein Text, aber das tut nichts zur Sache. Ein phantastischer Schauspieler. Ich werde ihm allerdings ein wenig auf die Sprünge helfen müssen. Und es wird etwas kosten.»

«Ich gehe davon aus, dass wir Ihnen beiden ein Honorar anbieten können. Stimmt es übrigens, dass Frederik Schakels all seine Nummern auf Platte aufnahm?»

Der Dichter nickte. «Das tat er für die Plattenfirma DECCA, auf der Keizersgracht. Die Aufnahmen wurden immer in Berlin gemacht.»

«Hat die DECCA denn hier kein Studio?»

«Doch, aber es ist nicht gut genug. Zumindest fand Frederik das.»

Van Ledden Hulsebosch ließ sich die Adresse der Plattenfirma geben und eilte sofort zu deren Büro.

Leopold Kappers, der Geschäftsführer, war ein vornehmer Herr, der eine außergewöhnliche Unternehmenspolitik verfolgte. Alles, was auf den niederländischen Bühnen auch nur einigermaßen erfolgreich war, ließ er auf Schallplatte aufnehmen. Nicht alles davon veröffentlichte er auch – ein Großteil lag in einem Archiv in Berlin, wo sich auch das Aufnahmestudio befand. In dem Herrenhaus an der Keizersgracht waren hauptsächlich Büros untergebracht, aber im Keller gab es einen wattierten Raum, in dem man nicht von Straßengeräuschen belästigt wurde und ungestört eine einfache Aufnahme machen konnte.

«In Deutschland können wir, wenn nötig, ein ganzes Orchester aufnehmen. Dort haben wir einen ganzen Saal mit den verschiedensten Aufnahmegeräten. Und die Qualität ist dort auch viel besser. Die deutschen Tontechniker gehören zu den besten der Welt, sie sind auf diesem Gebiet um einiges besser als die Amerikaner.»

«Reiste Frederik Schakels gern nach Deutschland?», fragte Van Ledden Hulsebosch.

«Aber ja! Seine Arbeit war auch sehr erfolgreich. Ich verkaufte sehr viele Platten von ihm. Dann lohnte sich so ein Ausflug auch.»

«Begleiteten Sie ihn denn manchmal auch?»

«Nie. Frederik Schakels verreiste am liebsten allein. Er hängte auch immer ein paar Tage dran. Wer ist nicht gern in Berlin? Er ist sogar ein paar Mal dort aufgetreten. Sein Deutsch war fehlerfrei. Es war kein Akzent zu hören. Sein Tod ist ein tragischer Verlust für unser Unternehmen. Zum Glück ist seine Stimme über den Tod hinaus für die kommenden Generationen bewahrt geblieben.»

Van Ledden Hulsebosch fand das keine sonderlich erquickende Vorstellung, aber er schaffte es, Haltung zu bewahren.

«Haben Sie auch gesprochene Texte von ihm aufgenommen?»

«Aber sicher. Es gibt eine Reihe Monologe von ihm auf Schallplatte. In einem davon nimmt er auf phantastische Weise die Regierung in Den Haag auf die Schippe. Ich habe die Platte hier im Schrank stehen. Aber ein Monolog ist nichts ohne das Publikum. Man muss hören, wie der Saal darüber lacht. Sonst lebt so ein Text überhaupt nicht. Wir haben die Platte zwar herausgebracht, aber es war kein großer Erfolg.»

«Dürfte ich die Monologe für meine Untersuchung ausleihen?»

«Natürlich.»

«Und ich habe noch eine ungehörige Bitte. Hätten Sie vielleicht auch ein Aufnahmegerät übrig? Wenn ich mich nicht täusche, haben Sie hier unten doch ein Aufnahmestudio, das Sie nur in Notfällen benutzen, oder?»

«Wir haben eine kleine Wachswalze, aber für Gesang ist sie völlig ungeeignet.»

«Machen Sie sich keine Sorgen, ich singe nicht», lachte Van Ledden Hulsebosch. Er durfte das Gerät mitnehmen und war darüber sehr glücklich. Er würde der Lösung wieder ein Stückchen näher kommen können, wenn er solche phantastischen Apparate zur Verfügung hatte.

Saltet hatte inzwischen den Auftrag bekommen, ein Zimmer anzumieten, das neben dem der beiden Matrosen gelegen war. Es eilte, denn ihr zweiwöchiger Aufenthalt an Land würde in null Komma nichts vorbei sein. Wenn sie die Seeleute noch in eine Falle locken wollten, mussten sie schnell handeln. Saltet wusste nicht recht, was Van Ledden Hulsebosch vorhatte, aber er hatte großes Vertrauen in dessen Ermittlungsmethoden und tat darum blindlings, worum der Apotheker ihn bat. Meistens zumindest, denn ihm war auch klar, dass dieser vor lauter Begeisterung manchmal keine Grenzen kannte.

Über Henvo hatte Van Ledden Hulsebosch auch noch einen Maskenbildner an Land gezogen. Schluber stammte ursprünglich aus Ungarn, und er konnte Schauspieler mit Bärten, Schnauzern, Pickeln und noch viel mehr versehen, sodass es wie echt aussah. Schluber sprach schlecht Niederländisch, höchstens ein bisschen Deutsch, aber er war sowieso kein Mann von vielen Worten.

Louis Borremans konnte es kaum fassen. Er war ein großer Schauspieler, dessen Talent vor allem für zu kleine Rollen herhalten musste. Er war, was man einen Charakterdarsteller nannte, jemand, der Typen darstellen konnte. Gern spielte er taube alte Männer, vornehme Herren, Dandys oder bucklige Opas. «Darauf kann man aufbauen, Herr van Ledden Hulsebosch!», hatte er voller Inbrunst gesagt.

Auch Henvo hatte sich Van Ledden Hulseboschs Vorhaben mit offenem Mund angehört und sich erkundigt, ob es für den Schauspieler, an den er mit diesem Auftrag herangetreten war, nicht zu gefährlich sei.

«Ganz und gar nicht! Meine Kollegen von der Polizei und ich selbst befinden uns im Nebenzimmer, und wir greifen ein, bevor überhaupt etwas passieren kann. Aber ich muss Ihnen sagen, dass weder Sie noch der Schauspieler Ruhm ernten werden. Der Typ, den er spielen wird – nein, der er sein wird –, ist am nächsten Tag weg vom Fenster, von der Bildfläche verschwunden. Er wird sozusagen in Rauch aufgehen.»

Letzteres missfiel Louis Borremans sehr. In den Kritiken wurde er meist auch übersehen, obwohl sein Talent, wie er selbst fand, groß und mannigfaltig war. Er hatte mit den größten Schauspielern zusammengespielt, zwar in kleinen Rollen, als Stichwortgeber, aber manchmal hatte er sie geradezu an die Wand gespielt! Das wollte er diesem neuen Auftraggeber gegenüber nicht unerwähnt lassen. Doch schließlich ließ er sich überzeugen. Arbeit war Arbeit, und wenn er auf diese Weise einem guten Zweck dienen konnte … Ihm war etwas unwohl dabei, dass es keinen zusammenhängenden Text gab, aber Henvo würde ein paar schöne Sätze für ihn schreiben, die er im Notfall benutzen konnte. Das war eine Erleichterung. Van Ledden Hulsebosch hatte allerdings eine Bitte an ihn: Der Schauspieler musste irgendwann einmal eine bestimmte Handlung ausführen und dazu einen bestimmten Satz sagen. Kein Problem, winkte Borremans ab. Es würde schon alles glatt gehen. Das hoffte Van Ledden Hulsebosch auch. Da war nichts zu machen, er war auf diesen Menschenschlag angewiesen, sonst …

Marcusse hatte die Stirn gerunzelt, als er die Rechnung für das Honorar eines Textschreibers und eines Schauspielers sah. Er wollte gern erfahren, wozu das alles gut sein sollte, aber Saltet sagte, es sei eine streng geheime Operation, über die nur Van Ledden Hulsebosch genau Bescheid wusste, und er habe inzwischen gelernt, sich blindlings auf den neuen Ermittler zu verlassen.

Das galt für Marcusse dann doch nicht ganz so, und er wollte das auch klarstellen. «Ich habe euch doch gesagt …»

«Der Apotheker würde sich auch an den Bürgermeister wenden, aber er hatte das vollste Vertrauen in Sie, sagte er.» Saltet setzte eine Unschuldsmiene auf.

Zähneknirschend griff Marcusse nach dem Schlüssel für die Tageskasse und holte den benötigten Betrag heraus. Er tröstete sich mit dem Gedanken, dass er an diesem Morgen bereits etwas Wundervolles getan hatte: Er hatte einen neuen Mercedes als seinen persönlichen Dienstwagen bestellt. Er gab Saltet das Geld. Sollten alle Stricke reißen, könnte er diesen nervtötenden Apotheker immer noch mit seinem neuen Auto über den Nieuwendijk jagen. Diese Vorstellung stimmte ihn fast wieder froh, als er dem zufrieden lächelnden Saltet aus dem Fenster hinterhersah.

Als die Matrosen am selben Nachmittag ihr Zimmer verlassen hatten, bezogen Van Ledden Hulsebosch und Saltet im Nebenzimmer Quartier. Der Apotheker hatte einen kleinen Koffer mit der nötigen Apparatur und den dazugehörigen Werkzeugen dabei. Sobald sie das Zimmer betreten hatten, machte er sich daran, ein Loch in die Fußleiste zu bohren. Es war eine schwere Arbeit, weil der Handbohrer nicht nur durch das Holz hindurchmusste, sondern auch noch durch die Wand. Zum Glück brauchte das Loch nicht sehr groß zu sein. Es musste nur ein Wollfaden hindurchpassen, ohne die Wand zu berühren.

Danach ging er ins Zimmer der Matrosen, das er schnell mit einem kleinen, selbst geschliffenen Dietrich öffnete. Der Schlüssel hatte eine Reihe von Zungen, die mittels einer Reihe Knöpfe, die Flügelschrauben glichen, am Griff verstellt werden konnten. Er musste zwar ein wenig rütteln und ziehen, doch die Tür gab bald nach, und er konnte hineingehen, bewaffnet mit einer großen leeren Konservendose, an deren Boden ein langer Wollfaden befestigt war. Er schob eines der

Betten von der Wand und fand das Loch, das er gebohrt hatte. Mehr schlecht als recht fegte er den Bohrstaub zusammen und schüttete ihn in eine leere Zigarrenschachtel. Mit einer Stricknadel schob er den Wollfaden durch das Loch. Auf der anderen Seite zog Saltet an der Wolle, sodass die Dose im Zimmer der Matrosen straff an die Wand gezogen wurde. Drei Glasmurmeln fixierten die Dose in einem Abstand von einem Zentimeter von der Wand, sonst hätte der ganze Apparat nicht funktioniert.

Van Ledden Hulsebosch schob das Bett zurück, schloss das Zimmer ab und gesellte sich wieder zu Saltet. Dort befeuchtete er den Wollfaden und knotete dessen Ende an einer weiteren Konservendose fest. Auch hier wurde die Dose mit ein paar Murmeln als Puffer an der Wand befestigt. Der Faden wurde gespannt.

Saltet sah zu. Van Ledden Hulsebosch musste lachen. «Es ist ganz einfach, Jonathan! Kinder tun das auch. Alle Geräusche, die von der ersten Konservendose aufgefangen werden, werden durch den straff gespannten Wollfaden an unsere Konservendose weitergeleitet und gleichzeitig verstärkt.»

«Aber dafür hätten wir doch auch ein Mikrophon nehmen können? So, wie man Filme oder Platten aufnimmt. Warum so … so laienhaft?»

Van Ledden Hulsebosch warf ihm einen tadelnden Blick zu. «Mikrophone sind nicht empfindlich genug. In Amerika gibt es Mikrophone, die aus der Ferne etwas aufnehmen können, aber sie sind furchtbar teuer. In Deutschland gibt es auch welche, aber man muss den Mund fast schon auf das Gerät drücken, um etwas aufzunehmen, und das sehe ich bei unseren zwei Schmugglern von nebenan nicht kommen.»

Jetzt packte Van Ledden Hulsebosch ein Mikrophon aus. Es war ein großes Gerät, das in einem Kreis mit Metallfedern steckte. Er befestigte es genau vor der Dose.

«Du hast ja sogar eins!»

«Ja, aber wir installieren es hier bei uns im Raum.» Er stellte die Wachswalze der DECCA dazu. «Die Töne aus der Konservendose können nämlich sehr wohl mit dem Mikrophon aufgenommen werden, weil es jetzt direkt davor steht. Ich werde dir erklären, wie man es bedient, weil du nämlich für die Aufnahme der Gespräche auf dieser Walze zuständig bist. Dann haben wir auch ein Beweismittel.»

«Und was machst du?»

«Das wirst du schon sehen!»

Saltet verzog das Gesicht. Hier saß er also, in einem Zimmer am Zeedijk, und hatte keine Ahnung, was ihm bevorstand. Er spielte ein bisschen mit dem Aufnahmegerät herum. Das würde er schon hinbekommen, aber was, wenn die Matrosen Lunte rochen? Er konnte nur hoffen und dachte, dass er sich die Arbeit bei der Polizei doch ein bisschen anders vorgestellt hatte.

Vreugdenhil hatte bei einem befreundeten Apotheker am Zeedijk Stellung bezogen. Mit einem großen Grammophon neben sich, auf dem die Platte mit Frederik Schakels' Monologen lag, saß er neben dem Telefon. Van Ledden Hulsebosch kam herein, um nachzuschauen, ob alles in Ordnung war, und seinem Assistenten die letzten Anweisungen zu geben. Sie mussten noch üben, damit er es auch wirklich schaffte, den Plattenteller genau an der richtigen Stelle anzuhalten und die Platte danach weiterlaufen zu lassen.

«Perfekt!»

Hinten in der Apotheke betrachtete er das Kunstwerk, das der Maskenbildner Schluber geschaffen hatte. Louis Borremans gab es nicht mehr, er blickte ins Gesicht von …

«Hendrik Schakels. Sie sind sein Bruder. Wahrscheinlich brauchen Sie Ihren Namen nicht einmal zu nennen», sagte Van Ledden Hulsebosch. «Es ist wirklich ganz einfach, wollen Sie, dass wir es noch ein letztes Mal üben?»

Henvo sah ihn an. «Das bringt Unglück, Herr Apotheker. Wir Künstler nehmen nie kurz vor der Vorstellung noch etwas durch.»

«Außer der Nummer vom Sonnenkönig», widersprach ihm Van Ledden Hulsebosch scharf, und Henvo zog die Augenbrauen hoch. «Sie haben mir doch erzählt, dass Sie die Nummer in den Stunden vor der Vorstellung noch aus dem Boden gestampft haben. Also wurde sie am selben Nachmittag oder besser gesagt kurz vor der Vorstellung durchgenommen.»

«Tja, was sein muss, muss sein, nehme ich an. Das kann man auch kaum als Repetition bezeichnen, sondern eher als Lernen. Außerdem hat es ja Unglück gebracht, wie Sie wissen.»

Das stimmte, gab Van Ledden Hulsebosch zu. Er verzichtete auf eine weitere Probe mit dem Schauspieler und sah sich noch einmal die phantastische Maske an, die der Ungar zustande gebracht hatte. Er war ein Meister seines Faches, so viel stand fest.

Die Operation lief so glatt wie irgend möglich. Nachdem die zwei Matrosen den Nachmittag in der Stadt verbracht hatten, kehrten sie zum Zeedijk zurück. Sie hatten versucht, mit ihrem Abnehmer Kontakt aufzunehmen, aber nicht gewusst, wo sie ihn suchen sollten. So hatten sie hier und da, vor allem bei zuverlässigen Kontakten, nebenbei erwähnt, dass sie ihn unbedingt sehen müssten, und hatten dazu ein paar Zweieinhalbguldenstücke verteilt. Jetzt blieb ihnen nur noch abzuwarten, ob der Mann mit der Narbe sich melden würde. Darum waren sie auch nicht sonderlich überrascht, als jemand sie auf der Straße ansprach.

«Euch beide hab ich gesucht.»

«Warum?», fragte der magere Matrose.

«Kommt schon. Okay, mich kennt ihr zwar nicht, aber den, der mich zu euch schickt, kennt ihr gut genug. Und mir scheint, wir sollten lieber nicht zu lange auf der Straße reden. Habt ihr hier irgendwo ein Zimmer?»

Henvo hatte schöne Texte geschrieben, fand Louis Borremans. Lebensecht, die Sprache der Straße. Er wollte zu gern einmal in einem Stück einen Schurken spielen, und das Stück würde Henvo dann schreiben müssen. Einen Gentleman-Schurken, einen mit gutem Geschmack. Jemand mit Weste und Zylinder, jemand, der an seinem Schnurrbart zwirbelte und dabei gemeine Blicke um sich warf. Er wusste, wie er die Rolle zu spielen hätte … Er würde die Texte in allerliebstem Tonfall sprechen. Es wäre ein großer Erfolg. Die Zuschauer würden nach der Vorstellung beim Künstlereingang auf ihn warten, um ihm eine Abreibung zu verpassen. Das war doch die allerhöchste Auszeichnung für einen Schauspieler, wenn die Zuschauer die Theaterlüge als Wahrheit ansahen.

Die Matrosen sahen ihn an und nickten. Er durfte mit. Diesmal war sein Publikum zwar klein, aber er war jetzt schon seines Erfolges gewiss, außerdem spielte er die Hauptrolle. Alle Augen waren auf ihn gerichtet. Er genoss es mehr, als dass er sich fürchtete, und seine Eitelkeit war so groß, dass er alle Angst verlor.

Er folgte den Matrosen auf das Zimmer, das sie in der Pension am Zeedijk gemietet hatten. Beim Eintreten warfen sie einen verstohlenen Blick in den Flur, um sich zu vergewissern, dass niemand sie gesehen hatte, und zogen dann die Tür hinter sich zu.

«Ihr seid auf der Suche. Das sorgt für Unruhe.»

«Es gibt da ein paar Probleme», sagte einer der Matrosen nervös.

«Wie bitte? Was für Probleme?», fragte Louis Borremans.

«Die Polizei ist uns auf der Spur.»

Das hatten sie eingeübt. Van Ledden Hulsebosch wollte belastende Aussagen, also musste Borremans so viel wie möglich nachfragen.

«Auf was für einer Spur?»

«Auf der Spur des Schmuggels natürlich!»

«Ach, von den …»

«Den verdammten Rauschmitteln, ja, zum Teufel.»

«Haben sie was gesehen?»

«Das wissen wir nicht. Und was ist überhaupt mit unserem Auftraggeber los? Auf einmal machen wir Geschäfte mit einem Wildfremden, diesem Kerl mit der Narbe. Arbeitest du für den?»

«Jetzt macht aber mal einen Punkt, Jungs. Ich bin der Bruder eures Auftraggebers!», sagte Louis Borremans, wobei er es dahingestellt ließ, ob es der jetzige oder der vorherige war. Er hatte von beiden keine Ahnung und war froh, dass Henvo ihm diese Antwort geschrieben hatte.

«Erzählt mir, was ihr wisst», sagte er. «Dann kann ich entscheiden, welche Maßnahmen wir nehmen müssen.»

«Nur, dass ein anderer Typ da war und das Geschäft übernehmen wollte. Ein Typ mit einer Narbe.»

«Wir sprechen jetzt doch von ...», sagte er und machte eine Pause.

«Von dem Zeug! Dem Stoff. Zwei Kisten voll Rauschmittel.»

Louis Borremans konnte den Applaus im Saal beinahe hören. Er wurde gebeten, vor den Vorhang zu treten und sich mehrfach für den Beifall zu bedanken. Ein großer Theaterpreis war ihm sicher. Das war der Ruhm! Im Saal waren die Kritiker ohnmächtig geworden und hatten vor lauter Begeisterung ihre Notizblöcke auf den Boden fallen lassen.

«Kennst du den Typ mit der Narbe?»

«Nein», riet Louis Borremans und wusste nicht, ob es die richtige oder die falsche Antwort gewesen war. Er musste etwas sagen. «Ich kenne nur meinen Bruder.»

«Der Zoll will weiter mitmachen, aber die Preise gehen in die Höhe. Das heißt, dass wir mehr bezahlen müssen. Unser Gewinn wird also kleiner und unser Risiko größer. Also werdet ihr, du und dein Bruder, auch mehr bezahlen müssen.»

«Das muss ich erst mit meinem Bruder besprechen.»

Zum ersten Mal machte der dicke Matrose den Mund auf. «Wir haben gehört, dass der den Löffel abgegeben hat.»

Die beiden sahen ihn an und warteten auf eine Antwort.

«Heute im Laufe des Tages?», fragte Borremans stoisch.

«Nein, schon vor 'ner Weile.»

«Zum Glück. Ich habe ihn nämlich heute Morgen noch gesprochen.»

«Das glaub ich dir nicht», sagte der dicke Matrose.

«Na, so was», sagte Louis Borremans unbeeindruckt. «Dann weiß ich, was wir tun. Wir rufen ihn einfach gleich an. Dann können wir das mit dem Preis auch gleich regeln und haben die Sache hinter uns.»

«Anrufen?»

«Solange es im Himmel noch kein Telefon gibt, könnt ihr ja wohl davon ausgehen, dass er lebt, wenn ich mit ihm telefoniere. Ihr kennt doch seine Stimme, oder? Also, was spricht dagegen?» Borremans erhöhte den Druck.

Die Matrosen tauschten einen Blick. Den Bruder anzurufen, war wirklich keine schlechte Idee.

«Wir haben hier bloß kein Telefon. Aber unten in der Bar ist eins.»

Louis Borremans war schon bei der Tür. «Worauf warten wir denn noch, Jungs?»

Unten in der Bar wählte Louis die Nummer, die er auswendig gelernt hatte.

«Hallo, ich bin es.»

Ein Telefongespräch ohne Gegenspieler am anderen Ende der Leitung zu führen, war keine leichte Kunst. Allerdings eine, die Louis so gut beherrschte wie kein Zweiter. Seit ein paar Minuten ging er ganz in seiner Rolle auf, jetzt konnte nichts mehr schief gehen.

«Hör mal, Junge. Ich spreche gerade mit unseren Freunden. Ja, du weißt schon, unsere ‹Freunde›. Nein, nein, es gibt keine Probleme. Was? Nein, ganz bestimmt nicht!»

Es machte ihm Spaß, den Eindruck zu erwecken,

dass am anderen Ende der Leitung viel gesprochen wurde. Er konnte sehen, dass die Matrosen nicht daran zweifelten, dass sein Bruder am Apparat war.

«Die Einzelheiten erzähle ich dir noch. Die Sache ist ein bisschen komplizierter geworden, aber das können unsere Freunde regeln. Bloß, sie wollen mehr Geld.»

Er hielt den Hörer kurz in die Luft, zu den Matrosen hin.

«Alle Preise steigen. Daran ist die Regierung in Den Haag schuld!», sagte Frederik Schakels.

Louis Borremans hielt den Hörer wieder ans Ohr. «Du verstehst doch wohl, dass die Regierung in Den Haag in diesem Fall nichts damit zu hat, Bruderherz. Die beiden hier wollen eine Antwort. Also, was meinst du: Sind wir einverstanden?»

Wieder hielt er den Hörer hoch.

«Das Erzielen einer Einigung dauert inzwischen mehrere Wochen.»

Das hatte Henvo nicht besonders geschickt konstruiert, und die Matrosen warfen sich einen Blick zu, der zu bedeuten schien: Wovon spricht der Knabe denn jetzt?

«Wir haben aber nicht wochenlang Zeit, Bruderherz», antwortete Louis Borremans. «Wir müssen jetzt Geschäfte machen. Also will ich von dir wissen: Kann ich das Geschäft mit den beiden abwickeln?»

Aus dem Hörer ertönte: «Darum geht es! Geschäfte abwickeln! Darum dreht es sich. Aber die Regierung …!»

Rechtzeitig zog Louis das Telefon wieder weg und hielt seine Hand auf den Hörer. Vertraulich wandte er sich an die Matrosen. «Mein Bruder hat vor kurzem einen Steuerbescheid bekommen. Und jetzt jammert er ständig über die Regierung in Den Haag.» Er führte den Hörer wieder zum Ohr. «Dann bringe ich das jetzt in Ordnung. Bis später, und Grüße von den Seeleuten!»

Er legte den Hörer auf. Schweißtropfen standen ihm auf der Stirn, und er merkte, dass der prächtig angeklebte Schnauzer anfing, sich zu lösen. Jetzt musste es bald vorbei sein. Eine Maske, so perfekt sie auch aufgetragen sein mochte, konnte furchtbar verlaufen, wenn man zu viel schwitzte.

«Sollen wir noch kurz auf euer Zimmer gehen, um zu einer endgültigen Einigung zu kommen?»

Auf dem Zimmer stimmte Louis Borremans mit verkniffener Miene und zögerlich schließlich den neuen Bedingungen der Matrosen zu. Ganz zum Schluss ließ er sie alles noch einmal wiederholen.

«Nach jeder Reise liefern wir zwei Kisten mit Rauschmitteln. Ihr zahlt ab sofort vierzig Prozent mehr als vorher, und zwar bar auf die Kralle.»

Saltet kontrollierte, ob das Aufnahmegerät funktioniert hatte. Alles sah danach aus, also gab er schnell den Auftrag, einzugreifen.

Louis Borremans spielte seine Rolle bis zum Schluss hervorragend. Die Polizisten traten die Tür ein und packten die zwei Seeleute. Auch der Mann, der gerade mit ihnen verhandelt hatte, schrie Zeter und Mordio, wie er es noch nie getan hatte. Er wusste, dass seine Karriere gemacht war, obwohl er es bis zum letzten Atemzug bedauern würde, dass er bei diesem phantastischen Auftritt nicht mehr Zuschauer gehabt hatte. Van Ledden Hulsebosch und Saltet standen in der kleinen Diele der Pension, während die beiden Matrosen fortgebracht wurden. Borremans stand stolz neben ihnen, und die Beamten, die an dem Einsatz beteiligt gewesen waren, klopften einander auf die Schultern. Sie fanden die Operation sagenhaft.

Saltet strahlte vor Stolz. Sie hatten dem Rauschmittelhandel einen ersten Schlag versetzt.

— 13 —

Die Matrosen waren geständig, aber sie wussten nicht mehr als das Allernötigste. Von den Zollbeamten kannten sie nur die Gesichter und ein paar Spitznamen, aber das reichte, um einige von ihnen zu verhaften. In den kommenden Wochen würde die Wareneinfuhr ganz genau im Auge behalten werden. Man ging davon aus, dass noch mehr Seeleute festgenommen werden konnten. Bestimmt waren noch mehr Schiffe nach Amsterdam unterwegs, die Matrosen mit einem lukrativen Nebenverdienst an Bord hatten.

Marcusse war begeistert von dem Schlag, den seine Ermittler dem Rauschmittelhandel versetzt hatten. Er hatte Bürgermeister De Vlugt sofort davon unterrichtet und war über alle Maßen gelobt worden. Hier und da verdrehte der Polizeichef die Wahrheit allerdings etwas, besonders als er erzählte, wie er die Fahnder auf die Idee gebracht hatte, das belastende Material auf Wachswalzen aufzunehmen.

«Wachswalzen?» Der Bürgermeister hatte keine Ahnung von Technik.

«Ja, Sie wissen schon.»

«Ach ja, selbstverständlich.»

«Das Zeug aus Deutschland, wissen Sie?»

«Ja, verstehe.»

Er beschrieb ihm, dass die beiden keine Vorstellung gehabt hatten, wie die Matrosen hopszunehmen wären, aber glücklicherweise konnte er dem Bürgermeister schildern, wie er selbst auf die brillante Idee gekommen war, Frederik Schakels einen Bruder zu verpassen.

«Ein Schauspieler, verstehen Sie?»

«Ah!»

«Ein genialer Einfall, entschuldigen Sie, dass ich es selbst so sage.»

«Ja, wirklich!» Bürgermeister De Vlugt gab sich keine Mühe, seine Zufriedenheit zu verbergen, und Marcusse lief so stolz wie ein Pfau herum.

Im Laboratorium war sogar Vreugdenhil entzückt über den Verlauf der ganzen Aktion. Zumindest strahlte er bis über beide Ohren, wenn er auch nichts dazu sagte.

Saltet war glücklich. Seine Kollegen hatten ihm öffentlich zu dieser schönen Verhaftung gratuliert, und der Chef der Kriminalpolizei hatte ihn als Vorbild bezeichnet. Mit einem Schlag gehörte er zu der Truppe. Als er sagte, dass er Van Ledden Hulsebosch aufsuchen ginge, wurde ihm sogar nachgerufen, er möchte ihn von der Fahndungsabteilung grüßen. Saltet hatte eine vage Handbewegung gemacht und war gegangen.

Jetzt saß er mehr als zufrieden mit sich selbst in der Apotheke, doch zu seiner großen Überraschung war Van Ledden Hulsebosch eher gleichgültig. «Dies ist vielleicht ein Erfolg gewesen, aber wir dürfen nicht vergessen, dass die Geschichte mit dem Mord an Frederik Schakels begonnen hat. Und was den angeht, sind wir der Lösung noch nicht viel näher gekommen.»

«Es muss jemand aus den einschlägigen Kreisen gewesen sein. Jedenfalls ist jetzt bewiesen, dass er mit Rauschmitteln handelte», sagte Saltet voller Überzeugung.

«Richtig. Und es gibt einen Handlanger. Jemand, der

nach seinem Tod den Handel von ihm übernehmen wollte. Ein Mann mit einer Narbe, von dem niemand weiß, wer er ist. Selbst die Matrosen haben ihn nur ein einziges Mal gesehen.»

«Wir suchen weiter!»

«Und schließlich, Jonathan, gefällt es mir ganz und gar nicht, dass Frederik Schakels mit Rauschmitteln gehandelt hat, aber Leute wie Henvo Stein und Bein schwören, dass das nicht sein kann und Mathilde Seriese ihre Drogen von jemand ganz anderem bekommen haben will.»

«Menschen lügen nun mal. Glaubst du denn, dass Mathilde Seriese gegen ihn aussagen würde, wenn sie Morphium von ihm bekam?»

Aber Van Ledden Hulsebosch schüttelte weiterhin den Kopf. «Es mag sein, dass Mathilde Seriese einen Grund hat zu lügen, aber Henvo doch nicht. Und der hätte ganz bestimmt gewusst, dass Schakels mit Drogen handelte, falls er es denn tat.»

Nachdem Saltet die Apotheke verlassen hatte, ging Van Ledden Hulsebosch in sein Laboratorium, war aber unkonzentriert. Er lief ein bisschen auf und ab, bis Vreugdenhil sich aus lauter Verzweiflung in irgendeine Ecke setzte und ein Brötchen aß. Bei der Polizei waren offensichtlich alle, einschließlich Saltet, so im Erfolgsrausch, dass kein Gedanke mehr an den Mord von Frederik Schakels verschwendet wurde. Aber er wollte diesen Fall lösen, sonst wäre er ein gescheiterter Kriminalist. Er würde seine Selbstachtung verlieren, und dafür war er viel zu eitel.

Die Anzeige, die er in die Zeitung gesetzt hatte, hatte noch keine Wirkung erzielt. Obwohl Nora ihm versprochen hatte, Kontakt mit ihm aufzunehmen, ließ sie nun nichts von sich hören. Das fand er merkwürdig, aber er konnte vorläufig nichts anderes tun, als noch einmal dieselbe Anzeige zu schalten.

Die Seeleute hatten gestanden, dass sie zwar allerhand Rohopium lieferten, das daraus hergestellte Morphium aber nie in der Hand gehabt hätten. Eine erstaunliche Tatsache, die Van Ledden Hulsebosch dazu führte, August ten Have einen Besuch abzustatten, diesmal allerdings im Wilhelmina-Krankenhaus.

Das Krankenhaus lag am Stadtrand und war ein eigenes kleines Dorf. Dort wurde nur sehr wenig Verkehr zugelassen, wohl dosiert und in Schach gehalten durch eine Schranke am Eingang des Geländes. Darum konnte man dort auch gut spazieren gehen, was sich für die meisten der Patienten als sehr heilsam erwies. Jede Abteilung hatte ein eigenes Gebäude, meist im sachlichen Stil der Neuzeit, obwohl hier und da Gebäude durch eine ganz andere, prahlerischere Bauweise ins Auge fielen, darunter auch die Frauenklinik.

August ten Have arbeitete in der Chirurgie, die in einem monumentalen Gebäude mit mindestens dreizehn Stockwerken auf dem Platz im Zentrum allen Geschehens untergebracht war. Die Operationssäle lagen im vierten Stock und waren mit der neuesten Apparatur ausgestattet. Das Wilhelmina-Krankenhaus war der Stolz der Hauptstadt und musste mit den besten Krankenhäusern in ganz Europa wetteifern können.

Das war es, was Ten Have daran gereizt hatte. Die Arbeit im städtischen Krankenhaus war auch nicht langweilig, aber hier konnte er sich einen Namen machen, weil ihm die modernste Technik und die allerbesten Mitarbeiter zur Verfügung standen. Er hatte ein kleines Arztzimmer mit Blick auf das Wasser der Da

Costakade, auf der Schubschiffe mit Kohlen unterwegs waren. Tauben hausten unter seinem Fenster, sodass er bei seiner Arbeit immer von einem leisen Gurren begleitet wurde.

Van Ledden Hulsebosch war alles andere als willkommen. Der Chirurg war immer noch unwirsch und giftig. Er war ein verbitterter Mann, und sein Erfolg als Arzt konnte daran nichts ändern. Doch immerhin ließ er Van Ledden Hulsebosch eintreten und deutete auf einen Stuhl.

«Ich habe nur zwei Fragen an Sie», sagte Van Ledden Hulsebosch. «Glauben Sie, dass Sie sich das Datum, an dem Nora ihre Mutter traf, ins Gedächtnis rufen können?»

«Natürlich», sagte der Arzt.

«Tatsächlich?» Van Ledden Hulsebosch zog die Augenbrauen zusammen. Bemerkenswert, dass der Chirurg sich an das Datum erinnern konnte. Er musste doch ein viel beschäftigter Mann sein, der täglich viele verschiedene Termine und Besprechungen hatte und darum ständig neuen Eindrücken ausgesetzt war.

Der Arzt schloss eine Schublade seines Schreibtisches mit einem kleinen Schlüssel auf und holte ein Heft heraus, das er aufschlug. «Warum tun Sie das?», fragte der Arzt, während er die Seiten langsam umblätterte.

«Ich versuche, einen Mordfall zu lösen.»

«Und dann heiligt der Zweck die Mittel?»

«Nicht immer», sagte Van Ledden Hulsebosch bedächtig.

«Aber mit dem Aufreißen alter Wunden haben Sie keinerlei Schwierigkeiten.»

«Ich bin kein Arzt», begann der Apotheker.

«Nein», sagte Ten Have zynisch. «Sie sind ein Pillendreher. Und dabei hätten Sie es auch belassen sollen.»

«Sie hingegen sind Arzt, und zudem ein ganz hervorragender. Sie sollten also wissen, dass Wunden Narben hinterlassen.»

«Na und?»

«Dann wissen Sie auch, dass der Körper dort am schwächsten ist, wo die Narben sind.»

«Herr Apotheker, Sie schwafeln!»

Van Ledden Hulsebosch sah den Arzt an, den seine Wut arrogant werden ließ und vor allem noch unsympathischer, als er ohnehin schon war. Er dachte kurz nach und wählte seine Worte sorgfältig. «Es ist nicht meine Schuld und ganz gewiss auch nicht die Folge unserer Untersuchung, dass Ihre Tochter von zu Hause fortgegangen ist. Wenn ich mich nicht täusche, war sie nämlich schon lange weg, bevor der Mord begangen wurde und wir in Ihrem Leben aufkreuzten.»

«Ja, und was tut das zur Sache?»

«Sie haben keine alten Wunden. Sie haben nicht einmal Narben. Bei Ihnen steht alles noch sperrangelweit offen. Oder besser gesagt, der Eiter fließt nur so heraus. Sie mögen ein hervorragender und bedeutender Chirurg sein, in Ihrem Privatleben liegt einiges im Argen.»

Hinter seinem Schreibtisch sprang Ten Have auf. «Sie wagen es, mich zu belehren?», brüllte er.

«Warum denn nicht? Es kann mir ja eigentlich ganz egal sein, was Sie mit sich selbst anfangen, auch wenn Sie zu guter Letzt mit all den unversorgten Wunden seelisch verkümmern werden. Was ich gesehen habe und sehr schlimm beziehungsweise wirklich furchtbar und sogar kriminell finde, ist, dass Sie Ihre Frau mit ins Unglück reißen.»

Ten Have hielt den Mund.

Damit hatte der Chirurg offenbar nicht gerechnet, dachte Van Ledden Hulsebosch. Aber er war ja auch kein Ermittler, der sich auf die Fakten beschränkte. Er merkte, dass er sich unbewusst über Ten Haves Verhalten geärgert hatte, insbesondere über sein Verhalten seiner eigenen Frau gegenüber. Und jetzt rutschte ihm das mit einem Mal heraus, schneller, als er selbst erwartet hatte. Wieder wurde ihm bewusst, dass echte Ermittlungen ihn offenbar, und sei es unbewusst, mehr berührten als Experimente in seinem Labor.

«Meine Frau hat keinen Grund zu klagen», sagte Ten Have. «Jetzt reicht es mir aber. Raus mit Ihnen, Sie mit Ihrem spitzen Schnurrbart und Ihrer Melone, Sie verflixter Pillendreher!»

«Warum werden Sie denn jetzt wütend? Weil ich Recht habe? Ist das das Verhalten, das Ihre Tochter zu dem gemacht hat, was sie jetzt ist? Wenn Ihre Tochter sich zu ihrem echten Vater geflüchtet hat, lag das vielleicht daran, dass Sie nie ein Vater für sie waren. Und dann haben Sie es verdient zu leiden.» Van Ledden Hulsebosch ging sehr weit, und er war sich dessen bewusst.

Ten Have bebte vor Zorn. «Ich werde das Wachpersonal anrufen, um Sie rauswerfen zu lassen.»

«Nicht nötig, ich gehe schon.» Er drehte sich um. «Sie mögen auf mich herabsehen, Herr ten Have, mit all Ihren Diplomen und Ihrer prächtigen Seziererei, aber als Mensch …» Mitleidig schüttelte er den Kopf und setzte seine Melone auf. Er ging zur Tür und wunderte sich beinah, dass ihm nichts hinterhergeschrien oder -geworfen wurde. Er legte die Hand auf den Türgriff und wollte schon gehen, als er ein leises «Warten Sie!» hörte.

Daraufhin wandte er sich um und sah Ten Have an.

«Haben Sie Kinder, Herr van Ledden Hulsebosch?», fragte Ten Have.

«Nein», antwortete er.

«Kinder wünscht man sich so sehr, aber wenn man sie einmal hat, dann … manchmal …»

Van Ledden Hulsebosch schwieg. Nein, er hatte keine Kinder, noch nicht einmal eine Frau. Trotzdem wusste er sehr gut, was ein Zuhause war und was Liebe dort für eine Rolle spielte. Er selbst hatte aufmerksame und liebevolle Eltern gehabt, eine schöne Kindheit, viel Wärme. Er wusste auch, wie schnell solches Glück zerstört werden konnte.

Der Chirurg griff schweigend nach seinem Tagebuch. Er schloss beim Blättern kurz die Augen und strich sich übers Gesicht, als wolle er Kopfschmerzen vertreiben. Dann sah er auf, der Blick in seinen Augen hatte sich verändert.

«Sie finden mich nicht sympathisch», sagte er, «und vielleicht bin ich das auch nicht. Ich bin mir jedoch sicher, Herr van Ledden Hulsebosch, dass ich Nora geliebt habe. Und darauf, dass ich meine Frau liebe, können Sie ebenfalls Gift nehmen. Über Kummer kommt man auf verschiedene Weise hinweg. Es gibt Menschen, die das durch Vergebung schaffen. Oder indem sie den Kummer einfach annehmen. Dafür hege ich sehr viel Bewunderung. Ich kann das nämlich nicht.»

Van Ledden Hulsebosch nahm einen Stuhl und setzte sich. Es schien, als ob der Arzt ihm auf einmal vertraute und mit ihm sprechen wollte, also nahm er sich dafür Zeit. Gefühle waren zwar nicht gerade die stärkste Seite von Van Ledden Hulseboschs Charakter.

Verbrechen löste er lieber anhand von Daten und Fakten. Mit Menschen, die mit von Tränen geröteten Augen und leiser Stimme redeten, konnte er persönlich nichts anfangen. Er schauderte beim Gedanken, dass der imposante Chirurg sich jetzt ausgerechnet bei ihm ausweinen würde. Aber die Untersuchungen im Mordfall hatten Vorrang, und darum nahm er es gelassen hin.

«Ich operiere Menschen, aber wir sind einfach noch nicht weit genug, um alle Patienten zu retten. Manchmal sehe ich Dinge in einem menschlichen Körper, von denen ich weiß, dass wir innerhalb von zehn oder zwanzig Jahren in der Lage sein werden, sie zu heilen, aber jetzt wissen wir einfach noch zu wenig. Das macht mich wütend. Die Patienten und Angehörigen oft auch. Manche können es aber auch einfach hinnehmen. Manche trösten sich mit dem Gedanken, dass es gottgewollt ist. Wenn ich ihnen erzähle, dass wir immer mehr über den menschlichen Körper lernen, sagen sie, dass sie für die Menschen, die nach ihnen kommen, Hoffnung haben. Meine Patienten sind oft bessere Menschen als ich.»

«Weil Sie so wütend sind?»

«Ja, ich bin wütend. Ich bin vor allem wütend, weil ich …» Er schüttelte den Kopf. «Sie hat nie erfahren, dass ihre Mutter … gestorben ist. Wir haben ihr das nicht erzählt, aber ich habe Angst … Ich befürchte, dass das menschliche Gehirn viel genialer ist, als wir es uns vorstellen können. Ich glaube, dass ein Baby es sich in einer abscheulichen Art von Gedächtnis merkt, wenn es nicht an der Brust der eigenen Mutter genährt wird, sondern Flaschenmilch bekommt – die es am Leben hält –, das schon, die aber nicht die Liebe schenkt, die eine echte Mutter hätte schenken können. Ich glaube, dass Nora unbewusst schon immer gewusst hat, dass sie ein Adoptivkind ist. Ich habe immer gedacht, dass sie nur so tat, als ob sie uns liebte. Dass sie es nie wirklich ernst meinte.»

«Und Sie?»

«Ob ich es mit meiner Liebe ernst meinte?» Er starrte vor sich hin und dachte lange nach. Irgendwie war seine ganze Haltung verändert. Van Ledden Hulsebosch hatte offenbar etwas in ihm berührt, das ihn die Dinge plötzlich mit einem sanfteren Blick sehen ließ. Er dachte über seine Liebe zu seiner Pflegetochter nach und schien mit sich selbst unzufrieden zu sein.

«Nein, tief in meinem Herzen habe ich sie nie wirklich geliebt. Nicht so, wie ein echter Vater es kann. Aber meine Frau schon! Meine Frau hat dieses Kind geliebt. Und das macht mich nur noch wütender.»

«Ich weiß, dass ihre Mutter nicht gestorben ist.»

Diese Bemerkung traf Ten Have wie ein Schlag mit dem Vorschlaghammer. Er starrte Van Ledden Hulsebosch mit offenem Mund an.

«Von mir aus braucht es nicht herauszukommen. Sie haben in den Papieren herumgepfuscht. Ich bin mir sicher, dass Sie es waren, ich habe die Handschriften verglichen.»

Endlich hatte sich Ten Have wieder ein bisschen in der Gewalt. «Es war besser so.»

«Fanden Sie?»

«Ich habe die Frau gesehen. Ich habe ihr Geld gegeben. Ich habe sie eine Weile im Krankenhaus behalten, bis sie wieder gesund war. Und als sie wegging, wusste ich, dass sie es nicht mehr lange machen würde. Ich hätte nie erwartet, dass sie jetzt, nach all den Jahren, noch am Leben ist. Ich hätte ihr nicht einmal mehr ein Jahr gegeben. Auch nicht, wenn ich ihr das Kind gelassen hätte. Es war besser so, jedenfalls für das Baby.»

«Haben Sie nie versucht, sie wiederzufinden?»

«Nein. Warum auch? Was hätte ich ihr sagen sollen? Dass es dem Kind gut geht?»

«Sie hätten ihr mehr Geld geben können.»

«Das hätte sie nur dazu benutzt, sich schneller zugrunde zu richten. Dies hier ist mein Tagebuch. Ich habe es seit dem Tag geführt, an dem ich den Betrug begangen habe, als Apologie meiner Schuld. Es fängt mit den Worten an: ‹Es tut mir Leid.› Ich schreibe jeden Tag etwas hinein. Nicht viel. Ich habe einige solcher Hefte. Es steht nichts Wichtiges darin. Außer dem Datum, das Sie wissen wollen … Einen Moment. Es war am 13. Mai letzten Jahres.»

«Aha, vielen Dank.»

«Und Ihre andere Frage?»

«Ist schmerzlich.»

«Schmerzlich ist diese Sache sowieso schon. Der milde Arzt schlägt grobe Wunden, nicht wahr?»

«Sie verwenden in Ihrer Praxis doch bestimmt Morphium. Ist schon mal Morphium entwendet worden?»

«Warum?»

«Ich habe guten Grund zu der Annahme, dass Frederik Schakels mit Morphium handelte. Sicher bin ich mir nicht, aber es wäre gut möglich, ich kann diese Möglichkeit nicht ausschließen. Inzwischen weiß ich viel über sein Tun und Lassen, aber ich weiß nicht, wie er an das Morphium gekommen sein könnte.»

Ten Have sah durchs Fenster, unter dem die Tauben gurrten. Er schwieg und seufzte tief. «Ja, ab und zu ist Morphium aus meinem Vorrat verschwunden.»

«Auch schon vor Noras Begegnung mit ihrer Mutter?»

«Ja.»

«Und nachdem Ihre Tochter von zu Hause weggegangen ist?»

«Hat es nicht aufgehört. Wir achten darauf. Wir führen Buch darüber. Es ist beinah unmöglich, die Vorräte vollkommen wasserdicht zu bewachen. Sie finden immer neue Wege, an den Vorrat heranzukommen. Übrigens bin ich der Meinung, dass Angestellte oder Patienten des Krankenhauses genauso verdächtig sind wie meine Nora.»

«Ihre Nora?»

«Meine Nora, ja. Ich habe sie vielleicht nie wie ein Vater geliebt, aber meine Aufgabe als Vater habe ich sehr wohl immer besonders ernst genommen. Also nenne ich sie sogar heute noch meine Nora.»

Van Ledden Hulsebosch sah den Mann an, der das Heft zuschlug und in seine Schublade voll Erinnerungen steckte. Von Lügen verstand der Apotheker nicht allzu viel, abgesehen davon, was die Philosophie dazu sagte, aber zum Glück sprang einem die Wahrheit immer deutlich ins Auge.

Er erkannte, dass er einen neuen Schritt getan hatte. Während er sich bisher nahezu ausschließlich mit technischen Beweisen und logischen Experimenten beschäftigt hatte, hatte er soeben bei einem anderen Menschen einen völligen Sinneswandel ausgelöst. Der Arzt, der jetzt hinter seinem Schreibtisch saß, war nicht mehr derselbe wie bei seiner Ankunft. Darüber dachte Van Ledden Hulsebosch lange nach, den ganzen Weg zurück zur Warmoesstraat.

«Ich habe nie gesagt, dass ich Nora verdächtige, Morphium gestohlen zu haben», sagte Van Ledden Hulsebosch zu Saltet, als sie wieder zusammen in ihrem Büro saßen. «Also ist das etwas, was er sich selbst ausgedacht hat.»

«Dann hätte Schakels also seine Tochter bei ihrem Pflegepapa Morphium stehlen lassen?»

«Nein», sagte Van Ledden Hulsebosch.

«Aber das ist es, was du suggerierst», sagte Saltet.

«Nein, das suggeriere ich nicht.»

Saltet sah den Apotheker an. Er verschwieg ihm etwas. Ein Geheimnis stand zwischen ihnen, und das hatte es seit dem Anfang ihrer Zusammenarbeit noch nicht gegeben.

«Erzähl es mir», sagte Saltet, aber Van Ledden Hulsebosch schüttelte den Kopf.

«Es ist etwas, was ich immer über Puzzlespiele gedacht habe. Alle behaupten immer steif und fest, dass die Stücke nur auf eine einzige Art zusammenpassen. Und ich habe immer schon gedacht: Stell dir vor, dass das nicht stimmt, stell dir vor, dass es noch eine zweite Art gibt. Dann müssten wir völlig umdenken, nicht wahr?»

«Wenn du eine Theorie hast, würde ich sie gern hören.»

«Warum?»

«Um dir zu helfen sie nachzuweisen oder andernfalls den Beweis für das Gegenteil zu erbringen. Wir arbeiten an diesem Fall gemeinsam, C. J.»

«Das stimmt», sagte Van Ledden Hulsebosch, der vom Gefühlsausbruch des Arztes immer noch ein wenig mitgenommen war. Er schüttelte den Kopf. «Das kommt schon noch. Erst mal sehen …», sagte er immer leiser, bis sein Satz in unverständlichem Gemurmel endete.

Saltet ließ nicht locker. «Ja?»

Van Ledden Hulsebosch stand auf. «Ich bin Wissenschaftler. Intuition und Spekulation mag ich nicht. Ich will Blutstropfen messen und anhand dieser das Alter des Mörders feststellen. So muss das laufen, und nicht anders.»

Saltet schüttelte den Kopf. Er sah seinen guten Freund an und wusste, dass er sich nicht dazu hinreißen lassen würde, ihm etwas zu sagen. Wahrscheinlich war der kleine Apotheker wütend auf sich selbst, weil er nur vage Vermutungen hatte und keine Beweise, um diese zu stützen. Van Ledden Hulsebosch setzte seine Melone auf, wohl um seine grauen Zellen darunter so lange gut zu schützen, bis sie von selbst auf die Lösung kamen, und verließ erneut das Büro.

Weil er die Anzeige noch einmal in die Zeitung setzen wollte, ging er beim Stammsitz der *Courant Nieuws van de Dag* vorbei, der sich in einem Haus am Nieuwe Voorburgwal befand. Amsterdams älteste Zeitung verfügte über ein kleines Büro im unteren Stockwerk, in dem man an einem Tresen gegen Barzahlung Anzeigen schalten lassen konnte. Man konnte auch alte Ausgaben anfordern, aber für solche, die älter als ein Jahr waren, musste Van Ledden Hulsebosch zu den Verzeichnissen im Archiv. Es befand sich genau neben den Redaktionsräumen.

Dem Archivar, der wie ein Fürst über die Geschichte der Zeitung herrschte, erzählte der Apotheker, dass er gern den *Courant* vom 12., 13. und 14. Mai des vergangenen Jahres einsehen wollte. Das Verzeichnis wurde aus dem Panzerschrank geholt. Die Panzerschränke waren dazu da, die Zeitung für die Ewigkeit zu bewahren. Weil das Papier sehr empfindlich auf Licht und Feuchtigkeit reagierte, mussten die Verzeichnisse unter ganz besonderen Umständen, fern von der vergänglichen Alltagsluft, gelagert werden.

Der junge Journalist Kobus de Quay war im Archiv des *Courant* damit beschäftigt herauszufinden, wie oft seine Zeitung bereits über die besonderen Geburtstage des ältesten Amsterdamers Nelis van der Steeg Bericht erstattet hatte. Er sollte eine Geschichte über den Mann schreiben, der leider kurz vor seinem hundertundzweiten Geburtstag gestorben war. Nachdem Kobus bereits zweimal als Erster über eine sensationelle Neuigkeit berichtet hatte, waren seine Kollegen darauf bedacht, dass er auf dem Teppich blieb. Jemandem, der so jung schon Erfolg hatte, musste der Kopf zurechtgerückt werden, und deshalb hatte Kobus eine lange Liste von Aufträgen bekommen, die ihn bis auf weiteres von echten Geschichten fern halten würden.

Als er Van Ledden Hulsebosch erkannte, trat er auf ihn zu. «Wie schön, Sie hier zu treffen», sagte Kobus.

«Kennen wir uns? Es tut mir Leid ...», sagte Van Ledden Hulsebosch.

«Kobus de Quay ist mein Name. Sie sind der Apotheker, der sich mit dieser Geschichte befasst, mit Frederik Schakels. Sie hatten doch auch mit den Schmugglern zu tun?»

«Neben meiner Tätigkeit als Apotheker bin ich auch noch Kriminalist», sagte Van Ledden Hulsebosch bescheiden, weil er seine Arbeit zwar phantastisch fand, aber nicht gern auffiel.

«Ich war bei Ihrem Experiment in der Baugrube dabei. Ich bin der Journalist, der Sie angerufen hat. Ich würde Sie gern interviewen», sagte Kobus.

«Das interessiert mich nicht. Sie haben mir gegen meinen Willen Aussagen entlockt.» Van Ledden Hulsebosch sah den jungen Mann streng an.

«Ich kann Sie berühmt machen», beharrte Kobus.

Zum Glück wurde gerade das Verzeichnis des Monats Mai gebracht. Es war eine Art Buch, in dem die Zeitungen eines ganzen Monats eingebunden waren. Es gab zwei Sorten davon. Die losen Verzeichnisse, in denen die Zeitungen nur aufgestapelt lagen, und die festen, in die die Zeitungen tatsächlich eingebunden waren. Die losen Verzeichnisse waren ziemlich verschlissen, weil die Journalisten des *Courant* darin nach Herzenslust reißen und schneiden durften. Das feste Verzeichnis hingegen war eine Art heiliges Buch, das der Archivar mit allen Mitteln vor jeglicher Schändung bewahrte.

Van Ledden Hulsebosch blätterte das feste Verzeichnis bis zum 13. Mai des letzten Jahres durch.

«Was suchen Sie?», fragte Kobus.

«Nichts», sagte Van Ledden Hulsebosch.

«Kennen Sie diesen Zirkus?» Kobus wies auf einen langen Artikel über den Zirkus Mangelveld, der seine Zelte auf dem Eissportgelände in der Nähe des Rijksmuseum aufgeschlagen hatte. «Den Artikel habe ich nämlich geschrieben. Ein sagenhafter Zirkus. Es gab dort einen Zauberer, der ein ganzes Auto verschwinden ließ. Und man durfte sogar suchen, man durfte gucken; es war völlig unauffindbar.»

«Ich habe kein Interesse an diesem Zirkus!»

«Ich habe auch die Fotos gemacht», sagte Kobus stolz. «Der hier, der Zauberer, das ist der Große Santorini. Sagenhaft, und nach der Pause war er auch Clausio der Schlangenmensch. Sie waren gerade erst wieder in der Stadt angekommen.»

Van Ledden Hulsebosch blätterte weiter. Er sah sich vor allem die Kurzmeldungen an. Er hatte das Gefühl, dass an diesem Tag etwas geschehen sein musste, was vielleicht mit dem Besuch von Noras Mutter in der Hauptstadt zu tun hatte. Er konnte sich nämlich nicht vorstellen, dass sie all die Jahre einfach irgendwo in Amsterdam gewohnt hatte. Wie hätte sie sonst so unsichtbar bleiben können?

«Ich war ganze zwei Tage dabei. Tolle Clowns, Akrobaten. Und dann denkt man, dass es um die achtzig Mann sind, aber es sind bloß zehn oder so. Die treten dann mal als Akrobat auf, mal als Clown, mal als Zauberer oder als Trapezkünstler.»

Van Ledden Hulsebosch ignorierte den Jungen, oder zumindest versuchte er das. Dann überlegte er es sich plötzlich anders. Er blätterte zurück zu dem Artikel und studierte die Fotos Stück für Stück.

«Sind das alle Fotos?»

«Vom Zirkus? Ach wo, ich habe zwei ganze Rollen voll geschossen!»

«Und gibt es die Abzüge noch irgendwo?»

«Oben, in meiner Schublade.» Kobus ging bereits vor, aber bei der Tür des Archivs blieb er stehen. «Und mein Interview?»

«Ich verspreche Ihnen sogar noch mehr. Wenn ich den Mörder von Frederik Schakels habe, bekommen Sie die Premiere ...»

«Sie meinen, ich werde als Erster benachrichtigt? Das ist ein Wort!»

Auf den Fotos war keine Frau zu sehen, die der

Dame, die kürzlich in die Apotheke gekommen war, auch nur im Entferntesten ähnelte. Doch Van Ledden Hulseboschs Aufmerksamkeit wurde von einem bemerkenswerten Schnappschuss gefesselt. Es war ein Foto des starken Mannes bei einer Akrobatennummer. Der Mann hieß Alonso, und er hatte eine auffällige Narbe auf der Wange. Das war natürlich kein Beweis, kein Richter würde damit etwas anfangen können, aber es war ein Indiz, und Van Ledden Hulsebosch fragte, ob er das Foto behalten durfte.

«Kennen Sie ihn?»

«Nein, Sie?»

Kobus schüttelte den Kopf. «Ich kann die zehn nicht alle auseinander halten ...»

Auf dem Rückweg versuchte Van Ledden Hulsebosch seine Gedanken zu ordnen. Ein Mann mit einer Narbe hatte den Handel von Frederik Schakels übernommen, und bisher hatten sämtliche Ermittlungen nicht eine einzige Spur ergeben, die zu diesem Mann führte. Im Verbrechermilieu war der Mann mit der Narbe – wie die Matrosen ihn geschildert hatten – ein Unbekannter. Und seit die beiden Matrosen einen Anwalt gesehen hatten, sagten sie keinen Ton mehr und arbeiteten nicht mehr mit, also hatte es auch keinen Sinn, ihnen das Foto zu zeigen. Er hatte noch geschimpft, dass solche Ganoven keinen Anwalt verdienten und dass sie doch ein volles Geständnis auf Band hätten, aber der Anwalt hatte ganz schlau bemerkt, dass das vielleicht so war, aber dass jedes weitere Wort den Matrosen eher mehr Zeit in der Zelle einbringen würde als Nachsicht vom Richter. Also hieß es ab sofort: die Klappe halten. Bei dem arroganten Lächeln des Anwalts hatte er sich in die Zeit der spanischen Inquisition zurückgesehnt. Er würde Saltet bitten, sich zu erkundigen, wo der Zirkus Mangelveld sich jetzt herumtrieb … Übrigens klang der Name deutsch.

Zwei Tage später meldete sich endlich ein Notar mit Frederik Schakels' letztem Willen. Laut Testament gab es keine näheren Angehörigen, auch Nora wurde nicht erwähnt. Es war etwas Geld da, das in einem Fonds landete, aus dem ältere Künstler Beihilfe bekamen, wenn sie nicht mehr auftreten konnten, eine Art von Rente. Viel Geld war es nicht, es sei denn, es steckte noch irgendwo Schwarzgeld. Das Kapital, das Schakels mit dem Handel verdient hatte, musste irgendwo anders sein. Es war ein schlichtes Testament mit einem einzigen bemerkenswerten Vermächtnis. Das Haus mit allem, was darin stand, wurde einem nicht namentlich genannten Mädchen vererbt – nur der Notar wusste, wie sie hieß –, das bei der Telefonzentrale arbeitete und sich danach sehnte, ein neues Leben anzufangen. Bei seinen Überlegungen bezüglich seiner Hinterlassenschaft hatte Frederik Schakels das Mädchen, mit dem er stundenlang am Telefon gesprochen hatte, seiner vermeintlichen Tochter vorgezogen. Seltsam.

Einen winzigen Augenblick lang überlegte sich Van Ledden Hulsebosch, dass der Anschlag auf den großen Revuestar ein Komplott älterer Künstler gewesen sein könnte, doch den Gedanken verwarf er schnell wieder. Er blätterte durch das grüne Heft und zerbrach sich den Kopf über die Tatverdächtigen. Einige, wie Dubois und Henvo, bei denen er inzwischen zu der Überzeugung gekommen war, dass sie wahrscheinlich nichts mit dem Mord zu tun hatten, rückten ein Stück weiter nach unten auf der Liste. Der Mann mit der Narbe stieg nach oben, aber vorläufig gab es ihn nur auf einem Foto und hieß bloß der starke Mann Alonso.

Eine andere verdächtige Person, die auf seiner Liste aufgetaucht war, war Nora, obgleich sie vermutlich rein physisch nicht in der Lage war, einen solchen Mord zu begehen. Die Tatsache, dass Morphium aus dem Vorrat ihres Pflegevaters verschwunden war, sprach ebenfalls nicht für sie. Und dass sie ihre Mutter ausgerechnet an dem Tag getroffen hatte, als der Zirkus Mangelveld mitsamt dem Mann mit der Narbe in der Stadt gewesen war, durfte er auch nicht vernachlässigen. Am seltsamsten war die Tatsache, dass sie in dem Testament nicht vorkam, doch er konnte sich vorstellen, dass dieser förmliche Schritt aufgrund der Emotionalität der Familienzusammenführung ausgeblieben war. Bestimmt hatte Frederik Schakels Zeit gebraucht, sich selbst einzugestehen, dass er eine Tochter hatte. Vielleicht hatte es ihn Mühe gekostet, in seinem Leben und erst recht in seinem Testament Platz für sie zu schaffen. Er brannte darauf, Nora wieder zu treffen, aber vielleicht hatte sie ihn hereingelegt. Denn obwohl Saltet und er alle Mittel, die ihnen zur Verfügung standen, eingesetzt hatten, um ihren Aufenthaltsort herauszufinden, waren sie jedes Mal in einer Sackgasse gelandet.

Marcusse rief Saltet und Van Ledden Hulsebosch zu sich, um einen Bericht über ihre Fortschritte zu hören. Es kam Van Ledden Hulsebosch vor, als ob es dem Polizeipräsidenten wenig ausmachte, ob der Mörder nun noch gefasst wurde oder nicht. Er begnügte sich offenbar damit, dass dem Rauschmittelhandel, der ihm große Sorgen bereitete, ein Schlag versetzt worden war. Im Vergleich dazu war der Tod irgendeines Schauspielers reine Nebensache.

Im Büro von Marcusse saß ein unbekannter Mann. «Ich möchte euch Herrn Karl von Frisch vorstellen», sagte Marcusse. «Macht euch keine Gedanken, er spricht ganz ausgezeichnet Niederländisch. Von Frisch ist beim Reichskriminalamt in Berlin, das eng mit uns zusammenarbeitet. Die Zusammenarbeit wird von der neu gegründeten Behörde ICPC koordiniert. Habt ihr schon davon gehört?»

Saltet und Van Ledden Hulsebosch nickten. Die Behörde war in Wien gegründet worden. Am 3. September hatte dort ein großer Kongress stattgefunden, um der bereits bestehenden Zusammenarbeit zwischen verschiedenen Ländern einen Rahmen zu geben. Vertreter von zwanzig Ländern waren zusammengetroffen, um an Ort und Stelle die International Criminal Police Commission zu gründen. Aufgabe der neuen Behörde war es, die Zusammenarbeit der Polizeikorps unterschiedlicher Länder zu stimulieren und zu koordinieren. Jetzt schon waren siebzehn Länder Mitglied, und Saltet jubelte der Initiative aus tiefster Seele zu.

«Ich bin hoch erfreut über Ihre Verhaftungen in der letzten Zeit. Ich bin extra in die Niederlande gekommen, um mich über Ihre Ermittlungsmethoden zu informieren», sagte der deutsche Kollege in nahezu fehlerfreiem Niederländisch. «Frederik Schakels war unser wichtigstes Verbindungsglied zu einem kriminellen Netzwerk, das bis nach Berlin Kontakte hat. Allerdings haben wir ihn nie bei irgendeiner Straftat erwischen können.»

«Wir zunächst auch nicht. Erst nachdem wir die Matrosen festgenommen hatten, konnten wir ihnen Fotos von Frederik Schakels vorlegen, aufgrund deren sie ihn erkannt haben», sagte Inspektor Saltet sachlich. «Im Übrigen haben wir keinerlei Vorstellung von seinen kriminellen Machenschaften.»

«Ach so», sagte Von Frisch enttäuscht. Er hatte gehofft, dass die zwei Männer ihm ein wenig weiterhelfen könnten.

«Allerdings haben wir das Gefühl, dass es mit dem Handel weitergehen wird. Wir glauben, dass ein Mann mit einer Narbe die Geschäfte übernommen hat und dass er neue Wege finden wird, die Rauschmittel einzuführen und zu verkaufen.»

«Von dem Mann mit der Narbe fehlt jede Spur», sagte Van Ledden Hulsebosch. «Wir haben ein winziges Indiz, dem wir noch nachgehen, aber es ist noch offen, ob wir damit weiterkommen.»

«Sollten Sie Hilfe benötigen, dann brauchen Sie sich nur zu melden, wir stehen bereit», versprach von Frisch, und Marcusse – der inzwischen anscheinend in die höheren Ränge bei der Polizei aufgenommen worden war – pflichtete ihm bei.

Abends saßen Van Ledden Hulsebosch und Saltet im Labor und tranken einen jungen Genever, um die Schwermut, die auf ihnen lastete, ein wenig zu dämpfen. Eine gewisse Enttäuschung hatte sich ihrer bemächtigt. Sie hatten viel erreicht, aber das, worum es ihnen wirklich ging, schien völlig überschattet zu sein von wichtigeren Dingen. Die Melancholie, mit der sie die Ereignisse der letzten Tage nochmals Revue passieren ließen, fühlte sich nicht angenehm an, wie Saltet lächelnd bemerkte.

«Hast du denn gar keine Idee?», fragte Saltet.

«Doch», enthüllte Van Ledden Hulsebosch. «Aber

erst muss ich Nora sprechen. Sie ist buchstäblich der Schlüssel zu neuen Fakten.»

Also mussten sie auf Nora warten. Doch die würde nichts von sich hören lassen, wenn Van Ledden Hulsebosch sie nicht aus der Reserve lockte …

— 14 —

Van Ledden Hulsebosch stattete dem Haus von Frederik Schakels erneut einen Besuch ab. Alles stand noch genauso da, wie er es angetroffen und auch wieder zurückgelassen hatte. Die Eingangstür war versiegelt, niemand hatte in der Zwischenzeit auch nur den Versuch unternommen hineinzukommen. Anscheinend gab es hier nichts Interessantes zu suchen. Das wusste Van Ledden Hulsebosch selbst.

Er stellte sich in die Mitte des Zimmers und sah sich um. Bald würde dieses Haus einem einfachen Mädchen von der Telefonzentrale gehören, die Frederik Schakels mit einer Engelsgeduld ihr Ohr geliehen hatte. Bestimmt war das Haus zu groß, zu luxuriös und zu schön für sie, aber ab und zu hielt einem das Leben eine schöne Überraschung bereit. Er drehte sich langsam im Kreis und ließ alles auf sich einwirken. Er versuchte seine Aufmerksamkeit auf Stellen zu richten, die nicht auffielen und wo möglicherweise etwas verborgen war. Was stand wo, und aus welchem Grund stand es dort? Was stimmte hier nicht?

Er betrachtete die Stühle und Sofas. Er sah darunter und dazwischen. Suchte nach Verstecken, fand aber nichts. Sein Blick fiel auf eine kleine Kiste. Der Apotheker hatte sie schon beim ersten Mal gesehen und auch kurz einen Blick hineingeworfen, denn der Schlüssel steckte. Aber sie war leer gewesen. Wahrscheinlich hatte Frederik Schakels sie gekauft, weil sie ihm gefallen hatte. Sie hatte einen Metallbeschlag und war nicht groß;

eine Flasche Wein würde man hineinlegen können, mehr nicht. Sie stand im Zimmer zwischen all den anderen Gegenständen, vollkommen unauffällig. Aber trotzdem, irgendetwas war damit. Van Ledden Hulsebosch hob die Kiste hoch und nahm sie mit. Er würde sie noch gebrauchen können.

Dem jungen Journalisten Kobus de Quay schienen derzeit alle Tage gleich leer. Als er noch mit seinem Rad durch Amsterdam gesaust war, auf der Suche nach Neuigkeiten und Sensationen, war der Journalismus ein Fach voller Aufregung und Abenteuer gewesen, aber heute Morgen hatte er lediglich dreimal seinen Bleistift in der speziell zu diesem Zweck an seinem Schreibtisch angeschraubten Vorrichtung gespitzt.

Er hatte in den letzten Tagen über nichts geschrieben, was auch nur annähernd weltbewegend gewesen wäre. Seine Artikel verschwanden auf die unteren Seitenhälften oder wurden manchmal gar nicht erst gedruckt. Wenn sich nicht schnell etwas in seinem Journalistenleben ändern würde, würde er einstauben, davon war er überzeugt. Dann würde ein großes Talent wie Äther verdampfen.

Da klingelte zum Glück das Telefon.

Zu seiner großen Überraschung war es Van Ledden Hulsebosch. Dass der Apotheker den Fall des rätselhaften Todes von Frederik Schakels noch nicht gelöst hatte, war eine kleine Enttäuschung. Er wollte Kobus gern so bald wie möglich treffen, aber dieser konnte nicht weg.

«Das würde auffallen. Und wenn ich erzähle, was ich vorhabe, bekommt jemand anders den Auftrag.»

Dafür hatte Van Ledden Hulsebosch Verständnis.

Dann musste es eben telefonisch gehen, und er legte ohne Umschweife los. «Es ist von größter Wichtigkeit, dass wir erneut Kontakt zur Tochter von Frederik Schakels bekommen – falls sie seine Tochter ist, aber lassen Sie uns der Einfachheit halber davon ausgehen.» Er erklärte Kobus, wer Nora war und wie er mit ihr in Kontakt gekommen war. «Sie reagiert nicht auf meine Anzeigen, und ich denke, dass es nicht schaden könnte, ein bisschen Druck auf den Kessel zu setzen.»

«Und welche Rolle soll ich dabei spielen?», fragte Kobus.

«Was halten Sie von einem Artikel, in dem suggeriert wird, dass wir mit den Ermittlungen große Fortschritte machen und die Polizei kurz davor steht, beweisen zu können, dass es eine Verbindung zwischen dem Mord und Schakels' Tochter gibt.»

«Gibt es diese Verbindung denn wirklich?»

«Vielleicht schon. Wir haben nur noch keinen Beweis dafür.»

«Und trotzdem soll ich es in den Artikel schreiben? Ich glaube kaum, dass der Chefredakteur darüber sehr erfreut sein wird.»

«Schieben Sie alles auf mich. Legen Sie mir die Worte in den Mund. Auf diese Weise sind Sie aus dem Schneider, und wir bekommen erneut Besuch von Nora.»

«Ich glaube, dass ich einen derartigen Artikel nur unterbringen kann, wenn ich ab sofort die Ermittlungen verfolgen und regelmäßig darüber berichten darf.» Aus taktischen Gründen schwieg Kobus.

Van Ledden Hulsebosch mochte seine Art, Geschäfte zu machen. Er stimmte zu, und nachdem Kobus lange genug beim Chefredakteur gequengelt hatte, bekam er etwas Platz auf Seite fünf – gar nicht so schlecht für eine Amsterdamer Verbrechensgeschichte. Die geraden Seitenzahlen waren immer die schlechtesten, weil sie beim Umblättern der Seiten oft nicht gelesen wurden. Deswegen wurden dort meistens die Anzeigen platziert. Die ungeraden Zahlen waren für die Nachrichten reserviert. Der durchschnittliche Zeitungsleser las die Seiten eins, drei und fünf. Mehr nicht.

Der Artikel stand an einem Mittwoch in der Zeitung:

Wird der «stumme Zeuge» sprechen?

Licht im dunklen Mordfall Sonnenkönig

AMSTERDAM
Von Ihrem Sonderberichterstatter
Kobus de Quay

Wenn es nach dem Amsterdamer Kriminalisten C. J. van Ledden Hulsebosch geht, können im Fall des Mordes an dem 39-jährigen Revuestar Frederik Schakels, der vor kurzem bei einem Anschlag starb, demnächst Verhaftungen vorgenommen werden.
«Wir haben konkrete Hinweise, die zur Überführung des Täters führen könnten», sagt der Apotheker, der von der Amsterdamer Polizei engagiert wurde, um bei der Spurensuche an diesem Mordfall mitzuarbeiten.
Ein wichtiger Anhaltspunkt in dem Fall ist eine gewisse Holzkiste, die der Fahnder im Haus des Opfers sichergestellt hat. «Des Rätsels Lösung könnte sich in dieser Holzkiste verbergen, zu der Frederik Schakels eine ziem-

lich geheimnisvolle Anleitung hinterlassen hat. Erst wenn die Kiste zur richtigen Zeit und am richtigen Ort geöffnet wird, wird die Identität des Mörders preisgegeben. Andernfalls wird die Kiste – wie wertvoll sie auch sein mag – für immer leer bleiben.»

Am nächsten Tag las ein Mann in Grau im Park die Zeitung äußerst aufmerksam. Er war sich sicher gewesen, Frederik Schakels' Haus sorgfältig durchsucht zu haben, nachdem die Polizei ihre Arbeit dort getan hatte. Er hatte die Kiste auch stehen sehen, und sie war ohne jeden Zweifel leer gewesen. Wie konnte dieses Ding nun plötzlich etwas über die Identität des Mörders verraten? Der Schweiß lief in kleinen Bahnen unter seinem grauen Hut hervor. Er zerknüllte die Zeitung und warf sie erbost in den Abfalleimer. Er ging wütend weiter, wobei er den Spazierstock beängstigend tief in den Kiesboden bohrte. Dann überlegte er es sich anders und blieb stehen. Er ging zum Abfalleimer zurück und fischte mit Hilfe des Spazierstocks die Zeitung wieder heraus, strich sie glatt und nahm sie mit.

Dass viele Augen auf ihn gerichtet waren, war er gewohnt, aber nicht am Tage. Jetzt hingegen, bei seinem Gang durch den Park, schien es ihm, als sähe ihm jeder nach. Die Kinder unterbrachen ihr Spiel und schauten auf. Alte Leute auf Parkbänken sahen ihm hinterher. In der Stadt gab es Tausende von Augenpaaren, und alle waren auf ihn gerichtet.

Im Amsterdamer Hafen war die Polizei immer noch besonders aufmerksam. Jede verdächtige Bewegung führte zu einer Kontrolle durch die Hafenpolizei. Der Zoll war der Polizei unterstellt worden, und jedes einlaufende Schiff wurde gründlich untersucht. Vorläufig würde nichts in den Hafen gelangen, was nicht dorthin gehörte, obwohl sich die Polizei natürlich darüber im Klaren war, dass es immer irgendwo undichte Stellen gab. Es liefen derart große Schiffe in den Hafen ein, dass es unmöglich war, sie auf verbotene Ware hin zu durchkämmen. Die Hafenanlagen waren sehr weitläufig, sowohl im Osten der Stadt als auch in Amsterdam-Noord, obwohl sie bei weitem nicht so groß waren wie die Welthäfen Antwerpen, Le Havre oder gar Rotterdam.

Einige Polizeiboote hielten sich ununterbrochen im Hafen auf, und die Beamten an Bord beobachteten jede Bewegung mit Argusaugen. Mit der Zeit wurde es immer ruhiger im Hafen.

Bis eines Abends ein nicht allzu großes Frachtschiff in den Hafen einlief – ohne Licht.

«Zünden Sie Ihre Lichter an!», forderte ein Polizist durchs Megaphon.

Das Schiff negierte die Aufforderung und machte eine eigenartige Wendung.

Dann beschleunigte es plötzlich und fuhr direkt auf eines der Polizeiboote zu.

«Der will uns rammen!»

Fast hätte das Schiff das Polizeiboot tatsächlich mittschiffs getroffen. Gerade im richtigen Moment aber machte es eine weitere Wendung und schien nun auf der Flucht zu sein, weiter in den Hafen hinein, Richtung IJ und IJsselmeer.

Es wurden weitere Anweisungen gerufen, aber das schien den Schiffsführer nicht zu kümmern, also nahm die Polizei die Verfolgung auf.

«Fahren Sie sofort an den Kai. Wir kommen an Bord!», schrie einer der Beamten.

Es half nichts. Das Schiff führte ein seltsames Manöver durch und schien in der Dunkelheit entkommen zu wollen. Für einen kurzen Moment sah es aus, als wäre es spurlos im Schwarz des dunklen Hafens verschwunden.

Das Polizeiboot bat um Verstärkung, und schon bald waren mehr Lichter auf dem Wasser hinter dem Bahnhof zu sehen. Das IJ wurde durchkämmt, sofern sich Wasser durchkämmen lässt. Die Boote durchkreuzten die Hafenbecken auf der Suche nach dem mysteriösen Schiff ohne Licht, das sich vielleicht an einem der vielen Piers verborgen hielt, entweder östlich oder nördlich der Stadt.

Nach einigen Minuten Fahrt sah plötzlich ein Polizist, wie ein Schiff ohne Licht von der gegenüberliegenden Seite ablegte. Der erfahrene Schiffer des Polizeibootes riss das Ruder herum und stellte den Motor auf volle Fahrt voraus, um dem Schiff zu folgen.

Dieses schien nun, obwohl es doch von der Nordsee her gekommen sein musste, wieder wenden und aufs Meer hinausfahren zu wollen. Die Polizei nahm die Verfolgung auf, und schon bald hatte das geheimnisvolle Schiff drei oder vier Verfolger hinter sich. Den Booten, die vor ihm lagen, wusste es geschickt auszuweichen, doch dem Kapitän des Schiffs musste klar sein, dass sein Fluchtversuch sinnlos war. Die Polizeiboote waren schneller und wendiger, und die Besatzung, die zu Anfang vielleicht nicht auf einen solchen Vorfall gefasst gewesen war, war nun ganz bei der Sache.

Es war eine tollkühne Verfolgungsjagd, wobei das vorderste Polizeiboot scharfe Kurven fuhr und viel Wasser über die Reling spritzte. Die Suchscheinwerfer ließen das verdächtige Schiff keine Sekunde mehr aus den Augen. Es glich einem Kaninchen im Scheinwerferlicht eines Autos. Wie es sich auch drehte und wendete, es würde seinem Verfolger nicht mehr entkommen.

In der Nähe der unbefestigten Uferböschung westlich der Stadt ging es dann auch schief. Plötzlich hielt das verfolgte Schiff orientierungslos genau auf die Böschung zu. Dort fuhr es sich im Sand und Schilf hoffnungslos fest, weil der Motor noch immer auf vollen Touren lief. Schnell umzingelten die Polizeiboote das verdächtige Schiff.

«Es kann eine Falle sein! Vielleicht haben sie Waffen!», rief ein Inspektor und sprang an Bord. Er hatte seine Pistole gezogen und lief vorsichtig Richtung Brücke. Zwei andere Beamte folgten ihm unmittelbar. Die Suchscheinwerfer blieben auf das Schiff gerichtet.

Es wurde einige Male «Polizei, kommen Sie heraus!» gerufen, aber nichts und niemand rührte sich. Der Inspektor schlich langsam nach vorn und schob die Tür zur Brücke auf, streckte seine Pistole hinein und schrie, dass alle mit erhobenen Händen herauskommen sollten.

Es herrschte Totenstille, nur der Motor lief noch immer auf vollen Touren. Schließlich leuchtete der Polizist mit einer Taschenlampe ins Innere, um zu sehen, wo derjenige, der das Schiff gesteuert hatte, abgeblieben war. Aber die Brücke war leer und das Steuerrad unbemannt. Ein Seil hielt den Gashebel auf volle Fahrt gedrückt. Er löste es und stellte den Motor ab. Die Stille der Nacht kehrte zurück …

Ein leises Gemurmel drang aus dem Schiffsrumpf. Ein Polizist öffnete eine kleine Luke und leuchtete mit seiner Taschenlampe hinein. Dort lag eine junge Frau – geknebelt und gefesselt.

Kurze Zeit später saß Nora ten Have mit einer Decke um die Schultern und einem Becher Kaffee in der Hand auf der Wache Warmoesstraat. Während die Hafenpolizei das Schiff auf Spuren durchsuchte, waren Van Ledden Hulsebosch und Saltet herbeigerufen worden, weil Nora nachdrücklich nach ihnen verlangt hatte.

«Ich habe schon einige Zeit lang versucht, mit Ihnen Kontakt aufzunehmen», sagte Van Ledden Hulsebosch, als er ihr gegenübersaß.

«Es war fürchterlich», schluchzte sie lediglich.

Der Apotheker klopfte ihr tröstend auf die Schulter.

Bis auf weiteres konnte Nora bei Van Ledden Hulsebosch unterkommen. Er hatte Fräulein van Henegouwen gebeten, ein Zimmer für sie herzurichten. Er selbst würde sich für diese Zeit im Laboratorium seiner Apotheke einquartieren – keinesfalls ungern. Am selben Abend sprachen sie noch in Saltets Beisein miteinander, und Nora erzählte ihnen ihr schreckliches Abenteuer.

«Vor einigen Tagen kam ein Mann zu mir. Er nannte seinen Namen nicht und hatte eine scheußliche Narbe im Gesicht. Er sagte, er habe Informationen über meinen Vater und ich solle mit ihm kommen. Ich wollte Sie eigentlich noch anrufen, aber er war dagegen. Er musste mich dringend sprechen. Es wäre lebenswichtig, sagte er. Also musste ich mit, was sollte ich sonst tun? Wir nahmen ein Taxi zum Hafen und gingen dort auf dieses Schiff. Mit einem Mal wurde er sehr aggressiv. Er fesselte mich und steckte mich in den Verschlag im Laderaum. Er nahm mich in die Mangel. Er sagte, mein Vater habe viel Geld gehabt, sehr viel Geld, und das müsse ja irgendwo sein. Seiner Meinung nach musste ich wissen, wo es sich befand. Aber ganz ehrlich, Herr van Ledden Hulsebosch, ich weiß es nicht! Er wollte mich nicht mehr gehen lassen, bevor ich ihm nicht das Geld gegeben hätte.» Sie schluchzte, und dicke Tränen kullerten über ihre Wangen.

Van Ledden Hulsebosch bekam Mitleid mit ihr und konnte dem Drang nicht widerstehen, mit der Hand über ihre dunklen, lockigen Haare zu streichen.

Auch Fräulein van Henegouwen hatte Mitleid mit Nora. «Es ist besser, wenn Sie sich jetzt schlafen legen, Kindchen. Morgen ist auch noch ein Tag.»

Nora nickte und lächelte Van Ledden Hulsebosch und Saltet dankbar an. «Sie haben mir das Leben gerettet. Dieser Mann war wahnsinnig. Ich hatte Angst, er würde … na ja, Sie wissen schon.»

Van Ledden Hulsebosch nickte, um zu zeigen, dass er verstanden hatte, und bedeutete ihr, mit Fräulein van Henegouwen mitzugehen.

Als die Damen gegangen waren, setzte Saltet sich Van Ledden Hulsebosch genau gegenüber. «Hat man jemanden ins Wasser springen sehen?», fragte der Inspektor.

«Nein», sagte der Apotheker.

«Und trotzdem muss das Narbengesicht vom Schiff gesprungen sein, nicht wahr? Sonst hätte er doch unmöglich entkommen können!»

Van Ledden Hulsebosch sah ihn an und nickte. Es war tatsächlich schwierig, einfach so von einem Schiff zu verschwinden, das von verschiedenen Scheinwerfern auf allen positionierten Seiten angeleuchtet wird.

Sie schwiegen und gingen die Ereignisse in Gedanken noch einmal durch. Van Ledden Hulsebosch überlegte sich, dass es vielleicht doch eine Möglichkeit gab, wie der Gesuchte ungesehen verschwinden konnte. Eine seltsame, weit hergeholte Möglichkeit, aber …

Am nächsten Tag hatte Van Ledden Hulsebosch einen wichtigen Auftrag für Kobus de Quay. Der junge Journalist war in der Achtung seiner älteren Kollegen und des Chefredakteurs gestiegen, weil er wahrhaftig aus erster Hand einen Augenzeugenbericht, eine Reportage über die wilde Verfolgungsjagd in den eiskalten Gewässern Amsterdams geschrieben hatte. Den Tipp hatte er von Inspektor Saltet bekommen, der sofort über die Ereignisse am Hafen informiert worden war und dem Van Ledden Hulsebosch zugeflüstert hatte, er müsse Kobus anrufen, sobald es für die Presse interessante Neuigkeiten gäbe.

In seiner Schilderung standen hohe Schaumkronen auf den Wellen und war es nur durch den heldenhaften Einsatz der Polizisten möglich gewesen, das Wasser und das flüchtende Schiff zu bezwingen. Dass von dem Schurken mit der Narbe jegliche Spur fehlte, machte die Geschichte umso spannender und dramatischer. Obwohl der Artikel in einem etwas schleppenden und hochtrabenden Stil geschrieben war, wurde er von den Lesern geradezu verschlungen. Die Stadt fing langsam wieder an, sich für den Fall des ermordeten Revuestars zu erwärmen, der nun scheinbar spannende Verfolgungsjagden zu bieten hatte, genau wie in amerikanischen Filmen.

«Endlich darf ich mehr eigene Themen in Angriff nehmen», erzählte Kobus stolz, und Van Ledden Hulsebosch wollte diese Gelegenheit sofort ergreifen, indem er ihn auf den Zirkus Mangelveld und vor allem den Mann mit der Narbe ansetzte. Kobus machte sich nur zu gern sofort ans Werk. Van Ledden Hulsebosch war seine ganz persönliche Goldader.

Saltet kam in die Apotheke, und zusammen sprachen sie erneut mit Nora. Von einem Verhör konnte keine Rede sein, es war eher ein Gespräch. Der Ton war freundlich, Nora war ängstlich und zurückhaltend, außerdem machte die Situation sie verlegen. Sie war noch immer schockiert über die Gewalt, der sie ausgesetzt gewesen war. Es sah so aus, als könnte man auch sie von der Liste der Verdächtigen streichen, schließlich war sie nun selbst Opfer. Man konnte deutlich merken, dass sie wirklich Angst gehabt hatte, und mit ihren pechschwarzen Augen rührte sie sowohl den verheirateten Saltet als auch den etwas älteren Van Ledden Hulsebosch. Sie beschrieb ihre Entführung und die Angst, die sie in den Tagen gehabt hatte, als sie auf dem Schiff gefangen gewesen war, in allen Einzelheiten.

«Ich habe mich so gefürchtet. Es war furchtbar. Vielleicht … vielleicht haben Sie ja doch Recht gehabt.»

«Womit?», fragte Van Ledden Hulsebosch.

«Ich kann es eigentlich nicht glauben. Ich will es auch nicht glauben. Mein Vater, der sich mit Kriminellen einlässt?»

Van Ledden Hulsebosch schwieg einen Moment.

«Wissen Sie, dass Sie in Frederik Schakels' Testament nicht genannt werden?»

Sie sah auf. «Das weiß ich, ja.»

«Aber Sie sind doch mehr oder weniger seine einzige Verwandte, wenn ich seine Exfrau einmal außer Acht lasse.»

«Ich wollte es nicht.»

«Wie bitte?»

«Ich wollte es nicht. Ich war so froh, dass wir uns doch noch gefunden hatten. Es brauchte nicht förmlich oder offiziell zu sein. Wenn alle erfahren hätten, dass er und ich ... Sie kennen die Presse, das hätte einen Skandal gegeben. Ich wurde gezeugt, als er noch mit Mathilde Seriese verheiratet gewesen war, und dann hätte man diese Ehe wieder aufgerollt, genauso wie alle anderen Klatschgeschichten. Das wollte ich nicht.»

«Mm.» Van Ledden Hulsebosch nickte verständnisvoll.

«Mein Vater war ein guter Mensch. Wenn er Zeit gehabt hätte, hätte er diese Angelegenheiten sicher besser geregelt, aber das war uns nicht mehr vergönnt. Es sagt nichts aus über die Liebe, die wir füreinander empfanden. Er war ein guter Mensch», bekräftigte sie noch einmal.

«Ein guter Mensch. Tja, es tut mir Leid, aber es gibt genügend Hinweise darauf, dass er mit Rauschmitteln handelte. Möglicherweise war der Mord eine Abrechnung innerhalb dieses kriminellen Milieus.» Der Apotheker sah sie an, und ein Teil der Sympathie, die er bisher für sie empfunden hatte, schien aus seinem Blick gewichen zu sein. «Ich möchte Ihnen eine Frage stellen. Eine Gewissensfrage. Eine, die Sie eventuell sehr böse macht», formulierte er äußerst vorsichtig.

«Fragen Sie nur. Ich habe ja bereits gesagt: Sie haben Recht ...»

«Haben Sie jemals Morphium von Ihrem Pflegevater gestohlen?»

«Was?» Sie explodierte beinah, mit einer Mischung aus Überraschung und Wut.

«Aus dem Arzneimittelvorrat bei August ten Have

sind regelmäßig Morphiumampullen gestohlen worden. Ich vermute, dass Ihr Vater mit Morphium gehandelt hat, aber wir wissen nicht, wie er an das Zeug gekommen ist. Es tut mir Leid, aber ich sehe keine andere Möglichkeit, als dass Sie es für ihn gestohlen haben.»

Sie stand auf und machte wild abwehrende Gesten. «Nein, niemals!»

«Es wäre denkbar, dass er Sie gezwungen hat, es zu stehlen.»

«Meine Pflegeeltern haben mir mein Leben lang etwas vorgespielt. Das nehme ich ihnen übel», sagte sie scharf. «Ich bin wütend, sehr sogar. Aber so etwas würde ich nie tun. Noch nicht einmal, wenn mein echter Vater versucht hätte, mich dazu zu zwingen! Niemals, verstehen Sie!»

«Ich verstehe.» Der Apotheker nickte.

«Wie oft muss ich es denn noch sagen? Ich habe nicht gewusst, dass er etwas mit Rauschmitteln zu tun hatte. Ich dachte, er ist Auftrittskünstler. Ich wusste nichts von alldem. Im Übrigen weiß ich immer noch nichts, außer jetzt das mit dem Mann mit der Narbe. Und den finden wir niemals.»

«Da wäre ich nicht so sicher …»

«Wie meinen Sie das?»

«Ich habe einen Zeitungsartikel über einen Zirkus gefunden, der genau an dem Tag in Amsterdam war, als Ihre Mutter Kontakt mit Ihnen aufgenommen hat. In diesem Zirkus arbeitet ein Mann mit einer Narbe. Sein Name ist Alonso.»

«Meine Mutter … beim Zirkus?» Nora horchte auf.

«Nein, das wissen wir nicht. Aber ich glaube nicht an Zufälle. Dafür glaube ich, dass dieser Alonso unser Verdächtiger sein könnte.» Van Ledden Hulsebosch zog etwas aus einer Mappe, die hinter ihm lag. «Ich habe hier ein Foto des Zirkusartisten mit der Narbe.» Er zeigte ihr das Bild. «Ist das derselbe Mann?»

Gespannt sah sie sich das Foto an. Ihre Augen wurden größer, und dann nickte sie. «Das ist er», bestätigte sie.

Schön. Alonso war der wichtigste Verdächtige in diesem Fall. Allerdings achtete Van Ledden Hulsebosch immer weniger auf die Liste, die er aufgestellt hatte, auf der er Namen durchgestrichen und dann wieder hinzugefügt hatte. Erst wollte er das «Wie» wissen, dann würde das «Wer» sich von selbst ergeben.

«Wegen des Morphiums», seufzte Nora. «Ich versuche ein bisschen mit Ihnen mitzudenken. Mein Vater wusste natürlich, dass mein Pflegevater Chirurg war. Wenn ich darüber nun so nachdenke: Als ich es ihm erzählte, zeigte er auffällig viel Interesse dafür, wo er arbeitete und wie es dort zuging. Es war alles pure Neugier, aber trotzdem. Man kann sagen, dass er mich im Lauf der Zeit über das Wilhelmina-Krankenhaus durchaus ein bisschen ausgehorcht hat.»

Van Ledden Hulsebosch und Saltet warfen sich kurz einen Blick zu. Die Puzzlestücke passten langsam zusammen, aber das Bild, das sich daraus ergeben sollte, war noch sehr unvollständig.

Auf Van Ledden Hulseboschs Wunsch hin hatte Henvo sie mit einem Zauberkünstler in Kontakt gebracht. Er hieß Martini und hatte sich, bevor er sich zur Ruhe gesetzt hatte, vor allem mit seinem «Trick mit der Augenbinde» einen Namen gemacht. Martini konnte nicht durch die Augenbinde hindurchsehen. Seine Assistentin stand dann immer bei jemandem aus dem Publikum und fragte: «Welche Haarfarbe hat dieser Herr?», woraufhin er nicht nur dessen Haarfarbe nannte, sondern auch dessen Gesichtsform und Augen beschrieb. Es war ein guter Trick, denn die Assistentin stellte die Fragen auf eine codierte Art, die Martini verriet, neben was für einem Menschen sie stand.

«Wie fange ich einen Zauberer?», fragte Van Ledden Hulsebosch.

«Einen Zauberer fängt man mit einem Trick», sagte Martini.

«Mit was für einem Trick?»

«Mit einem Trick, den er nicht kennt. Als Zauberer weiß er nämlich, dass es sich um einen Trick handelt. Und er wird so lange zuschauen, bis er weiß, wie der Trick funktioniert. Er muss es unbedingt herausbekommen, sonst findet er keine Ruhe.»

«Dann brauche ich einen Trick.»

«Haben Sie eine Idee?»

«Nein, aber ich habe eine kleine Kiste. Das schon.»

«Ein Kiste mit einem Schlüssel?»

«Ja.»

Der Zauberkünstler dachte nach. Er trat nicht mehr auf und wollte seine Tricks am liebsten mit ins Grab nehmen. Wenn es einen Himmel für Zauberkünstler gab, dann kam man nur hinein, wenn man seine Tricks nicht verraten hatte. Dennoch beschloss er an diesem Nachmittag, die Bitte um Hilfe nicht auszuschlagen, weil er in Van Ledden Hulsebosch so etwas wie einen Kollegen sah.

An diesem Nachmittag starrte Van Ledden Hulsebosch auf die Kiste, die mitten in seinem Laboratorium stand. Er zog den Schlüssel heraus und ging damit zu einer seiner Werkbänke. Mit einem winzigen Bohrer fing er an, ein Loch in den Lauf zu fräsen, sehr sorgfältig. Er nahm eine kleine Feder, die er in dem winzigen Loch anbrachte. Es war eine aufwendige Arbeit, und er war stundenlang damit beschäftigt.

«Nichts ist, was es zu sein scheint», hatte der Zauberer gesagt, und Van Ledden Hulsebosch erkannte, dass in diesem Satz eine Wahrheit steckte, mit deren Hilfe er den Fall würde lösen können.

Nachdem die Spurensicherung das Schiff untersucht hatte, mit dem Nora ten Have entführt worden war, durften Saltet und Van Ledden Hulsebosch dort an die Arbeit gehen. Mit einem Polizeifotografen im Schlepptau gingen sie an Bord. Saltet erwartete natürlich wieder ein hoch interessantes Experiment, das die Geheimnisse des Schiffs lüften würde. Aber Van Ledden Hulsebosch sah sich lediglich um. Er nickte regelmäßig und bat den Fotografen, alles so exakt wie möglich zu dokumentieren.

«Hast du keine Vorstellung davon, wie Alonso-die-Narbe das Schiff verlassen hat?»

«Nein», bekannte Van Ledden Hulsebosch.

«Ist er ins Wasser gesprungen? Gibt es eine Luke? Hat er sich versteckt?»

«Ich habe keine Ahnung», antwortete er und enttäuschte seinen Freund damit sehr. «Ich brauche es auch gar nicht zu wissen, weil es nicht interessant ist.»

Er ließ Saltet mit einem Stirnrunzeln stehen und hüllte sich ansonsten in Schweigen. Er ging nach Hause zurück, um noch einmal mit Nora zu reden.

«Es gibt zwei Dinge, über die ich mit Ihnen sprechen muss.» Seine Stimme klang traurig und ernst. «Zum einen gibt es da diese kleine Kiste.»

«Eine kleine Kiste?», wiederholte Nora.

«Es gibt da eine Kiste mit wichtigen Informationen», sagte er geheimnisvoll.

«Wo ist sie?»

«Nicht hier», sagte er.

«Ist diese Kiste denn sehr wichtig?»

«Ja.»

«Ist sie denn an einem sicheren Ort? Sollen wir sie nicht lieber herholen?»

«Ich glaube, nicht», antwortete Van Ledden Hulsebosch, «dass es ratsam ist, jetzt schon nachzusehen, was sich darin befindet. Aber was ich tun möchte, ist Folgendes: Ich werde Ihnen den Schlüssel dazu geben.»

«Aber Sie wollen doch den Mörder meines Vaters finden! Wenn diese Kiste so wichtig ist, müssen wir sie dann nicht sofort öffnen?»

Van Ledden Hulsebosch wehrte erneut ab. «Nein, die Zeit ist noch nicht reif dafür. Wir lassen sie verschlossen. Frederik Schakels hat deutliche Anweisungen hinterlassen. Wenn wir die Kiste zu früh öffnen, wird sie leer sein. Erst wenn wir die Kiste im richtigen Moment und mit dem richtigen Schlüssel öffnen, gibt sie ihr Geheimnis preis.»

«Was für ein Unsinn!»

Van Ledden Hulsebosch zuckte mit den Schultern. «Er ist nicht umsonst Showkünstler gewesen. Er hat uns einen Zaubertrick hinterlassen. Das kann ich verstehen.»

«Es gab da noch etwas.»

«Noch etwas?»

«Worüber Sie mit mir sprechen wollten.»

«Ach ja, natürlich. Ihre Mutter. Ich würde sie gern noch einmal treffen.»

«Ich auch.»

«Haben Sie irgendeine Vorstellung, wie wir mit ihr in Kontakt kommen können?»

«Nein», sagte Nora.

Van Ledden Hulsebosch schwieg. «Dann muss es eben noch warten», sagte er nach einer Weile geheimnisvoll.

«Moment mal! Ich bin entführt worden! Ich wäre beinah gestorben! Es kann einfach nicht warten. Mein Leben ist in Gefahr, und Sie …»

Er unterbrach sie. «Manchmal muss man einfach Geduld haben. Vielleicht könnte ich die Kiste öffnen, aber trotzdem müsste ich erst mit Ihrer Mutter gesprochen haben. Sie hat mir etwas erzählt, was mich die ganze Zeit beschäftigt und worüber ich gern Genaueres wissen würde.»

«Was denn?»

«Tut mir Leid.» Er winkte Fräulein van Henegouwen. «Sie sind hier sicher. Es kann Ihnen nichts passieren. Glauben Sie mir, es ist am besten, wenn wir es so machen.»

Er ging in sein Labor. Obwohl Nora wegen all der Dinge, die ihr zugestoßen waren, noch ganz aufgewühlt war, blieb ihm nichts anderes übrig, als sie mit ihrer Angst allein zu lassen. Sie war der Schlüssel zu allem, was mit diesem Fall zusammenhing. Er musste dringend mit ihrer Mutter sprechen. Er würde dafür sorgen, dass Nora nichts zustieße. Vor seiner Tür wechselten sich zwei Polizisten ab, sodass sie Tag und Nacht bewacht wurde. Auf der gegenüberliegenden Straßenseite hatten zwei weitere Beamte mitsamt Polizeiwagen Stellung bezogen. Van Ledden Hulsebosch wollte sichergehen, dass der Mann mit der Narbe nicht doch irgendwie ins Haus eindringen würde … aber auch diese Gefahr war gebannt.

Es war schon beinah Nacht, als sie kam. Sie klingelte nicht, sondern klopfte leise ans Fenster, als Van Ledden Hulsebosch sich kurz in der Apotheke blicken ließ. Er war nicht einmal überrascht, dass sie da war.

«Sie wussten, dass ich kommen würde», sagte sie.

«Ich habe es mir gedacht … Ich frage mich, wie sie das hinbekommen hat.»

«Wir haben so unsere Methoden», sagte sie wütend.

Van Ledden Hulsebosch ließ sie herein. In der Apotheke war es dunkel, und wieder konnte er ihr Gesicht kaum erkennen. Er ließ sie nicht aus den Augen und achtete genau auf ihren Gang und ihre Bewegungen. Er versuchte, sich so genau wie möglich zu merken, was sie trug und wie sie es trug.

«Ich weiß nichts, außer dass Sie mich sehen wollen und dass mein Kind in Gefahr ist», sagte sie mit gebrochener Stimme.

«Ihre Tochter ist in Sicherheit», sagte Van Ledden Hulsebosch. «Es kann ihr wirklich nichts passieren.»

«Warum wollten Sie mich unbedingt sprechen?», fragte die alte Frau.

«Aus zwei Gründen», antwortete Van Ledden Hulsebosch. «Sie haben uns auf diese Spur gesetzt. Sie haben gesagt oder vielmehr angedeutet, dass Frederik Schakels etwas mit Rauschmitteln zu tun hat.»

«Und, hat das etwa nicht gestimmt? Dann haben Sie Ihre Arbeit nicht gut gemacht.»

«Ich frage mich nur, warum ausgerechnet Sie das wissen und sonst niemand!»

«Außer den Leuten, mit denen er Geschäfte gemacht hat», sagte sie.

«Das stimmt natürlich. Aber es gibt da keinen logischen Zusammenhang. Von irgendwoher muss er die Ware geliefert bekommen haben. Aber von derartigen Lieferungen innerhalb der Künstlerkreise ist uns nichts zu Ohren gekommen.»

«Vielleicht handelte er gar nicht mit Künstlern», sagte sie.

Van Ledden Hulsebosch nickte. Das konnte der Grund sein, obwohl er das überhaupt nicht glaubte. Schakels' Leben spielte sich ausschließlich in Künstlerkreisen ab. Aber sie schwieg beharrlich, obwohl sie merkte, dass der Apotheker ihr nicht glaubte.

«Warum haben Sie Ihre Tochter eigentlich erwähnt? Dadurch ist sie erst in Gefahr geraten.»

«Ach … Es war besser so.»

«Besser so? Lieben Sie sie denn nicht?»

«Mehr als alles auf der Welt!»

«Trotzdem … das ist alles äußerst seltsam.»

«Der ganze Fall, mit dem Sie sich beschäftigen, ist seltsam. Aber Sie wollten mir etwas mitteilen … Etwas, was Sie meiner Tochter nicht erzählen wollten. Sagen Sie mir jetzt bloß nicht, dass ich umsonst gekommen bin.»

«Nein», sagte Van Ledden Hulsebosch. «Hören Sie zu. Morgen Abend um acht Uhr werde ich im Theater Tuschinski enthüllen, wer Frederik Schakels' Mörder ist. Dazu möchte ich Sie gern einladen.»

Sie lachte verächtlich. «Und wenn ich nicht kommen werde?»

«Oh, glauben Sie mir, Dorothea Anna Groothuis, Sie werden da sein!»

«Ich bestimme selbst, wo ich bin und wo nicht!», schrie sie mit sich überschlagender Stimme.

«Nein, tut mir Leid, meine Dame. Das ist leider nicht so. Sie werden dort sein. Denken Sie an meine Worte!»

Sie war kreidebleich geworden und stampfte wütend nach draußen.

Van Ledden Hulsebosch machte sich nicht die Mühe, ihr zu folgen, aber das war auch gar nicht nötig. Der Kreis hatte sich beinah geschlossen. Er musste nur noch ein bisschen Beweismaterial sammeln …

Einen Teil davon bekam er noch in derselben Nacht, sehr viel später. Dem Mann mit der Narbe war es abermals gelungen, die Polizei hinters Licht zu führen. Über die Gärten hinter den Häusern des Nieuwendijk war es ihm gelungen, ungesehen zu Van Ledden Hulseboschs Wohnung zu gelangen und in Noras Zimmer einzudringen. Er hatte sie bedroht und ihr den Schlüssel zu der Kiste abgenommen. Danach hatte er sie auf dieselbe Weise wie schon auf dem Schiff geknebelt und gefesselt. Nora war vollkommen aus der Fassung, vor allem darüber, dass weder die Polizei noch Van Ledden Hulsebosch sie hatten beschützen können. Sie war wütend auf den Apotheker und schrie, dass es eine wahre Pracht war. Lieber wollte sie in einer Zelle eingeschlossen werden, als noch eine Minute länger in diesem Haus zu bleiben. Saltet fand das eine gute Idee und führte sie ab.

«Was denkst du?», fragte er Van Ledden Hulsebosch später.

«Mir ist jetzt alles klar», antwortete dieser.

Saltet wartete ab, aber C. J. hatte offenbar nicht vor, sich weiter dazu zu äußern. «Und zwar?»

«Morgen, Jonathan. Morgen Abend werde ich enthüllen, wer der Mörder ist. Er hat ein prächtiges Spiel gespielt, fast hätte ich es nicht durchschaut. Aber es kann gar nicht anders sein … Tu mir einen Gefallen und stell allen eine Einladung zu, die irgendwie mit dem Fall zu tun hatten.»

Saltet hätte liebend gern tausend Fragen gestellt, aber Van Ledden Hulsebosch legte den Finger auf den Mund und gebot ihm zu schweigen. Er hatte noch genau einen Tag Zeit, um die letzten Puzzlestücke zusammenzulegen – und das würde nicht leicht werden.

— 15 —

Innerhalb eines Tages konnte noch viel passieren – trotzdem befürchtete Saltet, dass es Van Ledden Hulsebosch nicht gelingen würde, in den wenigen Stunden, die ihm noch blieben, den Fall abzuschließen. Aber der Apotheker war vollkommen gelassen. Er hatte einen kurzen Spaziergang zur Telefonzentrale gemacht und dort die junge Frau getroffen, der so viel Dankbarkeit für ihre vielfältige und freundliche Aufmerksamkeit Frederik Schakels gegenüber zuteil geworden war.

Sie hatte feuerrote Wangen, weil sie die ganze Nacht durchgearbeitet hatte. An ihrer unleidlichen Chefin Nel brauchte sie sich nicht zu stören, denn für den Auftrag, den ihr Van Ledden Hulsebosch erteilt hatte, hatte der Bürgermeister höchstpersönlich in einem offiziellen Brief an die Telefonzentrale seine Zustimmung gegeben. Als Nel den Brief gelesen hatte, hatte sie sich vor Schreck die Lippen in dunklem Rot nachgezogen. Mit großer Begeisterung wollte das Mädchen an der Recherche für Van Ledden Hulsebosch mitarbeiten. Ihre Aufgabe war einfach, aber von allergrößter Bedeutung für die Aufklärung des Falls. Sie bestand darin, von einem bestimmten Telefongespräch eine Aufnahme auf Wachswalze zu machen. Und nicht nur das, der Apotheker wollte auch noch die Nummer wissen, die von einem bestimmten Apparat aus gewählt wurde.

«Sehr geheimnisvoll», sagte das Mädchen später an diesem Tag zu Nel.

«Und das hat alles mit dem toten Schauspieler zu tun?»

«Mehr darf ich darüber nicht sagen.»

«Du weißt, wer es getan hat?»

«Eigentlich schon. Aber ich musste schwören, den Mund zu halten. Ich darf nichts darüber sagen. Morgen oder übermorgen können Sie es alles in der Zeitung lesen. Aber von jetzt an sind meine Lippen versiegelt.»

Nel ärgerte sich schwarz darüber, aber ihre Untergebene war scheinbar der Schützling dieser Spürnase, die in direktem Kontakt mit dem Bürgermeister stand. Vielleicht sollte sie das Mädchen demnächst für eine Beförderung vorschlagen. Vielleicht aber auch nicht.

Ein Mann in Grau hatte eine Holzkiste gekauft und starrte den kleinen Schlüssel in seiner Hand an. Er hatte in seinem Leben schon öfter so dagesessen. Es schien, als ob er nichts tat, als zu schauen. Trotzdem arbeitete er, genau wie all die anderen Male, wenn er etwas auf diese Weise angeschaut hatte ... manchmal Holzkisten, manchmal Feuer, manchmal Schachteln, manchmal Gerüste.

Er hatte Autos verschwinden lassen. Nicht einfach so, indem er die eine oder andere Zauberformel aussprach, sondern durch lange Studien, bei denen er das Auto stundenlang angesehen hatte; durch Denken, Grübeln, Rechnen, Zeichnen. Er hatte Mädchen durchgesägt, sodass man die beiden Hälften auseinander nehmen konnte. Er hatte sich selbst in einem hochkant stehenden Glasquader voll Wasser aufgehängt und war lebend wieder herausgekommen.

Er nämlich war der Große Santorini. Tagsüber trug

er einen grauen Anzug und einen grauen Hut auf seinen grauen Haaren. Abends stand er auf den Bühnen der Welt. Er war überall in Europa gewesen. Angefangen hatte er mit einfachen Kartentricks, aber sein Ehrgeiz war immer größer geworden. Er wollte Dinge verschwinden und wieder zum Vorschein kommen lassen. Er wollte mit Feuer spielen, bis es lebensgefährlich wurde. Als seine Kollegen noch mit Kaninchen zauberten, zauberte er schon mit Tigern und manchmal sogar mit Elefanten. Alles war möglich, solange einem klar war, dass es um einen Trick ging.

Jetzt musste er dahinter kommen, was es mit der Kiste auf sich hatte. Nicht mit dieser Kiste, sondern mit einer gewissen anderen. Einer Kiste mit einem Schloss. Er schaute und schaute und schaute … bis er verstand.

Der Zirkus Mangelveld hatte seine Zelte in Münster aufgeschlagen, unweit der niederländischen Grenze, in der Nähe von Enschede. Kobus hatte ihn aufgespürt und von Frisch um Hilfe gebeten, der sogleich beweisen wollte, wie gründlich die deutsche Polizei arbeiten konnte. Schon nach einigen Stunden bekam Kobus einen Anruf, man habe das Zirkusgelände umstellt und alles unter Kontrolle. Kobus, der sich als *special assistant* der Amsterdamer Polizei ausgegeben hatte, wurde von einem schnellen Polizei-Mercedes abgeholt.

Alonso arbeitete immer noch bei dem Zirkus. Die Polizei übermannte ihn; er war zu überrascht, um sich zu wehren. Zwischen zwei starken Ordnungshütern eingekeilt und mit zwei ebenso starken Handschellen um die Handgelenke wurde er auf die Wache gebracht. Von Frisch hatte dafür gesorgt, dass Kobus zusammen mit dem gefesselten und von zwei Polizisten bewachten

Alonso zur Grenze gefahren wurde. Von dort sollten sie mit dem Zug nach Amsterdam weiterreisen.

«Ich habe nichts mit dem Mord zu tun», behauptete Alonso.

«So, du weißt also genau, worum es hier geht», hatte ihn einer der Polizisten angefahren.

«Ich war noch nicht mal dabei», startete Alonso einen erneuten Versuch, aber der Ordnungshüter raubte ihm die letzte Hoffnung.

«Der Zirkus Mangelveld hat am besagten Tag in Amsterdam gastiert. Unsere Nachforschungen haben inzwischen ergeben, dass du an diesem Abend krank warst. Jedenfalls hast du das dem Zirkusdirektor erzählt. Du hast dich krankgemeldet, und deine Arbeit wurde von den anderen übernommen. Und was dein Alibi angeht: Du bist danach von niemandem mehr gesehen worden.»

«Ich lag in meinem Wagen!»

«Dafür gibt es keine Zeugen.»

«Weil ich krank war und die anderen auftreten mussten. Ich lag einfach nur krank im ...»

«Du teilst dir den Wagen mit einem Kollegen, der bezeugen kann, dass er dein Bett nach der Vorstellung unbenutzt vorgefunden hat. Und dass du erst spätnachts zurückgekommen bist. Er hat dich gefragt, wo du warst, und du hast ihm geantwortet, dass es etwas mit einem Mädchen zu tun hätte. Bei einem Mädchen hätte er den Mund gehalten, aber nicht bei einem Mord.»

Alonso schwieg, jedes weitere Wort konnte ihm nur noch mehr schaden. Von Frisch würde Saltet anrufen, ihm mitteilen, dass alles gut gegangen war, und ihm außerdem ein Telegramm mit den Einzelheiten schicken.

Die Rückführung des Verdächtigen verlief ohne Probleme. Zwei niederländische Polizisten lösten die deutschen Kollegen ab, und Kobus versuchte noch – ganz nebenbei und ohne zu erzählen, wer er eigentlich war – ihm ein paar Informationen zu entlocken. Aber Alonso schwieg … Er war bestürzt, dass man ihn einfach so geschnappt hatte. Er schüttelte immer wieder den Kopf, und das Einzige, was noch über seine Lippen kam, war, dass er nicht verstand, wie man ihm irgendein Verbrechen vorwerfen konnte.

Saltet kam mit den Telegrammen von Kobus de Quay und der Polizei aus Münster zurück und erzählte, dass Alonso sich weigerte, etwas zu sagen.

«Das wird er heute Abend schon tun», sagte Van Ledden Hulsebosch, der anscheinend nur noch über diesen Fall grübelte, aber wenig mitteilsam war.

Jetzt, wo sie der Lösung so nahe waren, wurde er unruhig. Normalerweise konnte er stundenlang in ein Reagenzglas starren, um zu beobachten, was das Mischen bestimmter Stoffe für Auswirkungen hatte, aber nicht jetzt. In seinem Labor fand er keine Ruhe und ging spazieren. Er spazierte an allen Orten des Geschehens vorbei und war auf Stippvisite bei allen, die bei den Ermittlungen eine wichtige Rolle gespielt hatten. Erneut warf er einen Blick in Frederik Schakels' Haus, das gründlich geputzt worden war, weil die neue Bewohnerin bald einziehen würde. Er ging bei Noras Pflegeeltern vorbei und besuchte Henvo, den Textschreiber, und Dubois, den Choreographen. Auch Mathilde Seriese lud er für den Abend ein. Sie weigerte sich anfangs und sagte, sie müsse auftreten, aber nach einigem Drängen versprach sie, die Vorstellung abzusagen, wenn es so wichtig war. Bei Louis Borremans musste er auch noch vorbeigehen. Heute Abend würden sie alle da sein – sogar die Matrosen würden von Saltet unter Bewachung ins Tuschinski gebracht.

Die Letzte, die er einlud, war Nora. Sie sah ihm ins Gesicht und weigerte sich zu kommen. Van Ledden Hulsebosch sagte ihr, dass von Weigerung keine Rede sein könne und dass er sie, wenn nötig, von der Polizei dorthin bringen lassen würde.

Sie waren vollzählig gekommen. Die Bühnenarbeiter waren so freundlich gewesen, das Licht so einzustellen, dass Van Ledden Hulsebosch seine eigene Theatervorstellung geben konnte. Er hatte zwar keinerlei schauspielerische Ambitionen, aber jetzt, wo er auf der Bühne stand, gefiel es ihm eigentlich ganz gut. Im Saal befanden sich auch Abraham Tuschinski und sogar Bürgermeister De Vlugt, natürlich auch Polizeipräsident Marcusse.

«Es ist mir eine Freude, Sie alle hier versammelt zu sehen», begann Van Ledden Hulsebosch. «Wie Sie wissen, sind wir seit einiger Zeit mit der Aufklärung des Mordes an Herrn Frederik Schakels beschäftigt. Ein Fall, der viele Geheimnisse in sich birgt.»

Saltet saß in Reihe neun, neben Henvo und Dubois, und sah zu, wie der kleine Apotheker mit seiner Melone auf der Bühne hin und her ging. Irgendwann hatte Saltet aufgehört, Van Ledden Hulsebosch mit Fragen zu bedrängen. Es war deutlich, dass der Apotheker doch nicht erzählen würde, was er vorhatte – weil er nämlich befürchtete, Saltet würde es ihm ausreden wollen. Das wäre vermutlich sogar der Fall gewesen, überlegte sich Saltet, als er im Saal saß und ab und zu Marcusses stechenden Blick in seinem Rücken spürte.

Van Ledden Hulsebosch fuhr unbeirrt fort. Erneut wurde auf dieser Bühne ein Monolog gehalten – diesmal allerdings einer ohne Humor. Auch das Mädchen vom Telefon war gekommen und hatte Nel mitgebracht, die ihre Lippen auffälliger denn je angemalt hatte. An den Ausgängen standen Polizisten, sodass niemand flüchten konnte – falls es überhaupt jemand versuchen sollte.

«Nicht umsonst haben wir Wachen postiert», teilte der Kriminalist seinen Zuhörern mit. «Der Mörder sitzt nämlich hier im Saal.»

Er sagte es voller Überzeugung. Sofort entstand Gemurmel im Saal, und die Leute sahen sich um, als wollten sie sehen, ob sie den Mörder erkennen könnten.

«Im Übrigen muss ich dazu sagen, dass mich die Lösung dieses Falls viel Mühe gekostet hat, und einiges ist mir noch immer nicht ganz klar.»

Auf der Bühne standen zwei Bühnenarbeiter mit Suchscheinwerfern bereit, um bestimmte Leute im Saal anzuleuchten, falls das nötig sein sollte. Van Ledden Hulsebosch fand das einen gelungenen Effekt.

«Schlimmer noch, ich befürchte, der Fall hätte nicht geklärt werden können, wenn Frederik Schakels mir nicht persönlich zur Seite gestanden hätte. Zum Glück war er so freundlich, mich in jeder Hinsicht zu unterstützen.»

Die Zuschauer im Saal sahen einander verwundert an und fragten sich, ob der gute Mann vielleicht übergeschnappt war. Sogar Saltet wurde unruhig und richtete sich in seinem Stuhl ein wenig auf.

In dem Moment ließ Vreugdenhil den Plattenspieler des Äolischen Vocalions los. Die Nadel setzte genau an der richtigen Stelle auf, und so erklang eine Stimme aus den zusätzlich installierten Lautsprechern. «Aber Freunde, wir sind unschuldig. Ich bin unschuldig. Wenn die Schuld irgendwo zu suchen ist, dann bei …» Vreugdenhil hielt den Plattenspieler rechtzeitig wieder an. Allem Anschein nach hatte er Freude daran gefunden, seine Präzision zu verfeinern. Zur Sicherheit spannte er die Feder mit der kugelförmigen Handkurbel nach.

Im Saal regten sich bereits die ersten Reaktionen, obwohl einige der Anwesenden den berühmten politischen Monolog erkannt hatten, der auf Schallplatte lang nicht so überzeugend klang wie auf der Bühne.

«Ach, und jetzt schweigt Herr Schakels», fuhr Van Ledden Hulsebosch fort. «Zum Glück hat er uns mehr Worte hinterlassen, als wir zunächst dachten. Eine wichtige Rolle spielt dabei diese Holzkiste.»

Die Scheinwerfer schwenkten jetzt auf die kleine Kiste, die mitten auf der Bühne aufgestellt worden war. «Ich hätte sie gern von Fräulein ten Have öffnen lassen, aber jemand hat ihr den Schlüssel gestohlen, nicht wahr, Fräulein ten Have?»

Verlegen stand Nora auf. «Der Mann mit der Narbe hat ihn mir abgenommen.»

Van Ledden Hulsebosch nickte. «Der Mann mit der Narbe, Alonso, der beim Zirkus Mangelveld arbeitet, hat den Schlüssel gestohlen. Zum Glück haben wir Alonso festnehmen können.»

Er zeigte mit ausladender Geste zur Tür, die ziemlich theatralisch geöffnet wurde, und zwei Polizisten brachten Alonso herein.

Nora erschrak heftig – kein Wunder, sie war ja von dem Verdächtigen schon zweimal überwältigt und gefesselt worden. Die Matrosen erkannten Alonso sofort, und obwohl sie sich vorgenommen hatten, nichts mehr zu sagen, konnte sich der Dümmere der beiden nicht beherrschen.

«Das ist er!», rief er.

Alonso wurde auf die Bühne gebracht. Van Ledden Hulsebosch ging auf ihn zu. «Den Schlüssel, bitte.»

«Ich weiß nicht, wovon Sie reden!»

«Natürlich nicht. Also los, her mit dem Schlüssel. Dann können wir weitermachen!»

«Aber ich habe keinen Schlüssel. Alle quatschen mir die Ohren voll über diesen Schlüssel. Ich hab keinen Schlüssel!»

«Wer ist alle?»

«Die Polizisten und dieser Kerl, der auf einmal gar keiner von der Polente ist, sondern ein Zeitungsfuzzi. Aber ich habe keinen Schlüssel.»

«Darf ich mal?» Van Ledden Hulsebosch durchsuchte Alonso und kam zu dem Ergebnis, dass er tatsächlich keinen Schlüssel hatte.

«Sag ich doch! Außerdem haben die mich schon gefilzt.»

Van Ledden Hulsebosch wandte sich an den Saal. «Sie haben es mit eigenen Augen gesehen. Dieser Mann hat den Schlüssel nicht.»

Der Apotheker nickte den Beamten zu, und sie führten Alonso in eine der ersten Reihen, wo sie ihn in ihre Mitte nahmen und festhielten. Der konnte schon mal nicht entkommen!

Van Ledden Hulsebosch trat zu der kleinen Kiste. «Das stellt uns vor ein großes Problem», sagte er in ziemlich dramatischem Ton. «Es ist nämlich so, dass dieser ganze Abend auf das Öffnen der Kiste ausgerichtet war. Und da das nun nicht möglich zu sein scheint, müssen wir wohl alle wieder nach Hause gehen.»

Im Saal regte sich Protest, aber Van Ledden Hulsebosch war unerbittlich. Es wurde gebuht, und jemand rief, dass er die Kiste eben aufbrechen müsse.

«Nein, das ist unmöglich», erklärte Van Ledden Hulsebosch. «Wenn wir sie aufbrechen, wird sie leer sein», sagte er geheimnisvoll. «Sie muss mit einem speziellen Schlüssel geöffnet werden.»

«Herr Van Ledden Hulsebosch!», erklang plötzlich eine Stimme. Hinten im Saal stand ein in Grau gekleideter Mann an den Türpfosten gelehnt. Er hatte einen Spazierstock bei sich und sah ausgesprochen vornehm aus. Er lächelte und zwirbelte an den Spitzen seines Schnurrbarts.

«Kenne ich Sie?», fragte der Kriminalist stirnrunzelnd.

«Nein, Sie kennen mich nicht. Ich bin der Große Santorini. Vielleicht haben Sie schon von mir gehört.»

«Sie sind Zauberkünstler?»

«Genau. Der weltbeste unter ihnen. Aber das ist nicht der Grund meiner Anwesenheit. Zufälligerweise habe ich Ihren Schlüssel.» Er hielt das Kleinod hoch.

«Wie kommen Sie daran?»

Der Große Santorini war selbstgefällig, er hatte das Gefühl, das ganze Schachspiel mit einem Mal stillgelegt zu haben. «Sagen wir mal so: Ich war zur richtigen Zeit am richtigen Ort. Diesem Schuft Alonso habe ich nie wirklich vertraut …»

«Du Mistkerl!», schrie Alonso.

«Also habe ich ihn in letzter Zeit ein bisschen im Auge behalten. Übrigens möchte ich mich für meinen Kollegen entschuldigen. Er arbeitet in derselben Branche wie ich, aber ich schäme mich zutiefst für ihn. Leider habe ich nicht verhindern können, dass er diese junge Dame belästigte.»

Graziös überreichte der Große Santorini dem Apotheker den Schlüssel. Dieser nickte höflich und steckte ihn ins Schloss. Die Spannung stieg. Dies wäre der richtige Moment für Trommelwirbel gewesen, und beim nächsten Mal würde Van Ledden Hulsebosch sicher mehr derartige Effekte einbauen. Ein Mord in einem Theater hatte eine dramatische Auflösung verdient.

Die Kiste ließ sich leicht öffnen. Die Leute standen auf und reckten die Hälse. Alle versuchten, einen Blick in die Kiste zu erhaschen. Einige gingen sogar zum Rand der Bühne vor, um besser sehen zu können.

In der Kiste lag ein zusammengerolltes Stück Papier. Van Ledden Hulsebosch nahm es heraus und trat vor.

«Ich habe hier einen Zettel, den Frederik Schakels offenkundig selbst in die Kiste gelegt hat. Ich werde ihn vorlesen.»

Im Saal wurde es totenstill.

«Wenn Sie dies im Tuschinski-Theater vorlesen, Herr van Ledden Hulsebosch, bin ich zweifellos tot. Mit Rauschmitteln habe ich zu Lebzeiten nie gehandelt. Und eine Tochter habe ich nie gehabt.»

Der Große Santorini hatte zu Anfang breit gegrinst, aber jetzt verdüsterte sich seine Miene. «Das kann nicht sein!»

«Wie bitte?»

«Sie denken sich etwas aus!»

«Nein, ich denke mir nichts aus», sagte Van Ledden Hulsebosch. «Sie haben mir einen Schlüssel gegeben. Ich habe den Schlüssel im Schloss herumgedreht. In der Kiste lag ein Zettel. Ich habe den Brief vorgelesen.»

Der Große Santorini sprang auf die Bühne. «Sie lassen sich allesamt von diesem Quacksalber, diesem Pillendreher, an der Nase herumführen. Im Brief steht nämlich, dass Nora nichts mit dem Mord an Frederik Schakels zu tun hat ...»

«Woher wissen Sie das denn?»

«Ich weiß von dem Brief in der Kiste!»

«Es steht hier doch deutlich ...»

«Nein, das kann da gar nicht stehen!» Santorini riss Van Ledden Hulsebosch den Brief aus der Hand und wollte ihn vorlesen. Aber dort stand tatsächlich genau der Text, den der Apotheker gerade vorgelesen hatte. Der Zauberkünstler stockte.

«Das ist eine Lüge. Der ganze Brief ist eine Lüge. Sie haben an der Kiste herumgepfuscht», sagte Nora mit erstickter Stimme. Sie versuchte sich zu beherrschen. Bestürzt sah sie zur Bühne. Santorini dachte nach. Gerade noch hatte er alles unter Kontrolle gehabt, und jetzt saß er in der Höhle des Löwen und konnte nicht mehr entwischen.

«Der Große Santorini», sagte Van Ledden Hulsebosch. «Aber Ihr richtiger Name ist Christiaan Hooykaas, nicht wahr?»

«Was spielt das für eine Rolle?»

«Darf ich Sie fragen, in welcher Verbindung Sie zu Nora ten Have stehen?»

«In keiner einzigen, ich bin um der Gerechtigkeit willen hierher gekommen.»

«Aha. Fräulein ten Have, Sie kennen diesen Mann auch nicht?»

«Nein, noch nie gesehen», sagte Nora.

Van Ledden Hulsebosch klatschte in die Hände. Vreugdenhil rollte einen Tisch auf die Bühne, auf dem ein Edison Standard Phonograph Model H stand, der nun definitiv zu Van Ledden Hulseboschs Ermittlungsapparaten gehörte. Vreugdenhil drehte die Feder auf und brachte den großen Messinglautsprecher zum Klingen.

Sie hörten ein Gespräch zwischen Nora und Christiaan Hooykaas. Sie erzählte ihm von der Kiste und dem Schlüssel … dass die Kiste das Geheimnis nicht preisgeben würde, wenn es nicht mit dem richtigen Schlüssel geöffnet würde.

«Sie haben von meinem Telefon aus mit Hooykaas telefoniert. Wir haben es abgehört und die Nummer notiert.» Er sah den Großen Santorini an. «Es stimmt, was der Zauberer Martini sagte, als ich ihn fragte, wie man einen Zauberer fangen könne … nämlich mit einem Trick. Ich habe Sie mit einem Trick gefangen.»

«Sie haben an der Kiste herumgepfuscht!», rief Nora verzweifelt.

«Nein, an der Kiste habe ich nicht herumgepfuscht. Im Gegenteil, ich habe sie vor dieser Vorstellung noch einmal von Herrn Saltet und einem Notar prüfen lassen.»

«Der Brief ist eine Fälschung. Er kannte Sie doch gar nicht!»

«Es ist eine Botschaft aus dem Jenseits. Wie man sieht, kommt das vor.»

«Niemand spricht nach seinem Tod», warf Nora ein, aber sie merkte, dass alle Augen auf sie gerichtet waren, und setzte sich schnell wieder hin.

Van Ledden Hulsebosch ging an den Rand der Bühne. Im Saal wurde das Licht etwas heruntergedreht. Er blickte in aller Ruhe ins Publikum. «Oh, das ist eine Fehleinschätzung. Es gibt sehr viel, was jemand nach seinem Tod noch sagen kann. Auch wenn es meistens ...», der Saal hing nun wirklich an seinen Lippen, «... indirekt ist.» Er machte eine kurze Pause. «Ich habe noch eine Überraschung für Sie, Fräulein ten Have – auch wenn es wieder keine besonders angenehme ist.»

Angstvoll sah Nora sich um.

«In den Krankenhaus-Akten gibt es zwei Sterbeurkunden von Ihrer Mutter, Dorothea Anna Groothuis. Die erste ist falsch, weil sie von Ihrem Pflegevater ausgestellt wurde, um Sie so schnell wie möglich adoptieren zu können. Die zweite ist vier Jahre später ausgestellt worden. Ihre Mutter ist an Alkoholmissbrauch zugrunde gegangen. Im Krankenhaus, in dem sie ihre letzten Tage verbrachte, erzählte sie, dass ihr Name Dorothea Anna Groothuis sei ... und als solche ist sie bis zu ihrem Ende dort gepflegt worden. Dennoch behaupten Sie, Sie hätten Ihre Mutter noch gesprochen ... Das muss demnach auch jemand sein, der noch nach seinem Tod spricht.»

«Sie selbst haben sie doch auch getroffen, Herr van Ledden Hulsebosch», sagte Nora.

«Das stimmt», sagte Van Ledden Hulsebosch. «Aber das Theater hat noch mehr Überraschungen für uns in petto. Wir sind heute Abend in der glücklichen Lage, allesamt Noras Mutter begegnen zu können. Dorothea?»

Die Frau kam schlurfend aus den Kulissen zum Vorschein. Sie ging gekrümmt und war in Lumpen gehüllt. Der Große Santorini sah Nora erschrocken an. Sie hatten keinerlei Chance zu entkommen. Überall standen Polizisten. Sie hatten sich alles so gut ausgedacht, aber nun ging es gehörig schief ... Nun gut, vorläufig hatte

Van Ledden Hulsebosch noch keinen Beweis. Sie sahen Dorothea an. Auf ihrer Nase war ein Pickel, und sie schleppte sich mühsam vorwärts. In der Mitte der Bühne stand ein Stuhl für sie bereit. Im Saal war es zum wiederholten Male sehr unruhig geworden.

«Ich freue mich, dass Sie heute Abend hier sind!», begrüßte Van Ledden Hulsebosch die alte Frau.

«Er ist ein Betrüger», rief Nora, setzte sich aber sofort wieder hin.

«Ich hatte Ihnen gestern bereits gesagt, dass Sie hier sein würden. Und es stimmt – Sie sind gekommen. Könnten Sie uns bitte Ihre Tochter unten im Saal zeigen?»

«Natürlich, es ist das bildschöne Kind dort.» Die Stimme klang genauso alt und rau wie die vorigen Male, als der Apotheker sie getroffen hatte.

«Können Sie mir auch sagen, wer der Vater der Dame ist?»

«Nein», sagte Dorothea.

«Mein Vater ist Frederik Schakels, und der da ist ein Betrüger!»

«Nichts ist, was es zu sein scheint», sagte Van Ledden Hulsebosch. «Dieser Fall scheint dem Lügnerparadoxon von Epimedes sehr zu ähneln. Wenn wir es lösen, erfahren wir die Wahrheit.» Er richtete sich wieder an die Alte. «Sie können mir also nicht sagen, wer Noras Vater ist?»

«Ach, es könnten so viele sein!»

«Also auch Frederik Schakels?»

«Bestimmt!», schrie Nora dazwischen, aber die alte Frau gab mit ihrer rauen und krächzenden Stimme in aller Ruhe Antwort.

«Nein, er nicht. Er wollte nichts von Frauen wissen.

Er war ein einziges Mal verheiratet und ging danach nur noch … freundschaftlich mit Frauen um.»

«Sie erklären hiermit also, dass Frederik Schakels nicht der Vater dieser jungen Dame ist?»

«Verdammt! Er ist ein Betrüger!» Nora explodierte schier. Sie sprang von ihrem Platz auf und stürmte auf die Bühne. Sie lief zu der Alten und fing an, an ihr herumzuzerren. Schon bald rissen die Nähte der Lumpen. Die Nase war aus Wachs und löste sich auch schnell. Die Frau versuchte zuerst noch, sich gegen Nora zu wehren, aber das hatte keinen Zweck. Nora führte sich auf der Bühne wie eine Furie auf. Als die Alte merkte, dass sie verlieren würde, trat sie einen Schritt vor und streckte den Rücken. Sie schüttelte die letzten Lumpen ab, zog Mütze und Perücke vom Kopf – und es kam ein triumphierender Louis Borremans zum Vorschein. Er blickte in den Saal, und wahrhaftig fingen ein paar Leute zu klatschen an. Van Ledden Hulsebosch sah Nora lächelnd an, aber jede Freundlichkeit war aus ihren Zügen gewichen.

«Sie versuchen, mir ein Verbrechen in die Schuhe zu schieben, Herr Apotheker. Aber Sie haben überhaupt keine Beweise. Sie haben überhaupt nichts in der Hand, woraus hervorgeht, dass ich es war.»

«Dann erzählen Sie uns doch bitte Ihre Version der Geschichte», sagte er einladend.

Das Licht im Saal wurde noch weiter heruntergedreht, und die beiden standen einander auf der Bühne gegenüber. Unwillkürlich sah Nora kurz zum Schnürboden mit der Lichtinstallation auf.

«Meine Geschichte ist ganz einfach. Nachdem ich meine Mutter getroffen hatte – oder wen auch immer, der sich für sie ausgegeben hat –, wusste ich, dass ich adoptiert worden war. Ich habe meinen leiblichen Vater kennen gelernt, und zwischen uns entstand ein enges Verhältnis. Dass er mit kriminellen Machenschaften zu tun hatte, wusste ich nicht. Ich bedaure das, aber er bleibt trotzdem mein Vater. Danach bin ich zweimal von diesem Kerl da entführt und gefesselt worden!» Zitternd zeigte sie auf Alonso, der immer noch zwischen den beiden Polizisten saß und die ganze Zeit heftig den Kopf schüttelte. «Wenn Sie also jemanden festnehmen wollen, dann diesen gefährlichen Irren da!»

Van Ledden Hulsebosch nickte. «Sie haben Recht. Sie haben vollkommen Recht. Übrigens, kennen Sie diesen Mann eigentlich?» Er zeigte auf Alonso.

«Ich habe ihn noch nie im Leben gesehen!»

«Außer den beiden Malen, als er Sie in seinen Fängen hatte.»

«So habe ich das natürlich nicht gemeint. Ich meinte: vor diesen beiden Malen! Aber Sie, Sie haben alles gefälscht. Die Kiste. Den Brief. Bestimmt haben Sie Schauspieler auf die Wachswalzen sprechen lassen. Sie haben sich das alles aus den Fingern gesogen!»

«Ja, das sieht ganz so aus. Vielleicht würden Sie dic Freundlichkeit haben, auf Ihren Platz zurückzukehren? Herr Dubois, würden Sie bitte herkommen?»

«Warum? Ich habe doch mit der ganzen Sache nichts zu tun!», murrte Dubois.

«Ich glaube allen, bis das Gegenteil nachgewiesen wurde. Würden Sie uns bitte die Tanzschritte des Sonnenkönigs vormachen? Wir haben auch Musik.»

Musik ertönte, und Dubois sah für einen Moment Van Ledden Hulsebosch zweifelnd an. Aber offenbar meinte der es wirklich ernst. Also stieg Dubois auf die Bühne und führte etwas unbeholfen die Tanzschritte vor.

Van Ledden Hulsebosch hielt die Musik genau im richtigen Moment an. «Stand Frederik Schakels in diesem Augenblick – meine verehrten Zeugen, dies ist der Augenblick, als das Ding herunterfiel – dort, wo nun Sie stehen?»

Dubois sah kurz nach oben. «Jawohl.»

«War Frederik Schakels ein guter Tänzer?»

«Nein.»

«Er hätte also ebenso gut einen Meter weiter links oder rechts stehen können?»

«Das kann sein. Wir arbeiten nicht auf den Millimeter genau.»

«Herr Dubois. Wer hatte denn genau Einfluss auf diese Nummer? Wer konnte letztendlich bestimmen, wo Frederik Schakels stehen würde?»

«Praktisch nur er selbst!»

«Und war es nicht auch so, dass Frederik Schakels selbst um diese Nummer gebeten hatte? Dass er also selbst diese Nummer eingefügt haben wollte?»

«Ja», lachte Dubois nervös. «Aber es wäre doch verrückt, wenn er sich selbst hätte umbringen wollen!»

Van Ledden Hulsebosch sah in den Saal und zum Balkon hinauf, wo er den Bürgermeister und den Polizeipräsidenten platziert hatte. Dann richtete er das Wort wieder an Nora.

«Sie sagten, Sie hätten gesehen, wie das Ding auf Ihren Vater herabstürzte. Stimmt das?»

«Müssen wir denn dies alles immer wieder durchgehen? Können wir die Sache nicht einfach auf sich beruhen lassen, Herr van Ledden Hulsebosch? Ja, ich habe gesehen, wie das Ding herunterkam. Ja, ich habe gesehen, wie mein Vater starb.»

Van Ledden Hulsebosch meinte zu bemerken, wie

Marcusse sich aufregte. Wahrscheinlich dauerte ihm das Ganze viel zu lang. Nicht auszudenken, dass das Spektakel vielleicht zu nichts führen würde!

«Herr de Vlugt? Herr Marcusse? Sitzen Sie gut?»

«Ausgezeichnet», erwiderte der Bürgermeister.

«Und Sie können alles sehen?»

«Ja», sagte der Polizeipräsident. «Ich höre und sehe ganz ausgezeichnet. Ich würde mir nur wünschen, dass Sie endlich zur Sache kommen!»

«Das werde ich, das werde ich! Sehen Sie auch, wie gefährlich der Gitterboden über meinem Kopf hängt?»

Es war einen Augenblick still.

«Nein, das können wir von hier aus nicht sehen!»

«Vielleicht saß ich eine Reihe tiefer!» Nora merkte, worauf der Apotheker hinauswollte.

«Nein, Fräulein ten Have, das taten Sie nicht. Sie haben mir ausdrücklich gesagt, wo Sie saßen. Und von dort aus kann man nicht sehen, was Sie mir beschrieben haben. Ungenauigkeiten! So etwas hätte es bei Ihrem Vater nicht gegeben!»

«Das beweist noch gar nichts!»

Nora merkte, wie sich das Netz, das nach ihr ausgeworfen worden war, immer enger um sie zusammenzog. Der Große Santorini sah sie an und schwieg. Schon so oft hatte er ihr gesagt, sie müssten verschwinden. Sie hätten nach Marseille gehen können, da wären sie sicher gewesen und hätten wieder von vorn anfangen können!

«Der da ist Ihr Mann!» Nora zeigte auf Alonso. «Niemand anders. Der da! Der Mann mit der Narbe. Er hat mich überfallen, entführt und gefesselt. Zweimal. Einmal sogar bei Ihnen zu Hause!»

«Und beide Male konnte er entkommen.»

«Er ist vom Boot ins Wasser gesprungen. Es war dunkel.»

«Unmöglich!»

«Sie haben nichts in der Hand!»

«Und beim zweiten Mal? Bei mir zu Hause?»

«Beim zweiten Mal ist er in mein Zimmer eingedrungen, und ...»

Plötzlich wurde das Licht im Theater gelöscht. Nora brach erschrocken ab. Ein Lichtstrahl kam aus dem Projektionsraum des Filmvorführers und durchschnitt die Dunkelheit. Auf der Leinwand war ein Film zu sehen. Er war aus einer einzigen Perspektive aufgenommen und dauerte nur drei Minuten. Genau im richtigen Moment hatte Vreugdenhil die Kamera in Noras Zimmer eingeschaltet. Bestimmt hatte er durch ein gebohrtes Loch, in dem diesmal kein Wollfaden steckte, sondern die Linse einer französischen Paillard-Kamera, das Geschehen verfolgt. Eine Paillard war in der Lage, drei Minuten lang zu filmen, wenn die Feder aufgezogen war.

Diese Nora war geschickt, das konnten die Zuschauer im Saal sofort erkennen. Sie warf etwas aus dem geöffneten Fenster, vermutlich den Schlüssel, und schloss es dann wieder. Dann legte sie los. Sie konnte es ohne jede Hilfe: Sie knebelte sich und band sich selbst die Fußgelenke zusammen. Geschickt legte sie das Seil um ihre Handgelenke und zog es an, bis es stramm saß, als ob sie gefesselt wäre. Das hatte sie von Christiaan Hooykaas, dem Großen Santorini, gelernt. Auf diese Weise hatte sie sich zweimal als Opfer ausgegeben, und beinah wäre sie damit durchgekommen. Lange Zeit hatte man sie als unschuldiges Opfer angesehen. Aber dieser Film zeigte deutlich, dass sie ein doppeltes Spiel gespielt hatte.

Nora wandte sich an Van Ledden Hulsebosch. «Und was besagt das? Das besagt überhaupt nichts! Es ist alles falsch … gefälscht!»

«Wie war es dann, Fräulein ten Have? Wie war es denn dann?»

«Der redet doch bloß. Er hat keinen einzigen Beweis!»

«Alonso muss Ihnen geholfen haben, hier, bei dem Mord. Und der Große Santorini, denn allein hätten Sie das nie geschafft.»

«Nein! Ich habe niemanden ermordet. Und auch nicht dabei geholfen», rief Alonso. «Ich könnte nie einen anderen Menschen umbringen! Kapieren Sie das doch endlich! Es war alles bloß Theater. Es hätte eine riesige Nummer werden sollen. Es war alles nur ausgedacht. Es sollte eine Falltür geben, und er sollte einfach wieder aufstehen. Kapieren Sie? Es war nicht echt! Es war ein Trick.» Alonsos Stimme überschlug sich fast. Er wurde von den Polizisten neben sich wieder auf seinen Platz gezogen. «Sie hatte mir alles ganz genau erklärt. ‹Es ist kein Mord›, sagte sie. ‹Es ist Schwindel.› Er sollte nicht sterben! Wir hatten es geprobt!»

«Halt die Klappe, Alonso!», fauchte sie ihn an, in einem Ton, den man nicht von ihr kannte.

«Sie sagte: ‹Es ist bloß ein Trick. Genau wie beim Großen Santorini. Es sieht echt aus. Es sieht aus, als ob er erschlagen wird, und dann kommt er wieder darunter hervor.› Deswegen habe ich mitgemacht. Sie hat gesagt, dass es ein Trick ist!» Alonso wiederholte es immer wieder.

Van Ledden Hulsebosch wusste, dass Alonso die Wahrheit sagte. Der junge Mann war schuldig und unschuldig zugleich. Er hatte ihre begeistert vorgetragene

Geschichte von einem «unglaublichen Kunststück» geglaubt. Und so hatte er dazu beigetragen, einen Mord zu begehen, ohne es zu wollen.

«Wie auch immer», lachte Nora. «Ich habe es nicht getan. Ich habe die Seile nicht durchgeschnitten. Ich bin unschuldig!»

«Es sollte ein Kunststück sein!», brüllte Alonso.

«Sie haben den Anschlag geplant und Alonso dazu angestiftet. Nach dem Gesetz sind Sie schuldig und werden verurteilt», sagte Van Ledden Hulsebosch.

Der Mann in Grau wusste, dass das Spiel aus war. Nora wusste es auch. Sie suchte nach einem Ausweg, fand aber keinen. Sie war gefilmt worden, ihre Stimme war in eine Wachswalze graviert, und sogar der Große Santorini war im richtigen Moment an der Nase herumgeführt worden …

Van Ledden Hulsebosch hatte die Schlüssel unbemerkt vertauscht. Er hatte den Schlüssel des Großen Santorini an sich genommen und dann seinen eigenen ins Schlüsselloch gesteckt … Martini hatte ihm einiges an Fingerfertigkeit beigebracht.

Nora stand still auf der Bühne, gefangen im Scheinwerferlicht der Bühnenarbeiter. Sie wusste, dass der kleine Mann mit der Melone sie entlarvt hatte.

Im Saal herrschte Totenstille. Noras Pflegeeltern konnten es nicht mehr länger ansehen und verließen als Erste den Saal. Ihre Tochter, für die sie alles getan hatten, war eine Mörderin. Auch die anderen Anwesenden waren niedergeschlagen. Van Ledden Hulseboschs Vorstellung war vorbei. Er bekam keinen Applaus, dafür aber viele Komplimente.

— 16 —

Erzähl mir doch bitte mal, wie der Trick mit der Kiste funktioniert», sagte Saltet neugierig.

«Das darf ich nicht», sagte Van Ledden Hulsebosch schmunzelnd. «Ein Zauberer verrät nie seine Tricks.»

«Hm, ich könnte dir natürlich wegen Unterschlagung von Beweismaterial eine Ordnungshaft aufbrummen», murmelte Saltet.

«Es ist ganz einfach», erklärte Van Ledden Hulsebosch. «In der Kiste durfte natürlich kein Zettel sein. Also musste er im richtigen Augenblick hineingelegt werden. Ich habe mein Hirn gemartert, wie man einen Zettel in eine Kiste bekommt, ohne sie zu öffnen. Und plötzlich wusste ich es. Die Lösung steckte im Schlüssel!»

«Im Schlüssel?»

«Ja. Sieh mal, der Schlüssel wird ins Schlüsselloch der Kiste gesteckt. Wenn er hohl ist, kann man einen Zettel darin verstecken. In dem Moment, wo man den Schlüssel ins Schloss steckt, wird eine Feder gelöst, die den Zettel durch das Schloss ins Innere der Kiste schießt. Wie findest du das?»

«Du solltest Showkünstler werden, C. J.!»

«Ich werde mich hüten. Ein Beruf mit lebensgefährlichen Risiken!»

«Seit wann wusstest du eigentlich, dass es Nora war?», fragte Jonathan Saltet. Sie saßen im Foyer des Tuschinski-Theaters, das sich langsam mit Kinogästen füllte. Sie hatten freie Plätze an der Seite gefunden, und Van Ledden Hulsebosch hatte seine Pfeife gestopft und angezündet. Er kaute auf dem Mundstück und lächelte.

«Als sie zum ersten Mal als ihre Mutter verkleidet mein Labor betrat. Sie spielte ihre Rolle ausgezeichnet, fast schon zu gut. Sie trank einen ganzen Erlenmeyerkolben Genever leer. Aber beim Weggehen zischte sie mir ein paar Worte ins Gesicht und roch dabei überhaupt nicht nach Alkohol. Ich war mir sicher, gesehen zu haben, wie sie den Genever getrunken hatte, aber das war einer ihrer vielen Zaubertricks. Sie hat viel vom Großen Santorini gelernt. Und er von ihr, nämlich wie man Verbrechen begeht. Bereits an diesem Abend hat sie mich misstrauisch gemacht. Scheinbar hatte sie keinen einzigen Tropfen Genever getrunken, sondern ihn irgendwie heimlich weggekippt.»

Saltet war beeindruckt. «Also hast du da schon Lunte gerochen.»

«Lunte, ja – aber keinen Alkohol! Sie hatte sich auch geschminkt und einen prachtvollen Pickel auf die Nase geklebt. Als ich mehr Licht anmachte, zog sie sich die Lumpen tiefer ins Gesicht. Unauffällig zwar, aber trotzdem. Das allein fand ich schon verdächtig. Ihre Hände konnte ich kaum sehen, sie steckten in Fäustlingen, deren Spitzen abgeschnitten waren. Aber sie hatte aus dem Erlenmeyerkolben getrunken …»

Saltet wusste nicht, worauf C. J. hinauswollte. Van Ledden Hulsebosch zog seinen Diagucker hervor – eine kleine schwarze Röhre mit einer starken Linse –, um ihm eine der neuesten Techniken vorzuführen. «Auch hierüber werde ich wunderbare Berichte für Marcusse schreiben. Die ausländische Polizei arbeitet schon seit Jahren damit: Fingerabdrücke!»

In dem kleinen Apparat war das Lichtbild eines Fingerabdrucks zu sehen. «Diesen Abdruck habe ich an dem Abend, als Dorothea Anna Groothuis zu Besuch war, vom Erlenmeyerkolben abgenommen und abgedruckt. Und diesen hier …», sagte er, während er den Schieber betätigte, woraufhin das Bild wechselte und der nächste Fingerabdruck erschien, «… diesen habe ich von einem Teeglas abgenommen, nachdem ich mit Nora gesprochen hatte. Und jetzt kommt es. Ich habe auch ein Bild, auf dem ich die beiden Fingerabdrücke miteinander überlagert habe.» Auch dieses Lichtbild zeigte er Saltet. Die Abdrücke waren vollkommen identisch.

«Können Mutter und Tochter nicht ein und denselben Fingerabdruck haben?»

«Unmöglich. Kein einziger Fingerabdruck gleicht einem anderen. Um noch mehr Beweise zu sammeln, habe ich Nora gesagt, dass ich gern mit ihrer Mutter sprechen würde, nicht um meiner selbst willen, sondern ihretwegen. Und wer sonst, wenn nicht Nora, soll dieses Treffen arrangiert haben?»

«Aber du hast doch selbst bewiesen, dass die Frau noch lebt!»

Van Ledden Hulsebosch schüttelte den Kopf. «Ich habe nur bewiesen, dass sie nicht während oder kurz nach Noras Geburt gestorben ist. Diese zweite Sterbeurkunde … ich hatte sie doch bereits erwähnt, oder? Wenn wir sie suchen, finden wir sie bestimmt.»

Saltet war sprachlos. «Du hast sie gar nicht?»

«Bluff.»

«Wie bitte?»

«Reinster Bluff, um Noras Widerstand zu brechen. Irgendetwas musste ich doch tun, oder? Aber ich möchte wetten, wir finden diese Urkunde, wenn wir sie suchen. Dorothea ist schon lange tot, davon bin ich überzeugt. Sie hatte von August ten Have und seiner Frau Geld bekommen und hat es damit noch ein paar Jahre geschafft, aber letztendlich wird sie irgendwo still und einsam gestorben sein. Ten Have hat es selbst gesagt, und er war der festen Überzeugung, dass das stimmt. Er war überrascht, als er hörte, dass sie noch lebte. Er war davon ausgegangen, dass sie wenige Jahre nach Noras Geburt sterben würde. Und damit hat er bestimmt Recht, das werden wir noch herausfinden.»

Saltet schwieg einen Moment. Er dachte an die einsame Mutter, die ihr Kind weggegeben hatte und einsam und verlassen gestorben war.

«Und hatte Schakels nun etwas mit dem Rauschmittelhandel zu tun?»

Darauf gab Van Ledden Hulsebosch nicht sofort eine Antwort. Er wollte die Geschichte Stück für Stück erzählen … die ganze!

«Vor einem Jahr hat Nora den Großen Santorini beim Zirkus kennen gelernt.»

«Und sich in ihn verliebt.»

«Nein. Ein Mädchen wie Nora kann nicht lieben. Ihre Pflegeeltern hat sie auch nie geliebt. Sie hat nur an sich gedacht. Mit dem Zirkus wollte sie ihrem braven Elternhaus entkommen. Ich hatte Kobus de Quay beauftragt, den Zirkus unter die Lupe zu nehmen. Der Große Santorini ist ein fabelhafter Zauberer, der ganze Autos von der Bühne verschwinden lassen kann. Kein Zweifel – Nora hatte Talent fürs Theater, vielleicht ist es sogar angeboren. Und dieses Talent wurde im Zirkus gefördert. Innerhalb kurzer Zeit lernte sie dort viel. Und was sie selbst nicht konnte, kaufte sie ein. Wie das hirnlose Muskelpaket Alonso.»

«Und die Rauschmittel?»

«Vielleicht ist sie von einem Zirkusartisten auf die Idee gebracht worden? Auf jeden Fall hat sie sich ihren Plan sorgfältig ausgedacht. Sie wusste, dass Schiffe aus Niederländisch-Indien im Hafen ankommen. Und dass die für den Transport von bestimmten Mitteln sorgen konnten, an die man in den Niederlanden nicht so einfach herankam. Sie hat sich eine Zeit lang im Hafen herumgetrieben, um zu sehen, wie es dort zuging — wie die Schiffe ankamen, wie die Ware durch den Zoll ging. Und dabei muss der Plan in ihrem Kopf gereift sein. Vielleicht hat sie dort am Kai sogar ihre Beute getroffen: Frederik Schakels.»

«Ihre Beute?»

«Jawohl! Ein Mädchen ganz allein hätte es in der Unterwelt nie geschafft. Also brauchte sie einen Mann, der ihre Geschäfte für sie abhandelte, der für sie zum Hafen ging. Er war ideal, auch als Blitzableiter. Vergiss nicht, dass sogar das ICPC ihn verdächtigte! Er war Showkünstler, sehr bekannt, sehr beliebt und wegen seiner Homosexualität erpressbar. Er konnte ihr helfen. Und gleichzeitig dafür sorgen, dass niemand sie verdächtigen würde. Schließlich reiste er sowieso immer nach Niederländisch-Indien. Sie hatte es verdammt gut getroffen!»

«Und dann hat sie Kontakt zu ihm aufgenommen? Und ihm gesagt, dass sie seine Tochter ist?»

«Ach was, das hätte er ihr nie geglaubt. Mathilde Seriese zufolge wäre er nie im Leben mit einer Frau ins Bett gegangen. Aber Nora brauchte den Kontakt zu ihm, um ihn für ihre Ziele einsetzen zu können. Also hat sie eine ihrer vielen Verkleidungen aus dem Hut gezaubert. Sie ist ihm als junger Mann entgegengetreten.

Ich bin mir so gut wie sicher, dass Frederik Schakels sie erst später als Nora getroffen hat und zuerst nur als diesen Jungen. Ich befürchte, sie hat ihn erpresst.»

«Wegen seiner …»

«Knabenliebe, genau! Ich befürchte, sie hat ihn diverse Male besucht. Zum sexuellen Akt ist es dabei nie gekommen, natürlich nicht – sie war schlau genug, das zu vermeiden. Und damit konnte sie ihn gleichzeitig an der langen Leine halten. In der Zwischenzeit hatte sie genug über ihn erfahren, um ihn am Wickel zu haben, ihn zu erpressen und auszunutzen. Um seinem Ruf und seiner sagenhaften Karriere nicht zu schaden, blieb ihm nichts anderes übrig, als mit ihr zusammenzuarbeiten. Gegen seinen Willen!»

«Aber wozu dann der Mord?»

«Das ICPC war Schakels auf den Fersen. In Deutschland behielten sie ihn auch schon im Auge. Wenn sie Schakels festgenommen und verhört hätten, wäre alles herausgekommen. Er musste sterben, bevor er plaudern konnte. Sie hat den Mord wochenlang vorbereitet. Sie und ihr großer Zauberkünstler. Der hat mit Sicherheit den traurigen Plan mit dem herabstürzenden Gitterboden ausgeheckt. Sie hat dafür gesorgt, dass alles an der richtigen Stelle hing, und Alonso bezahlt, um die Seile durchzuschneiden. Ich glaube allerdings, dass sie immer wieder vor einem bestimmten Problem gestanden haben muss.»

«Dass Schakels nie an der Stelle stand, wo der Gitterboden herunterkommen sollte!»

«Genau!»

«Und wie hat sie das dann …»

«Ganz einfach: Sie war auf der Bühne. Sie hat mitgetanzt. Sie brauchte ihm nur einen kleinen Schubs in die richtige Richtung zu geben und rechtzeitig wieder weg zu sein. Sie saß überhaupt nicht im Saal, denn dann hätte sie das Ganze nicht im Auge gehabt. Während der Aufführung muss sie auf der Bühne gewesen sein.»

«Lebensgefährlich!»

«Überhaupt nicht. Wenn Schakels von selbst an der richtigen Stelle gestanden hätte, wäre sogar alles von selbst gegangen. Andernfalls reichte ein kleiner Schubs aus. Wir haben die Befragung der Balletttänzerinnen bald aufgegeben, weil sie alle dasselbe zu sagen hatten.»

«Wie hat Nora ihre Geschäfte dann weitergeführt?»

«Ich habe keine Ahnung. Alonso ist nach seiner Mitarbeit am ‹Kunststück› so schnell wie möglich zu seinem Zirkus zurückgegangen. Er war bestürzt, dass er an einem Mord beteiligt gewesen war. Sie hat vermutlich seine Gestalt angenommen, mit Narbe und allem Drum und Dran, um im Hafen Handel zu treiben. Aber leider ist es bei Verbrechen so, dass kleine Änderungen große Folgen haben können. Auch für Nora ...»

Saltet schwieg und sah sich in dem prächtigen Theater um. Gerade strömten die Leute in den Saal, um sich von den Wundern der Lichtbilder in einem dunklen Raum betrügen zu lassen. «Schmuggel, Verbrechen, Mord ... wenn man auf anderen Gebieten über so viel Talent verfügt. Jammerschade!» Er murmelte noch etwas und lachte dann auf.

Van Ledden Hulsebosch sah ihn überrascht an.

«Weißt du noch, wie wir mit dem Fall angefangen haben?» Saltet lächelte noch immer.

«Ja, was denn?»

«Du warst derjenige mit den Experimenten. Mit Logik, knallharten Beweisen. Man hätte dir nicht mit Erklärungen, Theorien, Motiven kommen dürfen. Und jetzt sieh dir mal an, wie du diesen Fall schließlich gelöst hast. Du hast dich selbst widerlegt!»

«Das war auch ein Experiment», brummte Van Ledden Hulsebosch. Natürlich konnte er Saltet nicht Recht geben. «Außerdem hatte ich doch einen Beweis: den Film!»

Saltet lachte laut los, und dafür hatte Van Ledden Hulsebosch erst recht kein Verständnis.

«Experiment, ach was! Du hast einfach geraten, geschätzt, C. J.!», sagte Saltet.

«Aha. Die Schätzung! Ein Teil der Wahrscheinlichkeitsrechnung. Ein prächtiges Beispiel für höhere Mathematik. Wissenschaftlich vollkommen fundiert und anerkannt.»

«Ach komm, erzähl mir nichts!»

«Überhaupt nicht! Ich bin und bleibe ein Mann der Wissenschaft. Mit Gefühlen, Intuition und vor allem Psychologie will ich nichts, aber auch gar nichts zu tun haben!»

Sie standen auf. Van Ledden Hulsebosch streckte Saltet die Hand hin. «Ich danke dir. Es war mir eine große Ehre, mit dir an diesem Fall zu arbeiten.»

«Mir auch, C. J. Danke!»

«Es tut mir Leid, wenn ich dich zum Teil außen vor gehalten habe. Ich wollte dich nicht mit hineinziehen, falls es schief gegangen wäre. Wenn du dich also ausgeschlossen gefühlt hast, tut mir das aufrichtig Leid – es war zu deinem eigenen Besten. Das nächste Mal ...»

«Ich hoffe wirklich, dass es ein nächstes Mal gibt, C. J. Wenn es an mir liegt ...»

Van Ledden Hulsebosch nickte. «Herzlichen Gruß an Lize.»

«Werde ich ausrichten, und grüß du bitte Fräulein van Henegouwen.»

Van Ledden Hulsebosch lächelte. «Dass du das nun wieder sagen musstest.»

Sie schüttelten sich die Hände.

Van Ledden Hulsebosch verließ das Theater, nachdem er sich bei Abraham Tuschinski für die Gastfreundschaft an diesem Abend bedankt hatte. Er bog rechts ab, Richtung Rembrandtsplein, wo ihm der Lärm des Amsterdamer Nachtlebens entgegenschlug. Er nahm die Spitzen seines Schnurrbarts zwischen Daumen und Zeigefinger und zwirbelte sie noch höher, als sie ohnehin schon waren. Er drehte sich nach dem wundervollen Theater um, das so viel Unterhaltung in das Großstadtleben hineinbrachte, und richtete seinen Blick dann wieder vor sich auf den Rembrandtsplein, wo alle zu lachen und zu singen schienen. Die Stadt hatte auch eine dunkle Seite, doch eigentlich lebte er in einer sehr fröhlichen Welt, in die Mord überhaupt nicht hineinpasste. Die Leute schienen den Mord an dem Revuestar schon längst vergessen zu haben. Sie amüsierten sich nach Herzenslust, und der Apotheker gönnte ihnen den Spaß. Aber insgeheim hoffte er, dass das Schicksal schon morgen wieder zuschlagen würde…

Nachwort

Die Hauptfigur

C. J. van Ledden Hulsebosch, Kriminalist

So war es im Schaufenster der Apotheke am Nieuwendijk zu lesen, und die Zeitungen nannten ihn seinerzeit den «Sherlock Holmes von Amsterdam».

C. J. van Ledden Hulsebosch (1877–1952) war der erste forensische Spurenuntersucher der Niederlande und die rechte Hand der Polizei. Der Hobby-Kriminologe führte unzählige Experimente durch, mit denen er seiner Zeit voraus war. Er war beispielsweise der Erste, der bei polizeilichen Untersuchungen ultraviolettes Licht einsetzte (mit einem bei Madame Curie erworbenen Apparat) und die Technik des Fingerabdrucks einführte. Beim breiteren Publikum wurde er bekannt, indem er verschiedene, in der damaligen Zeit Aufsehen erregende Fälle löste. Zudem war er Berater und Ausbilder und publizierte in mehreren kriminalistischen Zeitschriften. 1914 gründete er die erste Schule für polizeiliche Spurenuntersuchung und war Mitbegründer und erster Vorsitzender der *Académie Internationale de Criminalistique* in Wien.

C. J. van Ledden Hulsebosch ist Vorlage und Inspiration für die Kriminalromane von Heuvel & De Waal. Die Begebenheiten und Personen entstammen der Phantasie der Autoren.